HEYNE <

*Das Buch*

Die Werwölfe von Aspen Creek sind in Aufruhr: Der Marrok, ihr Anführer und der mächtigste Werwolf der USA ist spurlos verschwunden und hat die Angelegenheiten des Rudels seinem Sohn Charles und dessen Gefährtin Anna übergeben. Und ausgerechnet jetzt erhalten Charles und Anna die Nachricht, dass Hester, eine außerhalb des Rudels lebende Wölfin, angegriffen wurde. Sofort machen sich die beiden auf den Weg zu Hester, können jedoch nichts mehr für sie tun. Eines ist Charles und Anna jedoch klar: ein mächtiger Feind hat das Rudel des Marrok ins Visier genommen. Ein Feind, der sich uralter, schwarzer Hexenmagie bedient …

Die MERCY THOMPSON-Serie

| | |
|---|---|
| *Erster Roman:* | Ruf des Mondes |
| *Zweiter Roman:* | Bann des Blutes |
| *Dritter Roman:* | Spur der Nacht |
| *Vierter Roman:* | Zeit der Jäger |
| *Fünfter Roman:* | Zeichen des Silbers |
| *Sechster Roman:* | Siegel der Nacht |
| *Siebter Roman:* | Tanz der Wölfe |
| *Achter Roman:* | Gefährtin der Dunkelheit |
| *Neunter Roman:* | Spur des Feuers |
| *Zehnter Roman:* | Stille der Nacht |
| *Elfter Roman:* | Ruf des Sturms |
| *Zwölfter Roman:* | Feuerkuss |

Die ALPHA & OMEGA-Serie

| | |
|---|---|
| *Erster Roman:* | Schatten des Wolfes |
| *Zweiter Roman:* | Spiel der Wölfe |
| *Dritter Roman:* | Fluch des Wolfes |
| *Vierter Roman:* | Im Bann der Wölfe |
| *Fünfter Roman:* | Die Stunde der Wölfe |
| *Sechster Roman:* | Pfad der Wölfe |

*Die Autorin*

Patricia Briggs, Jahrgang 1965, wuchs in Montana auf und interessiert sich seit ihrer Kindheit für Fantastisches. So studierte sie neben Geschichte auch Deutsch, denn ihre große Liebe gilt Burgen und Märchen. Neben erfolgreichen und preisgekrönten Fantasy-Romanen *wie Drachenzauber* und *Rabenzauber* widmet sie sich ihrer Mystery-Saga um Mercy Thompson. Nach mehreren Umzügen lebt die Bestsellerautorin heute gemeinsam mit ihrer Familie in Washington State.

PATRICIA BRIGGS

# Die Stunde der Wölfe

Ein ALPHA & OMEGA-Roman

WILHELM HEYNE VERLAG
MÜNCHEN

Titel der amerikanischen Originalausgabe
BURN BRIGHT
Deutsche Übersetzung von Vanessa Lamatsch

Penguin Random House Verlagsgruppe FSC® N001967

2. Auflage
Deutsche Erstausgabe 12/2018
Redaktion: Anita Hirtreiter

Printed in Germany
Umschlaggestaltung: Dirk Schulz, Splitter
unter der Verwendung eines Motivs von Fotolia
by Adobe Stock/Aarrttuurr
Satz: Buch-Werkstatt GmbH, Bad Aibling
Druck und Bindung: GGP Media, Pößneck

ISBN: 978-3-453-31964-6

www.heyne.de

*Für Michael, mein Herz, der mir beigebracht hat,*
*meinen Träumen zu folgen.*

# Prolog

## Eine Geschichte ohne Ende

Es war einmal eine kleine Quelle, die durch die Berührung eines Erdgeistes ein wenig Magie in ihrem kalten reinen Wasser trug. Zwar war es nicht besonders viel, aber dadurch wurde die Welt besser, denn die winzigen Funken davon brachten klitzekleine Stückchen Güte hervor.

Es gibt eine bestimmte Art des Bösen, das keine Freude ertragen kann, selbst wenn es um so bescheidenes Glück geht wie das, was in dieser Quelle lebte.

Ein solches Böses siedelte sich darin an und suchte sich seine Opfer unter denen, die das bisschen Heilung zu schätzen wussten, das der Born bot. Irgendwann gelang es selbst der Erdmagie nicht mehr, das Böse aus dem Wasser zu filtern, und die leichte Magie der Quelle wurde für dunklere Zwecke eingesetzt.

Und so starb ein wenig Freude in der Welt, und das Böse war für eine gewisse Zeit zufrieden.

Dieses Böse bestimmte die jetzt verunreinigte Quelle auf die eine oder andere Weise für sehr lange Zeit. Die Zeiten änderten sich, und das Böse änderte sich mit ihnen; wurde geschickter darin, Beute anzuziehen. Manchmal nährte es sich von Unschuld, manchmal von Magie, manchmal von Schönheit – doch das Böse fand immer Befriedigung darin, der Welt alles Gute zu stehlen, dessen es habhaft werden konnte.

Irgendwann wurde das Böse einer Person gewahr, die versuchte – wie die Quelle es einst getan hatte –, ein wenig Gutes in einer Welt zu tun, die inzwischen dunkel und trostlos war. Das Böse erhielt Kunde von einem Monster, das gegen andere Monster kämpfte, und erachtete es nicht als besseres Mahl als tausend andere derselben Art. Trotzdem konnte es, aufgrund seiner Natur, nicht zulassen, dass so jemand weiterlebte. Es stellte eine Falle, um denjenigen zu fangen, der ein Held war – schließlich war es eine Wonne, dabei zuzusehen, wie ein Held gestürzt wurde. Ebenso stellte es eine Falle, um ein Monster zu fangen, denn sogar das Böse fürchtete sich ein wenig vor so einem.

Derjenige, der die Falle aufstellte, war wahrhaft ein Monster. Derjenige, der in die Falle tappte, war zudem ein Held.

Doch er war auch ein Künstler – und nicht irgendein Künstler. Ein Künstler wie er fand Schönheit und Freude in der Welt und sorgte dafür, dass alle sie sehen konnten. Ein Künstler, der – wie die Quelle es einst getan hatte – ein wenig Magie verteilte und Glück zurückließ, wo vorher keines existiert hatte.

Ein Künstler wie dieser war ein größerer Happen, als das Böse – selbst ein so altes, hinterhältiges Böse wie dieses – mühelos schlucken konnte.

Viel wurde im Kampf verloren, und er kam beide Seiten teuer zu stehen. Soweit bekannt ist, brennt das Feuer dieser Schlacht immer noch.

# 1

Es war schrecklich. Einfach nur schrecklich.

Er rannte so schnell er konnte, glitt zwischen den Bäumen hindurch. Die Äste und Dornen streckten sich und verlangten alles von ihm ab, um in solcher Geschwindigkeit durch ihr Gebiet zu laufen. Er konnte förmlich fühlen, wie der Boden sein Blut und seinen Schweiß aufnahm – spürte, wie die Scholle sich bei dem Geschmack regte. Gefährlich. Es war nicht klug, die Erde mit seinem Blut zu tränken, wenn er so aufgeregt war.

Fast hätte er seine Schritte verlangsamt.

Niemand jagte ihn.

Niemand wusste auch nur, dass er hier war. Sie hatten die Bäume gesehen, die seinem Willen gehorchten, aber nicht ihn. Die Bäume … Er würde sich vor ihr vielleicht für die Bäume rechtfertigen müssen.

Sie hatte ihn angewiesen wegzulaufen; und er hatte gezögert, um die Bäume zu rufen. So funktionierte ihre Abmachung nicht, doch er konnte nicht einfach zulassen, dass sie entführt wurde – nicht, wenn es in seiner Macht stand, das zu verhindern.

*Denk nach, denk nach, denk nach.* Die Worte waren seine, allerdings hörte er sie in ihrer Stimme. Sie hatte so hart daran gearbeitet, ihm Regeln aufzuerlegen. Die erste Regel lautete: *denk nach.*

Lustig, dass alle dachten, *sie* wäre die Gefahr, *sie* wäre die Verrückte. Sehr lustig – und seine Lippen verzogen sich zu einem Grinsen, das nur der Wald sehen konnte. Es war nicht Erheiterung, die sein wildes Lächeln auslöste. Er war sich nicht sicher, welches Gefühl dafür verantwortlich war, doch es wurde getrieben von Wut, einem so tief reichenden Zorn, dass die Erde – aufgerüttelt durch sein Blut – sich eifrig hob, um ihm zu Willen zu sein. Die Erde war von allen Elementen am schwersten zu erwecken, allerdings auch dasjenige Element, das sich am meisten nach Gewalttätigkeit verzehrte.

Er könnte einfach umkehren. Zurückgehen und ihnen beibringen, was ihnen dafür zustand, dass sie jemanden angefasst hatten, den er liebte …

*Nein.*

Erneut erklang ihre Stimme, die voller Macht in seinen Ohren widerhallte. Sie herrschte über ihn, obwohl er so viel älter war, so viel stärker. Doch sie besaß Macht über ihn – eine Macht, die er ihr aus Liebe, aus Verzweiflung, aus Trostlosigkeit geschenkt hatte. Und ihre Abmachung, ihre Gefährtenbindung (erst ihr Wort, dann seines), bestand seit langer Zeit.

Jeder, der sich die Mühe machte, sich umzusehen, würde erkennen können, wie gut sie auf ihn aufpasste – es standen immer noch Bäume auf diesem Berg, und er konnte Vögel davonfliegen hören, die erschraken, als er an ihnen vorbeilief. Wenn die Abmachung versagt hätte, gäbe es weder Bäume noch Vögel. Gar nichts. Seine Macht war alt und hungrig.

Aber ihre Bindung hatte ihm Gleichgewicht geschenkt,

ihm Sicherheit gegeben. Seine wunderschöne Werwolf-Gefährtin hatte seine innere Leere mit Liebe bereichert. Und als das nicht gereicht hatte, hatte sie auch Ordnung in sein Chaos gebracht.

*Ordnung* … dieses Wort … Nein, Disziplin war das Wort, nachdem er so verzweifelt suchte. Sie hatte ihm klare Anweisungen gegeben.

Mit der Eleganz eines Hirsches sprang er über einen umgefallenen Baum.

*Ruf den Marrok*, hatte sie ihn angewiesen. Und hatte ergänzt: *verdammt noch mal jetzt sofort*. Das war die richtige Vorgehensweise. Den Marrok rufen und um Hilfe bitten. Doch der Grund für seine Geschwindigkeit – dieses *Verdammt noch mal jetzt sofort* – hing damit zusammen, dass – wenn er sich erlaubte, langsamer zu werden –, er sich umdrehen würde und …

Der Berghang stöhnte unter seinen Füßen. Ein leises Heben, das nur jemand wie er – oder seine wahre Liebe – spüren würde.

Seine eiligen Schritte … die sich verlangsamt hatten … nahmen wieder an Geschwindigkeit auf. Sie war am Leben, seine Liebe, seine Gefährtin, seine Hüterin. Sie war am Leben, also musste er den Marrok rufen und nicht den Berg heben oder das Wasser rufen.

Nicht heute.

Heute musste er den Marrok rufen und ihm sagen … und die Stimme seiner Gefährtin erklang so deutlich in seinem Kopf, als liefe sie an seiner Seite …

*Ich weiß, wer die Verräterin ist …*

Charles kippte den Monitor in einen angenehmeren Winkel und verschob die Tastatur, bis sie sich richtig anfühlte.

Er hatte seinem Dad mitgeteilt, dass er das Rudel ganz wunderbar von seinem eigenen Haus aus führen konnte, während Bran unterwegs war. So, wie er es das letzte Dutzend Mal, als der Marrok die Gegend verlassen musste, auch getan hatte. Dieses Mal war allerdings abzusehen gewesen, dass es eine Weile dauern würde; und sein Vater hatte betont, wie wichtig es war, sich dem Rhythmus des Rudels anzupassen.

Es war nicht so, als hätte er die Argumente seines Dads nicht nachvollziehen können – einige der uralten Wölfe unter der Kontrolle seines Vaters standen Veränderungen nicht gerade flexibel gegenüber –, aber dafür Verständnis zu zeigen, machte es ihm auch nicht leichter, im Büro seines Dads, in dessen persönlichem Revier, zu funktionieren.

Charles konnte nicht im Büro arbeiten, ohne es zu seinem eigenen zu machen – und würde das nicht für Aufregung sorgen, wenn sein Vater zurückkam und alles rückgängig machen musste? Aber Bran würde ihn verstehen, so wie ein dominanter Wolf den anderen verstand.

Charles musste einräumen – wenn er es auch nur sich selbst gegenüber eingestand –, dass er die Mahagoni-Bücherregale bloß deswegen auf die andere Seite des Raums geschoben und die Bücher lediglich aus dem Grund alphabetisch nach Autor statt nach Thema geordnet hatte, um Bran zu nerven. Anna, so vermutete er, war immer noch die Einzige überhaupt, die ehrlich davon überzeugt war, er hätte Sinn für Humor. Also war er sich ziemlich sicher, seinen Dad davon überzeugen zu können, dass die Umorganisation einfach nötig gewesen war.

Charles hatte die Bücherregale erst verschoben, nachdem Bran ihn heute Morgen angerufen hatte – nicht ganz einen Monat, nachdem er das Rudel in Charles' Obhut übergeben hatte –, um ihn wissen zu lassen, dass die ursprüngliche Aufgabe abgeschlossen war und er entschieden hatte, noch eine weitere Woche zu verreisen.

Charles konnte sich nicht erinnern, wann Bran sich das letzte Mal eine Auszeit von seinen Pflichten genommen hatte. Er war sich nicht einmal bewusst gewesen, dass sein Dad überhaupt fähig dazu war. Doch wenn Charles sein Leben neu ordnen musste, dann fühlte er sich auch berechtigt, ein paar Veränderungen vorzunehmen, die es ihm erleichterten, damit umzugehen. Und so hatte er das Büro seines Dads nach seinen Vorlieben umgestaltet.

Trotzdem brauchte Charles länger als normal, um sich in seine Arbeit zu vertiefen, weil sich sein Wolf in der Machtzentrale seines Dads ruhelos fühlte. Irgendwann wurde die diffizile Jagd, die da internationale Finanzanlage hieß, interessant genug, dass Bruder Wolf sich ablenken ließ.

Es war ein kompliziertes Unterfangen, auf dieser Ebene mit Geld zu spielen. Der Kampf gefiel Bruder Wolf, umso mehr, als er gut darin war. Bruder Wolf neigte zu Eitelkeit.

Irgendwann, angelockt von der subtilen Pirsch auf Hinweise in den elektronischen Daten auf dem Bildschirm, versank er in dem, was seine Gefährtin »Finanztrance« nannte, auf der Jagd nach vagen Gerüchten; Aktien, deren Wert scheinbar ohne Grund stieg; einer neuen Firma, die sich um Finanzierung bemühte, aber irgendetwas nicht preisgab. Charles konnte nicht erkennen, ob dieses Unternehmen etwas Gutes oder Schlechtes verheimlichte. Er recherchierte gerade die Vorgeschichte eines Ingenieurs, der für seinen Posten ein astronomisch hohes Gehalt erhielt, als er von dem Geräusch einer Tür, die gegen die Wand knallte, gestört wurde.

Er sah auf. Aufgrund der Unterbrechung seiner Jagd war Bruder Wolf dicht unter der Oberfläche. Dass es die Gefährtin seines Dads war, die ohne Erlaubnis in (jetzt) sein Revier gestürmt war, verbesserte seine Laune kein bisschen.

»Du musst etwas wegen deiner Frau unternehmen«, verkündete Leah. Sie achtete nicht auf das unwillkürliche Knurren, mit dem er auf ihren Tonfall reagierte. Wenn sie über Anna sprach, sollte sie das lieber mit sanfter Stimme tun.

Charles mochte Leah nicht. Es gab eine Menge Leute in der Welt, die er nicht mochte – die meisten sogar. Doch Leah hatte es ihm sehr leicht gemacht, sie nicht zu mögen.

Als sein Vater sie mit sich nach Hause gebracht hatte, war Charles noch ein wildes Kind gewesen, fühlte sich einsam und verloren. Sein Dad hatte seinen viel älteren Bruder, Samuel, mitgenommen und war immer wieder monatelang am Stück verschwunden. Halb verrückt vor Trauer über den Tod von Charles' Mutter, wäre Bran wahrscheinlich sogar, wenn er zu Hause war, kaum geeignet gewesen, um ein Kind aufzuziehen.

Charles' Onkel und sein Großvater hatten ihr Bestes gegeben, aber Bruder Wolf war nicht immer bereit gewesen, sich so sehr nach Menschenstandards zu richten, wie er es heute tat. Als Werwolfkind, geboren statt erschaffen, war Charles soweit er wusste einzigartig; niemand – und sicherlich nicht das Volk seiner Mutter – hatte irgendwelche Erfahrung im Umgang mit so jemandem.

Wann immer Bran verschwunden war, hatte Charles die meiste Zeit damit verbracht, auf vier Pfoten durch die Wälder zu streifen, wobei er mühelos den menschlichen Erwachsenen auswich, die damit beauftragt waren, ihn großzuziehen. Er war wild und undiszipliniert gewesen, sodass es Charles nicht schwerfiel zuzugeben, dass er als Zehnjähriger kaum ein Stiefsohn gewesen war, den die meisten Frauen sich gewünscht hätten.

Trotzdem: Er hatte sich nach Aufmerksamkeit gesehnt, und Leahs Existenz hatte die regelmäßige Gegenwart seines Vaters bedeutet. Hätte Leah sich nur ein kleines bisschen bemüht, hätte sein jüngeres Selbst sie verehrt. Aber eines musste man Leah lassen: Sie war absolut ehrlich. Die meisten Werwölfe waren das aus reiner Gewohnheit – was für einen Sinn hat es schließlich zu lügen, wenn die Leute das sofort erkennen? Doch Leah war grundehrlich.

Das war wahrscheinlich die Eigenschaft, die es Brans Wolf erlaubt hatte, sie zur Gefährtin zu erwählen. Charles konnte durchaus sehen, was er an ihr anziehend fand – aber bei einem eigentlich kleinlichen, fiesen Charakter wäre es vielleicht trotzdem besser, zu schweigen und das zu verbergen, Ehrlichkeit hin oder her. Auf jeden Fall besser, als es offen auszuleben, sodass jeder es sehen konnte. Das Ergebnis von Leahs Verhalten war eine gegenseitige Abneigung, die sich überwiegend innerhalb höflicher Grenzen hielt.

Charles achtete sie als die Ehefrau seines Dads und die Gefährtin seines Alphas. Ihre Höflichkeit ihm gegenüber war spröde und resultierte aus ihrer Angst vor Bruder Wolf, die sie manchmal aber auch schnippisch und dumm machte, da sie eine dominante Wölfin war.

Bruder Wolf zügelte sein Temperament schneller als Charles. Er erklärte Charles, dass Leahs Unhöflichkeit daher rührte, dass sie aufgewühlt und ein wenig verängstigt war. Bruder Wolf mochte Leah ebenfalls nicht, aber er respektierte sie mehr, als Charles es tat.

Bis auf sein Knurren reagierte er nicht sofort auf ihre Forderungen (er weigerte sich, sie als Befehle zu sehen, sonst hätte er etwas unternehmen müssen, was ihr sicherlich nicht gefallen hätte). Stattdessen hob er eine Hand, um Schweigen einzufordern.

Als sie ihm den Gefallen tat, schrieb er ein paar Stichpunkte über den verdächtigen Ingenieur nieder, denen er später auf den Grund gehen wollte, und markierte noch ein paar andere Spuren, denen er gefolgt war. Er schloss ein paar Dinge ab, dann zog er sich so schnell und gründlich wie möglich aus dem Cyberspace zurück. Leah wartete mit wachsender, aber stiller Empörung.

Sobald Charles alles organisiert hatte, sah er vom Bildschirm auf, verschränkte die Arme vor der Brust und fragte, seiner Meinung nach mit ruhiger Stimme: »Was denkst du soll ich in Bezug auf meine Ehefrau unternehmen?«

Anscheinend war seine Reaktion nicht das, was Leah sich gewünscht hatte, weil ihre Lippen noch dünner wurden und sie knurrend hervorstieß: »Sie scheint zu glauben, dass sie hier das Sagen hat. Dass du hier vorübergehend das Kommando übernommen hast, gibt ihr aber noch lange nicht das Recht, *mir* Befehle zu erteilen.«

Was eigentlich gar nicht zum Charakter seiner Frau passte.

Oh, Annas Missachtung jeder Rudel-Hierarchie, ob nun im herkömmlichen Sinn oder in anderer Hinsicht, war typisch für seine Gefährtin. Anna, dachte Charles voller Zuneigung, würde Traditionen nicht erkennen, wenn sie sie ins Ohr bissen. Seine Anna hatte sich ihren eigenen, undefinierbaren Platz in der Rudel-Hierarchie geschaffen – überwiegend, indem sie jegliche Traditionen einfach komplett ignorierte. Das allerdings machte sie noch nicht unhöflich.

Es war noch nie etwas Gutes dabei herausgekommen, wenn er seine Nase in Angelegenheiten steckte, die nichts mit ihm zu tun hatten.

»Anna ist eine Omega. Sie muss dem Marrok nicht gehorchen«, erklärte er Leah. »Ich verstehe nicht, wieso du davon ausgehst, dass sie mir gehorchen würde.«

Leah öffnete den Mund. Schloss ihn wieder. Knurrte genervt und stampfte davon.

Für ein Gespräch mit seiner Stiefmutter war das im Großen und Ganzen ganz gut gelaufen. Besonders gefallen hatte ihm, dass sie sich nur kurz begegnet waren.

Einer der Gründe, warum er sich gegen die Vorstellung gewehrt hatte, in Brans Heim einzuziehen, während der Marrok unterwegs war, war, dass Leah sich darin aufhielt und ihn ständig belästigen würde. Charles hielt kurz inne, um darüber nachzudenken. Denn eigentlich hatte sie das gerade eben zum ersten Mal getan. Sie hatte ihn vorher noch nicht bei der Arbeit unterbrochen. Noch während er wieder anfing, sich mit den Zahlen auf dem Bildschirm vor ihm zu beschäftigen, fragte er sich, was sein Dad wohl zu Leah gesagt hatte, um sie von ihm fernzuhalten.

Doch bevor er wieder in die Welt der Hochfinanz eintauchen konnte, klingelte Brans Telefon.

»Charles hier«, sagte er geistesabwesend – solange er nicht mit Leah sprach, konnte er gleichzeitig arbeiten und reden.

Es folgte ein langes Schweigen, auch wenn er jemanden angestrengt atmen hören konnte. Das war ungewöhnlich genug, dass Charles den Artikel über die aufsteigende Technikfirma ignorierte und sich ganz auf den Anruf konzentrierte.

»Hier ist Charles«, wiederholte er. »Wie kann ich Ihnen helfen?«

»Okay«, sagte die Stimme eines Mannes schließlich. »Okay. Brans Sohn. Ich erinnere mich. Ist Bran da? Ich muss mit dem Marrok sprechen.«

»Bran ist unterwegs«, erklärte ihm Charles. »Solange er nicht in der Stadt ist, habe ich das Sagen. Wie kann ich Ihnen helfen?«

»Bran ist unterwegs«, wiederholte die männliche Stimme. Charles kannte sie nicht, doch der Akzent war keltisch. »Charles.« Er hielt inne. »Ich … Wir brauchen dich hier oben. Es gab einen Vorfall.« Und dann legte der Anrufer auf, ohne seinen Namen zu nennen oder genau zu erklären, wo »hier oben« genau sein sollte. Als Charles versuchte zurückzurufen, hob niemand ab. Charles schrieb die Nummer auf und verließ das Büro, auf der Suche nach seiner Stiefmutter.

Er hatte die Stimme nicht erkannt. Und wäre es eines der Rudelmitglieder gewesen, das in Schwierigkeiten steckte, hätte er es gefühlt. Aber es lebte noch eine andere Gruppe von Wölfen in Aspen Creek, Montana, die nicht Teil des Rudels des Marrok waren: die Wölfe, die Bran für zu beschädigt oder zu gefährlich hielt, um als Teil des Rudels zu funktionieren – selbst im Aspen-Creek-Rudel, das voll war von beschädigten und gefährlichen Wölfen.

Diese Wölfe gehörten überwiegend allein zum Marrok. Nicht als separates Rudel – nicht wirklich –, sondern durch Fleisch und Blut gebunden an den Willen und die Magie des Marrok. »Wildlinge«, nannte Bran sie. Einige im Rudel bezeichneten sie mit sehr viel weniger schmeichelhaften – und wahrscheinlich treffenderen – Begriffen, doch niemand nannte sie je in Hörweite von Charles' Vater die Wandelnden Toten.

Die Wildlinge lebten in den Bergen, entfernt von allen anderen. Ihre Häuser und ihr Gebiet wurden vom Rudel beschützt, weil es im Interesse aller war, ihnen nicht das bisschen Frieden zu rauben, das sie finden konnten.

Bran hatte ihm die übliche Liste von Namen und eine Lagekarte gegeben. Charles hatte die meisten der Wildlinge schon getroffen, aber es gab zwei Wölfe, die er nur vom Hörensagen kannte. Die Wildlinge waren – überwiegend – gleichzeitig gefährlich und zerbrechlich. Bran erlaubte niemandem leichtfertig, mit ihnen zu interagieren.

Auf der Liste standen keine Telefonnummern.

Er fand Leah zusammen mit Anna in der Küche aus Kirschholz und Edelstahl vor. Anna stand mit dem Rücken zu Leah, deren Gesicht gerötet war. Seine Anna rührte einen Teig – er roch Schokolade und Orange – und beachtete die Gefährtin des Marrok nicht im Geringsten. Er erkannte sofort Annas Taktik, mit Leuten umzugehen, die sie für zu unvernünftig hielt, um mit ihnen zu diskutieren. Schließlich war es oft genug er selbst, der so behandelt wurde.

Leah war groß, selbst für die heutige Zeit, in der Frauen häufiger über einen Meter fünfundsiebzig waren. Sie war mehrere Jahrzehnte älter als Charles. Im achtzehnten Jahrhundert – der Zeit, in der sie geboren war – hätte sie gewirkt wie eine riesige nordische Göttin. Ihr natürlicher Körperbau war athletisch, was noch verstärkt wurde von einem Leben, in dem sie viel Zeit damit verbrachte, durch den Wald zu laufen. Ihre Gesichtszüge waren gleichmäßig, mit großen blauen Augen von der Farbe eines Bergsees zur Mittagszeit.

Seine Anna war, wie sie selbst so gerne sagte, der Durchschnitt vom Durchschnitt. Durchschnittlich groß, durchschnittlich gebaut, durchschnittlich attraktiv. Ihr lockiges Haar war ein wenig dunkler und einen Hauch röter als Leahs dunkles Blond. Anna betrachtete ihr Haar als das Schönste an sich. Charles liebte ihre Sommersprossen und die warmen braunen Augen, die in Blau umschlugen, wenn ihre Wölfin an die Oberfläche drängte.

Objektiv gesehen war Leah schöner. Aber seine Anna war auf eine Weise *real*, die nur für wenige Leute galt. Er hatte einmal versucht, diese Eigenschaft seinem Dad zu erklären, doch der hatte irgendwann den Kopf geschüttelt und gesagt: »Sohn, ich glaube, das ist eines dieser Dinge, das deine Mutter mühelos verstanden hätte, sich mir aber niemals erschließen wird.«

Anna agierte zu jeder Zeit, als hätte sie instinktiv dieselbe Sicht auf die Welt wie sein Großvater mütterlicherseits: dass alles in der Welt Teil eines großen Ganzen war; dass einem Ding Schaden zuzufügen bedeutete, die Gesamtheit zu schädigen. Sie spürte eine tiefe Verbindung zu der Welt um sich herum, während die meisten Leute versuchten, um der Sicherheit willen so wenig Kontakt wie möglich aufzunehmen. In seinen Augen war Anna die mutigste Person, die er kannte.

Er wusste, dass viele Leah als die schönere der beiden Frauen bezeichnen würden. Er verstand sogar, warum. Aber für ihn war Anna …

*Unser*, sagte Bruder Wolf. *Sie ist perfekt, unsere Seelenverwandte, unser Anker, der Grund unserer Existenz. Wir sind geschaffen worden, um ihr zu gehören. Aber wir müssen uns jetzt um andere Dinge kümmern.*

Er wusste nicht, wie lange die zwei Frauen sich bereits anschwiegen – es war nicht allzu lange her, dass Leah aus seinem Büro gestürmt war. Dem Büro seines Vaters.

»Leah«, sagte er, weil ihm die Zeit fehlte, in den Sumpf der Probleme zwischen den zwei Frauen zu waten, selbst wenn er dumm genug gewesen wäre, das zu tun, »ich habe gerade einen verzweifelten Anruf von einem der Wildlinge erhalten, glaube ich. Kennst du diese Telefonnummer?«

Er hielt ihr den Zettel hin.

Jetzt präsentierte Leah eine ihrer besten Eigenschaften. Sie schob den Streit, der zwischen Anna und ihr schwelte, mühelos beiseite und ergriff das Papier, das er ihr reichte. Sie stellte ihre persönlichen Probleme, ohne zu zögern, hintenan, wenn die Pflicht rief.

»Hester und Jonesy«, sagte sie sofort. »Sie leben oben bei Arsonist Creek, ungefähr dreißig Kilometer entfernt. Was haben sie gesagt?«

Und deswegen hatte er die Stimme nicht erkannt. Jonesy sprach nur sehr selten, wenn seine Gefährtin anwesend war, um das zu übernehmen. Hester … Hester war alt. Sie fiel in die Kategorie von alt, in der weder sie selbst noch jemand anders wirklich wusste, wie alt genau.

»Jonesy hat mich angerufen«, erklärte Charles. »Er hat gesagt, es hat einen Vorfall gegeben. Er will, dass ich zu ihnen komme.«

»Es hat einen Vorfall gegeben?« Leah runzelte die Stirn. Sie sah kurz über die Schulter zu Charles' Gefährtin, dann vertieften sich die Falten auf ihrer Stirn noch einmal. »Selbst für Bran ist es nicht einfach, mit Hester umzugehen. Als er sie das letzte Mal besucht hat – letzten Herbst –, war sie bei Sinnen und schien es zu genießen, mit ihm zu singen. Aber später hat sie ihn ein gutes Stück Richtung Straße verfolgt und er musste Jonesy anrufen, um sie wieder nach Hause zu locken. Wenn es einen Vorfall gegeben hat, wäre eine Omega-Wölfin vielleicht in jeder Hinsicht eine gute Idee.«

Auch Charles runzelte die Stirn. »Eine Omega-Wölfin ist nicht immer eine gute Idee, wenn es um die Wildlinge geht.«

Ursprünglich hatte Bran gehofft, dass Anna vielleicht etwas für seine Wildlinge tun könnte. Und einigen von ihnen hatte sie auch geholfen. Doch eine ausgesprochene Katastrophe – die damit geendet hatte, dass ein Wildling starb und drei aus dem Rudel geschädigt wurden – hatte sie Vorsicht gelehrt. Dass bereits ein Todesurteil über diesen speziellen Wildling ausgesprochen worden war, *bevor* Anna versucht hatte, ihm zu helfen, hatte nicht verhindert, dass sie sich schrecklich fühlte.

Charles verspürte keinerlei Wunsch, Anna noch einmal einem solchen Trauma auszusetzen. Sein Dad und er hatten deswegen in letzter Zeit einige hitzige Debatten geführt – Diskussionen, die sie beide sorgfältig vor Anna geheim gehalten hatten.

»Verfolgt?«, fragte Anna, als sie nach einem Löffel griff und ihn in ihrer Schüssel versenkte.

Leah nickte. Solange es um ein wichtiges Thema ging, blieb ihre Stimme ruhig und professionell. »Sie hat Wolfsgestalt angenommen und Bran verfolgt, als wäre er Beute. Er meinte, er wäre sich nicht sicher, ob er nicht hätte zulassen sollen, dass sie ihn einholt.« Leahs knappe Erklärung ging nicht darauf ein, was das bedeutet hätte: Hesters Tod. »Dabei war sie vorher zwei Tage lang bei sich – und auch Jonesy wirkte stabil. Bran ging davon aus, dass es vielleicht die Anwesenheit eines dominanten Wolfes in ihrem Revier war, die sie aufgewühlt hat … also hat er es durchgehen lassen.«

Leah schürzte die Lippen, dann sagte sie: »Du bist nicht dein Vater. Hester könnte nicht bereit sein, dich allein in ihre Nähe zu lassen. Wenn du Hester nicht ausschalten willst, solltest du Anna mitnehmen.« Sie erkannte, dass Charles zögerte. »Anders als der Wildling, der so schlecht auf Anna reagiert hat, besitzt Hester eine starke Persönlichkeit. Das Problem ist ihre Wölfin – nicht ihre menschliche Hälfte.« Als sie seine Miene sah, lachte sie bissig. »Du kannst deinen Dad fragen. Das war seine Einschätzung.«

»Ich kann das hier in den Kühlschrank stellen«, sagte Anna knapp und verhinderte damit, dass Leah einen Streit vom Zaun brach. »Oder jemand anders kann das tun. Wie eilig haben wir es?«

Das Problem mit dem Wildling, bei dem Annas Hilfeversuch solch katastrophale Folgen gehabt hatte, war, dass der Wolf des Wildlings der geistig Gesündere gewesen war. Als Anna ihn beruhigt hatte, war nur ein wahnsinniger Mensch zurückgeblieben – der immer noch die Reißzähne und die Stärke eines Werwolfs besaß.

»Ich will nicht bummeln«, sagte Charles und gab damit nach. »Aber jeder Notfall wird vorbei sein, bevor wir dort ankommen. Wie Leah schon sagte: Hesters Hütte liegt ungefähr dreißig Kilometer entfernt – und der Weg führt zum Großteil über Waldwege.«

»Okay«, sagte Anna, nahm den Löffel, mit dem sie ihren Teig rührte, und befüllte ihn mit einem Klecks, um ihn Charles zum Kosten zu reichen. Mit der anderen Hand griff sie bereits nach der Klarsichtfolie.

»Das ist Mercys Rezept.« Die Bewegungen, mit denen Anna die Schüssel abdeckte, straften ihren entspannten Tonfall Lügen. »Ich habe auch ein wenig Orangenschale mit hineingetan. Was denkst du?«

Vielschichtiger bitterer Schokogeschmack dominierte in der Mischung aus Zucker, Butter und Orangen – ein Brownie-Teig, nahm er an, aber es konnte auch sein, dass sie Cookies daraus machte. Seine Ziehschwester Mercy hatte immer ein besonderes Talent dafür gehabt, köstliche Dinge mit Schokolade zu backen. Ebenso wie die Gabe, Leah vollkommen in den Wahnsinn zu treiben.

Seine Anna musste wirklich sauer auf Leah sein, wenn sie so weit ging, Mercy zu erwähnen. Charles brummte nur und steckte den Löffel, jetzt ohne Teig daran, in die Spülmaschine.

Anna konnte sein Brummen mühelos deuten. »Gut.« Sie stellte die Schüssel in den Kühlschrank und schaltete den Ofen aus. »Ich bin bereit, wenn du es bist.«

Leah hatte Annas Vorstellung mit zusammengekniffenen Augen beobachtet, doch als sie sprach, sagte sie bloß: »Hester ist alt genug, dass ein Geschenk sie dazu bringen sollte, euch wie Gäste statt wie Eindringlinge zu behandeln. Bran hat gewöhnlich Obst mit dabei … weil das die eine Sache ist, die sie nicht selbst anbauen oder jagen können. Gib mir eine Minute, dann stelle ich einen Korb zusammen.«

Mit schnellen Schritten verließ sie den Raum, wahrscheinlich, um einen Korb zu holen, nachdem in der Küche genug Obst herumlag.

Charles kannte Leah gut genug, um zu wissen, dass die Sache mit Anna noch nicht zu Ende war – was auch immer Anna getan haben mochte, um ihren Zorn zu erregen. Leah gab keinen Kampf auf – aber sie würde ihn verschieben, bis die Situation mit Hester geklärt war.

Charles musterte seine Gefährtin. Für den ungeschulten Blick wirkte sie entspannt und ruhig.

Aber seiner war nicht ungeschult. Er murmelte: »Ärger?«

Seine Gefährtin lehnte sich gegen die Granit-Arbeitsfläche und seufzte theatralisch, wenn auch nur halb gespielt. Dann richtete sie sich wieder auf und schüttelte den Kopf. »Es ist schwer für sie, uns hierzuhaben. Sie hat keine Ahnung, wie sie damit umgehen soll, dass ich in ihr Heim eingedrungen bin. Sie findet das unglaublich frustrierend. Und du bist auch keine große Hilfe.«

Charles zog die Augenbrauen hoch.

Trotz ihrer Anspannung lachte sie. »Es ist nicht deine Schuld. Du machst nichts falsch, außer Charlesheit auszustrahlen, aber das reicht schon, um sie nerven.«

Er wusste nicht, was Anna mit »Charlesheit« meinte – er war, wer er eben war. Dagegen konnte er nichts machen. Doch es stand außer Zweifel, dass seine Gegenwart Auswirkungen auf Leah hatte.

»Das hier scheint mir ein spezielleres Problem zu sein«, meinte er.

»Ja«, stimmte Anna ihm zu. »Tag hat vorbeigeschaut, während du in Brans Büro mit Nashörnern gerungen hast.«

»Ich habe Bücherregale verschoben«, sagte er. »Es waren keinerlei afrikanische Tiere beteiligt.«

Sie grinste ihn kurz an. »Für mich klang es nach Nashorn-Ringkampf – komplett mit animalischem Grunzen und Brüllen. Auf jeden Fall hat er vorbeigeschaut – anscheinend, um uns mitzuteilen, dass er sich langweilt.« Sie zögerte. »Er kam, als Leah und ich gerade eine Diskussion führten. Ich glaube, er hatte eigentlich etwas anderes zu sagen, aber wir haben ihn abgelenkt.«

Anna war eine Omega-Wölfin. Das bedeutete, dass jeder dominante Wolf den Drang verspürte, für ihre Sicherheit zu sorgen – was auch der Grund war, wieso Leah der Meinung war, sie könnte bei Hester helfen. Wenn Tag den Raum betreten hatte, als Anna und Leah gerade eine hitzige Diskussion geführt hatten … ja, der große keltische Werwolf hätte sein Möglichstes getan, um dieses Streitgespräch zu unterbrechen.

»Tag hat vorgeschlagen, wir sollten die Musikabende des Marrok wieder aufleben lassen«, erklärte ihm Anna. »Anscheinend waren sie fester Teil des Gemeinschaftslebens, bevor der Marrok vor ein paar Jahren zugelassen hat, dass sie auslaufen.«

»Vor fast zwanzig Jahren«, sagte Charles, mehr als nur ein wenig vor den Kopf gestoßen. Was hatte diesen

Gedanken in Tags Kopf gesetzt? Es gab doch sicherlich Dinge, die einem eher einfielen, wenn man in einen Streit zwischen zwei Frauen geriet, als Geschehnisse, die unter zwei Jahrzehnten Staub lagen. »Das sind mehr als bloß ein paar Jahre.«

»Zwanzig?« Anna runzelte die Stirn. »Bei Tag klang das anders.«

»Ich würde mich nicht allzu sehr auf Tags Zeitgefühl verlassen«, erklärte Charles ihr trocken. »Frag ihn mal nach Waterloo. Er redet darüber, als wäre es keine Woche her.«

Sie grinste. »Nur, wenn du diesmal derjenige bist, der ihm mitteilt, dass die Franzosen die Schlacht verloren haben. Ich werde mit Popcorn vom Rand aus zuschauen.«

Tags richtiger Name lautete Colin Taggart. Er bezeichnete sich je nach Datum und dem Akzent, in dem er gerade sprach, als Iren, Waliser oder Schotte. Er hatte in den napoleonischen Kriegen für den kleinen General gekämpft und hegte immer noch einen ziemlichen Groll gegen »die Engländer«.

»Auf jeden Fall«, sagte Anna mit einem Blick zur Tür, durch die Leah verschwunden war. »Ich fand, es wäre vielleicht keine gute Idee, große Veränderungen anzustoßen, solange Bran nicht da ist. Leah ist da allerdings anderer Meinung.«

Charles blinzelte. Es sah seiner Anna gar nicht ähnlich, so unvorsichtig zu sein. Und Leah besaß keinen Funken musikalisches Talent. Nachdem sie sich für nichts interessierte, bei dem sie nicht im Mittelpunkt stand, hatte sie das Ende der Musikabende mehr begrüßt als alle anderen.

»*Leah* findet, es würde dem Rudel guttun, wenn es abgesehen von der Vollmond-Jagd noch eine Art gesellschaftliche Zusammenkunft gäbe«, sagte Leah mit einer gewissen Schärfe in der Stimme, als sie wieder aus den Tiefen des Hauses auftauchte. Sie hatte einen Korb in der Hand.

»Und *Anna* findet, das Rudel wird nicht in Verzweiflung und Langeweile verfallen, wenn wir warten, bis Bran zurückkehrt«, sagte Anna in dem gleichen Tonfall, den Charles' Dad gerne bei seinen aufsässigen Söhnen einsetzte. »Sie findet außerdem, dass es absurd ist, über sich selbst in der dritten Person zu sprechen.«

Charles unterdrückte ein Grinsen. Aus irgendeinem Grund ging er nicht davon aus, dass ein Lächeln die Situation verbessern würde, besonders, weil er an Leahs verkniffener Miene ablesen konnte, dass auch sie den Tonfall erkannte.

Leah zog eine Grimasse, verkniff sich aber jeden weiteren Kommentar. Dann füllte sie den Korb mit Äpfeln, Pfirsichen und Bananen. Unter ihren geschickten Händen bekam der Haufen ein fast kunstvolles Aussehen.

»Hier«, sagte sie zu Charles und reichte ihm den Korb. »Ich hoffe, das hilft.« Trotz ihres scharfen Tons log sie nicht.

Charles nickte ernst. »Vielen Dank.«

»Ich verstehe diese Frau einfach nicht«, sagte Anna, als sie auf den Fahrersitz seines alten Trucks kletterte. Sie hatte es endlich aufgegeben, Charles zu fragen, ob er selbst fahren wollte – außer es gab gute Gründe, warum sie *nicht* fahren wollte oder er fahren sollte. »Wieso ist für sie immer alles ein Kampf?«

Charles brummte. Anscheinend hatte sie vor, jetzt bei ihm Dampf abzulassen. Das war okay. Er hatte breite Schultern. Es gefiel ihm, dass sie ihm ihre Geheimnisse anvertraute – selbst wenn es dabei nur darum ging, wie frustrierend sie Leah fand. Eigentlich kein großes Geheimnis, aber ihn hatte sie eingeweiht.

Anna sah ihn stirnrunzelnd an, bevor sie den Truck vorsichtig rückwärts aus der Einfahrt manövrierte. Sie fuhr wie eine alte Großmutter. Charles fand das entzückend. Genau wie ihr Stirnrunzeln.

»Haben wir es nicht eilig?«, fragte sie. »Solltest nicht besser du fahren?«

»Was auch immer geschehen ist, es ist bereits geschehen«, sagte Charles. »Wir sollten keine Zeit verschwenden, aber ich denke nicht, dass zehn Minuten hin oder her einen großen Unterschied machen werden.«

»In Ordnung«, entgegnete sie. »Fahre ich in die richtige Richtung? Ich habe mich so über Leah aufgeregt, dass ich nicht nachgefragt habe. Ich weiß nicht, wo der Arsonist Creek liegt. Wieso weiß ich das eigentlich nicht?«

»Das ist der richtige Weg«, sagte er. »Und das Gebiet des Rudels ist durchzogen von kleinen Flüssen, Bächen und Pfützen. Du musst nicht alle kennen – besonders, nachdem der Arsonist Creek in dem Teil unseres Reviers liegt, das wir den Wildlingen überlassen haben.«

»Okay«, sagte sie, um dann zu verstummen. Er vermutete, dass sie versuchte, ihren Ärger wegen Leah zurückzuhalten. Anna kochte noch ein wenig vor sich hin, ehe sie ihren ganzen Frust schließlich abreagierte.

»Es ist eine gute Idee«, erklärte sie ihm. »Tag sollte sagen können: ›Hey, lasst uns das machen.‹ Und Leah sollte sagen: ›Hey, das ist eine erstaunlich gute Idee, lass es uns so machen, wie du es vorgeschlagen hast.‹ Und dann wäre alles wunderbar. Stattdessen habe ich den Fehler gemacht anzumerken, dass das lustig klingt, und schon kam von ihr nur noch: ›Wir sollten warten, bis Bran nach Hause kommt‹.«

Also hatte seine kluge Wölfin die Seite gewechselt, dachte er. Er hatte das schon öfter beobachtet. Manchmal sogar bei ihm. Anna hatte wahrscheinlich alle von Leahs Gegenargumenten angeführt, bis seiner Stiefmutter keine andere Wahl blieb, als genau dorthin zu springen, wo Anna sie haben wollte. Wäre Leah klüger gewesen … doch das war sie nicht. Wie sein Dad ihm einmal erklärt hatte, war es nicht fair, ihr vorzuwerfen, dass sie genau das war, was Bran als Gefährtin brauchte. Jemand, den Brans Wolf akzeptierte – den der Mann aber nicht lieben konnte.

»Ich kann mir keine Welt vorstellen, in der Leah das Wort ›Hey‹ verwendet«, sagte er. »Außer vielleicht das ähnlich klingende Wort ›Hai‹. Und dann nur, wenn es um Knorpelfische geht.«

Anna ließ das Lenkrad los und wedelte mit den Händen. »Es geht um ein Barbecue, nicht um einen Initiationsritus oder ein Volksfest oder sonst etwas, was viel Organisation erfordert. Eine einfache Sache von ›Bringt etwas zu essen mit, und auch gerne Instrumente, wenn ihr wollt, heute Abend werden wir Spaß haben‹. Wir sind eine ziemlich musikalische Truppe hier oben. Sich daran zu erfreuen sollte kein solcher Akt sein.« Anna legte die Hände wieder ans Lenkrad, ungefähr eine Hundertstelsekunde, bevor er sich genötigt sah, ihr ins Lenkrad zu greifen.

»Bieg hier ab«, sagte er. »Dann fahr weiter, als wärst du unterwegs zum Wilson Gap.«

Für einen Moment breitete sich Schweigen aus. Bruder Wolf hielt Anna für absolut fähig, mit Leah zurechtzukommen, wenn sie das wollte. Üblicherweise war es auch so. Leah reagierte wie andere auch auf den Effekt des Omega-Wolfes, genauso wie auf Annas aufrichtige Freundlichkeit. Wenn Tag einen Streit unterbrochen hatte, dann nur, weil Anna den Streit zugelassen hatte.

Bruder Wolf wusste nicht, wieso sie das getan haben sollte, aber Charles zählte für sie beide eins und eins zusammen. Vielleicht war es nicht Ermahnungen seines Dads zu verdanken, dass Leah ihn kaum belästigt hatte, seitdem Bran weg war.

»Hast du Streit mit Leah vom Zaun gebrochen, damit sie nicht auf die Idee kommt, sich mit mir anzulegen?«, fragte er.

Anna schob das Kinn vor.

»Danke.«

»Mein Job«, sagte sie – und ihre Stimme klang ein wenig verärgert –, »besteht darin, dir deinen leichter zu machen.«

Er dachte über den grimmigen Ton nach und darüber, wie sie die Worte »mein Job« betont hatte. Bruder Wolf fühlte sich unbehaglich. In Angelegenheiten, die mit dem Glück seiner Gefährtin zusammenhingen, hatte Bruder Wolf manchmal tiefere Einsichten, weil Charles, abgelenkt von menschlichen Problemen, etwas übersah.

Seine Anna, deren musikalisches Talent so herausragend war, dass es ihr ein Vollstipendium an der Northwestern University eingebracht hatte, sollte ihr Cello auf einer Bühne im Scheinwerferlicht spielen. Stattdessen war sie in Aspen Creek, Montana, gefangen – wo das, was Bühnenscheinwerfern wahrscheinlich noch am nächsten kam, oben auf seinem Truck befestigt war.

»Du wolltest recherchieren, ob du doch noch deinen Abschluss machen kannst«, sagte er. Er hatte sie schon eine Weile danach fragen wollen. Aber in manchen Punkten konnte Anna sehr reserviert sein, und er bemühte sich, ihr Luft zum Atmen zu lassen. Es war ein schwieriges Abwägen zwischen Bruders Wolfs manchmal allumfassenden Drang, sie zu beschützen/lieben/verteidigen, und Annas Wunsch, sie selbst zu sein und ihre eigenen Entscheidungen zu treffen.

Eine Weile sagte sie nichts.

»Ich kann einen Bachelor in Musiktheorie machen«, erklärte sie schließlich. »Aber langsam drängt sich mir das Gefühl auf, dass ich vielleicht eher in Richtung Therapeutin oder Coach gehen sollte.«

»Willst du das denn?«

Sie seufzte leise und schüttelte den Kopf.

»Wieso reden wir dann überhaupt darüber?«

Sie suchte nach einer Aufgabe in ihrem Leben.

*Wir*, sagte Bruder Wolf. *Wir sollten ihre Aufgabe sein, so wie sie unsere ist.* Dann, als Charles seinen Egoismus missbilligte, bot er an: *Aber wenn sie mehr will, müssen wir ihr das bieten.*

Dem konnte Charles nur von Herzen zustimmen.

Er hatte mit seinem Dad Recherchen darüber angestellt, wie Anna und er ein Kind adoptieren konnten. Es war kompliziert, nachdem Bran sich bemühte, Aspen Creek und das Rudel nicht auf dem Radar der Behörden auftauchen zu lassen.

Doch Annas Unzufriedenheit war nicht durch ein

Kind zu heilen. Sie war nicht die Art von Person, die durch andere lebte.

»Was hältst du von Tags Vorschlag?«, fragte Anna, um das Thema zu wechseln. »Glaubst du, es wäre eine gute Idee, ein Treffen zu organisieren, bei dem nicht bloß das Rudel anwesend ist, sondern die ganze Gemeinde?«

»Ich will mich nicht auf Leahs Seite stellen …«, setzte er an, nur um über den bösen Blick zu lachen, den sie ihm sofort zuwarf. »Hör mir einfach zu, Anna-Liebes. Die Musikabende standen im Zentrum des Kampfes zwischen meinem Dad und Mercy – und du weißt, wie empfindlich Leah in Bezug auf alles reagiert, was mit Mercy zu tun hat.«

»Das weiß ich«, sagte sie. »Und ich verstehe es sogar, auch wenn es mich schmerzt, das zuzugeben. Bran verhält sich seltsam, wenn es um Mercy geht. Ich würde an Leahs Stelle genauso empfinden – egal, wie nett ich Mercy auch finden mag.«

»Bran verhält sich nicht seltsam, wenn es um Mercy geht«, sagte Charles unangenehm berührt. »Er sieht sie als seine Tochter. Und er hat keine anderen lebenden Töchter mehr. Daran ist nichts seltsam.«

»Zumindest reden sich das alle gerne ein«, stimmte Anna ihm mit ausdrucksloser Stimme zu. »Inklusive Bran. Lassen wir es dabei. Also waren die Musikabende ein Konfliktherd zwischen Bran und Mercy?«

»Nein, das nicht«, sagte Charles. Er fühlte sich unwohl, weil Anna ihren Finger in eine Wunde gelegt hatte, die er seit langer Zeit ignorierte. Dann atmete er tief durch. »Okay. Okay. Es könnte sein, dass du mit Dad und Mercy nicht ganz unrecht hast.«

Sie lächelte leise.

Er riss die Hände in die Luft. »Okay. Ja. Ich habe es bemerkt. Natürlich habe ich das. Genauso wie Leah. Aber mein Dad hätte sich nie an Mercy herangemacht. Du kannst über ihn sagen, was du willst – aber sein Wolf hat Leah als seine Gefährtin akzeptiert, und er wird sie nicht betrügen. Und für Mercy war er nie etwas anderes als eine Vaterfigur und ihr Alpha. Das brauchte sie, und das hat er ihr gegeben. Ich glaube nicht, dass Mercy je erkannt hat, dass da hätte mehr sein können.«

»Ja«, stimmte Anna ihm zu seiner großen Erleichterung zu. »Genau so habe ich die Beziehung auch gedeutet.« Sie hielt inne, dann sagte sie leise, ohne die Augen von der Straße vor ihnen abzuwenden. »Glaubst du, es geht ihr gut?«

»Mercy?« Mercy war entführt worden. Aus diesem Grund hatte Bran das Rudel unter Charles' Aufsicht zurückgelassen. Glücklicherweise hatte sich die Sache schnell geklärt – oder zumindest Mercys Teil daran. Er hatte so ein Gefühl, dass die Nachbeben noch eine Weile anhalten würden.

»Ja, Mercy.«

Charles presste sich eine Faust aufs Herz. »Falls dem nicht so wäre, hätte mein Dad die Monster der Geschichte heraufbeschworen, um Rache zu nehmen. Stattdessen hat er beschlossen, meinen Bruder in Afrika zu besuchen – ausgerechnet – und ›sich einen Urlaub zu gönnen‹. Also gehe ich davon aus, dass bei Mercy alles in Ordnung ist. Du könntest sie anrufen.«

Anna stieß den Atem aus. »Okay. Ich habe heute versucht, sie anzurufen, aber ihr Handy funktioniert nicht. Und im Haus ist ein Junge ans Telefon gegangen, der gesagt hat, sie wäre draußen und versuche herauszufinden, wie sie Christys Auto zum Laufen kriegt – Zitat: ›zumindest so weit, damit Christy wieder verschwindet‹, Ende des Zitats. Er hat mir geraten, sie einen oder zwei Tage in Ruhe zu lassen, bevor ich es noch mal versuche.«

Charles lächelte trocken. »Hast du Christy je kennengelernt?«

Anna schüttelte den Kopf. »Wer ist sie?«

»Adams Exfrau. Schön, zerbrechlich, ein wenig hilflos – genau die Art von Frau, zu der sich die meisten Alphas hingezogen fühlen.« Sein Lächeln wurde breiter, als Anna leidenschaftlich schnaubte.

»Ich bin nicht hilflos«, sagte sie. »Und auch nicht zerbrechlich.«

»Nein, das bist du nicht«, stimmte er ihr zu. »Und Christy ist es eigentlich auch nicht. Ich danke dem Schicksal jeden Tag dafür, dass mein Dad Leah als Gefährtin gefunden hat und nicht jemanden wie Christy. Leah ist um einiges direkter.«

»Und ich bin auch nicht schön«, fuhr Anna unbeirrt fort.

»In diesem Punkt«, sagte er friedfertig, »müssen wir uns darauf einigen, dass wir unterschiedlicher Meinung sind.«

»Erzählst du mir von den Musikabenden?«, fragte Anna nach einer Weile, und er bemerkte erfreut, dass ihre Wangen leicht gerötet waren, weil sie wusste, dass sein Kompliment ernst gemeint war.

»Mercy und Bran haben eine Fehde über diese Musikabende geführt«, sagte Charles. »Du kennst Mercy. ›Stur‹ ist als Wort noch viel zu schwach, um sie zu beschreiben.«

Anna runzelte die Stirn. »Aber sie braucht immer erst einen Grund.«

Er nickte. »Mercy steht nicht gerne im Mittelpunkt. Sie ist durchaus musikalisch. Wenn sie singt, trifft sie die Töne, hat allerdings keine besondere Stimme. Und das wusste sie. Aber am Klavier war sie gar nicht schlecht.«

»Sie hat mir erzählt, dass sie Klavierspielen hasst«, meinte Anna.

»Ich glaube, das ist im Zuge dieser chaotischen Fehde mit Leah passiert«, erklärte er. »Leah hat Mercy gnadenlos gefoltert. Sie wurde nur von zwei Punkten zurückgehalten.«

Er hob einen Finger.

»Mein Dad hat absolut klargestellt, dass jeder ihm persönlich Rede und Antwort stehen muss, der Mercy körperlichen Schaden zufügt. Und Mercys Pflegevater, Bryan, war ein beängstigender Bastard, wenn er wütend wurde. Allerdings brauchte es viel, um ihn so weit zu bringen, und Leah hat immer sorgfältig darauf geachtet, diese Grenze nicht zu überschreiten. Für Leah wurde es einfacher, weil Mercy immer zurückgeschlagen hat – und das hat die Sache komplizierter gemacht, wo Leah sonst klar im Unrecht gewesen wäre.«

Anna verzog mitfühlend das Gesicht, also fügte er hinzu: »Und da wäre noch ein Punkt: Gewöhnlich hatten am Ende alle mehr Mitleid mit der Person, die Mercys Zorn auf sich gezogen hatte, als mit Mercy selbst.«

Anna lachte. »Die Schuhdiebin.« Dann senkte sie verschwörerisch die Stimme: »Der Osterhasen-Vorfall.«

»Genau«, sagte Charles. »Um fair zu sein, mein Dad glaubt an: *Was mich nicht umbringt, macht mich stärker.* Es wird niemals wieder jemandem gelingen, Mercy etwas anzuhängen, woran sie keine Schuld trägt. Leah hat Mercy beigebracht, dass man mit seiner Rache auf den richtigen Moment warten muss und Gerechtigkeit möglich ist, ohne dafür zu sterben.«

»Das soll *fair* sein?«, fragte Anna.

Charles nickte. »Mercy wollte glauben, dass die Welt ein gerechter Ort ist – und sie kann sich in einen Kojoten verwandeln, in einer Welt, in der Werwölfe und Vampire leben. Sie gibt einfach niemals auf. Sie musste lernen, wie man überlebt – und Dad hat zugelassen, dass Leah ihr das beibringt. Was aber nicht heißen soll, dass sich Leah bewusst ist, dass sie Mercy damit geholfen hat.« Er war sich nicht einmal vollkommen sicher, ob sein Dad gewusst hatte, dass er Mercy half.

»Was hast du getan?«, fragte Anna.

Bruder Wolf wollte sich in dem Vertrauen suhlen, dass sie ihnen entgegenbrachte – weil er ihrer Überzeugung nach bestimmt nicht zugelassen hatte, dass seine kleine Kojotenschwester sich allein gegen Leah wehren musste.

»Ich konnte nicht gegen die Entscheidung meines Vaters vorgehen«, sagte er. »Die da lautete, dass wir uns nicht in den Streit zwischen Leah und Mercy einmischen sollten. Leah, so hat er mir erklärt, war seine Gefährtin – und damit von höherem Rang als ich.«

»Also, was hast du getan?«, fragte sie wieder.

»Ich war anwesend, wann auch immer die Gefahr bestand, dass Leah allein auf Mercy traf, ohne andere Zeugen.« Das hatte ihn viel Mühe gekostet – und wenn sein Dad je herausfinden sollte, wie viele im Rudel sich bemüht hatten, ihm bei dieser selbst gestellten Aufgabe zu helfen, würde er zur Rechenschaft gezogen werden. Er hatte Leahs Autorität im Rudel untergraben – etwas, was sein Vater, hätte er davon gewusst, niemals zugelassen hätte. Doch Charles hatte auch etwas von Mercy gelernt: Solange man nicht erwischt wird, ist alles gut.

»Und wie hängt das alles mit den Musikabenden zusammen?«, fragte Anna.

»Mercy hat irgendwann herausgefunden, dass Bran von Leahs Verhalten wusste und nicht vorhatte, sich einzumischen. Bryan …«

»Ihr Pflegevater.«

»Genau der«, bestätigte er. »Bryan hat mir erzählt, dass er sich Sorgen machte, was Mercy tun könnte. Wir wussten beide, dass sie das nicht einfach akzeptieren würde.«

»Natürlich nicht.«

Charles lächelte. »Die Musikabende begannen irgendwann Mitte der Sechzigerjahre. Mein Vater wurde zum Opfer eines Selbsthilfebuchs, das irgendein Idiot ihm zu Weihnachten geschenkt hatte. Er hat beschlossen, dass das Rudel … die Stadt … eine Art Bindungserfahrung brauchte. Er ist Musiker – also hat er sich für Musik entschieden. Alle Kinder über fünf sollten abwechselnd etwas vorführen – ob sie nun zum Rudel gehörten oder nicht.« Aspen Creek war winzig, aber trotzdem hatten bei jeder Aufführung fünf oder sechs Kinder gespielt. »Dann folgten ein paar Freiwillige – oder manchmal auch Zwangsverpflichtete – aus dem Rudel. Und zu guter Letzt schloss Dad den Abend mit einer eigenen Vorführung ab: gewöhnlich mit Musik, aber manchmal auch mit einer Geschichte. Das sorgte dafür, dass auch diejenigen, die nicht mit den Kindern verwandt waren, die Sache halbwegs geduldig durchstanden. Als Mercy als Welpe ins Rudel kam, waren die Abende bereits eine feste Tradition.« Er warf einen kurzen Blick zu seiner Gefährtin. »Auch wenn einige von uns vielleicht der Meinung waren, dass sie eher eine lästige Pflicht waren.«

Anna dachte darüber nach. »In dieser Stadt gibt es viel Talent, keine Frage. Aber ich war schon bei Aufführungen mit Kindern. Zum Teufel, ich war ein Kind in Aufführungen. Ich wette, manche dieser Abende zogen sich länger dahin als andere, besonders wenn keines der Kinder das eigene war.«

Charles grinste. »Mercy fand das auch. Sobald sie acht oder neun wurde, hat sie die Kleinen zusammengetrommelt – die Jüngsten, diejenigen, die keinen Ton treffen konnten, selbst wenn ihr Leben davon abhing, und die Kinder, die den Fehler gemacht hatten, sie zu lange anzusehen – und hat sie dazu gebracht, ›besondere Aufführungen‹ abzuliefern.«

Er schüttelte den Kopf. »Manche davon waren wirklich eindrucksvoll. Nicht immer musikalisch, aber eindrucksvoll. Der erste Vorteil daran war, dass die Abende um einiges kürzer wurden, weil wir alle Kinder – und auf jeden Fall alle, die richtig schlecht waren – auf einen Schlag hinter uns bringen konnten. Doch nach einer Weile wurden die Vorführungen richtig gut. Ich glaube, Samuel hat ihr geholfen, weil ich ein paar der Lieder als seine erkannt habe. Auf jeden Fall fing Mercy an, mit Bran um die beste Aufführung zu konkurrieren – hat das Publikum eingeladen, selbst zu entscheiden. Er fand das toll.«

»Bran?«

»Mein Dad hat, trotz seiner vielen Fehler, kein allzu großes Ego. Er ist dominant, aber nicht allzu ehrgeizig.« Anna stieß ein Brummen aus, also musste er sich korrigieren. »Okay. Du hast recht. Er ist durchaus ehrgeizig. Dann lass es mich so ausdrücken: Er verspürt nicht den Drang, den Boden mit einer Gruppe Kinder zu wischen, um sich wie ein Alpha zu fühlen. Er war stolz auf die Anstrengungen der Kleinen und hat Mercy ermuntert – wie er es eben tut. Blinzele im falschen Moment, und du hast es verpasst – hier bitte links. Hier.«

Anna bog ab. Dann fuhr sie langsamer, denn auch wenn man die Straße als gepflastert bezeichnen konnte, war sie doch sehr schlecht.

»Dann hat Mercy herausgefunden, dass Bran von Leahs Angriffen wusste«, meinte Anna nachdenklich.

»Stimmt. Lass mich einfach sagen, dass Mercy sich verdammt harte Strafen ausdenken kann. Mach dich nie unbeliebt bei dir. Sie wird genau den Punkt finden, der dich am meisten trifft.«

»Was hat sie getan?«

»Sie hat den ersten Satz von Beethovens *Sonate Pathétique* gespielt.«

»Nummer acht«, sagte Anna. »Opus Dreizehn?«

Er nickte. »Fast zwei Jahre lang hat sie das Stück an jedem Musikabend gespielt.«

»Was ist falsch daran?«, fragte Anna. »Es ist ein wunderschönes Werk.«

Charles grinste. »Sollte man meinen. Und eigentlich stimmt es. Aber ich höre das Stück in meinen Albträumen und gehe davon aus, dass es Dad genauso geht. Man kann auf einem gestimmten Klavier keine schiefen Töne spielen, aber das ist so ungefähr das Einzige, was Mercy diesem armen Stück nicht angetan hat. Bei jeder Vorführung war es etwas Neues. Einmal hat sie mit verbundenen Augen gespielt. Einmal hat sie ein Metronom aufgestellt und nicht ein einziges Mal in dem Tempo gespielt, das vorgegeben wurde. Einmal hat sie es in einem Viertel der Geschwindigkeit gespielt und die anderen zwei Sätze dazugenommen.« Die Erinnerung brachte ihn zum Lachen. »Die Leute dachten, sie wäre fertig, fingen an zu klatschen, und genau in diesem Moment spielte sie noch eine Note. Sehr langsam. Es hat eine gefühlte Ewigkeit gedauert. Aber sie hat meinen Vater nie weiter getrieben als zu wütend zusammengepressten Lippen.« Er schloss die Augen, versunken in Erinnerungen. Sein Lächeln verblasste. »Dad tut nicht oft das Falsche – und wenn er in den letzten dreißig Jahren das Falsche getan hat, hatte es meistens mit Mercy zu tun.«

»Er verhält sich in ihrer Gegenwart seltsam«, sagte Anna ausdruckslos.

Charles öffnete die Augen, um sie gespielt böse anzustarren, doch sie achtete zu intensiv auf die Straße, um etwas zu bemerken.

»Ja«, meinte er, »seltsam. Auf jeden Fall waren das echte Vorführungen. Die Jungs trugen weiße Hemden und Krawatten, die Mädchen Kleider. Zu der Vorstellung, die ihre letzte werden sollte, kam Mercy in abgeschnittenen Jeans und einem T-Shirt mit Farbflecken. Auf dem T-Shirt prangte Micky Maus, der der Welt den Stinkefinger zeigte.« Er seufzte.

»Was hat Bran getan?«

»Mein Dad kann im Kampf auch unfair sein, Anna, obwohl er das gewöhnlich nicht ist. Er hat Mercys Pflegemutter – eine scheue, furchtbar liebe Frau, bei der gerade irgendeine schreckliche menschliche Krankheit diagnostiziert worden war – vor versammelter Mannschaft fertiggemacht, weil sie nicht dafür gesorgt hatte, dass Mercy anständige Kleidung trug. Die Frau hat geweint. Bryan war nicht da – ich bilde mir gerne ein, dass Dad *vergessen* hatte, dass er ihn an diesem Abend mit irgendeiner Aufgabe betraut hatte. Aber vielleicht hatte er seine Handlungen auch so weit im Voraus geplant. Mercy hat nichts gesagt. Sie ist von der Klavierbank aufgestanden, hat Evelyn an der Hand genommen und sie aus dem Raum geführt.«

Anna dachte einen Moment darüber nach. »Bran hat vor dem gesamten Rudel eine kranke Frau angegriffen, die sich nicht verteidigen konnte? Wow.«

»Lass dich von meinem Dad nicht hinters Licht führen, Anna«, sagte er. »Wenn es hart auf hart kommt, ist er ein verdammter Mistkerl.«

»Was hat Mercy getan?«, fragte Anna. »Die Mercy, die ich kenne, hätte ihm das nicht durchgehen lassen.«

»Nein«, sagte er. »Natürlich nicht. Sie hat in Dads neuem Mercedes den Sitz mit Erdnussbutter eingerieben und ihn dazu gebracht, sich hineinzusetzen.«

»Ha!« Anna klang tief befriedigt. »Gut gemacht. Ich hätte sogar Eintritt gezahlt, um das zu sehen.«

Charles fragte sich, wieso bei dieser Erinnerung Melancholie in ihm aufstieg. Wahrscheinlich, weil er Evelyn gemocht hatte – und es hatte ihm fast das Herz zerrissen, zusehen zu müssen, wie sein Vater sie behandelt hatte. Aber er hatte, genau wie der Rest des Rudels, einfach bloß dagestanden und alles beobachtet. Nur Mercy hatte sich dem Marrok widersetzt.

Bruder Wolf und er waren schon vor langer Zeit übereingekommen, dass es falsch gewesen war, nicht ebenfalls einzugreifen.

»Die Erdnussbutter«, sagte Charles, »hat meinen

Vater daran erinnert, dass er einen Kampf gegen ein Kind führte. Gegen jemandem, den zu beschützen er geschworen hatte. Und weil er das Gefühl hatte, den Krieg zu verlieren, hat er jemanden angegriffen, der sich nicht verteidigen konnte. Mein Dad wird nicht oft gedemütigt, aber dieses Mal hatte Mercy es geschafft. Er hat Evelyn Blumen gebracht und sich erst persönlich entschuldigt, dann öffentlich. Bei ihr, bei Bryan – sogar bei Mercy. Danach kam Mercy jedes Mal in derselben Kleidung zu den Musikabenden. Sie setzte sich ans Klavier und blieb fünf Minuten lang mit verschränkten Händen sitzen. Im Anschluss dankte mein Vater ihr ernst für ihre Vorführung, sie neigte den Kopf wie ein Samurai-Krieger, und das war's. Das ging so weiter, bis Evelyn starb – ich glaube, ungefähr zwei Jahre lang –, dann setzte sich Mercy ins Publikum, und mein Dad hat es aufgegeben, sie auf die Bühne zu bitten.«

»Haben die Musikabende deswegen ein Ende gefunden?«, fragte Anna.

Er schüttelte den Kopf. »Das passierte erst, als er Mercy weggeschickt hat.«

Anna kannte die Geschichte, also erzählte er sie nicht noch mal. Sein Bruder hatte beschlossen, dass die sechzehnjährige, sich in einen Kojoten verwandelnde Mercy vielleicht einen Weg bot, Kinder zu bekommen, die überleben konnten, und hatte sich darangemacht, sie zu umwerben. Bran hatte eingegriffen, bevor Samuel Mercy nicht wiedergutzumachenden Schaden zugefügt hatte – oder sich selbst. Aber trotzdem hatten sie alle einen Preis dafür gezahlt.

»Es gab noch zwei Musikabende, nachdem sie zu ihrer leiblichen Mutter gezogen war. Den zweiten hat Bran mit den Worten geschlossen, dass sie ihren Zweck erfüllt hatten und es Zeit wurde, damit aufzuhören.«

»Ohne Mercy machte es ihm keinen Spaß mehr«, meinte Anna.

»Das glaube ich auch. Aber niemand hat je den Mut aufgebracht, ihn danach zu fragen.«

»Kein Wunder, dass Leah dachte, es wäre eine schlechte Idee, diese Tradition wiederzubeleben«, meinte Anna nachdenklich. »Vielleicht sollten wir dieses Barbecue zu einer einmaligen Sache erklären.«

»Dieses Barbecue, von dem Leah denkt, du willst es nicht«, sagte Charles, unfähig, seine Erheiterung zu verbergen. »Im Moment hat sie wahrscheinlich vor, alle täglich einzuladen.«

»Ich kann es nicht ganz abblasen«, sagte Anna nach einem Augenblick. »Wenn ich schon wieder die Seiten wechsele, wird sogar Leah bemerken, dass ich sie manipuliere. Aber ich glaube, ich kann sie dazu bringen, mir die ganze Arbeit aufzuhalsen. So kann ich dafür sorgen, dass es nicht im Geringsten an diese früheren Musikabende erinnert. Vielleicht machen wir es ohne Kinder.« Sie hielt inne. »Oder, wenn wir wirklich wollen, dass es nie wieder stattfindet, dann laden wir nur Kinder ein.«

Anna war ziemlich geschickt darin, die Leute dazu zu bringen, das zu tun, was sie wollte. Hin und wieder trat sie dem einen oder anderen dabei auf die Zehen, weil ihr einfach die instinktive Hochachtung gegenüber Ranghöheren fehlte. Doch sie war viel besser darin geworden, diese Dominanzfragen zu umschiffen.

Leah war nicht klug, doch sie war alt. Und wenn Mercy bei ihr in die Lehre gegangen war – nun, dann verhielt es sich wohl umgekehrt genauso. Vielleicht würde sie deswegen bemerken, was Anna vorhatte. Aber wenn Leah Ärger machte, würde er das unterbinden. Bruder Wolf gefiel diese Idee.

»Hör auf damit«, sagte Anna bestimmt. »Ich kann mich selbst darum kümmern.«

»Natürlich kannst du das«, sagte er überrascht. »Das bedeutet aber nicht, dass ich dir nicht helfen kann.«

Sie schüttelte nur den Kopf, doch er wusste, dass sie innerlich lachte, weil Bruder Wolf ihm das mitteilte.

»Und du erzählst allen immer, du würdest Leute nicht verstehen«, meinte sie.

»Tue ich auch nicht«, sagte er zufrieden. »Ich verstehe nur dich.«

# 2

Für die Fahrt von dreißig Kilometern brauchte Anna fast eine Stunde.

Seit sie Charles' Gefährtin geworden war, fühlte sie sich die meiste Zeit, als gehöre sie hierher, in die Wildnis von Montana. Dann machte sie mit Charles eine Fahrt in die Berge und wurde nachdrücklich daran erinnert, dass sie in der Stadt aufgewachsen war.

Sicher, Teile von Chicago waren auf ihre Art auch eine Wildnis, aber selbst in den schlimmen Vierteln gab es gepflasterte Straßen, breit genug, um zumindest mit einem Auto zu passieren. Und sie hatte darauf vertrauen können, dass nicht plötzlich ein verdammter Baum mitten auf der Straße wuchs, direkt hinter einer scharfen Kurve.

Hätte sie in diesem Moment keinen Sicherheitsgurt getragen, wäre sie durch die Windschutzscheibe geflogen. Charles, der nicht angeschnallt war, hatte sich abgestützt, kurz bevor sie auf die Bremse getreten war – weswegen sie sich genervt fragte, ob er von dem Baum gewusst hatte.

»Nein«, sagte er, als hätte er ihre Gedanken gelesen. »Ich habe ihn zur selben Zeit gesehen wie du.«

»Wieso steht da ein Baum auf der Straße?«, grummelte sie.

»Das ist eine dieser Fragen, auf die es keine Antwort gibt, habe ich recht? Wie wenn eine Frau von einem wissen will, ob sie in dieser Hose fett aussieht.« In Charles' Stimme klang keine Erheiterung mit, und auch seine Augen funkelten nicht, aber sie wusste trotzdem, dass er sich amüsierte, und lächelte als Antwort.

Vorsichtig lenkte sie den Truck um den Baum herum. »Zumindest hast du nicht gesagt: ›Wenn Mami-Baum und Daddy-Baum sich sehr liebhaben …‹«

Charles lachte, und Anna fühlte Stolz in sich aufsteigen, weil er nicht leichtfertig lachte.

»Ich war seit sechs Jahren nicht mehr hier oben«, gab er zu. »Damals stand hier noch kein Baum. Aber es ist kein großer Baum, und Pappeln können in einem Jahr bis zu einem Meter wachsen.«

»Also hat diese Straße – und ich verwende diesen Begriff hier sehr weitläufig – seit fünf Jahren niemand benutzt?«, fragte sie. »Ich dachte, Bran wäre letzten Herbst hier oben gewesen.«

»Es gibt noch eine weitere Straße«, sagte er. »Sie ist insgesamt in einem etwas besseren Zustand, weil sie öfter benutzt wird – aber dieser Weg ist kürzer.«

»Solange man nicht gegen Bäume fährt.«

Der Baum war nicht das einzige Hindernis. Obwohl die Straße offensichtlich nicht oft befahren wurde, gab es lange Strecken mit tiefen Fahrrillen. Dann waren da die Steine – manche so groß wie ihre Faust, mit scharfen Kanten, die einen Reifen beschädigen und so einen Plattfuß verursachen konnten; manche so groß wie eine Bowlingkugel, die den Unterboden des Trucks aufreißen konnten. An manchen Stellen wuchsen Gras und Büsche so dicht, dass sich nur erahnen ließ, wo die Straße verlief. Anna fuhr so langsam, dass sich der Eindruck aufdrängte, sie wären zu Fuß vielleicht schneller.

»Fahr aus den Rinnen heraus«, riet Charles ihr in dem ruhigen Tonfall, der ihr verriet, dass er schon eine Weile auf diesen Worten herumkaute. »Dir könnte die Achse brechen, wenn sie zu tief werden.«

Das wusste sie. Sie hatte es bloß vergessen.

»Das ist keine Straße«, erklärte sie ihm ungehalten mit einem Knurren in der Stimme, das sie nicht beabsichtigt hatte. »Das sind einfach nur Wagenspuren in Kies und Schlamm.«

Doch sie lenkte den Wagen nach links. Der Truck schaukelte ein wenig, als die Räder aus den Fahrrillen aufstiegen. Ihr holpriger Ritt wurde um einiges holpriger, weil der Boden der Rillen viel glatter war als die Seiten, aber gleichzeitig hörte sie viel seltener ein Kratzen an der Unterseite des Wagens.

Die Straße wurde trockener, als sie aus einer Schlucht auftauchten, dann wieder schlammig, als sie über den Ausläufer eines Berges abstiegen, den sie – soweit Anna es sagen konnte – gerade umrundeten.

Charles merkte auf. Anna registrierte seine Körpersprache und hielt an, bevor er etwas sagen konnte. Sie machte sich nicht die Mühe, an den Rand zu fahren, weil es keinen Straßenrand gab, an den sie hätte fahren können; außerdem hatte sie keinen Wagen mehr gesehen, seitdem sie die Hauptstraße verlassen hatten.

Charles war schon aus dem Truck gesprungen, ehe der Wagen ganz stand. Anna schaltete den Motor aus und stieg ebenfalls aus, um sich ihm anzuschließen.

»Hester und Jonesy fahren nicht Auto«, sagte er. »Wieso also erkenne ich frische Reifenspuren?«

Anna senkte den Blick, und da waren sie – Reifenspuren. Das hätte sie bemerken müssen.

Sie versuchte, sich reinzuwaschen. »Quads, oder?« Die für ihre Städteraugen seltsam wirkenden Fahrzeuge waren in der schroffen Landschaft von Montana im Sommer so häufig wie Schneemobile im Winter. »Vierrädrig.« Denn es gab ältere Fahrzeuge mit nur drei Rädern. »Mindestens zwei, weil ich zwei verschiedene Reifengrößen erkenne.«

Charles nickte.

»Moment«, sagte sie und wedelte mit dem Finger über dem Boden herum. »Moment. Mindestens drei. Da dieser Kerl hier« – sie deutete auf eine Spur, die sich tief in die Erde gegraben hatte, weil dort ein Fahrzeug umgedreht hatte – »schwerer ist, hat sich sein Quad tiefer in den Boden eingegraben. Alle fahren in dieselbe Richtung.«

»Richtig«, stimmte er ihr zu und wartete.

Sie sah ihn stirnrunzelnd an, dann starrte sie erneut auf die Spuren, um zu erkennen, was sie übersehen hatte. Aber egal, wie angestrengt sie sich auch umsah, sie entdeckte keine Stiefelspuren, keine Stofffetzen mit einer Duftspur, leere Bierdosen oder Zigarettenkippen, die vielleicht verraten hätten, wer diese Straße benutzt hatte, bevor sie gekommen waren.

Sie kniff die Augen zusammen. *Was würde Gibbs sehen?* Eventuell hatte sie eine leichte Schwäche für eine bestimmte Serie über Ermittler entwickelt.

»Vor einer Woche hat es geregnet«, erklärte Charles ihr, ehe ihr Frust zu groß wurde. »Du kannst erkennen, dass es im Schatten der Bäume immer noch schlammig ist. Diese Spuren sind entstanden, nachdem die Erde getrocknet ist – das erkennst du an der lockeren Erde. Ich gehe davon aus, dass sie heute entstanden sind.«

»Und weil du heute einen Anruf erhalten hast«, meinte sie, »ist es sehr wahrscheinlich, dass diese Spuren und der Anruf zusammenhängen.«

»Das hat mich dazu gebracht, nach einem Grund Ausschau zu halten, wieso diese Spuren frisch sein könnten«, stimmte er ihr zu. Beim Spurenlesen, hatte er ihr erklärt, ging es nicht nur darum, was die Sinne wahrnahmen; man musste auch sein Wissen einsetzen.

Er atmete tief durch, und sie folgte seinem Beispiel. Sie roch Kiefern, Tannen und leichte Hinweise auf Zedern und verborgenes Wasser. Irgendwo in der Nähe hielt sich ein Puma auf. Sie sah sich um, spähte in die Bäume, doch sie konnte das Raubtier nirgendwo entdecken. Pumas konnten sich gut verbergen, aber manchmal zuckte ihr Schwanz und verriet sie so. Heute allerdings nicht.

Irgendwo im Umkreis von einem Kilometer – wenn auch nicht viel näher – hielt sich ein kleines Rudel Schwarzwedelhirsche auf. Sie witterte auch die üblichen Verdächtigen: Hasen, verschiedene Vögel und die Tiere, die Tag so gerne als Baumtiger bezeichnete, weil Eichhörnchen tapfer waren und wirklich in Aufruhr gerieten, wenn jemand in ihr Revier eindrang.

Nichts davon war für Charles' konzentrierten Blick verantwortlich.

»Was ist los?«, fragte sie.

Erneut sah er sich um. Atmete tief durch. Dann schüttelte er den Kopf. »Ich weiß es nicht. Etwas.«

»Dein Spinnensinn klingelt«, meinte sie.

Er bedachte sie mit einem ausdruckslosen Blick. Manchmal fehlten ihm kulturelle Bezüge, als hätte es ganze Jahrzehnte gegeben, in denen er weder einen Fernseher angeschaltet noch sich mit jemandem unterhalten hatte. Sie hoffte, dass er einfach nur nicht aufgepasst hatte, doch »mit niemandem geredet« lag durchaus im Bereich des Möglichen.

»Intuition«, sagte sie. »Dein Unterbewusstsein weiß etwas, was du noch nicht in Worte fassen kannst.«

»Aus *Spider Man*«, sagte er so ernst, als hätte sie gerade Shakespeare zitiert.

Sie nickte.

Charles atmete noch einmal tief durch, dann ging er zur Fahrerseite des Trucks. »Steig ein. Ab hier fahre ich. Mein Spinnensinn«, sagte er, wobei er die unvertrauten Silben sorgfältig formte, »verrät mir, dass wir uns vielleicht doch beeilen sollten.«

»Oh, Dank sei den kleinen haarigen Männern im Mond«, sagte sie ernsthaft, als sie elegant auf den Beifahrersitz kletterte.

Es war nicht so, als hätte sie gefürchtet, sie umzubringen – sie waren Werwölfe; sie bei einem Autounfall mit fünfzehn Stundenkilometern umzubringen, dürfte schwierig sein. Vielmehr liebte Charles diesen alten Truck – und jedes Mal, wenn ein Ast über den Lack kratzte, konnte sie förmlich sehen, wie angestrengt er *nicht* zusammenzuckte.

Doch sie verstand, wieso er ihr Schneckentempo und den Schaden hinnahm, den sie seinem Truck zufügte – er wollte das Ziel eigentlich nicht erreichen.

Wenn es Vorfälle mit Brans Wildlingen gab, bedeutete das gewöhnlich, dass Charles einen der alten Wölfe töten musste. Sie wusste besser als jeder andere, dass ihr Gefährte seine Aufgabe als Scharfrichter seines Vaters unendlich leid war.

Anna sprang in den Truck, dann rutschte sie impulsiv zu Charles, streckte sich und drückte ihm einen Kuss auf die Wange. Als sie zurück auf ihre Seite rutschte und den Gurt anlegte, sagte sie nur: »Denk dran, nicht in den Fahrrillen zu fahren.«

Das Letzte, womit Charles auf dem Weg in die Berge gerechnet hatte – wo er (wahrscheinlich) einen der geliebten Wildlinge seines Vaters töten müsste –, war zu lachen.

Doch so war das Leben mit Anna.

Sobald sie sich sicher angeschnallt hatte, fuhr er so schnell wie möglich zu Hesters Haus. Die Unruhe seines Wolfsgeistes – die nichts damit zu tun hatte, dass er es nicht mochte, Wölfe zu töten, die dem Tod begegnen mussten – trieb ihn an und verriet ihm, dass er Hester so schnell wie möglich erreichen sollte.

Er preschte in einer Geschwindigkeit über den Pfad um den Berg, die sich hätte als fatal entpuppen können (zumindest für den Truck), hätte er nicht die Reaktionsgeschwindigkeit eines Werwolfes besessen und die Gegend gut gekannt. Anna stieß hin und wieder leise Geräusche aus und klammerte sich mit einer Kraft am Türgriff fest, bei der er dankbar war, dass Detroit-Stahl unter ihrer Hand ruhte.

Wie er Anna schon erklärt hatte, war es einige Jahre her, dass er zum letzten Mal hier oben gewesen war. Sobald Hester und Jonesy ihre Hütte bezogen hatten, hatte sein Dad verfügt, dass diese Gegend für zwanglose Ausflüge nicht mehr zur Verfügung stand. Danach war Charles diese Straße nur gefahren, wenn es unbedingt nötig war. Aber davor hatte er die Gegend oft in dem Truck besucht, der vor fünfzig Jahren der Vorgänger von diesem hier gewesen war. Er kannte die Windungen der Straße, auch wenn er noch ein paar Bäume umkurven musste, die es bei seinem letzten Besuch noch nicht gegeben hatte.

Der Truck röhrte, brummte und – hin und wieder, wenn sie eine schlammige Stelle durchquerten – heulte. Doch Charles erklomm den Bergausläufer vor Hesters Tal, ohne auf mehr Widerstand zu treffen als ein paar Pappelschösslinge, die dem Druck seiner Stoßstange nicht widerstehen konnten.

Dort, auf dem Hügelrücken, hielt Charles an – aus strategischen Gründen. Er bemerkte die Reifenspuren, die ihm verrieten, dass die Quads hier abgebogen waren. Charles zögerte, aber der Weg, den die anderen gewählt hatten, führte durch Baumbestände, die für den Truck zu eng wuchsen. Also lenkte er den Truck über den Pfad in das kleine Tal, in dem Jonesy und Hester lebten.

Als sie über die Straße in Richtung der kleinen, still daliegenden Hütte rumpelten, bemerkte Charles abwesend, dass die Hütte Fenster mit altmodischen hölzernen Doppelrahmen hatte, die sie bald gegen Kunststofffenster austauschen mussten. Davon abgesehen war das Gebäude gut in Schuss. Auch wenn es nach und nach zusammengezimmert worden war, wirkte es wie eine Einheit. Neben der Tür standen Blumenkästen, gefüllt mit den Schwarzäugigen Susannen, die hier in der Gegend auch wild wuchsen. Diese Kästen hatte es noch nicht gegeben, als Charles zum letzten Mal hier gewesen war, um beim Aufbau der Solarpaneele zu helfen.

Er stoppte den Truck, ließ den Motor aber noch einen Moment laufen, denn er wusste mit der Stille nicht umzugehen. Doch sobald er den Motor ausschaltete, öffnete sich die Eingangstür und Jonesy trat heraus.

Hesters Gefährte wirkte wie ein Relikt aus uralter Zeit, hauptsächlich wegen seiner handgewebten Kleidung. Sein kiefernharzfarbenes Haar war grob abgeschnitten, sodass es ihm nicht in die Augen fiel. In den langen Strähnen auf seinem Rücken hingen ein paar Blätter und ein Zweig.

Seine Füße waren nackt und überzogen mit getrocknetem Blut, doch er konnte ohne Probleme gehen. Sobald Charles genauer hinsah, entdeckte er kleine Risse in Jonesys Hemd. Aber er war ordentlich rasiert, und seine Haut wirkte so glatt wie die einer Frau. Vielleicht hatte er, genau wie Charles, nicht viel Bartwuchs, den man rasieren musste.

Es war unmöglich, seine Miene oder seine Körpersprache zu deuten, was Bruder Wolf unglücklich machte. Charles sprang aus dem Truck, sodass Jonesy und er sich auf halber Strecke zwischen Auto und Haus begegneten. Eine leise Geste seiner Hand sorgte dafür, dass Anna sich im Hintergrund hielt. Er wusste, ohne sich nach ihr umzusehen, dass sie nach Anzeichen für Ärger Ausschau hielt, damit er sich auf Jonesy konzentrieren konnte.

Als er sich in der Gegenwart der dynamischen Frau aufgehalten hatte, die die Gefährtin des Fae-Mannes war, hatte Jonesy keinen großen Eindruck bei Charles hinterlassen. Bruder Wolfs angespannte Wachsamkeit ließ Charles glauben, dass sein Mangel an Aufmerksamkeit vielleicht nur für seine menschliche Hälfte gegolten hatte.

»Charles«, sagte Jonesy. In seiner ruhigen Stimme klang ein walisischer Akzent mit, der noch stärker war als bei Charles' Dad, stärker als am Telefon. *»Diolch.* Danke, dass du gekommen bist.«

Er roch nach dem Feenwesen, das er war – ein Geruch, so allumfassend, dass Bruder Wolf daraus keinerlei Hinweis auf seinen geistigen Zustand ableiten konnte … nicht allein aus der Witterung zumindest. Jonesys Körpersprache war demütig, ein Effekt, der nichts mit seinem schmalen Körperbau zu tun hatte.

Er war alles, was normalerweise Bruder Wolfs Beschützerinstinkt ansprach, was die Reaktion von Charles' Wolf nur umso seltsamer machte. Bruder Wolf war davon überzeugt, dass sie Jonesy zu Boden werfen sollten, damit ihm bewusst wurde, dass sie ihn jederzeit töten konnten. Charles verstand nicht, wieso Bruder Wolf Jonesy für eine solche Bedrohung hielt, aber er ignorierte die Instinkte seines anderen Selbst auch nicht. Obwohl Bruder Wolf vorher noch nie so auf Jonesy reagiert hatte … allerdings war bisher auch immer Hester mit anwesend gewesen.

*Hester hat den Fae unter Kontrolle gehalten,* stimmte Bruder Wolf ihm zu.

*»Croeso«,* sagte Charles zu Hesters Gefährten. »Es entsteht keine Verpflichtung aus unserer Hilfe am heutigen Tag«, erklärte er vorsichtig, weil es gefährlich war, Worte des Dankes mit dem Feenvolk zu tauschen. Und es war genauso gefährlich, wenn ein Fae etwas schuldete,

wie in der Schuld eines Angehörigen des Feenvolkes zu stehen. »Ich gebe euch mein Wort darauf. Dies ist meine Gefährtin Anna.«

Jonesy sah Anna kurz ins Gesicht, wandte den Blick ab, dann schaute er sie wieder an und kniff die Augen zusammen, als strahle sie zu hell, um sie direkt anzusehen. Im Anschluss machte er zwei schnelle Schritte auf sie zu und hob plötzlich die Hand, um mit zitternden Fingern ihr Gesicht zu berühren. Anna bewegte sich nicht.

Charles gelang es nur mit Mühe, Bruder Wolf davon abzuhalten, Jonesy zu Boden zu werfen.

Anna konnte sich selbst schützen – und Charles konnte, abgesehen von der Geschwindigkeit der Bewegung, nichts Bedrohliches an Jonesys Handeln erkennen. In seinen Adern floss genug Magie, um zu spüren, falls der Fae seine Macht rief.

»Oh«, sagte Jonesy voller Staunen, »habe ich nicht gehört, dass die Gefährtin des Sohnes des Alten eine Omega-Wölfin ist? Und waren wir nicht alle überglücklich, dass eine solche Wölfin durch unsere Wälder streift?« Der Blick, den er in Charles' Richtung sandte, war der Inbegriff der Hoffnung. »Vielleicht kann sie helfen? Hester war in letzter Zeit nicht sie selbst.«

Jonesy mochte kein Wolf sein, aber es stand außer Zweifel, dass er etwas von Anna empfing. Charles ging in Gedanken noch einmal alles durch, was er über Jonesy wusste – was nicht viel war. Jonesy war … anders, selbst für einen Fae. Langsam, hatte Charles gehört. Doch wenn er ihn jetzt beobachtete, konnte er erkennen, dass diese Information nicht korrekt war. Es wirkte eher, als interagiere Jonesy mit der Welt auf etwas andere Weise als die meisten anderen Leute.

Anna lächelte Jonesy an und ließ zu, dass er sie berührte. Ihr Blick war allerdings wachsam. Vielleicht fing sie Bruder Wolfs Skepsis auf – oder sie spürte selbst etwas. Aber diese tief empfundene Sorge um die Sicherheit der eigenen Gefährtin … das war etwas, was sowohl Charles als auch Bruder Wolf nachvollziehen konnten.

»Sie hat mich gerettet«, erklärte Charles Jonesy. »Ich weiß nicht, was sie vielleicht für Hester tun kann. Dad glaubt, sie könnte behilflich sein.«

Jonesy runzelte die Stirn. »Ich weiß nicht, ob Hester gerettet werden muss …«

Charles trat einen kleinen Schritt vor, um für den Fall der Fälle in einer besseren Position zu sein, Anna zu beschützen. »Was ist passiert? Warum hast du mich angerufen?«

Jonesy blinzelte ein paarmal, ließ die Hand an Annas Gesicht fallen und richtete einen unkonzentrierten Blick auf Charles. »Habe ich dich angerufen? Ich dachte, ich hätte den Marrok angerufen.«

»Ich bin ans Telefon gegangen«, erinnerte ihn Charles.

Jonesy zog die Brauen zusammen. Räusperte sich. Dann sagte er. »Du bist Charles. Ja. Das stimmt. Ich erinnere mich. Wieso habe ich dich angerufen?«

Ein Zittern überlief seinen Körper, als wäre ein Windstoß, den Charles nicht spüren konnte, über seine Schultern gestrichen. Jonesy senkte den Kopf, schloss die Augen und sagte, deutlich, mit britischem Akzent: »Sie ist meine Hüterin, weißt du. Das ist Hester.«

»Das wusste ich nicht«, sagte Anna und legte Charles eine Hand auf den Arm, um ihn so zu bitten, die Befragung ihr zu überlassen. »Was ist mit Hester passiert, Jonesy?«

Jonesy riss die Augen auf und griff nach Annas Händen.

*Gefährlich*, sagte Bruder Wolf. *Er könnte sie verletzen, obwohl er das gar nicht will.*

Charles versteifte sich, schaffte es aber, sich nicht zu bewegen, als Anna ihre Finger mit Jonesys verschränkte. Die Berührung schien Hesters Gefährten zu stabilisieren. Charles konnte Intelligenz und Wachsamkeit in den Augen des anderen Mannes aufflackern sehen.

*Gefährlich*, sagte Bruder Wolf, aber leise, als wollte er Jonesys Aufmerksamkeit nicht erregen.

*Gefährlich*, flüsterten die Geister in den Bäumen. *Unser. Gefährlich.* Es lag eine hämische, trotzige Freude in den Stimmen der Geister, die mit Charles sprachen – hämisch und halb verängstigt.

Charles würde definitiv ein paar Worte mit seinem Dad wechseln müssen, wenn Bran zurückkam. Sie würden herausfinden müssen, wer sonst noch um einiges gefährlicher war als bereits angenommen. Charles unterschätzte nur selten Leute, aber auf Jonesy hätte er definitiv besser achten müssen, als er es getan hatte. Und dasselbe galt für Bran.

»Was ist passiert?«, fragte Anna leise und freundlich. Sie konnte die warnenden Stimmen der Geister nicht hören, doch sie hatte Menschenkenntnis. Sie wusste, dass sie vorsichtig vorgehen musste.

»Wir haben Motoren gehört«, sagte Jonesy nach einer langen Pause, als hätte das, was in ihm lebte, Probleme mit der englischen Sprache. »Überall um uns herum. Sie konnten uns nicht finden, nicht durch meinen Tarnzauber, aber sie wollten auch nicht verschwinden. Hester wurde zum Wolf, also bin ich ihr gefolgt. Manchmal braucht es jemanden, der reden kann.«

Er zögerte. »Ich dachte, es wären einfach Kinder, versteht ihr? Hin und wieder tauchen sie hier auf – und Hester kann sie ohne große Mühe vertreiben.« Dann wurde seine Stimme heller, fast feminin, weil er offensichtlich jemanden imitierte. »Ein riesiger Wolf draußen im Wald ist unheimlich. Wenn sich den Leuten ein guter Weg bietet, um zu verschwinden – wie ein motorisiertes Fahrzeug –, dann tun sie das. Andernfalls können wir uns bis nach Kanada zurückziehen, ohne eine Hauptstraße überqueren zu müssen.« Er räusperte sich, wiegte sich leicht hin und her und beugte plötzlich seine Knie, sodass er einen halben Meter kleiner wurde. Sein Gewicht auf den Fußballen sah er Anna von unten in die Augen. Sanft entzog er ihr seine Hände.

Mit hungriger, rauer Stimme sagte er: »Hester sagt, ich darf niemanden töten.« Seine Hände fanden den Boden und gruben sich in die Erde. »Das ist die erste Regel, wenn wir hierbleiben wollen. Ich darf niemanden töten.«

Und da war es – das Raubtier, das Bruder Wolf spürte, seitdem sie den Wagen verlassen hatten.

Anna hielt Jonesys Blick so sanft, wie sie seine Hände gehalten hatte. Das war etwas, was ein anderer Werwolf niemals getan hätte. Fremden in die Augen zu sehen war die erste Gewohnheit, die Werwölfe ablegten.

Egal, wie tough man auch sein mochte, es gibt immer andere Leute, die noch tougher sind. Selbst Charles sah Fremden gewöhnlich nicht ohne guten Grund in die Augen – und außerhalb seiner direkten Familie hatte er noch keinen Werwolf getroffen, der ihn zum Wegsehen zwingen konnte. Aber Anna war eine Omega-Wölfin, die jedem in die Augen sehen konnte, ohne deswegen herausfordernd zu wirken. Ihr Blick war warm und einfühlsam, wie eine Fackel des Friedens in einer Welt des Krieges.

Unter Annas besonderer Art von Mitgefühl entspannte sich Jonesys Körper und seine Hände zitterten nicht mehr so stark, auch wenn er immer noch in dieser seltsamen vorgebeugten Haltung stand, die bei jemandem mit weniger Eleganz unbeholfen gewirkt hätte.

»Diese Leute ließen sich nicht vertreiben?«, fragte Anna.

Jonesy schüttelte den Kopf. »Sie hatten etwas an sich, was Hester vermuten ließ, dass sie mit den Leuten in Verbindung stehen, die über uns hinweggeflogen sind.«

»Geflogen?«, wiederholte Anna.

Er nickte – eine Geste, die bei seinem Kopf begann, aber sich über seine Schultern und den Körper bis zu den Knien fortsetzte.

»Hester war in letzter Zeit besorgt.« Er drehte den Kopf, brach den Blickkontakt mit Anna ab, als koste ihn das eine gewisse Mühe. Als er sich befreit hatte, sah er Charles an. »Sie sagt, dass es zu viele fliegende Dinge waren. Fliegende Spione, die unsere Wälder beobachten.«

Vielleicht hatte es damit zu tun, dass Bruder Wolf in ihm lebte, oder mit der Tatsache, dass seine Mutter über magische Kräfte verfügt hatte und sein Vater Hexenblut in sich trug, oder vielleicht auch einfach nur das Licht der Sommersonne … aber an seinen Augen konnte Charles Jonesy plötzlich als das erkennen, was er war.

Die äußere Erscheinung, die einfach und … sympathisch … wirkte, und die Kreatur, die in ihm lebte und nicht freundlich war. Und dieses Etwas in Jonesy war mächtig, seine Magie ein dichter Feuerball tief in ihm gefangen. Wie viel Macht es war, konnte Charles nicht erfassen. Eine Menge. Das Monster sah Charles' Blick und grinste blutrünstig, obwohl sich an Jonesys äußerlicher, eher nervöser Miene nicht das Geringste änderte.

»Flugzeuge?«, fragte Anna, begleitet von einem kurzen Blick zu Charles. Entweder sie bemerkte das Monster nicht, mit dem sie sprach, oder sie blieb davon unbeeindruckt. Bei Anna war beides möglich.

»Normalerweise gibt es keinen Flugverkehr hier oben«, erklärte ihr Charles. Er nutzte ihre Worte, ihren Blick, um seine Aufmerksamkeit von Jonesy auf Anna zu verschieben – um Jonesys Blick freizugeben. Bruder Wolf reagierte mit Erleichterung. Jonesy und was Jonesy war, würde zu Brans Problem werden, sobald sein Dad zurückkehrte. »Zu abgelegen und mit stürmischen Luftströmungen.«

Doch wie Hester, störte es Charles, dass es Überflüge gegeben hatte. Überwiegend weil jemand, der einfach zufällig über das Haus flog, auch über Aspen Creek geflogen wäre. Und Charles hätte bemerkt, wenn es über der Stadt mehr Flugverkehr gegeben hätte als gewöhnlich.

Es gab hin und wieder Schmuggler, die versuchten, Kanada über die einsamen Straßen von Montana zu erreichen. Manchmal beinhaltete das auch ein paar unerwartete Flüge über ihrem Territorium. Doch Charles behielt solche Dinge im Blick und hatte keine Hinweise von seinen Kontakten in der Drogenbehörde erhalten, seitdem sie vor zwei Jahren einen Drogenring in Spokane ausgehoben hatten. Es gab ein paar Marihuana-

Farmer, aber das war in diesem Staat inzwischen legal – sodass sie momentan nicht verfolgt wurden.

»Hubschrauber oder Flugzeuge?«, fragte er Jonesy.

»Fliegende Dinge«, antwortete Jonesy. Er klang gestresst. »Ich kenne keine ›Hubschrauber‹ oder ›Flugzeuge‹.«

»Okay«, sagte Anna. Bruder Wolf wollte sich auf den Rücken rollen und sich in der Welle von Trost und Ruhe sonnen, die sie aussandte. »Das ist okay.«

Charles ging nicht davon aus, dass sie ihn mit ihrer Macht hatte treffen wollen. Anna arbeitete noch daran, diesen Aspekt ihrer Omega-Macht zu kontrollieren. Es gab Momente, in denen Charles Bruder Wolfs Wachsamkeit brauchte … besonders wenn seine Gefährtin so dicht vor Jonesy stand.

Wenn sie sich Sorgen um jemanden machte, neigte sie dazu, die Person zu beruhigen, ob sie nun wollte oder nicht. Selbst Werwölfe spürten die Auswirkungen, wenn sie ihr zu nahe kamen.

Jonesys Miene glättete sich, und das Monster in ihm verlor an Wildheit.

»Seit wann hat sich Hester schon Sorgen um die fliegenden Dinge gemacht?«, fragte Charles.

»Seit einem Monat«, antwortete Jonesy. »Vielleicht ein wenig länger.«

Kurz bevor sein Vater Aspen Creek verlassen hatte.

»Und was ist geschehen?«, fragte Anna. »Wo ist Hester?«

Jonesys Gesicht wirkte plötzlich verzerrt und unmenschlich, und das Monster, das in dem Unschuldigen lebte, sagte mit einer Stimme, die aus den Tiefen der Berge hätte erklingen können: »WIR HABEN SIE

VERLASSEN. WIR HÄTTEN SIE AUFHALTEN KÖNNEN. SIE ALLE AUFHALTEN KÖNNEN, ABER SIE HAT UNS WEGGESCHICKT.«

Jonesy fiel auf alle viere. Charles vermutete, dass seine wahre Gestalt vielleicht auf vier Beinen lief. Bei Hesters Gefährten war dies eine Position der Stärke.

Anna war zu sehr an das Leben mit Monstern gewöhnt, um mehr zu tun, als wegen Jonesys Lautstärke zusammenzuzucken, und selbst das nur leicht. Die Geister, die während des Gesprächs zwischen Anna und Jonesy langsam näher gekommen waren, verschwanden plötzlich, verängstigt von dem plötzlichen Erscheinen des Monsters.

Charles bewegte sich nicht, obwohl er die Vibrationen dieser Stimme durch die Erde unter seinen Füßen spürte. Jonesy stand zu nah vor Anna. Selbst Bruder Wolf war klug genug, Jonesys Stress nicht zu verstärken, während Anna verletzlich war.

»Hester hat dich nach Hause geschickt?«, fragte Anna sanft. »Das ist hart. Wir müssen ihr helfen, habe ich recht? Du musst uns den Rest erzählen, damit wir genau das tun können.«

Und so schnell, wie es gekommen war, verschwand das Biest wieder aus Jonesys Gesicht.

Er nickte und erhob sich unbeholfen. Als er sprach, war es kaum mehr als ein Murmeln. »Sie hat gesagt: ›Geh heim, Jonesy. Geh heim. Ruf Bran an. Nein, er ist nicht da. Wähl seine Nummer und bitte denjenigen, der abhebt, zu uns zu kommen. Dann wartest du hinter deinem Schutzzauber darauf, dass sie uns erreichen. Geh, Jonesy‹.«

Weil Bran ihm davon erzählt hatte, war Charles sich

bewusst, dass Hester auch in Wolfsgestalt mit ihrem Gefährten sprechen konnte. Am interessantesten allerdings fand er, dass ihre Worte – und er zweifelte nicht daran, dass Jonesy ihre Worte genau wiedergegeben hatte – nicht nach einer Wölfin klangen, die die Kontrolle verloren hatte, nachdem sie ein paar Eindringlinge in ihr Revier getötet hatte.

»Warum konnte sie nicht mitkommen?«, fragte Anna. Sie schickte immer noch Wellen des Trostes aus – es würde eine Weile dauern, bis sie das wieder unter Kontrolle bekam.

Charles hatte gelernt, damit umzugehen. Ihre Macht ließ Bruder Wolf ruhen, womit seine menschliche Hälfte das Sagen hatte. Manchmal war das wundervoll. Manchmal, wie zum Beispiel, wenn er sich mitten in einem Kampf befand, war es sehr unangenehm. Doch es brachte ihn nicht mehr aus dem Konzept. Er fragte sich, ob sie Jonesy wohl half, die Kontrolle zu wahren; fragte sich, was wohl geschehen wäre, wenn er ohne seine Gefährtin hierhergekommen wäre.

Jonesy rieb sich die Oberarme, als wäre ihm kalt, dann trat er einen Schritt näher zu Anna und entspannte sich leicht. Bruder Wolf gefiel das nicht. Absolut nicht.

»Sie war in einem Käfig«, sagte Jonesy. »Einem Käfig aus Eisen und Silber. Sie konnte das Silber nicht brechen und ich das Eisen nicht. Eine Falle. Sie haben mich nicht gesehen.« Dann flüsterte er: »Sie hat mich nach Hause geschickt.«

Jonesy war ein Fae. Und zu welcher Art er auch gehören mochte, er war mächtig. Charles hätte darauf gewettet, dass niemand Jonesy sehen konnte, wenn er nicht gesehen werden wollte. Außerdem glaubte er sofort, dass er die paar Leute hätten stoppen können, die Hester in einen Käfig gesperrt hatten.

»Wo?«, fragte Charles.

Jonesy deutete ans andere Ende des Tales. »Dort. Auf dem Bergrücken. Ungefähr drei Kilometer weit, wie ein Vogel fliegt.« Er drehte sich um und sah Charles an, tiefe Trauer in seinem Gesicht. »Sie hat gesagt, ich solle hier warten, weil ich unter keinen Umständen gefangen werden darf.«

Er schaute zwischen Anna und Charles hin und her und flüsterte: »Ich könnte sie zerstören, versteht ihr. Aber um das zu tun, müsste ich mein Wort brechen.«

*Gefährlich*, sagte Bruder Wolf wieder.

»Wir haben eine Abmachung getroffen, sie und ich. Eine Abmachung mit deinem Vater. Ein Heim hier im Austausch dafür, dass ich meine Macht nicht einsetze, um Schaden zu wirken.«

Also wusste Bran, was Jonesy war. Darüber würde Charles mit seinem Vater reden müssen.

Jonesy ließ den Kopf sinken. »Ich kann euch nicht helfen. Ich kann euch nicht begleiten. Wenn sie ihr Schaden zugefügt haben« – er hob den Blick, und das Monster war zurück in seinen Augen –, »würde ich aus Rache alles in meinem Weg töten. Es gäbe niemanden, der vor mir sicher wäre.«

Anna, die tapfere Anna, streckte die Hand aus und berührte leicht Jonesys Wange. »Sie ist nicht tot«, sagte sie. Es war eine Aussage, doch ihr Tonfall ließ es zur Frage werden.

Jonesy schüttelte den Kopf. »Ich würde es wissen. Und sie haben sie nicht aus unserem Wald entfernt. Noch nicht.«

»Okay«, sagte Anna. »Dann werden wir als deine Stellvertreter handeln. Wenn es in unserer Macht liegt, werden wir Hester sicher zurückbringen. Wenn nicht, werden wir dafür sorgen, dass diese Leute bereuen, was sie hier versucht haben.«

Jonesy nickte abgehackt. Er fing Annas Hand ein und führte sie an die Lippen. Charles sah die Augen des anderen Mannes und wusste, dass es das Monster war, das in Jonesy lebte, das Anna die Hand küsste.

Charles musste gegen Bruder Wolf ankämpfen, um weiter gleichmäßig atmen zu können.

»Wir sollten gehen«, sagte er.

Jonesy nickte. »Ich werde warten.« Und Charles hörte das Versprechen in seiner Stimme. »Ich will sie nicht enttäuschen«, erklärte Jonesy ehrlich.

Er meinte Hester. Charles verstand den Drang, die eigene Gefährtin nicht zu enttäuschen.

Charles entschied sich, Bruder Wolfs Form anzunehmen. Der Truck war nutzlos ohne Straßen, und Bruder Wolf lief schneller, als es ihnen auf zwei Beinen möglich war. Es tat weh, doch er verwandelte sich, so schnell er konnte. Und das bedeutete schneller als jeder andere Werwolf auf der Welt. In der Zeitspanne eines einzigen, tiefen Atemzugs verzerrte und vergrößerte sich sein Körper zu Bruder Wolfs wahrer Gestalt.

Anna, die nicht als Werwolf geboren worden war, verwandelte sich in derselben Geschwindigkeit wie die meisten Werwölfe. Angesichts der Tatsache, dass sie auch auf zwei Beinen übermenschlich schnell laufen konnte, wäre eine Verwandlung für sie die Mühe nicht wert.

Anna empfand trotzdem das Bedürfnis, ihre Erkenntnis auszusprechen. »Geh«, sagte sie. »Ich werde dir folgen. Aber du bist schneller. Lauf voraus.«

Seiner groben Schätzung nach waren seit Jonesys Anruf mindestens eineinhalb Stunden vergangen. Charles war sich nicht sicher, ob sein Vorsprung eine Rolle spielen würde, doch er wusste auch nicht, ob dem nicht so war. Also grub er seine Krallen in die Erde und tauchte in den Wald ein.

Bruder Wolf entschied sich, der Spur zu folgen, die Jonesy hinterlassen hatte. Zumindest vermutete Charles, dass es Jonesys Fährte war, nachdem die Spur ungewöhnlich gerade durch Gestrüpp, über Felsen und andere Hindernisse im Wald führte. Was bedeutete, dass dies auch auf kürzestem Weg von Jonesys Heim zu der Stelle führte, wo Hester gefangen genommen worden war.

Bruder Wolf war ein wenig entsetzt darüber, dass Charles über etwas so Offensichtliches überhaupt nachdenken musste.

Diese direkte Route führte über zwei Flüsse – oder zweimal über denselben Fluss. Beim ersten Mal war das Gewässer schmal genug, dass er springen konnte, die zweite Stelle hingegen – zu breit, um mit einem langen Sprung über den Fluss hinwegzusetzen – entpuppte sich als tief. Tief und mit schneller Strömung.

Diese Flussüberquerung kostete ihn Zeit.

Um die verlorene Zeit wieder aufzuholen, verdoppelte er seine Geschwindigkeit – und wäre fast direkt auf die kleine Lichtung gerannt, auf der sich Hesters Kidnapper mit ihren Fahrzeugen verschanzt hatten. Er schaffte es, anzuhalten, und verursachte dabei genug Lärm, um die gefangene Wölfin auf sich aufmerksam zu machen.

Der Käfig, in den man sie gesperrt hatte, stand so weit

vom Waldrand entfernt wie möglich. Er bestand aus dicken Metallplatten mit kleinen, dick vergitterten Öffnungen, die wahrscheinlich dem Luftaustausch dienten. Hätte Charles einen Käfig schaffen müssen, der einen Werwolf halten konnte – dann hätte er genau so etwas gebaut.

Das Ding hatte bereits ordentlich Schaden erlitten, wenn man davon ausging, dass die Wände der Kiste eigentlich glatt sein sollten. Doch alle Seiten, die Charles sehen konnte, waren verbeult, als hätte jemand von innen hart dagegen geschlagen. Durch eine kleine Öffnung, die in seine Richtung zeigte, beäugten ihn missbilligende goldene Augen.

Hester in Wolfsgestalt war, wie Anna, mitternachtsschwarz, auch wenn Annas Augen eisblau waren. Annas Wolf war schlank und elegant. Hester war für den Kampf geschaffen – auch wenn er das bloß aus seiner Erinnerung sagen konnte. Nur ein Teil ihres Gesichts und ihre Augen waren klar erkennbar, der Rest ihres Körpers hinter dem verbeulten Metall verborgen.

Doch es war nicht mehr nötig als ihre Augen, um ihre kühle Missbilligung kundzutun – wie eine Bibliothekarin, die den Blick eines kaugummikauenden Kindes auffängt. Es war lange her, dass jemand ihm einen solchen Blick geschenkt hatte – aber er hatte ihn verdient, weil er so viel Lärm gemacht hatte.

Obwohl niemand außer Hester etwas bemerkt hatte, empfand Bruder Wolf Scham. Charles' Verdruss wurde durch Amüsement und Erheiterung ergänzt.

Er hatte gefürchtet, zu spät zu kommen. Dass, nachdem Hester gefangen war, die Männer auf den Quads die Wälder bereits mit ihr verlassen hatten, trotz Jonesys

Überzeugung, dass sie nicht aus dem Wald entfernt worden war. So eine Operation hing von Geschwindigkeit ab. Wenn Hester wirklich das Ziel war, hätten sie bereits im nächsten County sein müssen, statt darauf zu warten, dass Hesters Rudelgenossen auftauchten und diesen Kampf auf eine ganz neue Ebene hoben.

Als Charles sich vorsichtig tiefer in die Schatten des Unterholzes zurückzog, wechselte der Wind leicht die Richtung und er roch Benzin. Er trat ein kleines Stück zur Seite und erkannte, wieso die Angreifer nicht mit Hester hatten verschwinden können.

Die Quads waren in den Espen gefangen, die irgendwie durch die Gefährte *hindurch* gewachsen waren. Eines der Fahrzeuge hing fast zwei Meter hoch in der Luft.

Es waren nicht nur die Espen, bemerkte Charles, als er sich ein wenig genauer umsah. Auch eine Tanne hatte mitgespielt und den Tank eines der Fahrzeuge zerfetzt, sodass der scharfe Geruch von Benzin in der Luft hing.

Gewöhnlich hielt Charles seinen Kontakt zum anderen Teil der Welt, zur Geisterwelt, so gering wie möglich. Er konnte es sich nicht leisten, abgelenkt durch die Welt zu wandern. Wenn etwas seine Aufmerksamkeit erregen wollte, konnte es ihm ein Zeichen geben – und wenn etwas Böses unterwegs war, spürte Bruder Wolf das.

Doch das unnatürliche Verhalten der Bäume sorgte dafür, dass Charles instinktiv seine Sinne öffnete. Das Land unter ihm zitterte in freudiger Nervosität, wie ein Hund, dessen Herr gerade nach Hause gekommen war. Macht sorgte dafür, dass sich seine Nackenhaare aufstellten. Bruder Wolf vergaß seine Demütigung und merkte auf, obwohl sie beide wussten, dass derjenige, der das ausgelöst hatte – der die Bäume dazu gebracht hatte, in Minuten so viel zu wachsen wie sonst in hundert Jahren –, in Hesters Hütte auf sie wartete.

Jonesy.

Das Ausmaß der Macht, das nötig gewesen war, um die Bäume in solcher Geschwindigkeit wachsen zu lassen, war unglaublich.

*Gefährlich*, erinnerte Bruder Wolf ihn, trotz seiner Irritation, weil Charles' Eile dafür gesorgt hatte, dass sie Hester gegenüber das Gesicht verloren hatten.

Sobald Charles die zitternde, aufgeregte Ungeduld des Waldes akzeptiert hatte, wurden ihm noch andere Dinge bewusst. Er konnte Fleisch und Blut sowie den Beginn von Verwesung riechen. Jemand war hier gestorben. Dann unterdrückte er die Sinne wieder, die seine Mutter ihm vererbt hatte, weil die Eindrücke einfach zu ablenkend waren.

Stattdessen verließ er sich nur auf sich selbst und Bruder Wolf. Erneut musterte er die Lichtung. Wie Anna und er vorhin gesehen hatten, gab es drei der großen Quads. Vorausgesetzt, eines davon hatte den schweren Käfig transportiert, in dem sich jetzt Hester befand, hatte jedes der Fahrzeuge bloß einen Fahrer gehabt.

Das bedeutete, dass die zwei Männer in Motorradanzügen – die sich so weit vom Käfig entfernt aufhielten wie nur möglich – die Einzigen waren, die zwischen Hester und der Freiheit standen. Bruder Wolf drückte sich tiefer auf den Boden und begann langsam, sich um die Lichtung zu schleichen, in der Absicht, näher an die Männer heranzukommen und sie zu überrumpeln. Nachdem Hesters Missbilligung immer noch nachwirkte, erzeugte Bruder Wolf dabei nicht das geringste Geräusch.

»Du solltest noch mal anrufen«, sagte der größere der zwei Männer.

Sie unterhielten sich in gedämpftem Flüstern, als könnte jemand sie belauschen. Charles dachte an den Baum, der durch das Quad gewachsen war. Bruder Wolf lächelte. Das konnte einen schon verunsichern, nicht wahr? Mitten in der Wildnis festzuhängen, mit jemandem in der Nähe, der zu solchen Taten fähig war, konnte ziemlich beängstigend sein. An ihrer Stelle würde er sich fragen, was diese Person sonst noch anstellen konnte.

»Der Hubschrauber ist unterwegs«, beschwichtigte ihn der andere Mann. »Aber diese Lichtung ist nicht groß genug und unser Ausweich-Landeplatz zu weit entfernt, als dass wir den Wolf so weit tragen könnten. Sie schicken uns ein Team zur Hilfe.«

»Das habe ich alles auch gehört«, sagte der große Mann – der sehr ängstlich klang. »Aber unser Boss wird stinksauer sein, dass wir nur die eine haben und nicht beide. Die hier und ihren Feen-Gefährten. Vielleicht wird unser Boss uns einfach hier oben lassen, damit der Marrok uns erwischen kann.«

»Edison, bleib cool«, sagte der andere Mann mit ruhiger und autoritärer Stimme. »Wir haben die gewünschte Frau. Ist nicht unsere Schuld, dass der Mann mächtiger war, als man uns gesagt hat. Informationen einholen war nicht unsere Aufgabe. Dafür wird der Kopf von jemand anderem rollen.«

Und wieder wechselte der Wind leicht die Richtung, sodass ihre Witterung zu Charles getragen wurde. Bruder Wolf stellte vor Wut die Ohren auf. Das waren Werwölfe.

*Werwölfe* griffen Brans Leute in Brans Revier an.

In der Ferne konnte Charles das unverwechselbare Geräusch eines Hubschraubers hören. Ihm lief die Zeit davon.

Wären es Menschen gewesen, wäre er anders vorgegangen. Doch es gab nur eine Antwort auf Werwolf-Eindringlinge.

Trotzdem fiel es ihm schwer.

Bruder Wolf und er waren dafür geschaffen, unterwürfige Wölfe zu beschützen. Das war ihre Aufgabe im Leben. Und der große Mann war offensichtlich ein unterwürfiger Wolf.

Unter anderen Umständen hätte er den Dominanten getötet und dem unterwürfigen Wolf einen Vertrauensbonus eingeräumt. Ein Unterwürfiger hatte vielleicht das Gefühl gehabt, dass ihm keine andere Wahl blieb, als den Befehlen zu gehorchen, die ihm erteilt wurden. Aber dieser hier hatte sich an einem Überfall im Revier des Marrok beteiligt. Das war unverzeihlich.

Aus taktischer Sicht hätte er zuerst den anderen, dominanten und damit gefährlicheren Wolf ausschalten müssen. Doch Bruder Wolf wollte nichts davon hören. Sie konnten den unterwürfigen Wolf nicht retten, ihn allerdings so schnell wie möglich töten – und so dafür sorgen, dass ihm keine Zeit blieb, um groß Angst zu haben.

Lautlos schlich er sich an die beiden heran, wobei er die Rudelmagie, die eigene Magie und sein Können einsetzte. Als er sich aus den Bäumen katapultierte und auf dem großen Mann landete, blieb diesem nicht einmal genug Zeit, um seine Muskeln anzuspannen, bevor Charles' Reißzähne auch schon Sehnen zerrissen und sich in Knochen gruben, die unter dem Druck seines Kiefers brachen.

Während er den ersten Mann tötete, hob der zweite mit wolfsschnellen Reflexen seine Waffe – eine Pistole, die irgendwie falsch aussah. Charles hatte den zweiten Werwolf in seinen Plänen durchaus nicht vernachlässigt, war jedoch davon ausgegangen, dass der Überraschungseffekt ihm die paar Sekunden erkaufen würde, die er brauchte, um den ersten Wolf zu töten.

Kampftraining hatte jede Überraschung aus diesem Soldaten getilgt. Damit hatte Charles nicht gerechnet, und das würde ihn umbringen.

Bruder Wolf versuchte auszuweichen, aber gleichzeitig ließ er Charles wissen, was diesem schon bewusst war: dass es keinen Werwolf auf dem Planeten gab, der schnell genug war, um einer Kugel auszuweichen. Sie konnten nur hoffen, dass es keine silberne Kugel war. Und auch kein Projektil, das groß genug war, um sie sofort zu töten.

Doch diese Irren waren auf der Jagd nach Werwölfen auf dieses Land gekommen – waren gekommen, um Hester zu jagen. Es schien wahrscheinlich, dass ihre Waffen fähig waren, Werwölfe zu erledigen.

Charles spürte brennenden Schmerz, so heftig, dass seine Knochen vibrierten, gefolgt von Stille.

# 3

Charles erwachte vom Geräusch eines Steins, der auf Metall traf, und dem menschlichen Knurren seiner Gefährtin. Anhand der von ihr verwendeten Worte ging er davon aus, dass sie sich ihm nicht im Himmel angeschlossen hatte, also war er wohl nicht tot – auch wenn er nicht ganz begreifen konnte, wieso er überlebt hatte.

Er hob den Kopf – kein schönes Gefühl. Doch es gab keine Blutungen, also rollte er sich trotz der allumfassenden Schmerzen herum, bis er aufrecht saß und sah, wie Anna mit einem Stein auf die Tür von Hesters Käfig einschlug. Außerdem sah er, dass der Mann, der auf ihn geschossen hatte, tot war.

Er konnte nicht lange bewusstlos gewesen sein, weil er trotz Annas Litanei von »Geh kaputt. Brich. Brich schon, verdammt« den Hubschrauber hören konnte – der inzwischen viel näher, aber noch nicht über ihnen war. Sie schlug nicht auf den Käfig selbst ein, sondern auf das schmale, stabil wirkende Vorhängeschloss an der Tür.

Einem Menschen wäre es nie gelungen, dieses Schloss mit einem Stein zu öffnen, aber Anna war eine Werwölfin. Er erhob sich auf alle viere, und in diesem Moment gab das Schloss nach.

Charles ignorierte die Schwäche, die drohte, ihn wieder zu Boden zu zwingen, und trottete unsicher an Annas Seite, um sich zwischen Hester und Anna zu positionieren, als Anna das Schloss ganz löste und Hester befreite.

Seine Fürsorge brachte ihm einen Biss in die Schulter ein. Es war kein schlimmer Biss, doch Hesters Reißzähne schlugen sich in seinen Körper, getrieben von der Wut darüber, dass sie gerettet werden musste. Hester war nicht die Art von Wolf, die sich zu Boden sinken ließ und dankbar auf dem Bauch herankroch.

»Hör auf damit«, sagte Anna und schlug Hester fest genug auf die Nase, dass die alte Wölfin Charles freigab und seine Gefährtin anknurrte.

Zischend riss Anna die Hand zurück, dann schüttelte sie ihre Finger aus. Das Silber im Schloss und dem Käfig hatte Blasen in ihrer Hand erzeugt. Hester zu schlagen hatte ihr zusätzlich Schmerz bereitet. Als er das sah, knurrte Bruder Wolf Hester an und trieb sie mit einem Sprung, auf den die Wölfin instinktiv reagierte, von seiner Anna zurück.

Diesmal knurrte Hester ihn an, die Augen wegen ihrer unwillkürlichen Reaktion auf seine Dominanz wütend zusammengekniffen.

»Charles«, sagte Anna, »bitte. Hester, wir versuchen, dir zu helfen. Jonesy hat uns gerufen. Lass uns unter diese Bäume gehen, wo sie uns nicht einfach aus dem Hubschrauber erschießen können, bevor wir uns gegenseitig umbringen, okay?« Sie sah zum Himmel, als der Hubschrauber direkt über sie hinwegflog, tief über den Bäumen, aber doch schnell. »Wieso brummen sie da immer noch herum, statt zu landen?«

Sie hatte nicht gehört, dass die Lichtung für dieses Manöver zu klein war – wahrscheinlich, weil die ehemalige Freifläche, auf der die Quads gestanden hatten, inzwischen mit großen Bäumen gefüllt war.

Doch sie hatte durchaus einen Punkt. Charles war oft genug in Hubschraubern geflogen, um sich vorstellen zu können, was für gute Zielscheiben sie drei hier unten abgaben.

Der Hubschrauber hatte allerdings seine Geschwindigkeit beim Überflug keinen Moment verlangsamt.

Hester beäugte Anna. Charles sah förmlich, wie sie darüber nachdachte, Anna wegen des Schlags auf die Nase eine Lektion zu erteilen, während seine Gefährtin abgelenkt war.

Charles nahm wieder seine menschliche Gestalt an, bevor Hester eine Dummheit begehen konnte. Jaulend sprang sie zurück. Er wusste nicht, ob sie die Plötzlichkeit seiner Verwandlung erschreckte oder die Tatsache, dass er Kleidung trug. Zu beidem waren andere Werwölfe nicht fähig; er hingegen schon, weil er als Werwolf geboren worden war, statt geschaffen zu werden – und er war entstanden aus der Verbindung von zwei Personen, die beide über magische Kräfte verfügten. Anna hatte einmal darauf hingewiesen, dass er bei seinem biologischen Erbe froh sein konnte, nicht purpurfarben oder mit einem Horn mitten auf der Stirn geboren worden zu sein; stattdessen konnte er sich von einem Augenblick auf den anderen verwandeln und seine menschliche Gestalt bildete sich voll bekleidet, bis hin zum Schuhwerk.

Er beschloss, sowohl das Blut zu ignorieren, das über seine Schulter rann, als auch die Tatsache, dass Hester darüber nachgedacht hatte, seine Gefährtin zu beißen.

Der Schmerz in seinem Kopf hatte nachgelassen, und die Verwandlung hatte seine Heilung auf eine Weise beschleunigt, die ihm verriet, dass Bruder Wolf sich entschieden hatte, die Macht des Rudels anzuzapfen.

Nachdenklich sah Charles sich auf der Lichtung um. Er dachte an das Flugverhalten des Hubschraubers, der über sie hinweggerauscht war, als suche er etwas oder jemanden, interessiere sich aber nicht für seine eigenen Leute oder die Werwölfe. Oder als hätte er sie nicht gesehen.

»Hat Jonesy einen Tarnzauber über diesem Ort errichtet?«, fragte er Hester. »Und konnte Jonesy heute Morgen eure Hütte vor ihnen verbergen, ohne sie gleichzeitig vor Anna und mir zu verstecken? Hat er vielleicht dafür gesorgt, dass sie aus der Luft nicht zu erkennen ist?«

Hester schnaubte und schenkte ihm einen »Natürlich, du Idiot«-Blick.

»Also«, fuhr Charles fort, »können sie uns nicht sehen, können keinen Landeplatz entdecken, egal, was ihre Instrumente ihnen auch mitteilen – wenn sie überhaupt funktionieren«, erklärte Charles Anna. »Wir können uns ein paar Minuten Zeit nehmen. Lass mich kurz die Leichen durchsuchen. Ich muss herausfinden, womit sie mich beschossen haben.«

»Damit«, sagte Anna und zog die seltsame Waffe aus ihrem hinteren Hosenbund. Aus der Nähe betrachtet wirkte sie wie eine Mischung zwischen einer Pistole und einem Taser.

Er nahm die ungewöhnliche Pistole – und es klebte immer noch ein wenig Blut daran.

Anna sah ihn aus Augen an, die zwischen Braun und

dem Blau ihrer Wölfin changierten. »Ich habe ihn umgebracht«, sagte sie heiser. »Er hat dich verletzt.«

Dann rieb sie sich die Hände an ihrer Hose, und er bemerkte Blutspuren auf dem Stoff, die zeigten, dass sie das schon mehrmals getan hatte.

Anna wusste, sowohl als Frau als auch als Wölfin, wie man tötete – weil er es ihr beigebracht hatte. Die beste Art, seine Gefährtin zu beschützen, lag darin, ihr zu zeigen, wie sie sich selbst verteidigen konnte. Charles und Bruder Wolf zusammen hatten schon Hunderte umgebracht, wenn nicht mehr … aber das galt nicht für Anna.

Er ignorierte die Leichen, die durchsucht werden mussten, die Waffe und den Hubschrauber, der momentan dank Jonesy kein Problem darstellte, und berührte leicht Annas Wange. Es kostete ihn ein wenig Mühe, Anna und ihrer Wölfin durch die Gefährtenverbindung Einblick in sein Selbst zu geben. Er machte sich seiner Gefährtin gegenüber verwundbar, damit sie erfuhr, dass er verstand, welchen Preis ihre Handlungen von ihr forderten.

»Er hat dich verletzt«, sagte sie, und diesmal waren ihre Augen Anna-Braun und nicht Wölfin-Blau. Sie lächelte ein wenig grimmig und sagte: »Diese Männer sind in unser Revier eingedrungen und haben uns angegriffen.« Ihre Stimme wurde hart. »Haben dich angegriffen. Ich bedauere nichts.«

Sie hörte die Lüge in ihrer eigenen Stimme und schenkte ihm ein reumütiges Lächeln. Das war seine Anna, tough und stark.

Als der Mann die Waffe gezogen hatte, hatte Charles sie für eine Pistole gehalten. Selbst dass er ohne eine Schusswunde aufgewacht war, hieß noch nichts. Manchmal konnten normale Schusswunden ziemlich schnell heilen.

Doch dies war keine Waffe, die Kugeln verschoss. Er nahm Anna die Kanone ab und sah sie sich genauer an. Aus der Nähe betrachtet wirkte sie eher wie ein gepimpter Taser, aber es gab weder Kartuschen noch Patronen.

»Seltsam, nicht?«, meinte Anna. »Zuerst dachte ich, es wäre ein Taser – aufgrund der Art, wie du umgefallen bist. Ein superstarker Taser oder so was.« Denn eine normale Elektroimpulswaffe machte einen Werwolf einfach nur wütend. »Aber es sieht nicht aus wie ein Taser – und es gab keine Kabel oder irgendwas, die dich getroffen haben.«

Charles richtete die Waffe auf den Boden und drückte den Abzug – und hätte das verdammte Ding fast fallen lassen, als es Energie aus seinem Körper zog und eine kleine Pflanze zu Staub zerfallen ließ. Er zog seinen Finger aus dem Abzugsring und betrachtete die winzige Wunde, wo etwas Scharfes ihn verletzt hatte, um die Magie abzufeuern. Dann rieb er die Stelle, an der die Nadel eingedrungen war, kurz, weil seine Haut sich dort taub anfühlte. Einen Augenblick lang machte er sich Sorgen, doch dann kehrte das Gefühl zurück.

Die Waffe selbst fühlte sich jetzt nicht magischer an, als bevor er den Abzug gedrückt hatte.

»Blutmagie«, sagte er zu Anna – und Hester, die ihn mit wachsamem Blick beobachtete. »Hexenmagie einer Art, wie sie mir noch nie begegnet ist. Das wird Dad sicherlich brennend interessieren.«

Er schob die Waffe in seinen hinteren Hosenbund, genau wie Anna es getan hatte. Der Schmerz, der immer noch in seinen Gliedern verweilte, hatte sich so weit beruhigt, dass die Pein ihn nicht aufhalten konnte, sollte er sich schnell bewegen müssen. Die tote Pflanze allerdings warf die Frage auf, wieso er noch lebte – nicht, dass er sich beschweren wollte. Vielleicht hatte es etwas mit dem Größenunterschied zwischen ihm und der Pflanze zu tun. Oder vielleicht einfach mit der Menge von Macht, die die Waffe aus ihm gezogen hatte – Magie, die von seinen beiden Elternteilen stammte.

Er sah Hester an. »Ist Jonesy in der Nähe?«

Die Wölfin hob den Kopf und drehte sich einmal im Kreis. Dann schüttelte sie den Kopf.

Das überraschte ihn. Als der Hubschrauber einfach über sie hinweggeflogen war, hatte er vermutet, dass Jonesy ihnen gefolgt war. Ein Schutzzauber dieser Weitläufigkeit war aus einer Entfernung von mehreren Kilometern schwer aufrechtzuerhalten …

*Ich habe es dir doch gesagt – gefährlich*, meinte Bruder Wolf.

»Er hält den Schutzzauber von der Hütte aus aufrecht?«, fragte Charles, nur um sicherzugehen.

Hester zuckte mit den Schultern und sah sich um, als wollte sie sagen: »Die Beweise lassen das vermuten.«

Irgendwo weiter westlich fand der Hubschrauber einen Platz zum Landen. Wenn Jonesys Magie sich nicht völlig von den Schutzzaubern unterschied, die Charles kannte, würde ihr Feind den GPS-Signalen oder anderen Ortungsmöglichkeiten trotz Jonesys Zauber folgen können. Nur Graue Lords, die gemeinsam Magie wirkten, konnten moderne Technologie verwirren, bis sie gar nicht mehr funktionierte. Für einen Moment dachte er über die Reichweite von Jonesys Magie nach. Vielleicht setzte ihr Feind stattdessen Hexenmagie ein. Obwohl

Hexenmagie und Werwölfe nicht gut zusammenpassten, bewies doch diese seltsame Waffe, die ein Werwolf gegen ihn eingesetzt hatte, dass ihr Feind bereit war, verschiedene Machtquellen zu vermischen.

Unter anderen Umständen hätte Charles abgewartet, bis ihr Feind sie fand. Doch die seltsame Blutmagie-Waffe ließ Vorsicht ratsam erscheinen. Er wollte sich diesen Feinden nicht stellen, bevor er nicht mehr über ihre Fähigkeiten wusste.

Eilig durchsuchte er die drei Leichen und entdeckte eigentlich bloß, dass der erste Mann – den wahrscheinlich Hester getötet hatte – menschlich war. Keiner der Männer hatte einen Ausweis dabei oder trug nützliche Hinweise wie Dienstmarken oder leicht zu identifizierende Tätowierungen am Körper. Ihre Schutzkleidung und ihre Waffen (es gab nur diese eine Hexenwaffe) waren gut, aber keine Spezialanfertigungen.

Es wäre schön gewesen, wenn Charles das Rudel anrufen und Verstärkung anfordern hätte können, aber weder er noch Anna hatten Handys mitgebracht.

Bereits zweimal, seit Anna und er in Boston mit der Regierung in Kontakt gekommen waren, hatten sie losziehen und Bundesagenten retten müssen, die in den Bergen festhingen. Für das erste Paar Agenten konnte Charles nichts. Anna und er hatten sie auf dem Rückweg von einem Ausritt festgeklemmt in einer Felsspalte entdeckt. Nachdem seit den Sechzigerjahren niemand außer ein paar Wanderern und Reitern diese alte Forststraße benutzt hatte, war er davon ausgegangen, dass sie Anna und ihn gejagt hatten. Sie wirkten angemessen verlegen, als er sie gerettet hatte – und nicht im Mindesten überrascht, als er mühelos das

Vorderende ihres Trucks anhob, was seine Vermutungen bestätigt hatte.

Doch danach hatte er diesen Nebenweg im Blick behalten. Das zweite Paar Agenten hatte er persönlich herausfinden lassen, warum die Einwohner von Montana nicht über weitläufige, flache Wiesen hoch in den Bergen fuhren, wenn die Temperaturen nicht bereits ein paar Wochen lang unter null Grad lagen – wahrscheinlich war der SUV inzwischen noch tiefer in den Schlamm eingesunken.

Danach hatte Bran den Befehl ausgegeben, dass niemand, der in das Gebiet der Wildlinge aufbrach, ein Handy mitnehmen durfte. Leute, die Brans besondere Wölfe störten, überlebten gewöhnlich nicht lange genug, um ihre Fehler zu bereuen. Bran zog es vor, Bundesagenten nicht unabsichtlich zu töten.

»Lasst uns zu Jonesy zurückgehen«, sagte Charles, sobald er die letzte Leiche durchsucht hatte. »Dann können wir entscheiden, ob wir uns in der Hütte verkriechen wollen, Verstärkung rufen oder ihn einfach nur mitnehmen und zu Dads Haus fahren.«

Sie hatten die Hälfte der Strecke zu Hesters Hütte zurückgelegt, als der Klang eines Schusses durch den Wald hallte. Als der zweite Schuss zu hören war, drückte Charles sich bereits auf den Boden, wobei er wahrnahm, dass Hester und Anna, ohne zu zögern, dasselbe getan hatten. Irgendetwas war seltsam an der Bewegung der beiden, doch darum würde er sich Sorgen machen, sobald er sich um die unmittelbare Gefahr gekümmert hatte.

Bruder Wolfs Gehör verriet ihm, wo die Kugel den

Baum vor ihnen getroffen hatte. Nachdem das Projektil nur die Borke gestreift hatte, bot die Spur in der Rinde Charles auch einen schönen Hinweis, woher der Schuss gekommen war – aus der windabgewandten Richtung, was auch der Grund war, wieso er niemanden gewittert hatte.

Charles zog die Hexenwaffe aus seinem Hosenbund und legte sie neben sich auf den Boden. Dann rollte er sich auf die Beine und verwandelte sich im selben Moment in einen Wolf. Wenn er sich das nächste Mal verwandelte, würde es länger dauern, aber dank des Adrenalins in seinem Blut ging es diesmal ziemlich schnell.

Die Schützin war auf einen Baum geklettert, um besser zielen zu können. Doch damit hing sie in einem Baum fest, obwohl ein Werwolf es auf sie abgesehen hatte. Nicht, dass es eine Rolle spielte. Soweit es Charles anging, war sie schon tot, seit sie den ersten Schuss abgefeuert hatte. Der Baum schwankte unter seinem Gewicht, als er von einem Ast zum nächsten sprang. Die unvorhersehbare Bewegung sorgte dafür, dass die zwei auf ihn abgegebenen Schüsse ihn verfehlten – wie er erwartet hatte.

Die Frau wirkte eher überrascht als verängstigt. Wahrscheinlich hatte sie geglaubt, Werwölfe könnten nicht auf Bäume klettern. Jäger behaupteten dasselbe von Grizzlys – und auch das stimmte nicht. Ein Grizzly konnte so hoch auf einen Baum klettern, wie ihn die Äste eben trugen. Und bei Werwölfen war es so ziemlich dasselbe. Bruder Wolf mochte groß sein, aber er war um einiges kleiner als ein Grizzly.

Die Schützin war menschlich, und sie starb schnell. Ihre Leiche stürzte aus dem Baum durch das Unterholz auf den Boden. Vom Baum aus sah Charles zwei weitere Personen, wahrscheinlich Mitglieder des Teams, das sie verfolgt hatte. Sie näherten sich auf verschiedenen Pfaden dem Ort, von dem aus die Frau geschossen hatte.

Getrennt, aber nicht weiter als zehn Meter auseinander, dachte er. Nur einer von ihnen sah nach oben, doch seine Miene machte deutlich, dass er Charles – fast hundertfünfzig Kilo Werwolf – nicht im Baum entdeckte. Tannenäste neigten dazu, feste Formen verschwimmen zu lassen. Beide Männer hatten eine Hand am Ohr, in einer typischen *Ich habe ein Kommunikationsgerät*-Pose.

Charles landete um einiges leiser auf dem Boden als die Leiche der Frau. Bruder Wolf hatte denjenigen, der aufgesehen hatte, als den gefährlicheren der beiden identifiziert. Und diesmal hielt Charles es für eine gute Idee, diesen Gegner als Erstes auszuschalten.

Die Tatsache, dass er mit der Gegend vertraut war – selbst wenn sein Wissen ein halbes Jahrhundert alt war –, erlaubte es ihm, sich seiner Zielperson von der Seite und gegen die Windrichtung zu nähern. Wie die zwei auf der Lichtung war auch dieser Mann ein Werwolf. Er fühlte sich wohl im Wald – und bewegte sich wie jemand, der an Kampfeinsätze gewöhnt war.

Doch er starb ohne Gegenwehr, nur begleitet von dem Knirschen seiner Wirbelsäule zwischen Charles' Zähnen.

Die dritte Person in dem, was Charles inzwischen als dreiköpfiges Einsatzteam identifiziert hatte (so wie die ursprüngliche Gruppe auch aus drei Leuten bestanden hatte), hatte inzwischen die tote Scharfschützin gefunden. Es befanden sich zu viele Bäume und zu viel Unterholz zwischen Charles und dem Mann, um ihn zu sehen, doch er hörte, wie er in sein Mikrofon sprach.

Charles schätzte, dass ungefähr zwei Minuten seit dem ersten Schuss vergangen waren. Er glitt durch den Wald, um sich dem Mann von hinten zu nähern, wobei er auf die Informationen achtete, die der Mann seinem ... Vorgesetzten? ... meldete. Oder vielleicht auch nur jemandem in dem Hubschrauber, den Charles hören konnte. Der Helikopter stand immer noch auf dem Boden, doch dem Motorgeräusch nach zu schließen war er bereit, jeden Moment abzuheben.

»Das war der Bericht, den sie mir vor ein paar Minuten geliefert hat«, sagte der Mann. Er entfernte sich von der toten Scharfschützin und begann zu laufen, wobei er einen Weg einschlug, der ihn direkt zum Hubschrauber führen sollte. Charles hätte ihm mitteilen können, dass er Probleme haben würde, den breiten, reißenden Bach zu überqueren, der zwischen ihm und seinem Ziel lag.

Nicht, dass Charles ihm erlauben würde, so weit zu kommen.

»Zwei neue Akteure sind aufgetaucht«, sagte der Mann. Er atmete gleichmäßig, trotz seiner Laufgeschwindigkeit. »Einer von ihnen ist fast sicher Charles Cornick, außer euch fällt noch ein anderer Indianer ein, der sich in diesen Wäldern herumtreibt. Mein Team ist erledigt. Geht davon aus, dass auch das andere Team verloren ist. Holt mich ab. Wir sind am Arsch.«

Charles konnte hören, wie der Hubschrauber mit dröhnenden Motoren abhob. Vielleicht wusste der Mann von dem Bach. Es gab noch eine Lichtung (da war Charles sich ziemlich sicher), ungefähr einen halben Kilometer entfernt.

Charles hielt es für unwahrscheinlich, dass er einen Hubschrauber nach unten ziehen konnte. Doch dieser Mann hier unten war leichte Beute.

Den hier würde er gefangen nehmen, dachte Charles. Er war ein Mensch, also kein Werwolf-Eindringling in ihr Revier. Bruder Wolf würde nicht auf seinen Tod bestehen. Dieser Mann wäre eine Quelle nützlicher Informationen. Lautlos glitt er durch den Wald, Bruder Wolf und er auf der Jagd.

Dann hob sich die Erde, und die Geister des Waldes heulten vor Wut und Verlust. Neben Charles stürzte eine Drehkiefer, die wahrscheinlich älter war als er und vielleicht zwanzig Meter hoch, mit einem Knall zu Boden, der erneut die Erde beben ließ.

Charles brauchte einen Moment, um zu verstehen, was geschehen war.

Schließlich wurde ihm bewusst, dass ihm gerade einige Wahlmöglichkeiten genommen worden waren. Jetzt würde Bruder Wolf nicht mehr erlauben, dass ein Angreifer am Leben blieb. Das feuchte Geräusch, als Bruder Wolf den Letzten ihrer Gegner zu Boden riss, musste per Funk übertragen worden sein, weil der Hubschrauber plötzlich die Richtung wechselte. Dann verklang sein Brummen in östlicher Richtung.

Bruder Wolf ließ die Leiche fallen. Charles nahm seine menschliche Gestalt an und sah stirnrunzelnd auf den toten Mann hinunter. Es wäre sinnvoll gewesen, einen von ihnen lebend zu fangen. Nur einen. Um ihn zu befragen und herauszufinden, wer Teams mit Hubschrauberunterstützung ins Revier des Marrok entsandte.

Doch nun würde er diese Informationen auf anderem Weg aufdecken müssen. In ihm knurrte Bruder Wolf, immer noch wütend. Wieder hob sich die Erde, ein kleineres Erdbeben, das schnell ein Ende fand. Charles atmete tief durch und machte sich auf den Rückweg.

Anna ließ sich im selben Moment fallen wie Charles. Dann kroch sie auf dem Bauch zu der Stelle, wo ihr Gefährte die Hexenwaffe abgelegt hatte, und nahm sie an sich. Sie war wichtig, sowohl als Hinweis als auch als Waffe, die jemand gegen sie einsetzen konnte – was ihr nicht nur ihr gesunder Menschenverstand verriet, sondern auch die Tatsache, dass Charles die Waffe abgelegt hatte, bevor er sich verwandelte, damit sie nicht an den mysteriösen Ort verschwand, an den Charles' Kleidung ging, wenn er zum Wolf wurde.

Zwei Gewehrschüsse erklangen. Sie war sich ziemlich sicher, dass das Geräusch von derselben Stelle stammte wie die ersten Schüsse. Charles hatte den Schützen gefunden. Einen Moment später hörte sie, wie etwas Schweres heftig auf den Boden knallte. Sie hoffte nur, dass es nicht Charles war.

Doch Sorge hin oder her, sie blieb in Bewegung. Sobald sie die Waffe sicher verstaut hatte, kroch sie dorthin, wo Hester in das Unterholz gefallen war. Ihr schwarzes Fell machte sie fast unsichtbar.

»Wir sollten uns tiefer in die Schatten zurückziehen«, flüsterte Anna. Ihre Aufmerksamkeit war auf den Wald um sie herum gerichtet. Sie konnte leise Bewegungen hören, die sich ihrer Position näherten. Sie war noch nicht so gut wie die alten Wölfe, aber sie konnte Entfernungen und Richtungen inzwischen gut einschätzen.

Die Nase war auch immer nützlich, also sog Anna tief die nach Blut riechende Luft in die Lunge. Und ungefähr zu dieser Zeit fiel ihr auf, dass Hester sich nicht einfach stillhielt – sie lag vollkommen unbeweglich.

Anna packte die Wölfin am Fell und zog sie tiefer ins Gebüsch, wo die Blätter einen gewissen Schutz vor Heckenschützenfeuer boten. Anna zerrte Hester auf ein Bett aus alten Blättern, das nach Kojote und Kompost roch, im Windschatten eines Findlings von der Größe eines kleinen Hauses.

Geschützt durch einen Felsüberhang und das dichte Blätterbach einiger Pappeln, suchte Anna nach der Wunde, die dafür gesorgt hatte, dass Hester schlaff und leblos dalag. Sie fand sie: ein dunkleres Loch in der Finsternis von Hesters schwarzem Pelz, mitten auf der Stirn. Hester würde sich nie wieder bewegen.

Die Rippen der Wölfin bewegten sich ein letztes Mal, Luft drang aus der Lunge, dann lag Hester … lag Hesters Leiche … still. Einen Moment später hob sich die Erde, und Schmutz rieselte von dem Felsen über ihnen. Anna warf dem Findling einen besorgten Blick zu, doch wie bei einem Eisberg war sie sich ziemlich sicher, dass der größte Teil versteckt im Boden lag. Wenn dieser Felsen sich bewegte, wäre das ein Zeichen für den drohenden Weltuntergang, in dem kein Ort mehr Sicherheit bot.

Anna kauerte sich unter den Überhang, wurde von Erde genauso getroffen wie vom Tod der Wölfin, die sie gerade erst kennengelernt hatte – einem Tod, den sie durch Bran in die Rudelverbindung übergehen fühlte wie das eisige Brennen einer Wurzelbehandlung, auf die nur Taubheit folgte. Nicht so schlimm, wie wenn ein Mitglied des Marrok-Rudels starb, aber schlimm genug.

Nach einer atemlosen Sekunde hob sich die Erde ein

zweites Mal, dann beruhigte sie sich wieder. Anna bildete sich fast ein, sie könnte den Wald sehen, wie ihr Gefährte es konnte: erfüllt von Geistern, die alle aufmerksam … *etwas* beobachteten. Und warteten.

Und auch Anna wartete. Doch als sonst nichts mehr geschah, richtete sie ihre Aufmerksamkeit wieder auf Hester. Anna fand die Kugel in einem Gewirr aus Blut und Pelz hinten in Hesters Nacken. Sie holte das Geschoss heraus, ein kleines verbogenes Ding. Es verbrannte ihre Hände.

Selbst wenn es eine Bleikugel gewesen wäre, hätte sie Hester wahrscheinlich trotzdem getötet. Werwölfe waren zäh, aber nicht unzerstörbar.

Anna schloss die Finger um die Kugel. So ein kleines Ding hatte das Leben einer Kreatur beendet, die schon gelebt hatte, als die *Mayflower* Segel gesetzt hatte. Mächtig … scheußlich … und traurig.

Sie vergrub die Finger ihrer anderen Hand wieder in dem schwarzen Fell, streichelte eine Wölfin, die das nicht mehr interessierte. Anna konnte in der Ferne hören, wie die Feinde um sie herum starben, und es gelang ihr nicht, Mitleid zu empfinden. Sie waren schließlich diejenigen, die den Tod hierhergebracht hatten.

Doch die unförmige Waffe an ihrem Kreuz sorgte dafür, dass sie sich Sorgen um ihren Gefährten machte. Vor ihrem inneren Auge sah sie immer noch, wie er gefallen war – und einzig ihre Gefährtenverbindung ihr verraten hatte, dass er noch lebte. Hester, alt und klug, lag tot neben ihr. In einer Welt, in der solche Dinge geschahen, konnte auch Charles sterben.

Nur fünf oder sechs Minuten nach dem letzten Erdstoß raschelten die Blätter, und Charles, in menschlicher Gestalt, kroch in ihr Versteck. Schwaches Licht drang durch das dichte Blätterdach über ihren Köpfen und beleuchtete seinen Zopf und seine hohen Wangenknochen.

Diesmal war sein T-Shirt schwarz. Gewöhnlich waren die Hemden, mit denen ihn seine Magie ausstattete, rot gefärbt. Das Schwarz bedeutete, dass er von Hester gewusst hatte, vermutete Anna – entweder durch das unheimliche wissende Gefühl, das ihr Tod durch Brans Verbindung mit dem Rudel gesandt hatte oder von dem seltsamen, abwartenden Gefühl, das auf das letzte Erdbeben gefolgt war.

Erdbeben waren in Montana nicht so häufig wie in Kalifornien, aber das Herz der Rocky Mountains lebte und manchmal hob es sich zu einem Schlag. Doch das Zittern des Bodens unter ihr hatte einen persönlicheren Eindruck gemacht.

»Der erste Schuss hat sie in den Kopf getroffen«, erklärte Anna ihrem Gefährten. Ihre Stimme klang in ihren eigenen Ohren unnatürlich ruhig. »Sie war schon vor dem zweiten Schuss erledigt.«

Charles' Augen, dunkel und glänzend, beobachteten sie genau.

Anna räusperte sich. Sie war eine Werwölfin, erinnerte sie sich selbst streng; jemand, der an Tod gewöhnt war; die richtige Gefährtin für Charles Cornick, den Sohn des Marrok. Sie streckte Charles die Kugel entgegen und gab vor, ihre Hände würden nicht zittern. Gab vor, ihre freie Hand wäre nicht in Hesters dichtem schwarzem Pelz vergraben, als hieße sie loszulassen, etwas Wichtiges aufzugeben.

Mit ruhiger Stimme sprach sie weiter. »Das hier hat

sie umgebracht – und für mich sieht sie seltsam aus. Nicht wie die Kugeln, mit denen wir schießen.«

Sie vergaß, ihn zu warnen, dass das Geschoss aus Silber bestand. Er zischte und ließ die Kugel fallen, dann riss er seine Augen von ihrem Gesicht los und musterte ihre Hand.

Als sie seinem Blick folgte, wurde ihr klar, dass ihre Haut Blasen geworfen hatte. Doch das war geschehen, als sie die Käfigtür für Hester geöffnet hatte. Jetzt allerdings war ihre Handfläche schwarz und verkrustet. Klare Lymphe drang daraus hervor. Sie hatte den Schmerz nicht einmal bemerkt, bis sie die Verbrennung sah.

Sie würde heilen. Sie verbarg die Verletzung vor Charles, indem sie auch diese Hand in Hesters Fell vergrub.

»Ich habe die Hexenwaffe eingesammelt«, erklärte sie ihm. »Bevor mir klar wurde, dass Hester in Schwierigkeiten steckt.«

Charles schloss die Augen und atmete tief durch. Die Trauer, die sie durch die Gefährtenverbindung von ihm auffing, jagte ein Zittern durch ihren Körper. Charles Cornick war der Sohn des Marrok, ein Todesbringer, der schwarze Mann der Werwölfe – aber er war kein Monster. Auch er betrauerte Hesters Tod.

Er murmelte etwas auf Walisisch, der Muttersprache seines Vaters, dann übersetzte er für sie. »Der Himmel möge uns vor dem Schicksal bewahren, das wir verdienen.« Als er die Augen wieder öffnete, waren sie trocken.

Er berührte ihr Gesicht mit den Fingerspitzen, und sie konnte wieder atmen. »Bist du verletzt?«

*Ja.* Verletzt durch die Angst, er könnte tot sein, als die Hexenwaffe ihn zu Boden gestreckt hatte. Verletzt dadurch, dass sie einen Fremden getötet hatte. Verletzt, weil Hester gestorben war, ohne jede Chance, sich zu verteidigen.

Doch das war es nicht, was er wissen wollte. Zumindest ging sie nicht davon aus.

»Niemand hat mich mit einer Kugel getroffen«, erklärte sie ihm, weil das der Wahrheit entsprach. »Nur Hester. Was ist mit dir?«

Er schüttelte den Kopf. »Keinen neuen Kratzer.« Er musterte sie eindringlich, dann riss er den Saum eines T-Shirts ab und wickelte sich den Stoff um die Hand. So geschützt griff er nach der seltsam geformten Kugel, die er in das trockene Laub auf dem Boden hatte fallen lassen.

Silber verformte sich nicht pilzförmig, wie es bei Blei der Fall war; dafür war es zu hart. Silberkugeln waren daher nicht so tödlich für Werwölfe, wie die Legenden es besagten. Die Wunden, die sie schlugen, ähnelten eher den Wunden von Pfeilen als denen von Bleikugeln: saubere, ordentliche Löcher. Werwölfe erholten sich von solchen Wunden so langsam wie Menschen – aber wenn sich das Loch nicht an der falschen Stelle befand, überlebten sie.

Direkt zwischen die Augen war die falsche Stelle. Besonders wenn sich die Kugel seltsamerweise mehr wie eine Bleikugel verhielt als wie ein Geschoss aus Silber.

»Das ist Silber«, sagte sie. »Wieso also hat es sich pilzförmig verformt?«

Eigentlich war das nicht ganz die richtige Beschreibung. Die Spitze hatte sich vielmehr geöffnet wie eine Blume mit scharfkantigen Blütenblättern. Doch sie ging davon aus, dass er ihre Frage trotzdem verstand.

Er sah stirnrunzelnd auf das Geschoss hinunter. »Winchester hatte eine Kugel, die sie Black Talon genannt haben. Die hat sich so verformt.« Er sah Anna an. »Um die Zeit deiner Geburt herum. Sie sah unheimlich aus, war allerdings nicht tödlicher als ein normales Hohlspitzgeschoss. Weniger tödlich, um exakt zu sein. Aber ein unheimlicher Look verkauft sich gut in einem gewissen Segment des Waffenmarkts.« Er warf ihr einen betrübten Blick zu. »Nachdem publik wurde, dass ein berühmter Serienkiller eine Schwäche für diese Munition entwickelt hatte, hat Winchester beschlossen, dass sie auf diese Art der Berühmtheit verzichten können, und die Munition vom Markt genommen.«

Er richtete die Augen auf Hester, die Schatten von Geistern in seinem Blick. »Jemand hat herausgefunden, wie man dieses Design einsetzen kann, um eine Silberkugel zu schaffen, die sich öffnet. Ich erinnere mich an etwas …«

Er schloss für einen kurzen Moment die Augen.

Eines der Probleme von Leuten, deren Lebenszeit in dreistelligen Zahlen gemessen wurde, war, dass sie eine Menge Erinnerungen zu durchsuchen hatten. Anna war aufgefallen, dass wichtige Dinge manchmal erst mit etwas Verzögerung an die Oberfläche drangen.

Anna wurde nicht durch zu viele Lebensjahre behindert. »Erinnerst du dich an diesen Vampir in Spokane, um den Mercy sich vor einer Weile gekümmert hat? Hat er nicht besondere Munition für die übernatürliche Community hergestellt? Hat seine Firma etwas in dieser Art vertrieben?« Sie erinnerte sich daran, dass eine Munition aus den Neunzigerjahren erwähnt worden war, deren Produktion eingestellt worden war, nachdem ein Serienkiller sie berühmt gemacht hatte.

Charles öffnete die Augen und sah sie an. »Ja. Genau das meinte ich. Dich in der Nähe zu haben ist recht nützlich.«

»Ebenso«, sagte sie. »Und es gab irgendeine Verbindung zwischen diesem Vampir und Gerry Wallace – dem Kerl, der Leo dafür bezahlt hat, Werwölfe zu erschaffen.« Sie hatte geglaubt, sie hätte den Namen ihres ersten Alphas ganz ruhig ausgesprochen, doch jeder Muskel in Charles' Körper spannte sich an und ein Knurren drang aus seiner Kehle.

»Leo ist tot«, sagte sie bestimmt. »Aber der Finanzier, der Kerl mit dem Geld und dem politischen Einfluss, der im Hintergrund zu lauern scheint …«

Charles nickte. »Weil Gerry weder genug Geld hatte … noch die richtigen Verbindungen. Gerry hat diese armen Wölfe, die Leo geschaffen hat, dafür benutzt, Drogen zu entwickeln, die bei uns wirken. Dieser Teil ging allein auf Gerry zurück. Aber die Person, die wusste, dass Leo versuchte, seine Gefährtin am Leben zu erhalten, indem er schöne Männer – und dich – verwandelte und jedes Rudelmitglied umbrachte, das Einwände erhob … die Person, die wusste, dass Leo bereit wäre, nach ein wenig Erpressung und Geld die Wölfe zu liefern … diesen Kerl haben wir nie gefunden. Er ist ein Geist – vorausgesetzt, es handelt sich wirklich um dieselbe Person. Hin und wieder entdecke ich Hinweise auf ihn. Er hatte auch etwas mit dieser Gruppe von Ex-Cantrip-Agenten zu tun, die das Columbia-Basin-Rudel angegriffen haben. Und er könnte auch Teil der Boston-Sache gewesen sein, um die wir uns letzten Herbst gekümmert haben.«

Er warf die Kugeln in die Luft und fing sie wieder auf, seine Augen ein fahles Gold. Und dann flüsterte er nachdenklich: »Und jetzt ist er wieder aufgetaucht. Wie hast du ihn genannt? Den Finanzier.«

Anna sah auf die Wölfin hinunter, über deren Tod sie gerade beide nicht nachdenken wollten. Oder mit deren Tod sie sich nicht zu intensiv beschäftigen wollte, während ihre Hände versuchten, sich selbst und Hester zu beruhigen.

»Wieso nehmen wir uns gerade jetzt die Zeit?«, fragte Anna. »Ich meine, gewöhnlich unterhalten wir uns nicht lange, wenn es Dinge zu tun gibt.«

Dinge wie Hesters Leiche zurück zu ihrem Gefährten bringen.

»Ich gebe ihm Zeit«, sagte Charles. »Jonesy.«

»Er weiß, dass sie von uns gegangen ist.«

Es war keine Frage gewesen, aber Charles nickte trotzdem. »Die Erdbeben. Das war er, glaube ich. Wir sollten noch eine Weile länger hier warten. Alte Kreaturen sind in ihrer Trauer unvorhersehbar.«

Anna nickte, dann löste sie ihre Finger aus Hesters Pelz. »Wieso haben sie Hester umgebracht?«

Ihre Stimme klang jämmerlich und schwach, doch sie konnte nichts dagegen tun. Hester war nicht die erste Tote – nicht der erste tote Werwolf –, den sie gesehen hatte. Anna hatte heute bereits selbst jemanden getötet. Sollte sie sich nicht langsam an den Tod gewöhnt haben? Sie war eine Werwölfin, nicht wahr? Sie sollte sich nicht vom Tod fast Fremder erschüttern lassen.

Sie räusperte sich, dann bemühte sie sich … nicht erschüttert zu klingen. Oder zumindest weniger erschüttert. »Sie haben sich so sehr bemüht, sie mitzunehmen.

Wieso nicht abwarten, um zu sehen, ob man sie später noch einmal fangen kann?«

Die Frage, die er beantwortete, war nicht die, die sie gestellt hatte. »Es ist in Ordnung, um Hester zu trauern. Sie ist deinen Kummer wert.«

»Ich kannte sie nicht«, sagte Anna. »Wie kann ich so traurig sein, obwohl ich sie nicht kannte? Ich meine, wieso sie betrauern und nicht den Kerl, den ich umgebracht habe? Ich kannte sie nicht besser als ihn.«

Charles zog die Augenbrauen hoch. »Trauerst du denn gar nicht auch um ihn?«, fragte er voller Einsicht. Doch er wartete nicht darauf, dass sie seine Frage beantwortete.

Er sah auf Hester herunter und sagte: »Ich weiß nicht, wieso sie sie getötet haben. Ich weiß nicht, warum sie hierhergekommen sind oder was sie wollten. Aber sie haben nach ihr gesucht – einem weiblichen Werwolf. Vielleicht, weil sie weiblich war, vielleicht, weil sie Hester war – und vielleicht, weil Jonesy und sie isoliert hier oben gelebt haben. Unser Feind wusste zu viel. Sie wussten, dass Jonesy zum Feenvolk gehört, auch wenn sie keine Ahnung hatten, wie viel Macht er wirklich besitzt. Mein Dad hat sich Sorgen um die Bedrohung gemacht, die Hester und Jonesy darstellten – vielleicht hätte er sich mehr Sorgen darum machen sollen, wie verwundbar sie waren. Hätte Jonesy uns nicht angerufen, wären Monate vergangen, bevor wieder jemand nach ihnen gesehen hätte.«

»Wir müssen herausfinden, ob das ein Einzelfall war, der nur auf Hester und Jonesy abzielte. Oder ob jemand – der Finanzier vielleicht – Werwölfe ins Visier nimmt, die isoliert leben«, sagte Anna, dankbar, sich auf etwas konzentrieren zu können, was nichts mit der toten Werwölfin zu tun hatte; mit dem Mann, den sie umgebracht hatte; oder Jonesy, dessen Gefährtin gestorben war.

»Ja«, antwortete Charles ernst. »Genau.« Er runzelte die Stirn. »Den letzten Mann hätte ich gefangen nehmen können. Er war ein Mensch. Aber Bruder Wolf …« Er sah Hesters Leiche an und schüttelte den Kopf. »Bruder Wolf dachte, es wäre besser sicherzustellen, dass alle tot sind.«

Er hob den Kopf und sah sich um, den Kopf ein wenig schräg gelegt, als könnte er etwas sehen, was ihr verborgen blieb.

»Ich glaube, jetzt können wir aufbrechen.« Charles erhob sich auf die Knie und schob seine Arme unter Hester, bis er sie sicher im Arm hielt. Dann kroch er rückwärts aus dem Gebüsch und stand auf, sobald es möglich war. Er wartete, bis Anna neben ihm war, dann machte er sich auf den Weg zurück zur Hütte.

Ihr Gefährte bewegte sich elegant über das raue Terrain, ohne je aus dem Tritt zu geraten, wenn er Baumstämme überwand oder Felsen umrundete. Er rutschte nicht aus, erzeugte kein Geräusch, und das mit der alten Wölfin im Arm.

Anna war in den Vororten von Chicago aufgewachsen. Näher als in die Hügel von Wisconsin, wo sie in der Mittelschule ein paarmal Sommercamps besucht hatte, war Anna nie an Berge herangekommen. In Wolfsgestalt fühlte sie sich halbwegs kompetent. Doch in ihrer menschlichen Form blieben ihre Zehen gerne an Wurzeln hängen oder stießen gegen Steine … besonders wenn sie nichts sehen konnte, wegen der dämlichen

Tränen, die ihr jedes Mal in die Augen traten, wenn sie die tote Werwölfin ansah.

»Sollten wir uns Sorgen wegen Jonesy machen?«, fragte Anna. »Wenn wir uns der Hütte nähern, meine ich.«

Charles zögerte, dann sagte er: »Man sollte sich immer Sorgen um jemanden machen, der so alt und erschöpft ist wie Jonesy.«

An jedem anderen Tag hätte Anna wegen dieser Nicht-Antwort nachgehakt. Doch sie fühlte sich, als hätte jemand sie geschlagen und sie hätte ihr Gleichgewicht noch nicht wiedergefunden, also ließ sie es durchgehen.

Aber Charles wurde trotzdem präziser. »Du solltest wahrscheinlich in meiner Nähe bleiben. Meinetwegen genauso wie deinetwegen. Leah hatte recht: Dich mitzunehmen war eine gute Idee. Scheinbar hat es Jonesy geholfen.«

»Wie kann das sein?«, fragte sie seinen Rücken. »Ich habe es auch bemerkt. Gewöhnlich habe ich diesen Effekt nur auf Werwölfe.«

»Nein«, sagte Charles. »Ich würde sagen, dass du Werwölfe am stärksten beeinflusst. Aber als ich Jonesy mit dir beobachtet habe … du hast ihn genauso beeinflusst wie jeden Werwolf. Vielleicht liegt es daran, dass seine Gefährtin ein Wolf ist. Manche der Fae sind auch Gestaltwandler …«

Anna sah nach vorne, um festzustellen, was ihn abgelenkt hatte. Sie hatten die Kuppe eines Hügels erreicht, wo der Baumbestand spärlicher war, also konnte sie das Tal sehen, in dem Hesters und Jonesys Hütte stand.

Die fröhlichen sonnenblumenähnlichen Blüten, die vorher nur in Kästen gestanden hatten, wuchsen jetzt überall im Tal. Nicht so dicht wie die Mohnblumen im *Zauberer von Oz*, sondern in kleinen Büscheln hier und dort. Vielleicht hatte sie sie vorhin bloß nicht bemerkt.

»Sind diese Blumen neu?«, fragte sie.

»Ja.«

Sie sammelten sich in natürlichen Sträußen … nicht elegant genug, um wahrhaft schön zu sein, aber irgendwie anheimelnd und hübsch. Warm und einladend. Solche Blüten hätten keine Angst in ihr auslösen sollen.

Die kleine Hütte lag still im Tal. Kein Fae mit leiser Stimme kam ihnen entgegen, um sie zu begrüßen. Charles ging einfach an dem Haus vorbei, ohne anzuhalten. Er brachte Hester zur Ladefläche des Trucks und wartete, ohne ein Wort zu sprechen.

Anna klappte die Heckklappe nach unten. Sie rechnete damit, dass Charles Hesters Körper ablegte und dann nach hinten schob. Stattdessen sprang er selbst auf die Ladefläche und legte die Leiche der Wölfin dann ab, als könnte sie immer noch Schmerzen spüren, wenn er nicht vorsichtig vorging.

Anna schlang die Arme um den Bauch. »Er ist auch tot«, sagte sie leise. Deswegen hatten sie gewartet. Deswegen hatte Charles sich keine echten Sorgen um Jonesy gemacht, als sie seine tote Gefährtin zu ihm zurückbrachten.

Charles sprang aus dem Truck und landete lautlos neben ihr. Als er sprach, klang er bedrückt. »Wahrscheinlich.«

Plötzlich fiel ihr ein, dass sein Vater Hester und ihren Gefährten in Charles' fähige Hände gegeben hatte. Es war seine Aufgabe gewesen, sie zu beschützen. Und Charles nahm seine Verpflichtungen sehr ernst.

Ohne Eile führte er Anna zurück zur Hütte. Ihr fiel auf, dass er nicht auf die Blumen trat, also achtete sie ebenfalls auf ihre Schritte.

Die Tür war nicht verschlossen.

Das Innere der Hütte war gemütlich und ordentlich. Zwei Schaukelstühle in der Nähe des Kamins, Regale voller zerlesener Bücher, manche von ihnen ledergebunden, andere billig ausgestattet. Ein kleiner Webstuhl mit dem Beginn eines Stoffes darauf, nur ein paar Zentimeter lang, in fahlem Seegrün.

Anna konnte die beiden wittern – Hester und Jonesy –, doch die einzigen Geräusche stammten von Charles und ihr. Das Haus fühlte sich leer an, als hätte hier seit sehr langer Zeit niemand mehr gelebt. Kein Atmen, kein Herzschlag, keine kleinen raschelnden Geräusche, die durch Bewegung und Leben entstehen. Aber dieser Mangel hielt sie nicht davon ab, sich zu fühlen, als würde sie in die Privatsphäre einer Person eindringen, die sie kaum kannte.

Das Erdgeschoss bestand aus einem einzigen Raum, über die Hälfte davon erstreckte sich allerdings ein Loft. Charles stieg die Sprossen an der Wand hinauf, die nach oben führten. Sobald er über die Kante sehen konnte, schüttelte er den Kopf und sprang wieder zu Boden, ohne die Sprossen zu Hilfe zu nehmen.

»Hier«, sagte Anna. Sie flüsterte, weil es ihr passend erschien – als hielte sie sich in einer Bibliothek oder einem Privatgarten auf, wo jedes Geräusch andere Leute stören konnte.

*Hier* war eine Falltür in der Ecke des Raums, die am weitesten von der Tür entfernt lag, neben dem Durchgang zum Bad. Sie war geschlossen … doch nicht, um sie zu verstecken.

Charles führte langsam seine Hand darüber, ohne die Falltür wirklich zu berühren. Anna nahm an, auf der Suche nach einer Falle, ob nun magisch oder mechanisch. Sobald er fertig war, öffnete er die Klappe und hängte den Haken ein, der sie offen hielt.

Eine schmale gebogene Treppe führte in die Dunkelheit. Alle Stufen und Balken waren mit fantastischen Monstern beschnitzt. Der Mittelbalken bestand aus Kiefer, die Stufen aus einem ähnlichen hellen Holz mit anderer Maserung. Insgesamt war die Treppe ein Kunstwerk.

Es war nicht so dunkel, dass Annas Wölfin nicht sehen konnte, als sie Charles in den Keller folgte. Wie im Erdgeschoss gab es auch hier bloß einen großen Raum, der von einem riesigen Bett in der Ecke dominiert wurde. Sie hörte, wie ein Streichholz angerissen wurde.

Neben der Treppe in einem kleinen Bücherregal stand eine Öllampe. Sie anzuzünden schien kompliziert, doch Charles hatte keine Probleme damit. Sie nahm an, dass er eine Menge Öllampen entzündet hatte, bevor die Elektrizität in seinem Leben Einzug gehalten hatte.

Die Lampe strahlte heller, als sie erwartet hatte, sodass sie den gesamten Raum erleuchtete, als Charles sie höher hob.

Das Bett besaß weder Kopf- noch Fußteil. Die Decke darauf war ein handgenähter Quilt. Ein verrückter Quilt im alten Stil, die Art, die die Pioniere angefertigt hatten, als jeder Fetzen Stoff wertvoll gewesen und deswegen wiederverwendet worden war.

Auf einer Seite des Bettes lag ein Haufen tiefdunkler Erde von der Sorte, die Asil, dem von Rosen besessenen Gärtner des Rudels, ein begeistertes Brummen entlockt hätte. Anna konnte eher riechen als sehen, dass sich in der Erde auch ein paar noch grüne Blätter und andere Rückstände von Blumen verbargen.

Und halb in der Erde auf dem Bett vergraben, in schiefem Winkel, steckte ein Schwert.

Diese Klinge war keine hübsche Filmrequisite. Sie war geschaffen worden, um zu töten, nicht, um Zuschauer zu beeindrucken. Die Klinge – kurz, breit und blattförmig – war fast schwarz, genau wie die Parierstange. Vielleicht lag es am Alter – doch es sah eher aus, als wäre sie in einem sehr heißen Feuer verkohlt worden.

Der Griff sah aus, als bestände er aus Leder, alt und mit Rissen, wie bei einer alten Reliquie. Am äußersten Ende des Heftes glänzte ein rauer Schmuckstein in der Größe einer Walnuss, Schönheit im Kontrast zu der grimmigen Wildheit der restlichen Waffe. Es konnte ein Saphir sein, ein blauer Topas oder ein anderer dunkelblauer Stein.

Charles stellte die Lampe ab und zog das Schwert in einer vorsichtigen Bewegung aus Erde und Matratze, sodass alles anhaftende Material zurück auf den Quilt rieselte. Sobald er die Klinge befreit hatte, legte er sie wieder ab, parallel zu der Erde, aber ein Stück entfernt. Er achtete sorgfältig darauf, nur das Leder des Heftes zu berühren. Die Feierlichkeit seiner Handlungen bestätigte ihre Vermutungen.

»Jonesy?«, fragte sie. Im Tod taten die Leichen mancher Fae, besonders der sehr alten Fae, unerwartete Dinge – wie sich in Erde und Pflanzenteile zu verwandeln.

Charles nickte.

»Du wusstest, dass er das tun würde?«, fragte sie. »Haben wir deswegen gewartet?« Sie war sich nicht sicher, welche Gefühle dieser Gedanke in ihr auslöste.

Charles fing ihren Blick ein. »Nein. Ja. Vielleicht. Ich glaube, ich habe damit gerechnet, dass er den Berg und vielleicht sogar viel mehr als das zerstören würde – besonders, weil er Publikum hatte. Ich wollte ihm die Zeit geben, eine andere Entscheidung zu treffen; das Versprechen, das er Hester gegeben hat, einzuhalten und niemanden zu verletzen.«

Charles rief vom Festnetz aus zu Hause an und organisierte einen Aufräumtrupp. Er hatte das Glück, das Sage abhob: Sie blieb ganz sachlich, ohne die politischen Manöver, zu denen Leah tendierte.

Während er mit Sage sprach, konnte er durch das große Panoramafenster im Wohnzimmer der Hütte seine Gefährtin beobachten. Anna lehnte am Truck und starrte Jonesys Abschiedsgeschenk aus Blumen an – oder die Blumen, welche die Erde Jonesy als Abschiedsgeschenk gewidmet hatte.

Anna war verletzt worden – und er sprach nicht über die Wunden, die sie von dem Silber davongetragen hatte, oder die, die ihr fliegende Kugeln eben nicht zugefügt hatten. Seine Gefährtin war verletzt worden, und trotz all seiner Bemühungen hatte er nichts dagegen tun können.

Wäre sie nicht dem verzweifelten Chicagoer Rudel zum Opfer gefallen, was für ein Mensch wäre sie jetzt?

Hätte sie jemand anderen kennengelernt? Einen Jungen in ihrem Alter? Süß und stark, voller Hoffnung – nicht beschmutzt von Jahrhunderten des Tötens? Hätte sie sich mit einem anderen Mann ein Zuhause schaffen können? Mit einem Hund, ein paar Katzen und zwei oder drei Kindern?

Er wusste nur sicher, dass Anna dann nicht um ein paar tote Werwölfe weinen würde, von denen sie einen hatte retten wollen und den anderen selbst getötet hatte.

Bruder Wolf kommentierte Charles' Gedanken mit einem Schnauben. *Vielleicht hätte sie dann jemand anderen betrauert, den sie nicht retten konnte. Kummer existiert nicht bloß in der Welt der Werwölfe.*

Ungehalten fuhr Bruder Wolf fort. *Vielleicht hätte sie einen Serienkiller geheiratet; vielleicht einen Mann, der so sanftmütig ist wie sie. Bloß um sich dann immer zu fragen, wieso sie sich langweilt. Aber das hat sie nicht getan. Sie hat uns gefunden. Sie musste niemand anderen finden.*

Charles fühlte, wie Bruder Wolf sich rastlos in ihm rührte, bis er eine Überzeugung unter Charles' Schuldgefühlen fand.

*Sie hätte uns auch gefunden, selbst wenn sie Leo oder Justin nie getroffen hätte.* Bruder Wolf zweifelte nicht im Geringsten daran. *Sie war immer unser. Sie wird immer unser sein.*

»Charlie?«

Sages Stimme war vorsichtig fragend, obwohl sie bisher vollkommen sachlich gewesen war. Der veränderte Tonfall sorgte dafür, dass er sich wieder auf ihr Gespräch konzentrierte.

»Ja?«

»Hast du etwas von Bran gehört? Ich meine, wir alle haben durch ihn gefühlt, wie sie gestorben ist. Leah dachte, er würde anrufen, um herauszufinden, was passiert ist … aber das hat er nicht getan. Sie hat es auf seinem Handy versucht, ist allerdings direkt auf der Mailbox gelandet. Ich weiß, dass er sich außer Landes aufhält, aber sein Handy ist ein Satellitentelefon. Es sollte funktionieren, egal, wo er ist.«

Charles runzelte die Stirn. »Wir haben beide unsere Handys zu Hause gelassen. Sie liegen im Büro – du kannst nachsehen, ob er dort angerufen hat.«

»Ich weiß. Das haben wir getan. Nichts. Wir hatten gehofft, dass er vielleicht auf andere Weise mit dir Kontakt aufgenommen hat.«

Wenn mit seinem Handy etwas passiert war, konnte Bran seine Stimme direkt in die Köpfe seines Rudels senden. Er konnte ihre Antworten nicht hören, aber es war trotzdem sehr praktisch.

»Nein.« Und war das nicht seltsam? Untypisch für Bran. Fast so untypisch wie Urlaub in Afrika machen.

Sage stieß ein Quietschen aus, dann erklang Tags sanfte Stimme: »Was wirst du mit Hesters Leiche und Jonesys … Überresten tun? Er gehörte zu der Art, die keine Leiche hinterlassen.«

Charles hielt inne. Er hatte vorgehabt, Hester nach Aspen Creek zu bringen, damit sie dort eingeäschert und beerdigt werden konnte – wie es bei jedem Rudelmitglied geschah, das keine anderen Angehörigen hatte. Tag klang, als hätte er Hester und Jonesy um einiges besser gekannt als Charles; gut genug, um zu wissen, was mit Jonesys Leiche geschehen war.

»Was sollte ich deiner Meinung nach tun?«, fragte er, weil Tag die Frage nicht gestellt hätte, wenn er keine Meinung zu dem Thema gehabt hätte.

»Hesters Leute verbrannten ihre Toten zusammen mit ihrem Heim und ihren Besitztümern – um die Geister aus der Welt der Sterblichen zu befreien.« Tag war Kelte genug, um es poetisch klingen zu lassen, und stur genug, dass er genau auf diesen Beerdigungsritus bestehen würde – jetzt, wo Charles ihn nach seiner Meinung gefragt hatte.

Charles wünschte, er hätte nichts gesagt.

»Es ist Hochsommer«, erklärte er Tag. »Die Hütte liegt mitten im Wald. Wenn wir hier ein Feuer legen, geht uns der gesamte Wald in Flammen auf.«

Tag stieß ein verneinendes Brummen aus. »Bei allem gebührenden Respekt«, sagte er, »aber diese Hütte ist von einer Feuerschneise umgeben. Ich habe sie erst dieses Frühjahr freigeräumt. Letzte Woche hat es geregnet, also ist das Unterholz feucht. Und wenn wir das Feuer nachts entzünden, können wir den Funkenflug überwachen.«

Da wurde Charles klar, dass Tag Brans Kontaktmann zu Hester und Jonesy gewesen war. So etwas tat Bran gerne: den Wildlingen eine weitere Kontaktperson im Rudel zuteilen außer sich selbst, in der Hoffnung, sie so stabil zu halten. Gewöhnlich waren diese anderen Personen Charles, Leah oder Asil. Und wenn es schon keiner von diesen Wölfen war, hätte er zumindest einen Wolf aussuchen sollen, der stabiler war als Tag, der selbst schon fast in Richtung Wildling tendierte … aber wenn die zwei Wölfe sich aus früheren Zeiten gekannt hatten, ergab das trotzdem Sinn.

Draußen zog Anna die Notfalldecke aus dem Truck und kletterte auf die Ladefläche. Sie schüttelte die Decke aus, dann breitete sie sie mit einer eleganten Bewegung über Hester aus.

»Sie war alt«, sagte Tag. »Und zäh. Sie hat Dinge überlebt, die dein rotes Fell grau färben würden – und das immer mit Stil. Zu ihren eigenen Bedingungen. Sie hat verdient, dass wir ihr so die letzte Ehre erweisen.«

»Da stimme ich dir zu«, sagte Charles. »Sag Sage, dass ich meine Meinung geändert habe. Wir werden das Rudel immer noch hier versammeln, um uns umzusehen – aber es wird auch eine Beerdigung geben. Wir werden Essen und Trinken brauchen. Und genug Brandbeschleuniger, um die Hütte auf die Grundmauern niederzubrennen.«

»Benzin und Diesel?«, fragte Tag, als Anna in Hesters Wohnzimmer trat.

»Frag Asil«, meinte Charles.

»Asil?«, fragte Tag zweifelnd. »Er ist alt. Älter als ich. Was weiß er über das Anzünden von Häusern?«

Sage sagte etwas, was Charles nicht ganz verstand.

»Oh, okay«, sagte Tag. »Dann ist das okay. Ich werde sicherstellen, dass Asil weiß, was er zu tun hat, und für das Feuer verantwortlich ist. Kein Problem. Wir werden alles organisieren.«

Sage kam zurück ans Telefon. »Mach dir keine Sorgen«, meinte sie trocken. »*Leah und ich* werden alles organisieren.«

# 4

Das Rudel traf in Zweier- und Dreiergruppen ein, auf Quads, auf Motorrädern und in verschiedensten geländegängigen Autos. Tag kam auf seinem Bagger.

Als Erstes sammelten sie die Leichen der Eindringlinge ein. Sie luden sie auf die Ladefläche von Charles' Truck – alle sechs –, während Hesters sterbliche Überreste in die Hütte gebracht wurden. Bis zu diesem Zeitpunkt war das gesamte Rudel versammelt.

Charles übertrug Leah die Aufgabe herauszufinden, wie man die Quads der Angreifer – jetzt Teil des Waldes – aus den Bäumen entfernen konnte, ohne offensichtliche Anzeichen zu hinterlassen, dass Magie gewirkt worden war. Das war klar erkenntlich der schwierigste Job, doch zu seiner Überraschung stürzte sie sich voller Enthusiasmus darauf.

Dann wurde ihm klar, dass er ihr vor dem gesamten Rudel ein Kompliment gemacht hatte. Und im Gegenzug störte sie sich nicht daran, von ihm einen Befehl erteilt bekommen zu haben. Vielleicht hatte Anna recht damit, dass Leah nicht der einzige Grund war, wieso er und seine Stiefmutter mitunter Schwierigkeiten hatten.

Leah schnappte sich ein halbes Dutzend Wölfe und –

nach einer Weile – mehrere Kettensägen. Es hatte ein paar Stunden gedauert, aber inzwischen lagen der Käfig, in dem Hester gefangen gehalten worden war, sowie eines der Quads in Sages SUV. Die restlichen drei befanden sich auf der Ladefläche von Leahs Truck – in zersägten Stücken. Selbst außerhalb des Waldes waren die zerstörten Fahrzeuge ein seltsamer Anblick. Lecks, aus denen verschiedene Flüssigkeiten rannen, wiesen darauf hin, dass sie einmal funktionstüchtig gewesen waren, aber gleichzeitig standen überall frisch gewachsene Äste und Stämme aus den Wracks.

Charles war sich noch nicht ganz sicher, was er mit den Fahrzeugen anfangen sollte. Auf keinen Fall würde er sie als Kunstwerk im Garten seines Dads aufhäufen – wie Sage vorgeschlagen hatte.

Tags Vorschlag, ihren Besitzer zu finden und ihm die Quads zurückzubringen, gefiel Charles schon besser, auch wenn die Weise, nach der Tag vorgehen wollte, ein wenig kompliziert erschien. Und gewalttätig.

Bruder Wolf war ganz auf einer Linie mit Tag.

Während Leahs Team sich um die Quads kümmerte, setzte Charles einen Großteil des Rudels darauf an, die Gegend um die Hütte von allem Brennbaren zu befreien. Den Rest schickte er aus, um Beweise der Invasion zu finden … um alles aufzuspüren, was vielleicht Hinweise darauf geben konnte, wer diese Leute waren und was sie vorgehabt hatten. Er rechnete nicht damit, viel zu finden; die Leute, die er heute getötet hatte, hatten recht professionell gewirkt. Profis ließen keine Hinweise auf ihre Identität zurück.

Deswegen überraschte es ihn, als Asil fast sofort zurückkehrte, um zu berichten, dass er elektronische

Überwachungsgeräte in den Bäumen gefunden hatte. Charles bat Asil, die anderen mit der Suche beauftragten Wölfe darüber zu informieren, dass sie nach Elektronik Ausschau halten mussten. Sobald das erledigt war, holte Charles Tag von seinem Bagger und rekrutierte Anna, um ihnen zu helfen.

Er und Tag, weil sie in Bezug auf Technik wussten, wonach sie Ausschau halten mussten. Anna, weil sie ihm Ruhe schenkte.

Denn die Ereignisse des Tages – die Tatsache, dass Hester und Jonesy gestorben waren, während sie unter seinem Schutz standen – hatten dafür gesorgt, dass Bruder Wolf außer sich vor Wut war. Die meisten im Rudel hatten aus dem einen oder anderen Grund Angst vor Charles. Normalerweise wäre das kein Problem gewesen, doch jetzt spürten die anderen Bruder Wolfs Zorn. Die Angst, mit der die anderen Wölfe reagierten, verstärkten Bruder Wolfs Wut, was einen scheußlichen Teufelskreis erzeugte.

Anna nahm den Gefühlen aller die Schärfe, was verhinderte, dass irgendein Idiot starb, weil er im falschen Moment vor Bruder Wolf getreten war. Irgendein Idiot, auf den er eigentlich für seinen Dad aufpassen sollte … der wegen Hesters Tod niemanden kontaktiert hatte.

Bruder Wolf gefiel ebenfalls nicht, dass sie nichts vom Marrok gehört hatten.

Positiv war nur, dass keines der batterie- oder solarbetriebenen Überwachungsgeräte, die sie fanden, noch funktionierte.

»Wahrscheinlich hat Jonesy sie gezappt«, sagte Tag aus sechs Metern Höhe in einer Drehkiefer, wo er mit einem Akkuschrauber eine Kamera von einem Ast entfernte. »Er hätte Hester davon berichten müssen, aber er hat ihr nicht immer alles erzählt. Er wollte sie nicht beunruhigen. Seine fast schon göttliche Macht bedeutete, dass er sich wegen so gut wie nichts Sorgen gemacht hat, selbst wenn es besser gewesen wäre, es zu tun.«

»Gezappt?«, meinte Charles trocken.

Tag erzeugte mit den Lippen ein knallendes Geräusch. Er spielte gerne den Trottel, selbst vor Leuten, die wussten, dass das nicht stimmte. »Gezappt. Deswegen sind die Geräte innen Matsch, aber außen okay. So was geht nur mit einem magischen Zappen.«

Inzwischen hatte er die Kamera vom Ast entfernt und die Hülle geöffnet. Das Innenleben verriet, dass das Gerät nicht einfach so aus dem Laden stammte, sondern von jemandem, der genau wusste, was er tat, aus einzelnen Komponenten zusammengesetzt worden war. Das bedeutete, dass jemand – irgendeine Person – diese Teile mit den Händen berührt hatte.

Tag hob die geöffnete Kamera an die Nase, atmete tief ein, um die Witterung aufzunehmen, dann schloss er das Gerät wieder und warf es nach unten.

Charles fing es auf und nahm sich die Zeit, die Hülle ebenfalls zu öffnen und tief einzuatmen. Von außen roch die Kamera einfach nur nach Wald, aber innen … der leichte Ozongeruch von zerstörten Elektronikteilen und der pfeffrige Duft des Mannes, der sie zusammengesetzt hatte.

Insgesamt hatten drei Leute an den Geräten gearbeitet, die um Hesters Hütte verteilt worden waren. Alles Menschen – und einer von ihnen lag tot auf der Ladefläche von Charles' Truck. Doch die anderen beiden waren noch auf freiem Fuß. Sollte er ihnen je begegnen, würde er sie an ihrer Witterung erkennen. Tags Nase war ziemlich gut; auch er würde sie erkennen. Genauso wie Anna.

Doch Charles sparte sich die Mühe, diese Kamera an sie weiterzureichen – sie hatte die Witterung bereits an anderen Geräten aufgenommen, die sie gefunden hatten. Wenn er sich darauf hätte verlassen können, dass Tag ihm Bescheid gab, wenn er etwas Neues fand, hätte er Bruder Wolf nicht jedes Gerät kontrollieren lassen müssen. Aber Tag war Tag. Er war sehr stolz darauf, einen umkippen zu lassen, wenn man sich zu sehr auf ihn stützte.

»Du kanntest sie ziemlich gut«, sagte Anna einfühlsam zu Tag. »Hester und Jonesy.«

Tag hatte kurz davorgestanden, sich fallen zu lassen, doch nach Annas Worten hielt er inne. Er hing an den Armen von einem Ast, wie ein zwei Meter großer haariger Affe, der sanft hin und her schwang. Auf Annas Kommentar hin nickte er leise, ohne sie anzusehen.

»Das könnte man so sagen, dass ich sie kannte«, sagte er und löste eine Hand, um sich am Kopf zu kratzen. Sein Körper war dabei so entspannt, als stände er in einem Wohnzimmer – oder, dachte Charles, hinge fünfhundert Meter hoch über einem Abgrund. Man erhielt keinen dauerhaften Platz im Rudel des Marrok, wenn man nicht ein wenig verrückt war.

»Hester besser als Jonesy«, fuhr Tag fort. »Hester und ich waren vor ein paar Jahrhunderten ein Paar.« Er hielt inne, um darüber nachzudenken, und sein Körper hing unbeweglich – was bedeutete, dass er absichtlich hin und her geschwungen war. Irgendwann fügte er hinzu: »Plus minus ein paar Jahrhunderte, nehme ich an. Sie hat mich zurück ins Meer geworfen, metaphorisch … und wörtlich gesprochen, wenn ich ehrlich sein will. Aber wir sind trotzdem Freunde geblieben. Hauptsächlich, weil sie mich auch wieder rausgefischt und so vor dem Ertrinken gerettet hat. Dann hat sie Jonesy gefunden.«

Scheinbar unbekümmert ließ Tag den Ast los, doch trotz der Gefahr von Ästen und Unterholz kollidierte er auf dem Weg nach unten mit keinerlei Hindernissen. Er landete sehr leichtfüßig für einen Mann seiner Größe, der aus zehn Metern gesprungen war, auch wenn er noch einen kleinen Sprung machen musste, wie ein Bodenturner bei einer nicht ganz optimalen Landung.

Durch Zufall trafen sich Charles' und Tags Blicke genau im Moment der Landung.

Bruder Wolf fand den Gedanken interessant, sich mit Tag zu messen. In Tags plötzlich goldenen Augen erkannte Charles dasselbe Verlangen. Charles wusste, dass Tag ein wenig Angst vor ihm hatte. Andere Wölfe hätten sich von dieser Angst vielleicht einschüchtern lassen, aber nicht Tag. Wilde Freude und die Liebe zum Kampf funkelten in der Rudelverbindung, die sie teilten. *Würde das nicht Spaß machen?*, fragte Tags Wolf, und Bruder Wolf stimmte ihm von Herzen zu.

Manchmal war Bruder Wolf genauso verrückt wie die anderen Wölfe im Rudel seines Dads.

»Ein anderes Mal«, erklärte Charles sowohl Bruder Wolf als auch Tag. »An einem Tag, an dem es keine Aufgabe zu erledigen gibt.«

»Nur zum Spaß«, stimmte Tag ihm zu.

Anna sah zwischen den beiden hin und her und verdrehte die Augen.

»Nachdem sich Hester sowohl in mich als auch in

Jonesy verliebt hat, nehme ich an, dass sie wohl eine Schwäche für gefährliche Männer hatte«, erklärte Tag Anna. Er grinste, wenn auch ein wenig schief. Vielleicht hatte es etwas mit dem Wortwechsel mit Charles zu tun, oder Trauer war dafür verantwortlich. Oder beides. »Damals war Jonesy noch im Gleichgewicht«, meinte er. »Überwiegend. Überwiegend im Gleichgewicht. Doch es gab eine Auseinandersetzung mit ein paar seiner Leute, bei der einige umgekommen sind, die nicht hätten sterben sollen. Ab diesem Zeitpunkt war er nicht mehr nur ein wenig von der Rolle, sondern vollkommen labil. Hester hat sich um ihn gekümmert.«

»Ich dachte, Hester war auch labil«, sagte Anna. »Obwohl sie mir heute ziemlich ausgeglichen vorkam.«

»Hester ist … war genauso stabil wie ich«, erklärte ihr Tag. »Na ja, nein. Stabiler als ich.« Er sah kurz zu Charles, dann schüttelte er den Kopf und deutete mit dem Kinn auf Anna. »So geistig gesund wie du.«

»Das letzte Mal, als Dad hier war, hat sie versucht, ihn zu jagen«, kommentierte Charles trocken. »Geistig gesunde Personen versuchen das gewöhnlich nicht.«

Tag schenkte ihm einen umgänglichen Blick. »Hester und Bran haben sich viel Mühe gegeben, Hester verrückter klingen zu lassen, als sie war. Besonders wenn Jonesy gerade mit mehr Problemen zu kämpfen hatte als gewöhnlich. Um sicherzustellen, dass niemand außer Bran und mir hier hochkam. Damit alle vor Hester auf der Hut waren. Wie alle Wildlinge wurden sie hier bloß geduldet, und die Macht des Marrok hielt die anderen Grauen Lords davon ab, Jonesy zu belästigen. Wenn Bran sie gezwungen hätte, sein Revier zu verlassen, wären sie auf sich alleine gestellt gewesen. Und das wäre katastrophal gewesen. Für alle.«

»Die anderen Grauen Lords«, sagte Charles.

Tag brummte. »Na ja. Er war kein Grauer Lord, nicht wirklich. Zumindest nicht, weil er es wollte. Aber bei seiner Herkunft konnte er sich diesem Ruf nicht leicht entziehen. Und wenn in den letzten fünfzig Jahren auch nur ein Fae bei klarem Verstand mit Jonesy geredet hätte, hätten sie ihn gejagt und getötet. Sie kümmern sich um ihre Probleme, genau wie wir.«

»Hätten sie das getan?«, fragte Anna. »Besser gesagt, haben sie das getan? Glaubst du, diese Aktion war gegen Jonesy gerichtet, weil das Feenvolk herausgefunden hat, dass er hier ist?«

Tag schürzte die Lippen, doch bevor Charles oder er etwas sagen konnte, schüttelte Anna bereits den Kopf. »Nein. Tut mir leid. Das war eine Werwolf-Sache – Werwölfe, die mit Menschen und Technologie arbeiten.« Sie deutete auf Charles' fast bis zum Rand gefüllten Rucksack. »Ein Grauer Lord würde keine Überwachungstechnik brauchen, um jemanden auszuspionieren.«

»Vielleicht, vielleicht aber auch nicht«, sagte Charles. »Es ist zu früh, um bestimmte Eventualitäten auszuschließen. Momentan sieht es nicht danach aus, aber das könnte sich noch ändern.«

»Ein Grauer Lord könnte all diese Kameras aufhängen und sie selbst zappen, nur um zu beobachten, wie wir wie die Idioten herumrennen«, murmelte Tag. »Manche dieser Kerle sind echt nicht normal.«

Charles war stolz auf die Selbstkontrolle, die es ihm ermöglichte, nicht auf diese vielleicht unfreiwillig ironische Aussage zu reagieren. Seine Selbstkontrolle wurde von der Tatsache unterstützt, dass er nicht lange stark bleiben musste, weil irgendwo außer Sichtweite Asil rief: »Ich habe hier oben noch eine für euch Technik-Freaks gefunden. *Está roto.* Was hast du über die letzte gesagt, Tag? Ziemlich Matsch. Diese hier ist auch ziemlich Matsch.«

»Wir kommen«, rief Tag zurück.

Zu dritt gingen sie in Asils Richtung. Nachdem sie sich durch ein Gebüsch geschoben hatten, entdeckten sie einen frischen Graben in der Erde, vielleicht fünf Meter lang und vier Meter tief. Wahrscheinlich war dieser Spalt durch Jonesys Erdbeben entstanden. Wurzeln erstreckten sich zwischen den zwei Wänden, mit offensichtlichen Schäden durch die plötzliche Spannung. Ein Baum stand bedenklich schief, sodass der Wurzelballen in die Luft ragte.

Beim nächsten Sturm oder heftigen Schneefall würde er fallen, vermutete Charles. Mehrere Hundert Jahre Leben starben jetzt einen langsamen Tod. Dieser Baum war nicht der älteste Tote des heutigen Tages und auch nicht der einzige Baum, der sein Leben ließ. Aber Charles war des Todes müde, und die Bäume waren vollkommen unschuldig.

Bruder Wolf war nicht des Todes generell müde, sondern nur des Sterbens derjeniger, die zu ihnen gehört hatten; die sie hätten beschützen sollen. Es hätte ihn glücklich gemacht, alle zu töten, die für diesen Angriff auf ihr Revier verantwortlich waren. Sehr glücklich.

Anna schob eine Hand unter Charles' T-Shirt, direkt an seinem Kreuz, und ließ ihre Finger dort an seiner Haut ruhen. Bruder Wolf entspannte sich. Anna machte Bruder Wolf glücklicher als die Möglichkeit, alle Feinde zu töten.

»Ich bin mir nicht sicher, ob es nicht klüger gewesen wäre, Jonesy zu töten, als er komisch wurde«, sagte Tag nachdenklich, als er den Riss betrachtete. »Lughs Kinder sind viel zu mächtig, um sie halb verrückt herumlaufen zu lassen. Aber er war Hesters Gefährte, und sie hätte seinen Tod genauso wenig überlebt, wie er ihren überlebt hat.« Dann sprang er über den aufgerissenen Graben.

Charles wartete, bis auch Anna gesprungen war. Sie hatte keine Probleme damit – was er auch nicht erwartet hatte –, doch manche Verhaltensweisen saßen einfach zu tief. Und er mochte es, seine Gefährtin zu beobachten. Ihre Bewegungen waren spärlich, so sehr, dass es leichtfiel, ihre tatsächliche Stärke zu unterschätzen. Sie konnte als Mensch durchgehen, was ihm imponierte. Das sorgte dafür, dass sie sicherer war.

Als er sprang, war ein Teil seines Selbst darauf konzentriert, wie perfekt Annas Jeans ihre muskulösen Kurven betonten. Ein anderer Teil bemerkte, dass sie immer noch die Hexenwaffe bei sich trug. Aber der größte Teil seiner Aufmerksamkeit beschäftigte sich mit Tags Kommentar. »Lughs Kinder«, hatte er gesagt.

Es gab nur einen Lugh, den Tag meinen konnte, wenn er sich auf einen Fae bezog. Charles hatte bereits einmal einen Sohn von Lugh getroffen. In Boston. Ihm wäre lieber gewesen, wenn keiner der Nachkommen des uralten Fae-Gottes sich seinem Zuhause auch bloß auf tausend Kilometer genähert hatte.

Er bedauerte Jonesys Tod, doch diese Kluft im Boden, so klein sie auch war, bewies deutlich, wie viel mehr Hesters Tod das Rudel hätte kosten können. Charles dachte daran, was er tun würde, wenn jemand seine Anna tötete.

Teile von ihm – sowohl von Charles als auch von Bruder Wolf – verloren ein wenig die Achtung vor Jonesy, weil er sich Hesters Wünschen nicht wiedersetzt und um ihretwillen die Welt in Schutt und Asche gelegt hatte.

»Endlich, Kinderchen. Ich hatte schon befürchtet, ihr würdet mich in diesem Jahrhundert nicht mehr erreichen.« Asils Stimme erklang irgendwo aus der Masse der immergrünen Äste über ihren Köpfen. »Eure Langsamkeit hatte jedoch auch ihr Gutes. Sie hat mir die Muße gegönnt, drei weitere Geräte in direkter Sichtlinie von diesem Baum auszumachen. Unsere Feinde waren sehr emsig.«

Im Verlauf der nächsten Stunden fanden sie … wenn nicht alle Geräte, die die Eindringlinge zurückgelassen hatten … doch zumindest alle in einem Umkreis von zwei Kilometern um Hesters Hütte. Zumindest war Charles sich absolut sicher, dass das Rudel nichts zurückgelassen hatte, was ein menschlicher Ermittler finden konnte.

»Du scheinst dir übermäßige Sorgen wegen der menschlichen Behörden zu machen«, kommentierte Asil, als er sich den Dreck eines Nachmittags auf Bäumen von der Kleidung schlug. »Glaubst du, es könnte die US-Regierung gewesen sein, die uns einen Besuch abgestattet hat?«

Sage, die sich selten allzu weit entfernt von Asil aufhielt, sah Charles an und schloss sich Asils Frage damit an, ohne ein Wort zu sagen.

»Nein«, antwortete Charles. »Zumindest nicht direkt. Soweit ich es beurteilen kann, ist die Regierung zufriedener mit den Werwölfen als je zuvor. Aber eine Regierung besteht aus Individuen, und es gibt eine Menge Menschen, die Angst vor uns haben; genauso wie vor den Fae und all den anderen Wesen, die dort draußen in der Nacht herumschleichen.«

»Kann man ihnen nicht verübeln«, meinte Sage leise. »Sie nennen uns aus gutem Grund Monster – und Werwölfe sind nur die Spitze des Eisberges. Ich könnte euch Geschichten erzählen …«

Sage hatte ihren eigenen Albtraum in den Händen von Werwölfen durchlitten. Dass sein Dad von ihr erfahren und sie gerettet hatte, so schnell es möglich gewesen war, bedeutete nicht, dass ihr ein Werwolf zu sein besser gefiel als den meisten, die gegen ihren Wunsch verwandelt worden waren.

Anna – die, soweit Charles erkennen konnte, ihr Werwolf-Dasein ohne Bitterkeit angenommen hatte – warf Sage einen scharfen Blick zu. »Alle Werwölfe zu hassen ergibt ungefähr so viel Sinn wie alle Menschen zu hassen«, meinte sie milde.

Asil lächelte sie an, gleichzeitig gönnerhaft und voller Zuneigung. »Ah«, sagte er zu ihr, »aber du bist ein Kind deiner Generation. Erzogen von Leuten, die in den Sechzigerjahren aufgewachsen sind und dir beigebracht haben, dass man Menschen nicht nach ihrer Hautfarbe beurteilen soll, sondern nach ihrem Charakter. Dass Profiling nach Rasse, Religion – oder Spezies – ein Gräuel ist, egal, wie nützlich es auch sein mag.«

Hätte Asil gewusst, dass seine Miene gleichzeitig auch wehmütig wirkte, hätte der alte Maure für Anna ein anderes Lächeln aufgesetzt.

»Werwölfe sind ein wenig beängstigender als ein

schwarzer Mann in einem Restaurant nur für Weiße«, warf Sage ein.

Anna schürzte die Lippen. Ihr Vater war ein prominenter Bürgerrechtsanwalt, der seine Karriere damit begonnen hatte, Demonstranten zu verteidigen – was ihr einen gewissen Einblick in dieses Thema verschaffte.

»Nicht für jemanden, der in Ignoranz erzogen wurde«, sagte sie. »Das Unbekannte ist um einiges beängstigender als das, was man versteht, egal, wie schlimm es auch sein mag.«

»Es sind nicht die Ignoranten«, meinte Asil leise, »die unsere Art fürchten. Und ihre Angst ist nicht unbegründet. Was glaubst du, würde passieren, wenn Bran beschließt, die Regierung zu übernehmen?«

Sage wollte etwas erwidern, doch dann wurde ihre Miene ausdruckslos – abgesehen von den zusammengepressten Lippen.

Asil nickte. »Ja, du siehst es, nicht wahr? Wir hören ständig, dass die Fae es nicht könnten – dass sie trotz all ihrer Macht zu wenige sind. Die menschliche Waffentechnik hat sich seit meiner Geburt unglaublich weiterentwickelt. Irgendwann würden die Menschen jede direkte Konfrontation mit jedem von uns aus dem übernatürlich begabten Spektrum gewinnen. Die Vampire … ich glaube, die Vampire bilden sich ein, sie hätten bereits alles unter Kontrolle. Diese Spinne in Europa wäre genauso wenig fähig, irgendeine Regierung ohne willige Sklaven zuzulassen, wie er … widerstehen konnte, sich in der Mitte des letzten Jahrhunderts in die ganze Nazi-Chose einzumischen. Aber wenn Bran es wollte?«

Anna war noch mit leuchtenden Augen damit beschäftigt, mit den Lippen die Worte »übernatürlich begabtes Spektrum« in Charles' Richtung zu formen, als Sage murmelte: »Bran geht subtiler vor als die Vampire. Auch subtiler als Bonarata. Bran ist … wie jedermanns großer Lieblingsbruder. Er ist charmant. Er sieht so harmlos aus, bis er das plötzlich nicht mehr tut. Und du weißt, dass er sich wirklich für die Leute interessiert.«

»Mein Dad«, sagte Charles trocken, »der große Diktator.«

»Nun ja«, meinte Anna, sobald sie sich von ihrer Erheiterung erholt hatte, »natürlich würde er sich nicht schlecht machen. Aber nachdem ihn eigentlich niemand interessiert, dem nicht bei Vollmond ein Fell wächst, würde ich die Regierungsarbeit lieber den Menschen überlassen.«

»Genauso wie Dad«, stimmte Charles ihr zu.

»Aber wenn er wollte …«, sagte Sage leise.

»Nein«, hielt Charles bestimmt dagegen. »Es wäre nicht so einfach, wie Asil behauptet.«

»Ich würde helfen«, sagte Asil.

Doch die Diskussion hatte ihren Ernst verloren. Anna gab ein Brummen von sich.

»Verführ die Frauen«, sagte sie, wobei sie Asils Akzent perfekt nachahmte. »Es sind sowieso die Frauen, die alles bestimmen. Wenn die Ehefrau eines Mannes sagt: ›Tu das‹, dann tut er das. Ganz einfach. Wenn du willst, dass eine Regierung dieses und jenes tut, dann hol ihre Ehefrauen und Geliebten an Bord.«

Das klang nach einem Zitat. Charles warf Asil einen interessierten Blick zu.

»Ich habe Kara von eurem Unabhängigkeitskrieg erzählt«, sagte Asil voller Würde.

Sage grinste – sie war eine wunderschöne Frau, doch

das Lächeln veränderte sie. Machte sie weniger schön, aber auch weniger unnahbar. »Oder davon, wie Benjamin Franklins Fähigkeiten im Bett den Krieg gewonnen haben.«

»Was der Wahrheit entspricht«, sagte Asil.

»Ansatzweise«, mahnte Sage. »Und in heutigen Zeiten ist diese Aussage unglaublich sexistisch. Eine Menge der Mächtigen heutzutage sind Frauen. Was willst du tun? Ihre Ehemänner verführen?«

Ein langsames Lächeln breitete sich auf Asils Gesicht aus, und seine Augen leuchteten. »Willst du zuschauen?«

»Zurück zur ursprünglichen Frage, Kinderchen«, sagte Charles, wobei er absichtlich das Wort verwendete, das Asil so liebte. »Vorausgesetzt, wir können die Weltherrschaft, Sexualpolitik des achtzehnten Jahrhunderts und Flirts für einen Moment beiseitelassen, glaube ich nicht, dass dies eine Regierungsoperation war. Zu viel Geld in gewissen Bereichen und nicht genug in anderen. Was allerdings nicht bedeutet, dass nicht irgendein machtgieriges Regierungsmitglied nur darauf lauert, die Regeln anzupassen. Ich will niemandem etwas in die Hand geben, was uns erpressbar macht.«

Er ließ seinen fast überquellenden Rucksack auf die Ladefläche des nächststehenden Trucks fallen, und Anna folgte seinem Beispiel. So offen ausgestellt war der Haufen von Geräten in mehrerlei Hinsicht interessant.

Tag schürzte nachdenklich die Lippen. »Hubschrauber. Ausgebildete Männer und Werwölfe. Ausrüstung im Wert von zwanzigtausend Dollar. Du hast recht: zu viel Geld, um nichts zu bedeuten, aber nicht genug für offizielle Regierungsstellen.«

Anna sortierte die Geräte nach Witterung, bis drei Haufen vor ihr lagen. »Technik-Kerl eins«, sagte sie und deutete auf den ersten Stapel. »Technik-Mädchen«, war der zweite Stapel und »Technik-Kerl zwei« der dritte. »Ich rate nur, aber dem Aussehen und der Witterung der Technik-Gurus nach wurden diese Geräte in drei Wellen aufgehängt.«

Tag nickte zustimmend. »Die erste Gruppe war letzten Herbst hier – man kann die Verwitterung sehen –, also vor vielleicht acht Monaten. Die nächsten Kameras wurden in diesem Frühjahr aufgehängt. Der dritte Schwung sieht neu aus. Zwei Wochen, vielleicht ein Monat. Alle Geräte sind das Neueste vom Neuesten, technisch auf dem aktuellsten Stand. Bei den Kosten dürfte ich mich um ungefähr zehntausend vertan haben.« Er tippte mit dem Finger auf den ersten Haufen. »Die Preise für dieses Zeug sind seit letztem Winter gesunken. Jemand hat dreißigtausend Dollar ausgegeben, um die Hütte von Hester und Jonesy zu überwachen – die überwiegend nichts von Interesse getan haben.«

»Ich wette, sie wollten wissen, womit sie es zu tun bekommen würden«, meinte Sage nachdenklich. »Ich meine, sie sind speziell für Hester angerückt – dieser beschädigte Käfig war dafür gedacht, einen Werwolf einzusperren. Vielleicht wollten sie vorsichtig sein und haben versucht, genau herauszufinden, worauf sie sich einlassen.«

Tag grinste plötzlich, sodass seine Zähne sichtbar wurden. »Jonesy. Ich habe es nicht kapiert, bis alles offen vor uns lag.« Er sah Charles an. »Erkennst du das Muster?«

Das tat Charles.

»Jonesy hat alle Geräte gefunden, sobald sie hingen –

wahrscheinlich fast sofort«, sagte Charles, wobei er an die Waldgeister dachte. Die Fae hatten wahrscheinlich einen anderen Namen für sie – interagierten auf andere Art mit ihnen, als Charles es tat. Aber sie waren zu sehr auf Jonesy eingestimmt gewesen – hatten zu sehr auf seinen Tod reagiert –, um nicht irgendwie mit ihm in Kontakt gestanden zu haben. »Die ältesten Geräte wurden einfach nur ausgeschaltet, mit einem fast chirurgisch präzisen Machtstoß zerstört.«

»Zapp«, sagte Tag und schnalzte mit den Lippen.

»Der zweite Schwung wurde schon etwas heftiger beschädigt«, meinte Charles.

»Doppel-Zapp«, sagte Tag.

»Das ist hoffentlich kein technischer Fachausdruck«, murmelte Asil.

»Nur die technisch versiertesten Leute können Begriffe wie Doppel-Zapp korrekt anwenden«, erklärte Anna Asil leise. »Du und ich, wir beide sollten es gar nicht versuchen.«

»Bei der dritten Welle«, meinte Tag, »war Jonesy beleidigt. Er war ein Schachspieler – und diese Idioten setzten dieselbe Strategie dreimal hintereinander ein und erwarteten trotzdem andere Ergebnisse. Daher ist diese dritte Welle von Geräten nicht einfach bloß gezappt oder doppelgezappt worden, sondern so richtig zermatscht.«

»Aber wieso hat er Hester nichts davon erzählt?«, fragte Anna. »Oder hat er das? Wusste sie, dass sie beobachtet wurden? Wieso hat sie Bran nicht davon berichtet?«

Traurig sagte Sage: »Die einzigen Leute, die die Antworten auf diese Frage kannten, sind tot.«

Charles ertappte sich dabei, wie er über diese letzte Frage nachdachte. Tag hatte gesagt, Hester hätte ihre Probleme nur vorgespielt, um Jonesy zu beschützen. Er vermutete – und Charles stimmte ihm in diesem Punkt zu –, dass Bran wahrscheinlich davon gewusst hatte.

Wieso also hatte Hester nicht seinen Vater angerufen, um ihm von den Flugzeugen zu berichten, die über ihre Hütte hinwegflogen? Hatte sie gewusst, dass man versuchte, sie auszuspionieren?

Doch wie Sage gesagt hatte, die Einzigen, die diese Frage hätten beantworten können, waren tot. Außer, dachte Charles, Hester *hatte* seinen Dad angerufen. Für einen Moment erwog er diese Option. Es war durchaus möglich, dass sein Dad das Rudel nicht gewarnt hatte, obwohl er wusste, dass jemand regelmäßig Hesters Hütte überflog – doch diese Vorstellung warf einige unangenehme Fragen auf.

Die Erde um die Holzhütte herum war aufgeworfen, wo Tags Bagger seine Arbeit getan hatte. Nach gründlicher Überlegung hatte man die Kettensägen, mit denen auch die Quads zerlegt worden waren, noch einmal eingesetzt, um einen Baum zu fällen, der in der Mitte zwischen der Hütte und dem Rest des Waldes gestanden hatte. Es war besser, einen Jahrhunderte alten Baum zu verlieren als Tausende.

Sie legten Hester auf das Bett, neben die Überreste ihres Gefährten. Der Raum war zu klein, um dem ganzen Rudel Platz zu bieten, also betraten die Wölfe das Haus in Zweier- oder Dreiergruppen, während die im Wind raschelnden Blätter der Bäume die Hintergrundmusik lieferten.

Charles überließ es Leah und Anna, den Besucherfluss des Rudels zu organisieren, und trat neben Asil, der ein wenig abseits stand.

»Feuer«, sagte Charles, »mag eine reinigende Wirkung haben. Aber es gehört nicht zu den üblichen Methoden, um Fae-Magie zu zerstören.«

Asil brummte nachdenklich. »Glaubst du, es befinden sich Fae-Artefakte in dieser Hütte?«

»Ich habe nichts gespürt, als Anna und ich vorhin da drin waren«, erklärte Charles dem alten Mauren ehrlich. »Aber laut Tag und nach Bruder Wolfs unabhängiger Einschätzung war Jonesy eine Macht. Ich glaube, er hätte seine Spielzeuge gut genug verstecken können, damit sie nicht sofort meine Aufmerksamkeit erregen.«

Asil schwieg einen kurzen Moment. »Und du glaubst, ich könnte sie finden?«

Charles wählte seine Worte sorgfältig, weil er gewöhnlich nicht zu Schmeicheleien neigte. Anna hatte (oft) angeregt, dass dies ein guter Weg war, um Asils Kooperation zu sichern – und hatte auch darauf hingewiesen, dass man Leuten am wirkungsvollsten mit der Wahrheit schmeichelte.

Charles entschied, dass jetzt der richtige Moment war, um einmal auszuprobieren, was ihr Rat wert war.

»Ich glaube, dass jeder Wolf, der so lange überlebt hat wie du, einen mindestens so guten Riecher für Fae-Magie hat wie ich. Ich würde es zu schätzen wissen, wenn du mich nach dort unten begleitest und mir bei der Suche hilfst. Ich habe Anna und Tag gebeten, das Rudel mit Geschichten über Hester beschäftigt zu halten, während wir suchen.«

Der Maure schnaubte. »Du willst doch einfach nur

Hilfe dabei, ein Feld nach Minen abzusuchen, und brauchst Kanonenfutter.«

Doch trotz seiner Worte begleitete er Charles und betrat die Hütte unter dem Vorwand, Hester die letzte Ehre erweisen zu wollen. Charles ging nicht davon aus, dass sie allzu lang brauchen würden. Aber Tag konnte die ganze Nacht lang Geschichten erzählen, also hatten sie Zeit.

Sie fingen im Keller an.

Asil blieb neben dem Bett stehen und berührte den Quilt zwischen den Überresten, die heute Morgen noch Personen gewesen waren. Dann hob er beide Hände und sagte: *»Allāhu akbar.«*

Charles, der das Sakrale erkannte, wenn er es hörte – egal in welcher Sprache oder Religion –, hielt inne, verschränkte die Arme und sprach sein eigenes Gebet, während Asil die Hände vor seiner Brust faltete.

Asils Gebet war überwiegend zu leise, um es zu verstehen, unterbrochen von mehreren *»Allāhu akbar«*. Als er fertig war, legte er seine Hand auf Hesters Hüfte und sagte: »Adieu, du beeindruckende Frau.«

»Ich dachte, das Trauergebet würde man nur für Muslime sprechen«, meinte Charles.

Auf Asils Gesicht erschien dieses breite Lächeln, das er einsetzte, um Gefühle zu verbergen, von denen er nicht wollte, dass jemand sie sah. »Ich bin ein sehr schlechter Muslim – und Hester war alt. In einem sehr langen Leben glaubt man viele Dinge. Wer weiß schon, ob sie tief im Herzen nicht Muslima war?«

»Du kanntest sie?«

Asil zuckte mit den Achseln. »Ich habe von ihr gehört – von der sturen Frau, die sich weigerte, einem Rudel anzugehören. Sie hat ein Dutzend Wölfe getötet – und manche davon Alphas –, bevor man sie endlich in Ruhe ließ. Ich bin ihr nie begegnet. Bran sagte, dass sie und ihr Gefährte einsam leben wollten, sonst hätte ich ihr meinen Respekt erwiesen. Wenn die Großen sterben, erzeugt das tiefe Trauer in meinem Herzen. Die Welt hat durch ihren Tod viel verloren.«

Er warf einen Blick auf die Erde auf der Matratze. »Der Fae?«, sagte er, als hätte Charles eine Frage gestellt. »Um ihn trauere ich weniger. Ich bin auch ihm nie begegnet, aber ich habe zu viele Schäden gesehen, die seine Art in ihrer Nachlässigkeit angerichtet hat. Er war sicherlich kein Muslim, also war das *Salāt al-Dschanaza* nicht für ihn.«

»Und doch«, sagte Charles, der stumm für beide Tote gebetet hatte, »hat Hester ihn geliebt.«

Asil zuckte mit den Achseln. »Es ist unmöglich, die Gefühle der Frauen zu verstehen.« Doch sein Blick war voller Trauer.

Das Erste, was sie sich genauer ansahen, war das Schwert. Es war offensichtlich alt, oft benutzt und vom Feenvolk geschaffen – die Klinge bestand aus einem anderen Metall als Stahl. Charles hatte nichts gespürt, als er es vorhin aufgehoben hatte. Er griff erneut danach, diesmal voller Aufmerksamkeit – und spürte immer noch nichts.

»Es ist magisch«, erklärte Charles Asil. »Aber ich kann die Magie nicht spüren.«

Er übergab die Klinge an Asil, der die Augenbrauen hochzog, das Heft mit zwei Händen packte und einen schnellen Übungsschlag ausführte.

»Erstaunlich«, sagte Asil, als er die linke Hand vom

Schwert löste und einen zweiten, komplizierten Schlag mit nur einer Hand ausführte. »Eine große Waffe«, verkündete er danach. »Ich bin mir sicher, sie hat fast so viele getötet wie ich.« Er setzte nicht hinzu: »Auch ich bin eine große Waffe«, auch wenn Charles die Worte mühelos mitschwingen hörte.

Asil musterte die Klinge genau, dann ließ er sie sinken. »Für mich fühlt diese Waffe sich nicht im Mindesten magisch an«, meinte er. »Aber sie ist es fast sicher.«

»Woher weißt du das?«

»Woher wusstest du es denn?«, hielt Asil dagegen.

»Die Klinge besteht nicht aus Stahl, sondern aus einer Silberlegierung.« Charles erkannte Silber sofort. »Oder eine Legierung mit Silber darin – ein Metallurg würde sagen, dass der Silberanteil nicht allzu hoch ist. Die Fae verwenden gerne Silber in ihren magischen Waffen. Es hält Macht besser als andere Metalle.«

»Ein Metallurg würde diese Klinge zerstören müssen, um überhaupt etwas zu sagen«, erklärte Asil angewidert. »Aber das ist eine interessante Antwort. Ich hatte vermutet, dass du davon ausgehst, weil Jonesy dieses Schwert gewählt hat, um sich damit umzubringen. Ein Fae würde niemals durch eine einfache Klinge sterben. Aber es gibt einen sichereren Weg, um herauszufinden, ob diese Klinge tatsächlich eine KLINGE ist.«

Charles konnte die Großbuchstaben förmlich hören.

Asil hob das Schwert ins Licht und bewegte es, bis Charles drei Runen auf der Klinge entdecken konnte, alle drei zusammen kaum größer als ein Daumenabdruck.

»Das ist das Zeichen des Dunklen Schmieds von Drontheim«, sagte Asil, als er auf die Runen zeigte, ohne das Schwert zu berühren. »Und der hat sich nicht mit magielosen Klingen aufgehalten.«

Charles sah sich im Raum um und seufzte. »Wir werden zurückkommen müssen, nachdem alles niedergebrannt ist, um zu überprüfen, ob etwas das Feuer unbeschadet überstanden hat.« Vielleicht wäre bis dahin sein Dad zurück.

»Wahrscheinlich«, stimmte Asil ihm zu. »Doch verzweifle nicht, das hier ist komplizierte Magie, selbst für die Fae. Ich glaube nicht, dass es hier ein Dutzend solcher machtvollen Objekte gibt.«

Einige Stunden später wirkte Asil nicht mehr so optimistisch.

»Zumindest wissen wir jetzt, dass wir es nicht mit den Grauen Lords zu tun haben«, sagte Charles, als er eine zerbrochene, fein gearbeitete Haarspange hochhob, die er in einer Schublade von Hesters Kommode gefunden hatte.

»Wieso?« Asil leerte gerade eine Deckenkiste, damit sie alles verstauen konnten, was sie fanden.

»Hätte das Feenvolk auch nur geahnt, was für ein Sammler Jonesy war, hätten sie sich nicht auf Kameras beschränkt. Sie hätten die Wände eingerissen und alles mitgenommen, sobald sie erfahren haben, dass es hier ist.«

Es gab Amulette, Becher, Edelsteine, Messer, einen Speer, vier Pfeile aus drei verschiedenen Regionen, drei Teppiche – zwei einfache Flickenteppiche und einen kleinen Perser. Es gab eine Knochenschale und eine Handvoll münzenartiger Gegenstände.

Die meisten Dinge enthielten Feenvolkmagie oder zumindest Magie, die ihr ähnelte. Doch die Knochenschale war von Hexen geschaffen und stank nach Blut, kaum dass Charles sie berührt hatte. Es gab eine Pfeilspitze, die in Charles' Augen steinzeitlich aussah – und *etwas* schlief darin. Bruder Wolf warnte ihn, das Wesen nicht zu wecken, weil es übel roch.

Es gab ein paar mächtige Artefakte, doch soweit Charles erkennen konnte, war der überwiegende Teil einfach Müll, der zufällig einen Funken Magie enthielt. Ein Bronzemesser leuchtete förmlich vor Magie, wie eine artesische Quelle. Es gab einen lilablauen Tonkrug, nach dessen Berührung er sich dringend die Hände waschen wollte.

Eine Menge der magisch aufgeladenen Gegenstände, die sie fanden, waren zerbrochene Teile größerer Dinge. Manchmal konnte Charles erkennen, wozu es einmal gehört hatte – wie der Kopf einer Tonpfeife oder die Zunge einer Gürtelschnalle. Jonesy war anscheinend nicht besonders wählerisch darin gewesen, was er sammelte. »Horten« war wahrscheinlich das richtige Wort dafür.

Die Suche kostete Asil und Charles zu viel Zeit, als dass sie hätten verbergen können, was sie taten. Sollten Zweifel bestanden haben, wurden sie zerstreut, als Leah die Tür öffnete und sagte: »Alle wissen, was ihr da treibt. Ich habe es ihnen nicht gesagt – sondern Tag. Ist es irgendwie möglich, die Sache zu beschleunigen?«

Charles hatte Tag nicht gesagt, was sie vorhatten, doch er konnte sich auch nicht erinnern, wo sich Tag aufgehalten hatte, als er zu Asil getreten war. Tag, trotz seiner Körpergröße und dem orangefarbenen Haar, konnte recht unauffällig sein, wenn er das wollte.

»Nein«, erklärte Asil kurz angebunden. »Wir werden fertig sein, wenn wir fertig sind.«

Asil mochte Leah um einiges weniger als er Charles mochte – und Charles tolerierte er nur Anna zuliebe.

Beim dritten Suchlauf durch den Keller bemerkte Charles etwas in der Erde auf dem Bett – eine gerade Linie, wo keine sein sollte. Er zog eine Grimasse, als er ein gefaltetes Stück Papier aus Jonesys Überresten zog –, eine aus einem Buch gerissene Seite.

»Was hast du da?«, fragte Asil von der anderen Seite des Bettes.

»Eine Seite aus dem *Simarillion*«, erklärte Charles, als er die Seite auffaltete. Quer über die gedruckten Buchstaben von Christopher Tolkiens Vorwort hatte jemand mit zitternder Hand ohne jede Zeichensetzung geschrieben:

Hester Hester sagt sie haben nach den Wildlingen gefragt es gibt einen Verräter und es ist einer von uns Hester Hester

Hesters Name, der die Nachricht eröffnete und abschloss, zeigte jeweils geschmeidigere Bewegungen des Stiftes als der Rest der Buchstaben.

Natürlich gab es einen Verräter, dachte Charles. Wie sollte jemand von Hesters abgelegener Hütte erfahren haben, wenn es keinen Verräter gab?

»Nun«, sagte Asil, der hinter Charles getreten war, um über seine Schulter zu lesen, »er hätte ein wenig hilfreicher sein können. Ist der Verräter einer der Wildlinge? Einer der Fae? Einer aus dem Rudel? Zumindest wissen wir jetzt, dass sie nach einem der Wildlinge gesucht haben.« Er hielt inne. »Oder nach allen Wildlingen.«

*Eine Jagd*, meinte Bruder Wolf voller Befriedigung. *Hester hat uns eine Jagd geschenkt.*

Letztendlich passten die meisten ihrer Funde in die Deckenkiste. Das Schwert wickelten sie in einen der Quilts ein. Letztendlich ließ sich nicht verbergen, worum es sich handelte, aber zumindest konnte so niemand Details erkennen. Magische Schwerter besaßen gewöhnlich eine lange Vorgeschichte und waren damit identifizierbar, zumindest für jemanden, der sich Mühe gab. Auf diese Weise konnte ein Beobachter nur Asil und ihn mit wahllosen Dingen sehen – keine Details, die jemanden (oder etwas) nach hier draußen locken konnten, um nach der silbernen Schuhschnalle von Asmodeus zu suchen oder ähnlichem Blödsinn.

Charles faltete die beschriebene Buchseite wieder und steckte sie in die Hosentasche. Sie hatten sich darauf geeinigt, dass es besser wäre, mit niemandem außer Anna über diese Nachricht zu sprechen. Wenn es einen Verräter gab, war es klug, so wenig wie möglich darüber zu sprechen.

Asil war unfähig, seinen Dad zu betrügen – da war sich Charles relativ sicher. Es half, dass Asil seine Loyalität zum Marrok und Bran (als wären das für ihn zwei unterschiedliche Personen) beschworen hatte, kaum dass er die Nachricht gelesen hatte.

Asil schloss den Deckel der Kiste und verriegelte sie, sodass nichts herausfallen konnte, wenn sie sie nach draußen trugen. »Du weißt, dass wir nicht alles gefunden haben.«

»Das weiß ich«, stimmte Charles ihm zu. »Aber ich glaube auch, dass wir alles gefunden haben, was wir finden konnten.«

Asil lächelte. »Ich vermisse es nicht, Alpha zu sein«, sagte er. »Besonders in solchen Zeiten stört es mich nicht, dass du in diesem Rudel dominanter bist als ich. Das bedeutet, dass ich nicht für das verantwortlich bin, was wir gefunden haben – und, noch wichtiger, auch nicht für das, was wir *nicht* gefunden haben.«

Bruder Wolf fand Asil nicht lustig.

»Schön für dich«, sagte Charles.

Asils Lächeln wurde breiter, zeigte jedoch keine Zähne. »Jonesy war ein Messie, so wie sie in Realityshows im Fernsehen auftauchen. Wer weiß, wie lange er schon gesammelt hat? Du und ich, wir beide werden noch mal hierherkommen, sobald das Feuer niedergebrannt ist – vorausgesetzt, Bran ist nicht zurück. Oder vielleicht selbst dann. Und wir werden trotzdem nicht alles finden. Und dann ist da noch etwas. Jonesy, wer auch immer er gewesen sein mag, als die Welt noch jung war, konnte die Erde dazu bringen, auf sein Verlangen zu reagieren. Hätte ich diese Fähigkeit, würde ich die besten Stücke meiner Sammlung tief in der Erde verbergen. Du musst sehr vorsichtig sein, oder es werden bald schon eine Menge schatzsuchender Fae in unsere Berge eindringen, um nach Kostbarkeiten zu graben.«

Charles fand, Asil hätte dabei nicht so glücklich klingen müssen.

# 5

Der flache Teil des Tals erinnerte an einen Parkplatz, allerdings einen, auf dem ein ungewöhnlich hoher Prozentsatz von Trucks und SUVs stand – selbst für Montana. Die drei Traktoren und der Bagger vervollständigten nur das Bild.

*Vielleicht*, dachte Anna, als sie zu Charles' Truck ging (denn obwohl sie inzwischen eine Weile verheiratet waren, betrachtete sie ihn immer noch als Charles' Truck), *ist das ja der Parkplatz eines Silage-Händlers.*

Anna hatte die Anweisung bekommen, den Truck so nah an die Vordertür der Hütte heranzufahren wie möglich, damit Asil und Charles ihn mit den mysteriösen Dingen beladen konnten, die sie in der Hütte gefunden hatten. Entweder war es eine Menge oder das Zeug war schwer zu bergen gewesen, denn sie hatten für ihre Aufgabe sehr lange gebraucht.

Der Truck stand neben einem Pfad, weil man die Leichen so müheloser auf das Auto hatte befördern können. Fast wäre Anna einfach ins Führerhaus gesprungen, doch dann fiel ihr auf, dass derjenige, der die Leichen eingeladen hatte, die Heckklappe nicht geschlossen hatte. Auch wenn er sich viel Mühe gegeben hatte, die Plane über der Ladung festzuzurren. Nicht, dass es etwas half, die Leichen zu verbergen, während hinten noch ein Bein heraushing.

Anna würde die Plane teilweise wieder lösen müssen, um an die makabre Ladung heranzukommen und die Leichen so zu verschieben, dass sie die Heckklappe schließen konnte.

*Lieber Dad.* Während sie das dehnbare Seil löste, schrieb sie in Gedanken einen Brief an ihren Vater. *Das Leben in Montana ist ziemlich interessant. Ich habe heute einen Mann getötet – aber es war gerechtfertigt. Könntest du trotzdem für alle Fälle mal mit deinen Kumpels reden und herausfinden, ob es einen guten Strafverteidiger in Missoula oder Kalispell gibt, dem es nichts ausmacht, einen Werwolf zu vertreten?*

Sie dachte darüber nach, ob oder ob sie nicht ihrem Vater erklären sollte, was sie jetzt gerade tat – Leichen herumschieben, damit sie eine Klappe schließen konnte –, und das selbst in einem fiktiven Brief. Dann entschied sie, dass es Dinge gab, die er einfach nicht wissen musste.

Sie zog die Plane zur Seite … und plötzlich stieg ihr ein schrecklich vertrauter Geruch in die Nase. Sie erstarrte und atmete tief durch, weil sie sich einfach irren musste. Und dann bekam sie einen Moment lang überhaupt keine Luft. Sobald sie wieder atmen konnte, löste sie die Plane noch ein wenig weiter, um sich die Gesichter der Toten genauer anzusehen.

»Hallo, hallo«, sagte Sage – und Anna zuckte zusammen.

Es sagte einiges über Annas Zustand aus, dass sie nicht einmal bemerkt hatte, dass Sage näher gekommen war.

»Was hast du mit deiner Hand gemacht?«, fragte Sage ernst, bevor Anna auf ihre Begrüßung reagieren konnte.

Anna sah verwirrt auf den purpurfarbenen Verband, der um ihre rechte Hand lag. Charles hatte die Zeit zwischen dem Anruf beim Rudel und der Ankunft der angeforderten Hilfstruppen – ungefähr eine Viertelstunde später, nachdem manche der Rudelmitglieder fast so weit in der Wildnis lebten wie die Wildlinge – genutzt, um ein wenig Erste Hilfe zu leisten.

»Hester wurde mit einer Silberkugel erschossen«, erklärte sie halbwegs ruhig. »Ich habe sie zu lange in der Hand gehabt, als ich sie aus Hesters Körper geholt habe. Ist schon okay.«

»Ich wurde hergeschickt, um zu schauen, wieso du so lange brauchst«, erklärte Sage fröhlich, weil sie dank ihrer guten Wahrnehmung spürte, dass Anna durcheinander war, aber lieber nicht darüber reden wollte. Sage war sehr gut darin zu erkennen, wann sie etwas sagen konnte und wann sie Themen besser nicht ansprach. »Ihre Königliche Hoheit wird unruhig.« Obwohl Sage gut mit Leah zurechtkam, schützte das Leah (oder irgendwen anderen) nicht vor ihren spitzen Kommentaren. »Ich glaube, sie will einfach nur wissen, was Charles und Asil gefunden haben. Wie wir anderen auch.«

Sages Stimme war wunderschön. Geboren im tiefsten Süden floss ihre Sprachmelodie wie Honig, beruhigend und süß. Der Rest von Sage war ebenfalls schön. Sie war groß, wenn auch nicht so groß wie Leah, und schlank wie ein Model. Sage war witzig, schlagfertig und herzlich gleichzeitig; eine Kombination, die dafür sorgte, dass sie Dinge aussprechen durfte, die viele Leute zwar dachten, aber für sich behielten – und dafür keinen Ärger bekam.

Bevor Anna sich entschließen konnte, ihr mitzuteilen, dass sie einen der Toten kannte, wanderte Sage zum Heck des Trucks und erkannte Annas ursprüngliches Problem.

»Ha«, meinte sie. »Haben die Idioten, die die Leichen in den Truck geladen haben, tatsächlich nicht bedacht, dass du die Klappe schließen können musst, weil du sonst eventuell auf dem Heimweg überall tote Leute verteilst?« Sie sprang auf die Ladefläche und fing an, Leichen umherzuschieben. »Manche Leute denken einfach nicht nach«, fuhr Sage fort. »Und das schließt Charles mit ein. Ausgerechnet dich loszuschicken, um sich mit den ganzen Toten herumzuschlagen.«

Anna stellte fest, dass ihr die Worte fehlten. Sie war immer noch aus der Bahn geworfen von … posttraumatischer Belastungsstörung, nahm sie an, daher kostete es sie einen Moment zu verstehen, dass Sage ihr seltsames Verhalten scheinbar ausschließlich den Leichen auf der Ladefläche zuschrieb.

Nun, damit hatte sie durchaus recht, wenn auch in anderer Hinsicht, als sie dachte. Sage sprang wieder von der Ladefläche und schloss die Klappe. Anna riss sich zusammen und fing an, die Verschnürung wieder festzuziehen, wobei sie die Schmerzen in ihrer verbrannten Hand ignorierte.

»Oh, das würde ich nicht tun, Süße«, sagte Sage. »Wir müssen die Plane wahrscheinlich wieder lösen, wenn sie das aufladen, was sie in Hesters Hütte gefunden haben.«

Anna ließ die Hände sinken. Sie hörte Sage leise »Lass

es. Lass es …« murmeln. Dann schnaubte sie, schüttelte den Kopf und fragte: »Geht es dir gut, Anna? Kann ich etwas tun?«

Anna vollführte eine hilflose Geste. Während Sage die Leichen neu geordnet hatte, war Anna zu der Entscheidung gelangt, dass die erste Person, die erfahren sollte, dass sie einen der Toten kannte, ihr Gefährte war. Und sie konnte Sage nicht einfach sagen, dass es ihr gut ging. Manchmal stank das Leben mit Werwölfen zum Himmel – wie zum Beispiel dann, wenn es kleine Notlügen unmöglich machte.

Als sie nicht antwortete, schenkte Sage ihr ein mitfühlendes Lächeln. »Manchmal geht es mir ähnlich.« Sie sah zum Truck, zu Hesters Hütte und ließ dann einen Blick über das versammelte Rudel gleiten. Sie schloss die Augen und atmete tief durch. Als sie die Lider wieder öffnete, sagte sie: »Was würde ich nicht dafür geben, ein normales Leben zu führen, weißt du? Keine Monster. Keine Leichen. Ein Leben, in dem ich mich darüber aufrege, dass irgendein Kerl mehr Geld für dieselbe Arbeit bekommt. In dem ein Strafzettel ausreicht, mir den Tag zu versauen.«

Anna wollte ihr gerade zustimmen, überlegte es sich jedoch mit einem Kopfschütteln anders. »Nein. Dann hätte ich Charles nicht. Er ist den ganzen Rest wert.«

»Charlie?«, meinte Sage. Sie wollte noch etwas sagen, aber dann war es an ihr, den Kopf zu schütteln. Sie lächelte reumütig. »Charlie denkt auf jeden Fall, dass die Welt mit dir beginnt und endet, das ist sicher.«

Selbst ohne dass Anna ihr irgendetwas erzählt hatte, hatte Sage ihr dabei geholfen, ihr Gleichgewicht wiederzufinden. Die Anwesenheit einer anderen Person half, weil Anna durch ihre Gegenwart daran erinnert wurde, dass sie sich nicht in Chicago aufhielt und es hier Leute gab, auf die sie sich verlassen konnte.

Dann hatte Anna eben einen der Toten erkannt. Das war kein Grund, in kalten Schweiß auszubrechen. Schließlich war er tot. Erinnerungen konnten sie nicht verletzen, außer sie erlaubte es ihnen. Und sie war mittlerweile kein Opfer mehr.

Wenn man ihre Gefühle mal außer Acht ließ, warf die Tatsache, dass sie einen der Männer kannte, einige interessante Fragen auf, oder nicht? Besonders wenn man bedachte, mit welcher Munition Hester getötet worden war.

»Geht's dir gut?«, fragte Sage wieder. »Gibt es etwas, was ich tun kann, um dir zu helfen?«

Anna schenkte ihr ein Lächeln, von dem sie hoffte, dass es beruhigend wirkte. Sie wollte darüber reden, aber nicht mit Sage. Oder zumindest nicht als Erstes. »Das hast du bereits getan, danke. Ich hatte nur einen seltsamen Moment – es war ein langer Tag. Lass uns den Truck rüberbringen, bevor Leah einen Hirnschlag kriegt.«

»Glaubst du, das wäre möglich?«, fragte Sage interessiert. »Das könnte wirklich passieren?« Sie gab ein gut gelauntes Brummen von sich. »Wahrscheinlich würde es sie nicht umbringen, aber vielleicht ein wenig runterholen. Wir könnten hier doch noch eine Weile warten, findest du nicht?«

»Leah ist eine Werwölfin«, meinte Anna trocken. »Ich glaube, ein wenig Frust wird sie nicht gleich umbringen. Willst du mit mir rüberfahren?«

»Nein«, sagte Sage. »Ich soll auch noch Tag finden und ›sicherstellen, dass unser *enfant terrible* nicht vergessen hat, wo er das Benzin fürs Feuer hingetan hat‹.« Die letzten Worte formulierte sie mit Asils unverwechselbarem Akzent.

»Ich dachte, Tag wäre oben an der Hütte und würde Geschichten über Hester erzählen«, meinte Anna.

Sage nickte. »Asil dachte das auch. Aber so war es nicht. Also soll ich ihn holen …« Das Röhren eines schweren Dieselmotors durchschnitt die Luft.

Sage riss die Hände in die Luft. »Was will er denn mit dem Bagger?« Sie sprang auf die Kante der Ladefläche, um dort einen Moment stehen zu bleiben und – vermutlich – über die geparkten Wagen hinweg zu der Stelle zu schauen, wo der Motor dröhnte. Sie schüttelte den Kopf. »Ich habe keine Ahnung. Absolut keinen Schimmer. Dieser Mann! Aber ich nehme an, ich sollte es besser herausfinden.«

Sie sprang wieder vom Truck und rannte davon, vermutlich in Richtung des Baggers, in dem Tag saß.

Anna fuhr den Truck direkt vor die Tür der Hütte und sprang heraus. Als sie die Heckklappe geöffnet hatte, verließen Asil und Charles mit ihren Fundstücken die Hütte.

Sie trugen eine kleine Zedernholz-Truhe zwischen sich, wobei jeder einen Griff hielt. Es war unmöglich zu sagen, wie schwer die Truhe war – zwei Werwölfe hätten wahrscheinlich einen VW Käfer an den Stoßstangen herumtragen können, ohne dabei angestrengt zu wirken. Quer über der Kiste, sodass die Enden darüber hinausstanden, lag etwas – Anna war sich ziemlich sicher, dass es sich um das Schwert handelte, mit dem Jonesy sich selbst getötet hatte – das in einen Quilt eingewickelt war.

Sanft stellten die beiden Männer die Kiste auf der Heckklappe ab. Sage hatte die Leichen so verschoben, dass ein wenig Platz entstanden war, aber weder sie noch Anna hatten mit einer ganzen Kiste gerechnet. Charles und Asil lösten die Plane ganz, wobei sie als schweigendes Team arbeiteten, einer auf jeder Seite des Trucks. Sie ignorierten die ganzen Blicke, die auf sie gerichtet waren, was Anna verriet, dass sie sich der Aufmerksamkeit sehr bewusst waren.

Sie mussten den Nibelungenhort der Feenvolk-Magie gefunden haben. Anna sah sich im Rudel um und erkannte dieselbe Erkenntnis in den Gesichtern um sich herum: Aufregung, Gier und – bei den Klügsten – Sorge. Nur ein Idiot würde sich darüber freuen, etwas zu besitzen, was die Lords von Faery vielleicht wollten.

Charles sprang auf die Ladefläche und verschob die Toten erneut, bis genug Platz für die Zedernholz-Kiste entstanden war. Er legte das eingewickelte Schwert daneben und sprang wieder heraus. Anna schloss die Klappe, dann rollten Asil und er die Plane aus und zurrten sie fest.

Charles sah auf. »Ich muss euch nicht sagen, wie gefährlich diese Ladung ist«, sagte er, an das gesamte Rudel gewandt. »Weder Asil noch ich wissen genau, was wir hier gefunden haben. Wir nehmen alles mit nach Aspen Creek und packen es in den Tresorraum meines Dads, wo es bleiben wird, bis er zurückkommt. Der Marrok wird mit den Sachen tun, was er für richtig hält.«

Im Anschluss an seine Worte schaute er in die Runde,

fing den Blick jedes Rudelmitglieds auf, bis sie die Augen abwandten.

Stille breitete sich aus, als das Rudel darauf wartete, dass Charles weitersprach. Doch anscheinend hatte er alles gesagt, was er für nötig hielt, weil er schwieg.

Asil warf Charles einen stirnrunzelnden Blick zu, räusperte sich und erklärte mit klarer, kalter Stimme, in der kein Hinweis auf seinen üblichen Akzent mitschwang: »Wir müssen keinen von euch daran erinnern, was passieren würde, wenn die Grauen Lords herausfinden, dass wir Fae-Artefakte in Hesters Heim gefunden haben. Wir haben hier oben zwei der unseren verloren. Und wenn ich die Zeichen richtig deute – und ich deute die Zeichen immer richtig –, werden wir uns bald in einem Krieg mit einem noch unbekannten Feind wiederfinden. Wir brauchen auf keinen Fall gleichzeitig noch einen Konflikt mit den Grauen Lords.«

Aus dem hinteren Teil der Menge knurrte Tag: »Was er damit sagen will, ist: Haltet eure Klappe, oder jemand wird uns einen Besuch abstatten.«

Tag klang bockig – und Anna war sich ziemlich sicher, dass das von Asils unausgesprochener Drohung ausgelöst worden war. Charles hatte wahrscheinlich durchaus recht damit gehabt, nicht mehr zu sagen.

Diese Art von Funke konnte dafür sorgen, dass Rudel untereinander kämpften – und das könnte wiederum dafür sorgen, dass sie es mit noch mehr Leichen zu tun bekamen. Annas Job war es, Kämpfe zu verhindern. Andererseits war sie die Tochter ihres Vaters, und jeder Bürgerrechtsanwalt hätte sich in diesem Punkt auf Tags Seite gestellt.

»Nein«, sagte Leah. Es fühlte sich an, als würden alle

die Luft anhalten. Selbst Tag hielt inne, den Mund halb geöffnet – zweifellos, um noch etwas zu sagen, was die unangenehme Spannung noch verstärkt hätte.

In das Schweigen hinein sagte Leah, ein sanftes Versprechen in der Stimme: »Asil wird niemandem wegen dieser Sache einen Besuch abstatten.«

Okay, dachte Anna. Die Frau bekam einen Punkt für Mut – wenn auch nicht für Intelligenz –, weil sie Asil auf diese Art maßregelte. Besonders nachdem Anna genau wusste – das Rudel genau wusste –, dass Leah Angst vor dem Mauren hatte.

»Ich werde es nicht erlauben«, fuhr Leah fort – ohne Asil anzusehen. »Es ist nicht nötig. Niemand hier wird etwas unternehmen, was unserem Rudel schaden könnte. Wir alle wissen, dass es gefährlich wäre, Charles' Entdeckungen publik zu machen, bevor Bran die Entscheidung dazu trifft. Drohungen sind nicht nötig. Wir sind vereint in unserem Drang, das Rudel zu schützen ... zu schützen, was uns gehört. Asil wollte uns nur vor der Gefahr warnen. Aber ich bin sicher«, sie zog die Augenbrauen hoch und sah Asil an, in diesem Moment so kühl und kontrolliert wie der Maure bei seiner Ansprache, »dass er keine Drohung aussprechen würde, und schon gar keine unnötige.«

Es folgte ein langes, bedeutungsschwangeres Schweigen.

Dann verbeugte sich Asil förmlich vor Leah. »Ganz deiner Meinung«, erklärte er sanft.

In Annas Augen hatte Leah Glück, dass Asils Wut kalt war, sodass er Leahs Argument verarbeiten und ihr zustimmen konnte. Nur ein Narr hätte vermutet, dass einer aus Brans Rudel den Marrok betrügen würde. Und

Asil war kein Narr. Er war vor seiner Aufnahme in dieses Rudel zu lange selbst Alpha gewesen, auch wenn sein Herrschaftsstil sich sehr von Brans unterschieden hatte.

Aber die Spannung hing immer noch in der Luft. Leah war nicht der einzige Wolf, der Angst vor Asil hatte. Denn das Rudel mochte aus vielen Verrückten bestehen, die Bran keinem anderen Alpha anvertrauen wollte, doch es bestand nicht aus dummen Leuten mit Todeswunsch – solche Wölfe endeten bei den Wildlingen. Selbst Tag hatte Angst vor Asil – wäre es anders, hätte er nicht so heftig auf Asils Drohung reagiert.

»Kannst du …«, murmelte Charles in Richtung Anna, ohne den Blick von den Hauptakteuren abzuwenden, »den Truck weit genug vom Haus wegfahren, dass er nicht in Flammen aufgeht, wenn wir Hesters Hütte anzünden, aber nah genug, dass wir sehen, wenn jemand versucht, sich daran zu schaffen zu machen?«

»Sicher«, antwortete sie. *Später*, dachte sie. *Später wird genug Zeit bleiben, ihm von der Identität des Toten zu erzählen. Wenn das Rudel nicht kurz davorsteht, gemeinsam mit Hesters Hütte in Flammen aufzugehen.*

Doch anscheinend hatte Charles etwas in ihrer Stimme gehört, weil er ihr einen scharfen Blick zuwarf. Sie gab vor, nichts bemerkt zu haben, und ging zum Fahrerhaus des Trucks.

Das Rudel öffnete einen Pfad für sie, als sie langsam in einem Truck voller Leichen, Fae-Artefakten und dieser seltsamen, von Hexenhand geschaffenen Waffe davonfuhr, die sie aus ihrem Kreuz gezogen und auf die Bank des Trucks gelegt hatte. Anna versuchte herauszufinden, wie weit sie fahren musste, um eventuellen Dieben das Gefühl zu geben, dass sie entdeckt werden würden, aber doch weit genug, dass eine Explosion in Hesters Hütte keine brennenden Trümmer auf den Truck schleudern konnte. Es war gut, sich auf etwas anderes konzentrieren zu können als die kalten Finger ihrer Vergangenheit, die drohten, den Kern der Person anzugreifen, die sie geworden war, seitdem sie nach Aspen Creek gekommen war – in dieses Rudel, zu Charles.

Letztendlich entschloss sie sich, den Truck neben Asils sehr teurem brandneuem Mercedes-SUV zu parken, in der Annahme, dass niemand den vereinten Zorn von Charles und Asil riskieren würde – und dass dieses »niemand« sogar das Feuer einschloss, das sie gleich legen würden.

Doch auch, als der Wagen stand, blieb Anna im Fahrerhaus sitzen. Sie beobachtete, wie Charles etwas zu Leah sagte; beobachtete, wie das Rudel anfing, sich zu organisieren. Asil und Tag arbeiteten zusammen, ihr vorheriger Konflikt … nicht so sehr vergessen als zur Seite geschoben. Die Wölfe konnten das, das war ihr schon öfter aufgefallen. Sie lebten so sehr in der Gegenwart, dass Streitigkeiten, die vorbei waren, auch wirklich vorbei blieben … solange ihre menschlichen Hälften sich nicht einmischten.

Vom Fahrersitz von Charles' Truck aus sah Anna, wie Tag Hesters Hütte betrat, eines dieser langen Feuerzeuge in der Hand, mit denen man gewöhnlich eher einen Grill anzündete als ein Haus (hoffte sie zumindest). Einen Augenblick später flackerte orangefarbenes Licht im Fenster auf – strahlend hell, weil die Dämmerung langsam in die Nacht überging. Als Tag wieder aus der Tür trat, leckten bereits die ersten hungrigen Flammen am alten Holz der Hütte.

Anna war sich bewusst, dass sie dort draußen sein sollte, statt sich hier im Truck zu verkriechen, wo der Duft ihres Gefährten ihr Sicherheit gab, ohne die Komplikation seiner tatsächlichen Anwesenheit. Ihr Charles bemerkte zu viel.

Sie wollte ihm eigentlich nicht erzählen, dass sie einen der Toten kannte.

Ehe Asil dem Impuls nachgeben konnte, Leah dafür zu bestrafen, dass sie recht hatte, sagte Charles: »Wir sollten die Hütte anzünden.« Er hielt inne. »Hat jemand daran gedacht, den Forstdienst anzurufen?«

»Ich habe dort angerufen, bevor ich hergekommen bin«, sagte Leah. »Ich habe ihnen erklärt, dass die freiwillige Feuerwehr von Aspen Creek beschlossen hat, eine alte Hütte niederzubrennen, die ein Brandrisiko darstellt. Sie waren nicht allzu glücklich, aber nachdem die Hütte auf Privatgrund steht und offene Feuer nicht verboten sind« – jemand ergänzte »noch nicht«, und Leah nickte zustimmend –, »konnten sie kaum etwas dagegen tun.«

Das war klug gewesen, dachte Charles. Und eigentlich keine Lüge. Gäbe es eine freiwillige Feuerwehr in Aspen Creek, hätte sie sich aus dem Rudel rekrutiert. Er hätte dem Forstdienst einfach nur erklärt, dass sie absichtlich eine Hütte niederbrennen wollten.

»Gut«, sagte Charles.

Asil fügte hinzu: »Selbst wenn jemand vom Forstdienst beschließt, den weiten Weg nach hier oben auf sich zu nehmen, wird die Person lediglich den Brand kontrollieren, nicht nach Leichen schauen.« Er lobte Leah nicht, das wäre zu viel des Guten gewesen. Er sah sie auch nicht an, doch er ließ sie die Zustimmung in seiner Stimme hören. Leahs Schultern senkten sich ein wenig – der einzige Hinweis darauf, wie sehr sie sich über ein Kompliment des Mauren freute.

*Das*, sagte Bruder Wolf, *war Diplomatie.*

Asil sprach weiter. »Tag, du bist der Einzige, der Hester gut kannte – zumindest unter den Anwesenden. Willst du der Fackelträger sein?«

Asils Frage sorgte dafür, dass das Rudel aktiv wurde. Hester und ihr Gefährte waren nicht die ersten Leichen, die das Rudel verbrannte, auch wenn es gewöhnlich auf konventionellere Weise geschah. Gewöhnlich war der Titel des Fackelträgers ein reiner Ehrentitel – der Wolf, der die Einäscherung einer Leiche bezeugte.

Denn Wölfe, die als Wölfe starben, konnten nicht an einer Stelle begraben werden, wo Menschen, die sie eventuell ausgrüben, mit menschlichen Knochen rechneten.

Feuer war gut darin, Beweise zu zerstören. Deswegen hatte Charles über die Jahre schon öfter Hausbrände beaufsichtigt, wenn auch niemals zuvor im Revier des Marrok. Niemals bei einer echten Feuerbestattung – auch wenn er die Regeln kannte.

Asil schien das Kommando in Bezug auf die Verbrennung übernommen zu haben, und Charles war bereit, ihm auf diese Weise zu erlauben, Dampf abzulassen.

Charles wünschte sich nur, das Feuer würde genauso gute Arbeit dabei leisten, die magischen Gegenstände zu zerstören, die Asil und er nicht gefunden hatten, wie dabei, Hesters Körper in Asche zu verwandeln.

Er hatte noch nie zuvor so viele von Magie erfüllte Gegenstände an einem Ort gesehen. Bei dem magischen

Sammelsurium hatten sich ihm die Nackenhaare heftiger aufgestellt, als es selbst auf einem vollen Flughafen der Fall war. Der Gedanke, dass diese Kiste auf seinem Truck stand, verursachte ihm innere Unruhe. Genauso wie die Nachricht in seiner Tasche.

Anna hätte inzwischen zurück sein sollen.

Er wollte sich gerade umdrehen, um nach seiner Gefährtin Ausschau zu halten, als ihn das Flackern von Feuer im Augenwinkel ablenkte. Nachdem Asil das Kommando übernommen hatte, hatte er nicht damit gerechnet, dass sie die Hütte so schnell anzünden würden.

Tag, der nach Rauch und Benzin und Diesel roch, stellte sich neben Charles. Asil schloss sich ihnen an.

»Ich mochte sie«, sagte Tag, ganz ohne seine übliche Theatralik.

Charles dachte daran, wie Hester ihn wortlos aus ihrem Käfig gerügt hatte, und sagte: »Genau wie ich. Auch wenn ich sie nicht gut kannte.«

Das Feuer flackerte plötzlich in einem Rausch aus Helligkeit und Brüllen auf, wie es bei Feuern manchmal der Fall ist. Das erschien passend. Ein angemessener Tribut für eine toughe Frau und ihren Gefährten – heiß, wild und mächtig. Leah schrie, und das Rudel antwortete, sowohl Leah als auch dem Brüllen der Flammen. Charles warf den Kopf in den Nacken und heulte – und die Rufe des Rudels änderten sich, als die anderen Wölfe sich ihm anschlossen. Daraufhin bezeugten sie schweigend den Brand.

Tag hatte gesagt, dass Hesters Volk seine Toten verbrannt hatte. Charles fragte sich, wer ihr Volk wohl gewesen war. Hester war ein uralter Name. Vielleicht war es sogar ihr Geburtsname, auch wenn alte Wesen dazu neigten, ihre Namen hin und wieder zu ändern.

Sein Dad erklärte immer, dass Namen Macht besaßen. Namen, die man lange Zeit führte, besaßen mehr Macht. Wie viele der Redensarten seines Dads war auch diese auf mehr als einer Ebene wahr. Sowohl Hexerei als auch Fae-Magie konnten einen Namen einsetzen, um böse Magie auf jemanden zu wirken. Doch die Magie der Namen ging noch darüber hinaus. Charles hatte herausgefunden, dass sein eigener Name – Charles Cornick, der Sohn des Marrok – ihm oft Ärger erspart hatte. Die Angst, die dieser Name in den Herzen der Leute säte, sorgte dafür, dass sie aufgaben, bevor es zum Kampf kam.

Hester war ein ähnlicher Name – ein Name voller Macht. Sie war eine Legende unter den Wölfen gewesen, wenn auch eine ruhigere Legende als der Maure oder der Marrok, weil es ihr so lieber gewesen war. Doch ihrem Namen war es wunderbar gelungen, die Leute von dem aus dem Gleichgewicht geratenen Mann abzulenken, der ihr Gefährte gewesen war.

Charles hoffte, dass Jonesy den Frieden genossen hatte, den sie ihm mit ihrem Namen gebracht hatte.

»Adieu, Hester«, flüsterte Charles. »Träum was Schönes, Jonesy. Gute Reise.«

Bei seinen letzten Worten erklang ein Krachen innerhalb der Hütte, und das Feuer explodierte nach oben. Charles spürte die zusätzliche Hitze auf dem Gesicht, und seine Haut kribbelte unter der Berührung von … etwas.

Nachdem zeitliche Koinzidenz noch keinen Kausalzusammenhang bedeutete, war es nicht Charles' Wunsch gewesen, der für das plötzliche Aufflackern verantwortlich war. Asil fing (kurz) seinen Blick ein und zuckte mit den Achseln. Fae-Magie war elementare Magie, die sich aus Aspekten von Erde, Luft, Feuer oder Wasser speiste. Genau diese Elemente konnten in Fae-Artefakten unvorhersehbare Effekte erzeugen. Er erwartete nicht, dass das Feuer alles zerstörte, was sie nicht gefunden hatten. Und er konnte nur hoffen, dass sie nichts übersehen hatten, was alle auf der Lichtung töten würde.

Charles spürte Annas Annäherung ungefähr zu dem Zeitpunkt, als er aufbrechen wollte, um sie zu suchen. Anna drückte ihre Wange an Charles' Arm. »Ich glaube, das Feuer war eine gute Verabschiedung für die beiden.«

*Ja*, stimmte Bruder Wolf ihr zu. Doch Charles vermutete, dass es Bruder Wolf eher darum ging, Anna zu unterstützen, als wirklich eine Meinung darüber zu äußern, wie man mit den Körpern der Gefallenen umgehen sollte. Sobald jemand gestorben war, kümmerte sich Bruder Wolf gewöhnlich nicht mehr groß um ihre Überreste.

Anna schenkte ihm ein zustimmendes Lächeln. Sie kannte Bruder Wolf ebenfalls.

Das Gesicht über ihrem Lächeln war bleich, die kleinen Muskeln an ihrem Kiefer angespannt.

»Was ist los?«, fragte Charles – weil für ihn offensichtlich war, dass etwas nicht stimmte, sobald er genauer hingesehen hatte.

Anna hakte sich bei ihm unter und führte ihn von den anderen weg. Dann sagte sie sehr leise, um nicht belauscht zu werden: »Ich kenne einen der toten Männer auf dem Truck.« Sie ließ Charles los und trat zurück – und er hatte das Gefühl, dass sie sich dessen nicht einmal bewusst war. Ihre Stimme zitterte ein wenig, als sie schnell sagte: »Ich kenne seinen Namen nicht, aber ich habe ihn bei Leo gesehen. Wir sollten ein Foto von ihm an die Alphas von Chicago schicken, sobald wir wieder Handyempfang haben.«

Leo war der Alpha gewesen, der über Annas erstes Rudel geherrscht hatte. Charles hatte ihn für seine Verbrechen getötet. Annas Miene verriet ihm, dass er nicht fragen musste, ob der tote Mann zu denjenigen gehört hatte, die sie auf Leos Geheiß hin misshandelt hatten.

Charles hob nicht den Arm, um Anna zu berühren. Zum einen, weil sie sich gerade von ihm zurückgezogen hatte – und zum anderen, weil er so deutlich die Geister der Vergangenheit in ihren Augen sehen konnte. Er konnte auch nichts sagen, aus Angst, die falschen Worte zu wählen. Anna brauchte seine Wut nicht. Er wartete darauf, dass sie etwas tat, was ihm verriet, was sie von ihm brauchte.

Einen Moment später stieß sie die Luft aus und schüttelte den Kopf. Sie trat an ihn heran und schlang ihren rechten Arm um seinen linken, drückte seinen Arm kurz, bevor sie sich an ihn kuschelte.

Er nutzte diesen Augenblick, um sich umzusehen, doch niemand beobachtete sie – und falls jemand belauscht hatte, was Anna gesagt hatte, ließ niemand sich etwas anmerken. Anna hatte sehr leise gesprochen – aber sie waren von Werwölfen umgeben. Es war eher unwahrscheinlich, dass keiner etwas gesehen oder gehört hatte.

Anna starrte ins Feuer, obwohl er nicht das Gefühl hatte, dass sie es wirklich sah. Doch nach einer Weile sagte sie: »Feuer ist sehr mächtig. Es reinigt genauso wie es zerstört – und bringt Licht in die Dunkelheit.«

»Ja«, stimmte er ihr zu.

»Ich glaube, ich verstehe, warum manche Kulturen ihre Toten verbrennen«, meinte sie. »Es fühlt sich an wie eine Feier, nicht wahr? Eine letzte Feuersbrunst.« Sie hielt inne. »Brenne hell, Hester. Vertreibe die Schatten, Jonesy. Schlaft mit den Helden und den Heiligen.«

Nachdem die Hütte und alle Gegenstände darin in Flammen standen, war der Geruch von verbranntem Fleisch nur sehr schwach wahrnehmbar. Charles ließ sein Kinn auf Annas Scheitel sinken und dachte darüber nach, wie gut es war, dass sie aufgrund ihrer Jugend wahrscheinlich den Geruch des Feuers, das Hesters Leiche verschlang, nicht vom Geruch der restlichen brennenden Gegenstände unterscheiden konnte.

Er hätte Annas Vergangenheit für sie verbrannt, wäre es möglich gewesen – aber Erinnerungen ließen sich nicht so leicht in Brand stecken wie eine Hütte.

Anna und Charles brachen ein gutes Stück nach den meisten anderen auf. Es flackerten immer noch Flammen, also blieben fünf Wölfe zurück – und sie würden verweilen, bis auch die letzte Glut erloschen war.

Charles stieg auf den Beifahrersitz, doch bevor Anna den Wagen anlassen konnte, legte er eine Hand auf ihren Arm.

»Warte«, sagte er und zog dann ein gefaltetes Stück Papier aus der Tasche. »Asil und ich haben das im Schlafzimmer gefunden, als wir nach Dingen gesucht haben, die vielleicht den Berg in die Luft jagen, wenn sie Feuer fangen.«

Sie breitete es auf der Sitzbank aus, aber es war zu dunkel, um etwas zu erkennen. Bevor sie das Innenlicht anschalten konnte, erleuchtete Charles die Seite mit dem sehr viel sanfteren Licht seines Handy-Displays. Kara hatte ihnen beide ihre Telefone mitgebracht. Es war nicht länger nötig, Hesters Hütte zu schützen; wenn sie keine Feuersbrunst in dunkler Nacht finden konnten, sollte es den Bundesbeamten gegönnt sein, ihre Handys zu orten. Es würde sehr viel Zeit vergehen, ehe wieder jemand in der Nähe dieser Lichtung lebte.

Anna las die Nachricht und verarbeitete, was das für Folgen haben würde. Hatte sie nicht gerade gedacht, dass kein Rudelmitglied jemals die anderen verraten würde. Anscheinend hatte sie sich geirrt.

»Verräter«, sagte sie langsam. »Weißt du, auf welche Art wir verraten worden sind?«

»Zunächst einmal«, meinte Charles, »hat jemand unserem Feind verraten, wo Hester lebt. Wenn man sich das Timing des Angriffs ansieht, dann wussten sie wahrscheinlich, dass Dad nicht hier ist. Ich habe auch noch über ein paar andere Dinge nachgedacht, seitdem ich die Nachricht gefunden habe. Vielleicht ist Gerry Wallace nicht ausgezogen, um jemanden zu finden, der seinen seltsam komplexen Mordplan gegen Dad unterstützt. Vielleicht hat jemand in erster Linie ihn rekrutiert. Letzten Winter hat jemand den abtrünnigen Cantrip-Agenten eine Menge Information über Adams Rudel zukommen lassen.«

»Stimmt«, sagte Anna, nachdem sie einen Moment gezögert hatte. »Jonesy hat das für dich hinterlassen?«

Charles nickte. »Sieht so aus. Nachdem Hester gestorben war.«

»Sie konnte in Gedanken mit ihm reden, so wie Bruder Wolf und ich es können?«, fragte Anna.

Charles zuckte mit den Achseln. »Ja. Wenn auch nicht auf genau dieselbe Art – ich weiß nicht, ob Hesters Wölfin so sprechen konnte, wie Bruder Wolf es tut.«

Anna nickte langsam. »Sie hat ihm etwas erzählt, bevor es unseren Feinden gelungen ist, sie zu töten. Er hat versucht, uns mitzuteilen, was wir ihres Erachtens wissen sollten.«

Sie startete den Truck, und Charles schaltete das Licht aus.

In Gedanken immer noch bei den Konsequenzen sagte sie: »Könntest du ein Auge auf den Handyempfang haben? Ich will ein Foto des Mannes an beide Alphas von Chicago senden. Vielleicht können sie uns einen Namen liefern.«

»In Ordnung«, stimmte er ihr zu.

Eine Weile fuhren sie schweigend. Der Pfad wurde in der Dunkelheit nicht leichter zu navigieren. »Hester wusste es«, sagte Anna. »Sie wusste, um wen es sich handelt – oder sie hat geglaubt, es zu wissen. Deswegen haben sie sie umgebracht. Damit sie es uns nicht erzählt.«

»Das glaube ich auch«, stimmte Charles ihr erneut zu.

»Ist es jemand aus dem Rudel?« Bei diesem Gedanken verkrampfte sich Annas Magen. Dies war ihre Familie, genauso wie es bei ihrer angeborenen Familie der Fall gewesen war. Einige der Wölfe mochten schwierig oder beängstigend sein – aber sie gehörten trotzdem zu ihrem engsten Kreis. »Oder ist es einer der Wildlinge?«

»Jonesy war in diesem Punkt nicht gerade hilfreich«, sagte Charles entschuldigend. »Ich nehme an, dass ›wir‹ sich auf das Feenvolk beziehen könnte, doch in diesem Kontext ist das eher unwahrscheinlich. Eigentlich schon fast lächerlich.«

»Okay. Wie viele Wildlinge gibt es? Ich kenne drei und habe von noch ein paar weiteren gehört.«

Bran hielt die Wildlinge vom Rudel getrennt. Zum Teil, weil sie gefährlich waren und in Isolation leben mussten – und zum Teil, weil viele von ihnen sehr alt waren. Sehr alte Werwölfe neigten dazu, eine Menge Feinde zu haben. Soweit Anna wusste, wussten nur Bran selbst, Leah und vielleicht Charles von allen Wölfen. Die Wildlinge lebten nicht in vollkommener Isolation, und manche von ihnen schlossen sich hin und wieder der Jagd an – aber wenn sie es taten, sprach niemand darüber.

»Achtzehn«, erklärte Charles. »Jetzt, wo Hester und Jonesy tot sind.«

Sie brummte überrascht. »Das sind viel mehr, als ich dachte. Aber dennoch ein realistischer Kreis von Verdächtigen.« Sie wollte einfach nicht darüber nachdenken, dass es jemand sein konnte, den sie kannte.

Charles nickte. »Asil weiß ebenfalls davon – er war anwesend, als ich die Nachricht gefunden habe. Aber ich will niemandem sonst davon erzählen, bis wir mehr verstehen. Hier.«

»Was?«

»Hier gibt es Empfang.«

Anna stoppte den Truck, dann lud sie das Foto hoch und fügte eine erklärende Nachricht hinzu. Im Adressbuch ihres Handys waren alle Alphas unter Brans Herrschaft gespeichert, also musste sie Charles nicht nach der Nummer fragen.

»Jonesy hat gesagt, sie hätten sie nach den Wildlingen gefragt«, meinte Anna, sobald sie wieder unterwegs waren. »Wenn ihr Agent einer der Wildlinge ist, wieso sollten sie dann Fragen über sie stellen?«

Charles brummte. Das war sein *Ich bin ebenfalls verwirrt*-Brummen. Doch schließlich sagte er: »Die Wildlinge kennen sich nicht zwangsweise auch gegenseitig. Manche schon, aber viele von ihnen leben sehr isoliert, weil sie das so wollen. Oder es nötig ist. Die meisten unserer Wildlinge ändern ihren Namen, wenn sie herkommen – Hester bildete da eine Ausnahme. Wenn man sie als Kollektiv betrachtet, dürften die Wildlinge eine Menge Wissen besitzen, das nirgendwo sonst auf der Welt existiert. Mir fallen ganz spontan schon vier Dinge ein, die eine wilde Schatzsuche auslösen würden, wenn jemand davon wüsste.«

»Oder vielleicht geht es um einen Gegenstand – wenn man bedenkt, was ihr alles aus Jonesys Heim geholt habt.«

Charles nickte. »Von dem, was wir gefunden haben, würde nur das Schwert für sich allein genommen Aufmerksamkeit erregen.« Er stieß ein unglückliches Geräusch aus. »Ich nehme an, es gab noch ein paar andere Dinge. Aber selbst ohne diese Sachen dürfte die gesamte Sammlung ein ziemlich gutes Machtreservoir für jemanden darstellen, der weiß, wie man die Magie nutzen kann.«

»Vielleicht wusste Hester, nach wem oder was wir suchen«, sagte Anna ernst. »Aber jetzt kann sie es uns nicht mehr sagen.«

»Ja«, meinte Charles leise. »Wir wissen, dass unsere Feinde nach Informationen gesucht haben, die es wert waren, eine Unternehmung zu beschleunigen, die bisher sehr langfristig angelegt war. Wir wissen, dass sie sich nach den Wildlingen erkundigt haben – und sie wissen nicht, dass wir es wissen. Wir werden rausfinden, wer ihr Agent ist, und dann diese Person benutzen, um sie alle zu jagen.«

Anna atmete erst tief durch, bevor sie nickte. »Ja«, sagte sie. »Okay. Ja.«

Boyd Hamilton rief an, als sie gerade Brans Haus erreicht hatten. Um genau zu sein, rief er auf Charles' Handy an. Anna hatte ihm das Bild von ihrem Handy aus geschickt.

Anna sah auf Charles' Handy und seufzte genervt. Sie machte den Truck aus und wandte sich dem Mann zu, dem ihr Herz gehörte.

»Ich habe überlebt«, erklärte sie ihm mit fester Stimme. »Ich muss nicht verhätschelt werden wie eine zerbrechliche Puppe. Ich kann mit Boyd sprechen – der mir sowieso nie etwas Böses getan hat –, ohne zusammenzubrechen.«

Charles warf ihr einen Blick zu. Wäre er jemand anders, hätte sie vermutet, dass er diese Blicke im Spiegel übte: Sie waren einfach zu effektiv, um spontan zu sein. Aber Charles machte sich keine Gedanken um solche Dinge – weil er es nicht nötig hatte. Beängstigend zu sein fiel ihm leicht – für ihn stellte es eher ein Problem dar, *nicht* beängstigend zu wirken.

Anna zog die Augenbrauen hoch, um ihn wissen zu lassen, dass sie nicht beeindruckt war.

Fast hätte er gelächelt, doch er unterdrückte diese Regung, bevor sich mehr als ein paar Fältchen in seinen Augenwinkeln zeigen konnten.

»Vielleicht geht es nicht um dich«, erklärte er ihr. »Vielleicht geht es um einen Mann, der es nicht geschafft hat, dich so vor Leo zu beschützen, wie es seine

Aufgabe gewesen wäre. Wenn du ihn bestrafen willst, könntest du an mein Telefon gehen und ihn dazu zwingen, dir von dem toten Mann zu erzählen, vor dem er dich ebenfalls nicht beschützt hat.«

»Er hätte nichts tun können«, antwortete Anna hitzig, unfähig, den Angriff auf Boyd durchgehen zu lassen, ohne ihn zu verteidigen. Boyd hatte es ihr ermöglicht, Chicago zu verlassen und Charles zu finden. »Leo war sein Alpha – und er hat alle unter seiner Kontrolle gehalten. Boyd war nicht dominant genug, um ihn herauszufordern oder sich einem direkten Befehl zu widersetzen. Boyd hat die Leute beschützt, wann immer es ihm möglich war. Ohne ihn wären einigen Personen, die sich nicht selbst schützen konnten, viel schlimmere Dinge zugestoßen.«

»Du glaubst das wirklich«, sagte Charles, als würde er ihre Meinung nicht teilen. »Schön für dich.« Er seufzte, sein Blick in die Dunkelheit jenseits des Autos gerichtet. Ein weiteres Auto bog in die Einfahrt des Marrok ab – Rudelmitglieder, die sich hier versammelten. Dass sie hierherkamen, statt nach Hause zu fahren, verriet einiges über die Unruhe, die Hesters Tod ausgelöst hatte.

Die Wölfe, die ausstiegen, achteten sorgfältig darauf, Charles' Truck nicht anzusehen.

Charles sprach erst, als sie wieder allein in der Dunkelheit waren. »Manchmal glaube ich, du könntest recht haben. Aber überwiegend bin ich der Meinung, dass jeder Dominante, der sein Fell wert ist, diejenigen beschützt, die sich nicht selbst schützen können. Ich nehme an, auch Boyd sieht die Sache auf diese Weise.«

Sie persönlich hatte schon vor langer Zeit aufgehört,

überhaupt über ihr erstes Rudel nachzudenken. So wie es klang, war sie damit allein. Sie brummte, um ihre Meinung kundzutun, so wie es auch Charles oft tat.

»Ein dominanter Wolf beschützt die Seinen mit seinem Leben, Anna«, erklärte ihr Charles. »Und zwar vor jedem. Wenn er das Gefühl hatte, dass Leo zu viel für ihn ist, hatte Boyd Dads Nummer. Er hätte jederzeit anrufen können.«

»Er konnte Leos Befehle nicht missachten«, wiederholte sie stur – sie hatte beobachtet, wie er es versucht hatte. »Leo hatte es verboten.«

»Sein *Wolf* konnte sich einem direkten Befehl nicht widersetzen«, stimmte Charles ihr zu, so sanft, dass Anna zusammenzuckte, obwohl sie nicht gemeint war. Sie kannte diesen sanften Tonfall.

Er schloss die Augen und atmete tief durch. Als er wieder sprach, war die Ruhe des Tötens ein Stück weiter entfernt und seine Augen zeigten wieder ihr normales Fast-Schwarz.

»Wir sind mehr als unsere Wölfe, Anna«, sagte er. »Boyd ist außerdem ein Mann – und der Mann hat das Sagen. Er hätte sich widersetzen können, indem er seinen Wolf zurückdrängt. Es wäre schwierig gewesen, doch er ist kein junger, frisch verwandelter Wolf. Er besitzt die nötige Kontrolle dafür. Er hat es einfach nicht versucht.«

Sie biss sich auf die Lippe. Änderte das etwas? Zu wissen, dass Boyd früher etwas hätte unternehmen können? Nein, dachte sie, fast erleichtert. Es hätte auch Dinge gegeben, die sie hätte tun können – wenn sie nur davon gewusst hätte. Eine der Sachen, die sie als Wolf in Brans Rudel gelernt hatte, war, dass alle Fähigkeiten der Welt nicht halfen, wenn man nicht wusste, wie man sie einsetzen sollte.

»Jetzt weiß er es besser«, fuhr ihr Gefährte leise knurrend fort, als hätte er ihre Gedankengänge verfolgt.

»Charles?«, fragte sie, ehrlich unglücklich. Charles war nicht gerade taktvoll. Teil von Leos Rudel zu sein hatte zweifellos Narben auf ihrer Seele hinterlassen, aber auch für alle anderen war es nicht einfach gewesen. Boyd war so überfordert gewesen wie sie auch, selbst wenn sie das damals nicht erkannt hatte. Boyd brauchte keinen Vortrag ihres dominanten Gefährten, der ihm erklärte, dass er sein Rudel im Stich gelassen hatte – weil er bereits davon überzeugt war.

»Nicht ich«, sagte Charles. »Es war Dad. Er hat ihn belehrt – und Boyd dann an die Spitze des Rudels gesetzt. Boyd war nicht stark genug, um das Revier zu verteidigen – nicht in seinem Zustand und mit einem so fragilen Rudel. Aber mein Vater war davon überzeugt, dass Boyd besser heilen würde, wenn er eine Weile das Sagen hätte, also hat Dad dafür gesorgt.« Sein Handy hatte nach langer Zeit aufgehört zu klingeln. »Und dann hat sich Boyd der Situation gewachsen gezeigt, und Dad hat ihm die Alpha-Position gelassen.«

»Das klingt ... seltsam«, sagte Anna verwirrt. »Bran ist fest davon überzeugt, dass das Wohl vieler das Wohl einzelner überwiegt.«

Charles lächelte grimmig. »Auch wir haben das Rudel im Stich gelassen. Dad oder ich hätten die Situation früher bemerken müssen. Rückblickend sind uns beiden Seltsamkeiten aufgefallen, denen wir hätten nachgehen müssen, es aber nicht getan haben. Statt Boyd unter dem Gewicht seiner Unfähigkeit, die ihm Untergeordneten vor seinem Alpha zu beschützen, zerbrechen zu lassen, hat Dad ihm die Stellung geboten, in der er seine Schuldgefühle durch Handlungen bekämpfen kann. Boyd musste erfahren, dass er sich um sein Rudel kümmern kann; dass das, was er war, ihm nicht die Möglichkeit einer positiven Entwicklung vorenthielt.« Er schürzte die Lippen und meinte nachdenklich: »Ich zweifle keinen Moment daran, dass Boyd Hamilton nie wieder zusehen wird, wenn jemand anders verletzt wird.«

Doch Anna fiel auf, dass das Charles offensichtlich nicht davon abhielt, trotzdem wütend auf ihn zu sein.

»Also«, fragte er Anna, plötzlich ganz sachlich, »willst du Boyd bestrafen, indem du ihn zwingst, mit dir darüber zu reden, wie sehr er dich enttäuscht hat? Oder wirst du mich mit ihm darüber sprechen lassen?« Sie warf ihm einen scharfen Blick zu. »Was davon ist besser für ihn?«

»Du wirst dafür sorgen, dass er sich schuldig fühlt. Ich werde ihn bloß wütend machen«, versicherte ihr Charles.

Sie lachte – und es klang nur ein wenig Anspannung darin mit. Sie sollte darauf bestehen, aber eigentlich wollte sie dieses Gespräch selbst nicht führen.

»Okay«, sagte sie. »Dann mal los.«

Daraufhin ließ sie ihn allein im Truck zurück, damit er an einem Ort mit Boyd telefonieren konnte, wo es unmöglich war, belauscht zu werden.

Boyd hob ab, sobald Charles zurückrief.

»Hamilton«, sagte er wachsam.

»Du weißt, wer unser Toter ist?«, fragte Charles, während er Anna beobachtete, wie sie die Haustür hinter sich schloss.

»Ja.« Boyds Tonfall war forsch – mit einem erleichterten Unterton. Er war nicht dämlich – er hatte wahrscheinlich damit gerechnet, dass Anna ihn zurückrief, obwohl er auf Charles' Handy angerufen hatte. »Sein Name war Ryan Cable. Bevor … ganz am Anfang, am Beginn von Leos Problemen, hat Leo fünf Soldaten geholt, um heimlich verwandelt zu werden. Es wurde angedeutet, wenn auch nie offen ausgesprochen, dass sie zu irgendwelchen Spezialkräften gehörten. Nur unser alter Zweiter – Harvey Adler –, Jason, ich und noch ein paar andere wussten davon …« Es folgte ein Moment der Stille. »Ich glaube, von allen Rudelmitgliedern, die an diesem Abend anwesend waren, bin ich der Einzige, der noch lebt.«

Charles hatte das Gefühl, jetzt wäre ein guter Zeitpunkt, um das Gespräch wieder auf Kurs zu bringen. Irgendetwas in Boyds Tonfall ließ vermuten, dass Boyd sich glücklich geschätzt hätte, unter den Toten zu sein. »Ryan Cable.«

»Tut mir leid«, sagte Boyd, ohne wirklich entschuldigend zu klingen. »Ich versuche, die Details auf die Reihe zu bekommen. Ich glaube, es muss Anfang der Neunziger gewesen sein. Der Golfkrieg war gerade ausgebrochen, und wir fühlten uns alle sehr patriotisch. Leo hat uns erklärt, es gäbe Leute im Militär, die von den Werwölfen wüssten, und dass einer dieser Männer ihn um Hilfe gebeten hätte. Leo hatte zugestimmt, und sein Kontaktmann schickte diese fünf Männer, um verwandelt zu werden. Höchste Geheimhaltung, sowohl auf unserer Seite als auch auf ihrer.«

Bruder Wolf grummelte. Genau solche Vorgänge hatten Bran dazu gebracht, die Werwölfe in die Öffentlichkeit zu führen. Erpressung war inzwischen nicht mehr so leicht – weder als Ansporn noch als Entschuldigung.

Boyd stieß ein gequältes Geräusch aus. »Glaub mir, ich weiß. Aber Leo war bis zu diesem Zeitpunkt ein guter Alpha gewesen. Erst im Rückblick erkenne ich, dass er bereits angefangen hatte, sich zu verändern. Und das war wahrscheinlich der Wendepunkt. Wir alle haben hin und wieder gegen die Regeln verstoßen. Wir alle.« Das bedeutete, dass das auch für Boyd galt. »Leo hat gesagt, es wäre wichtig für den Krieg, und wir konnten erkennen, dass er die Wahrheit sprach.«

»Nicht alle fünf haben es geschafft«, sagte Charles.

Sein Vater wäre vielleicht fähig gewesen, fünf Menschen zu verwandeln und dafür zu sorgen, dass sie überlebten, auch wenn er Charles schon gesagt hatte, dass er das niemals tun würde. Es war unethisch, jemandem die Verwandlung aufzuzwingen. Meistens überlebte eine Person, die nicht hart genug darum kämpfen konnte, die Verwandlung zu überstehen, auch nicht lange als Werwolf.

»Ich habe sie gewarnt«, sagte Boyd, »aber Harvey ist noch weiter gegangen. Er hat ihnen in grafischen Details beschrieben, was genau es bedeutete, einen Menschen in einen Werwolf zu verwandeln. Ein paar von ihnen wirkten ziemlich verschreckt, aber alle entschieden sich, die Sache durchzuziehen.« Er hielt inne. »Inzwischen frage ich mich, was wohl geschehen wäre, wenn sie Einwände erhoben hätten. Alles war Top Secret, also wären sie vielleicht getötet worden, wenn sie versucht hätten, aus der Sache rauszukommen. Auf jeden Fall war

Cable der Einzige, der überlebte. Leo und Harvey übergaben die toten Männer und Cable an die Leute, die kamen, um sie abzuholen. Harvey gefielen diese Leute gar nicht. Daran erinnere ich mich. Er war davon überzeugt, dass sie nicht zum Militär gehörten. Leo hat Harvey etwas erzählt, was ihn beruhigt hat – auch wenn ich dir nicht sagen kann, was es war.«

»Du glaubst, Leo hat sich dafür bezahlen lassen?«

»Ich weiß es«, erklärte Boyd. »Wir haben die letzten paar Jahre damit verbracht, die alten Geschäftsbücher durchzusehen. Bran hat uns gebeten, nach Namen von Leuten zu suchen, die Leo Geld gegeben haben, ohne dass wir der Summe eine ordentliche Transaktion zuweisen konnten. Leo hat fünfzigtausend Dollar im Voraus bekommen und weitere zwanzigtausend, nachdem wir Cable übergeben hatten. In seinen Notizen hat Leo sich beschwert, weil er mit weiteren achtzigtausend gerechnet hatte. Dreißigtausend für jeden Werwolf, den wir erfolgreich verwandelt hatten, mit einem Drittel als Vorschuss, den wir auf jeden Fall behalten durften. Ich habe die Finanzunterlagen und die Interviews mit den Rudelmitgliedern – alles, was wir über Leos Machenschaften gesammelt haben – an Bran geschickt, als er danach gefragt hat. Vor ungefähr einem Monat.«

Es folgte ein kurzes Schweigen, als Charles mehr verarbeitete als nur Boyds Worte. Sein Vater hatte das Chicago-Rudel gebeten, ihm ihre Unterlagen zu schicken. Und Charles hatte nichts davon erfahren, obwohl er sich seit jeher um alle Rudelfinanzen kümmerte – abgesehen von einer sechsmonatigen Zeitspanne letztes Jahr, als Leah übernommen hatte.

Leah hatte sie eine Menge Geld gekostet. Fast zwanzig Prozent ihres Vermögens. Er hatte zwei Wochen gebraucht, um das Geld zurückzugewinnen. Nicht, dass er sich mit ihr messen wollte.

»Als dein Vater uns gebeten hat, ihm die Informationen zukommen zu lassen«, sagte Boyd, der Charles' Schweigen anscheinend korrekt gedeutet hatte, »meinte er, er würde ein Puzzle zusammensetzen und dich mit einbinden, sobald er eine Zielperson hat, zu der er dich schicken kann. Ich habe daraus geschlossen, dass du immer noch sauer bist wegen Leo und dem, was er Anna angetan hat. Bran wollte dich nicht auf eine Suchen-und-zerstören-Mission schicken, ehe er sicher war, die gesamte Sache durchschaut zu haben.«

»Ich verstehe«, sagte Charles. Wenn sein Dad Boyd keine Fakten geliefert hatte, sondern nur genug Hinweise, dass Boyd seine eigenen Schlüsse daraus zog, war Charles sich ziemlich sicher, dass dies die falschen Schlüsse waren. Er fragte sich, warum sein Dad ihm wohl die Bücher nicht zeigen wollte.

»Ich habe es bei Bran versucht, bevor ich dich angerufen habe«, sagte Boyd neutral. »Er wird die Akten haben.«

»Der Marrok ist unterwegs«, gab Charles preis. »Das ist eine Information, die du nicht weitergeben solltest.«

»Verstanden.« Boyd brummte nachdenklich. »Wie wäre es, wenn ich dir die Akte über diesen Handel maile, zusammen mit allen Bankunterlagen, die wir darüber haben?« Boyd zögerte. »Dann werde ich das ganze Chaos zusammensammeln, das wir angehäuft haben, und es dir per Nachtkurier auf CD zukommen lassen. Wenn Cable sich tot in eurem Revier aufhält, läuft Bran die Zeit davon, alles nach seinem Wunsch zu arrangieren.«

»Das wüsste ich zu schätzen«, sagte Charles, weil Boyd recht hatte. Er würde trotzdem die Person aufspüren, der sein Vater all diese Akten gegeben hatte – weil er dann seine Zeit nicht damit verbringen musste, Arbeit noch mal zu machen, die jemand bereits erledigt hatte. Doch das konnte dauern, und er wollte die Informationen jetzt.

Irgendwo in diesen Akten befand sich ein Hinweis auf den Mann, der für Ryan Cables Verwandlung bezahlt hatte. Es wäre sicherlich nicht leicht, Finanzgeschäfte nach so langer Zeit nachzuvollziehen, aber wenn eine der Bankverbindungen mit einem Konto übereinstimmte, die Charles in seinem »Überwachen«-Ordner führte, dann hätte er einen Namen. Jemand hatte Cable und seine toten Freunde ausgeschickt. Und es bestand die realistische Chance, dass das dieselbe Person war, die auch für seine Verwandlung bezahlt hatte – oder dass er zumindest eng mit der betreffenden Person zusammenarbeitete.

»Nachdem Cable verwandelt worden war«, fuhr Boyd fort, »wurde er von dem unbekannten Boss als Bote eingesetzt. Er tauchte auf, traf sich mit Leo und war am nächsten Tag wieder verschwunden. Drei- oder viermal im Jahr. Oft genug, dass ich nicht lange in meiner Erinnerung graben musste, um mich an seinen Namen zu erinnern, aber nicht so oft, dass ich ihn besser kennengelernt hätte. Falls wir uns einmal wirklich unterhalten haben, erinnere ich mich zumindest nicht daran. Ich kann mich gerne mit ein paar der alten Rudelmitglieder hinsetzen, die Leo überlebt haben, und herausfinden, ob es Vermutungen gibt, warum er kam – und vielleicht erinnert sich auch jemand an ein wenig mehr über ihn. Gegen Ende hat Leo die nicht so dominanten Wölfe mehr oder minder vollkommen ignoriert. Sie haben eine Menge gesehen, was er wahrscheinlich besser vor ihnen versteckt hätte.«

»Ich wäre dankbar für alles, was du herausfindest«, sagte Charles.

»Ich kannte Hester nicht«, sagte Boyd. »Aber ich habe Geschichten über sie gehört. Dass sie so gestorben ist … ich werde alles in meiner Macht Stehende tun.«

Charles griff nach der mit Hexenmagie aufgeladenen Waffe, die ihn mitten zwischen seinen Feinden in die Bewusstlosigkeit geworfen hatte.

»Hat Leo je mit einer Hexe zusammengearbeitet?«

»Nicht, solange ich Teil des Rudels war«, antwortete Boyd, ohne zu zögern.

»Hatte er Waffen, die besonders effektiv gegen andere Werwölfe wirkten?«

»Nein«, antwortete Boyd, doch diesmal langsamer mit rauer Stimme. »Bis auf Justin. Aber ich weiß von der Droge, die jemand entwickelt hat, indem er die Wölfe, die Leo geschaffen und verkauft hat, als Versuchskaninchen benutzt hat.«

Charles atmete tief durch und zwang Bruder Wolf, die Situation, in der Boyd sich befunden hatte, intensiver zu betrachten – ein allmählicher Verfall aller Regeln, bis das Rudel nichts anderes mehr tun konnte, als sich an ihren Alpha zu klammern, weil ihnen sonst nichts geblieben war. Aber Bruder Wolf war trotzdem der Meinung, dass Boyd hätte mehr tun müssen. Und dasselbe galt offensichtlich für Boyd.

Charles beruhigte ihn, soweit es ihm möglich war. »Du hast gelernt, was man nicht tut«, sagte er. »Bring es den anderen bei. Bewege dich vorwärts. Der Blick zurück hilft niemandem.«

»Wie geht es Anna?«, fragte Boyd mit Hunger in der Stimme. Es war kein sexueller Hunger, sondern das Bedürfnis zu erfahren, dass er wenigstens Anna geholfen hatte, diesem Chaos zu entkommen.

»Sie wollte den Anruf annehmen«, erklärte Charles amüsiert.

»Scheiße«, sagte Boyd. Doch dann lachte er. »Vielleicht rufe ich das nächste Mal auf ihrem Handy an.«

»Sie würde sich freuen, von dir zu hören«, meinte Charles. Erneut sah er die Hexenwaffe an. »Ich werde dir ein Foto von einer Hexenmagie-Waffe zuschicken, die auf mich durchaus ihren Effekt hatte.« Er erklärte ein wenig, woher er sie hatte. »Vielleicht hat einer deiner unterwürfigen Wölfe etwas gesehen, was dir verborgen geblieben ist.« Das war möglich, wenn – wie Boyd gesagt hatte – Leo unterwürfige Wölfe nicht als Bedrohung gesehen und daher nicht darauf geachtet hatte, was sie mitbekamen.

»Ich werde das überprüfen«, sagte Boyd, der inzwischen wieder wie er selbst klang. »Wenn sie nichts wissen, haben sie vielleicht Vorschläge, wo man nachforschen könnte.« Es folgte eine Pause. »Ich erinnere mich allerdings an keine Hexen in dieser Geschichte. Aber Harvey – er konnte eine Hexe auf hundert Meter erkennen.« Boyd zögerte wieder, dann sagte er langsam: »Harveys Reaktion an diesem Abend – wenn einer der Männer eine Hexe war, würde das viel erklären.«

»Gib die Information über die Waffe nur an das Rudel heraus. Ich will nicht, dass alle Hexen auf dem Planeten herauszufinden versuchen, wie sie zum Spaß und für Geld Werwölfe ausschalten können.«

»Was ist mit Hesters Tod und dem Angriff auf das Rudel des Marrok?«

Charles lachte fast gegen seinen Willen. »Wäre das möglich gewesen, hätte ich es geheim gehalten. Aber ich gehe davon aus, dass die Leute in deinem Rudel bereits Anrufe von Freunden und Bekannten erhalten. Inzwischen ist es schwerer, mit Dingen hinterm Berg zu halten, als noch vor fünfzig Jahren.«

»Absolut«, stimmte Boyd ihm von Herzen zu. »Wir sprechen wieder, sobald ich etwas Interessantes herausgefunden habe.«

»Klingt gut.« Charles legte auf.

Er wollte schon aus dem Truck steigen, hielt dann aber inne und griff erneut nach seinem Handy. »Dad«, sagte er, sobald die Mailbox abgehoben hatte, »ich weiß nicht, was du vorhast, aber ich möchte dir berichten, was heute passiert ist. Dir alle wichtigen Informationen zukommen lassen, die ich erhalten habe.«

# 6

Anna betrat Brans Haus. Sie fühlte sich unruhig und aufgewühlt. Viel lieber wäre sie bei sich daheim gewesen, um sich ohne Zeugen mit der Vergangenheit auseinanderzusetzen. Obwohl es schon spät war, waren noch viele Leute da, die sich lautstark unterhielten. Es roch nach Holzrauch. Sie hatte bereits an den Autos vor der Tür erkannt, dass sich anscheinend alle im Haus des Marrok versammelt hatten, statt beizeiten schlafen zu gehen.

Trotz dieser Vorwarnung hätte sie fast umgedreht und das Haus wieder verlassen. Nur das Wissen, dass Charles glauben würde, etwas stimme nicht, brachte sie dazu weiterzugehen.

Anna fragte sich, wie oft Bran sich wohl abwenden und alles hinter sich lassen wollte. Fragte sich, ob er das wohl getan hatte.

Der Gedanke, dass Bran vielleicht nicht zurückkam, dass er sein Rudel und die Wildlinge – und, na ja, alle Werwölfe von Nordamerika – in Charles' Hände übergeben hatte, reichte fast aus, um eine Panikattacke auszulösen. Natürlich würde er zurückkommen. Bran war ein Kontrollfreak. Auf keinen Fall würde er lange wegbleiben.

Und ihr ruhiges Haus würde auf sie warten, bis sie zurückkehrte.

Die Leute verteilten sich überall in Brans Heim; nur die Schlafzimmer und sein Büro waren privat. Sie wusste, dass es in einem Großteil der Rudel im Haus des Zweiten genauso geschäftig zuging. Doch die meisten Angehörigen des Rudels, so gefährlich sie auch sein mochten, hatten Angst vor Charles. Dass Annas und Charles' Haus ein Zufluchtsort war statt ein Rudel-Clubhaus war ein Segen, den sie bis diese Woche nie ausreichend gewürdigt hatte.

Anna betrat den großen Raum voller Leute – die alle ihre Gespräche unterbrachen und sie ansahen, als sie auftauchte. Sie wussten es. Jemand musste gehört haben, wie sie Charles von dem toten Werwolf erzählt hatte, den sie früher gekannt hatte. Sie hatten eins und eins zusammengezählt und die richtigen Schlüsse gezogen – sie konnte es in ihren Gesichtern erkennen.

Es gab hier keinen Wolf, inklusive Leah, der sich nicht zwischen sie und jeden geworfen hätte, der ihr Schaden zufügen wollte. Zum Teil wegen ihres Omega-Status, aber zum Teil auch, weil sie ihre Familie und ihre Freunde waren. Es hatte durchaus auch Vorteile, so eng mit anderen Wölfen verbunden zu sein.

Das Problem war nur, dass Anna nicht gerettet werden musste, außer vielleicht vor ihnen. Die Kraft ihrer Sorge – des Wissens, dass sie ein Opfer gewesen war – sorgte dafür, dass sie sich erneut wie ein Opfer fühlte.

»Hey, Anna«, sagte Kara fröhlich. Ihre Retterin tauchte aus Richtung der Küche auf, einen Teller mit Erdnussbutterkeksen in der Hand. »Leah und ich haben gebacken.«

Die Miene des Teenagers war quasi ausdruckslos, abgesehen von dem trockenen Lachen, das in ihren Augen funkelte. Als jüngste Werwölfin im Rudel musste sich Kara oft genug mit überfürsorglichen Erwachsenen herumschlagen. »Im Kühlschrank stand Teig, aber Leah meinte, Erdnussbutterkekse wären ihr lieber.«

Anna verdrehte die Augen. »Passiv-aggressiv« war ein viel zu schwacher Ausdruck, um Leahs gewöhnlichen Modus operandi zu beschreiben. Sie bereute die Geste sofort – teilweise, weil sie sich selbst geschworen hatte, dass sie nicht auf Leahs Niveau absinken würde, doch hauptsächlich, weil genau in dem Moment Leah ins Wohnzimmer trat und sie dabei ertappte.

Leah zog nur hochmütig die Augenbrauen hoch.

Anna schüttelte den Kopf und nahm einen der Kekse vom Teller, da sie gut rochen, sie hungrig war und Kara langsam anfing, unsicher zu wirken. Kara mochte Leah, aber sie war sich ihrer Spielchen durchaus bewusst. Sie wusste allerdings auch, dass Anna gewöhnlich eher dazu neigte, darüber zu lachen, statt beleidigt zu sein.

»Lecker. Vielen Dank«, sagte Anna – und Kara belohnte sie mit einem dankbaren Lächeln.

Tag trat dazu und schnappte sich einen Keks von Karas Teller. »Danke, *a leanbh*, ich nehme mir noch einen. Deine Kekse sind immer einen zweiten Besuch wert.« Anna hatte den Eindruck, dass er absichtlich vage blieb, ob sein Kosename sich auf Leah oder Kara bezog.

Er nahm einen großen Bissen und sah auf Anna herab. Tag war größer als Charles – der sehr groß war – und brachte gute fünfundzwanzig Kilo mehr Muskeln auf die Waage. Doch das Eindrucksvollste an ihm war sein Haar. Leuchtend orangefarbene Dreadlocks gingen ihm fast bis zur Taille. Sein Bart war ein wenig dunkler und explodierte auf eine Weise über seiner Brust, die jedes Mitglied von ZZ Top neidisch gemacht hätte.

»Nur fürs Protokoll«, sagte er sanft, mit der hellen Tenorstimme, die bei so einem Riesen von Mann so seltsam wirkte. »Wir werden nicht zulassen, dass irgendjemand dich verletzt.«

Und machte all die wunderbare Ablenkung mit den Erdnussbutterkeksen zunichte.

Tag nickte in Richtung der anderen Wölfe. Sofort erklang dieses tiefe Knurren, das Anna, bis sie zur Werwölfin geworden war, immer mit Männergruppen beim Football-Spielen assoziiert hatte, wenn der Schiedsrichter eine schlechte Entscheidung traf. Sage, die mit einem Keks in der Hand auf der Lehne der Couch neben dem Kamin hockte, sah Anna an und zog eine Grimasse.

Sages stillschweigende Unterstützung erlaubte es Anna, den zerkauten Keks in ihrem Mund zu schlucken und mit unschuldiger Ernsthaftigkeit zu sagen: »Nur fürs Protokoll, Tag, *ich* würde auch nicht zulassen, dass irgendwer *dich* verletzt.«

Für einen Moment breitete sich Anspannung aus. Tags Augen wurden groß und heller, während sein Wolf darüber nachdachte, ob sie ihn beleidigt hatte. Dann warf er den Kopf in den Nacken und lachte wie ein Kojote.

Als ein Kichern durch den Raum schwappte, das mehr mit gelöster Anspannung zu tun hatte als mit Annas Worten, betrachtete sie nachdenklich die Wölfe im Raum.

Hester und Jonesy waren tot. Das galt auch für alle Angreifer, die auf das Territorium des Rudels eingedrungen waren. Doch diese Männer wurden von jemandem mit viel Geld unterstützt. Von jemandem, der sich einen Hubschrauber leisten konnte.

Und trotzdem hatte dieser Haufen hier nichts Besseres zu tun, als über Anna zu reden und darüber, was ihr auf Leos Geheiß hin angetan worden war – etwas, was ein für alle Mal hinter ihr lag. Sie war sich nicht sicher, was das über das Rudel aussagte, aber sie wollte die allgemeine Aufmerksamkeit auf wichtigere Dinge lenken.

»Hier geht es nicht um mich«, erklärte sie. »Hier geht es darum, dass jemand in unser Revier eingedrungen ist und Hester umgebracht hat – was ursächlich den Tod ihres Gefährten nach sich gezogen hat. Wir mögen diejenigen getötet haben, die es gewagt haben, unser Land zu betreten … aber sie haben viel auf sich genommen, um Hester zu entführen. Wir haben nicht alle erwischt. Und wir wissen nicht, ob sie nicht zurückkommen werden.«

»Sollten wir eine Warnung aussenden?«, fragte Asil. »An das Rudel im Ganzen, aber auch an die Wildlinge? Denn es scheint, als hätten die Angreifer Hester ins Visier genommen, weil sie isoliert lebte.«

Asil wusste von Jonesys Nachricht. Er brauchte einen Grund, loszuziehen und mit den Wildlingen zu reden. Mit Worten wie *sollten* und *scheint* lavierte er um die Wahrheit herum. Anna ermahnte sich selbst, immer aufzumerken, wenn Asil solche Worte verwendete.

»Ich glaube, die Wildlinge zu warnen wäre eine gute Idee«, sagte Anna, bevor Leah Asils Vorschlag abtun konnte. »Selbst wenn wir damit übertreiben, richten wir auf keinen Fall Schaden an. Wenn es einen zweiten Angriff geben sollte, ist es auf jeden Fall hilfreich, vorbereitet zu sein. Leah? Du kennst all die alten Wölfe, die sich in den Bergen verkrochen haben – was glaubst du, wie wir an die Sache herangehen sollten?«

Leah sah sich stirnrunzelnd im Raum um. »Du weißt, dass Bran nicht gerne herausposaunt, wo die Wildlinge leben und wer sie sind. Zu viele von ihnen haben immer noch Feinde, die sie nur zu gerne aufspüren würden, während sie … nicht ganz auf der Höhe sind.«

»Charles und ich können es machen«, meinte Anna. »Er kennt sie.«

Leahs Stirnrunzeln vertiefte sich. »Das wird mehrere Tage dauern. Sie leben weitläufig über unser Territorium verstreut. Ich glaube, wir müssen die Aufgabe aufteilen.«

»Ich kenne die meisten von ihnen«, entgegnete Asil. »Auf die eine oder andere Art. Und es ist eher unwahrscheinlich, dass einer von ihnen mich angreifen wird. Anna und Charles können eine Gruppe übernehmen, du und ich die andere.«

Das würde nicht funktionieren, dachte Anna. Leah hatte Angst vor Asil. Auf keinen Fall würde sie sich von ihm begleiten lassen. Oder Charles.

»Drei Gruppen«, sagte Leah entschieden. »Selbst wenn ein paar von ihnen an ihre Handys gehen, kommen wir so schneller voran.« Sie sah nachdenklich von Anna zu Asil, dann lächelte sie.

*Ups*, dachte Anna.

»Sie kennen mich, und sie kennen Charles. Wenn sie Anna nicht kennen, werden sie trotzdem verstehen, wer und was sie ist, sobald sie ihr begegnen. Jeder von uns wird eine Gruppe übernehmen. Anna, du nimmst Asil mit, damit ich Bran nicht erklären muss, wie du es geschafft hast, dich umbringen zu lassen.« Leah schenkte Anna ein Lächeln, um ihr zu signalisieren, dass sie wusste, Anna konnte auf sich selbst aufpassen. Und auch, dass sie mit sich selbst zufrieden war.

Dass Leah sich tief daran erfreute, Anna mit Asil loszuschicken – der nicht aufhören würde, mit Anna zu flirten, einfach, weil es Charles nervte –, bedeutete noch lange nicht, dass ihre Argumentation nicht nachvollziehbar war.

»Juste?« Leah sah sich um, bis sie den ruhigen Mann in einem Sessel in einer Ecke des Raums fand.

Juste war vor vier- oder fünfhundert Jahren in Frankreich geboren worden und eher zurückhaltend. Er hatte sich dem Rudel erst nach Anna angeschlossen, im Zuge von Brans Angebot, einen Platz für jeden europäischen Wolf zu finden, der umziehen wollte. Anna wusste nicht viel über den Mann, weil er kaum sprach – aber er hatte Jahrhunderte in Frankreich überlebt, ohne Opfer des Biestes von Gévaudan zu werden, also musste er zäh sein.

»Ich kann Charles begleiten«, sagte Sage – und Leahs Augen begannen zu strahlen.

Anna konnte Leahs Gedanken förmlich lesen. Zwischen Sage und Asil lief etwas – etwas, worüber sie nicht sprachen. Und wenn Leah sie mit Charles losschicken konnte, so wie sie Anna mit Asil losschickte … nun. Wenn es anfing zu knistern, wäre das nicht ihre Schuld, oder?

Anna öffnete den Mund, um etwas zu sagen, irgendetwas – obwohl sie sich noch nicht einmal sicher war, ob es Protest oder Zustimmung geworden wäre. Doch dann meldete sich Tag zu Wort, bevor sie ins Fettnäpfchen treten konnte – denn egal, was sie gesagt hätte, es wäre falsch gewesen.

»Ich organisiere die Telefonkette«, sagte er. »Nachdem wir nicht wissen, was unser Feind will, sollten wir sicherstellen, dass auch alle Menschen in der Stadt wissen, dass sie vorsichtig sein und nach Fremden Ausschau halten sollen.«

An Leahs mangelnder Reaktion konnte Anna ablesen, dass sie nichts in der Art geplant hatte. Leah teilte Brans Desinteresse gegenüber Menschen, und sie machte auch keine Ausnahme für die Einwohner dieser Stadt. Bran dagegen lag ganz Aspen Creek am Herzen.

»Wir sollten rund um die Uhr ein Rudelmitglied an der Tankstelle stationieren«, schlug Asil vor. »Wenn unsere Feinde in den Wäldern herumfahren, müssen sie auch irgendwo tanken. Ich weiß, dass Troy und Eureka beide ebenfalls erreichbar sind, aber trotzdem wäre es dumm von uns, keine Wache zu halten.«

»Ich kann die erste Schicht übernehmen«, sagte Peggy.

Das gesamte Rudel drehte sich um und sah die fröhliche, dunkelhaarige kleine Frau an, die sich zu Wort gemeldet hatte. Peggy war mit einer Menschenfrau liiert und hatte den Marrok gebeten, in dieses Rudel aufgenommen zu werden, um die Sicherheit ihrer Partnerin zu garantieren. Weibliche Werwölfe waren ziemlich selten. Von ihnen wurde mehr oder weniger stillschweigend (je nach Rudel) erwartet, sich einen männlichen Werwolf zum Gefährten zu nehmen. Peggys ehemaliger Alpha hatte sie und ihre Partnerin unter Druck gesetzt – also hatten sie ihre Sachen gepackt und waren nach Aspen Creek gezogen. Der Umzug hatte für beide kein großes Problem dargestellt – Peggy schnitzte wunderbare Skulpturen und verkaufte ihre Kunst online, während ihre Ehefrau Lastwagenfahrerin war.

»Ich wohne gegenüber von der Tankstelle«, sagte sie. »Ich kenne alle Autos, die regelmäßig dort halten – und ich bin sowieso eine Nachteule. Wenn Carrie unterwegs ist, schlafe ich gewöhnlich tagsüber. Und sie kommt erst nächste Woche zurück. Die Jugendlichen, die nachts an der Tankstelle arbeiten, kennen mich, also verschrecke ich sie nicht, wie einige von euch es vielleicht täten.«

Und plötzlich war der Moment, in dem Anna Einwände gegen Leahs Pläne hätte erheben können, verstrichen, ohne dass jemand außer ihr etwas bemerkt hatte.

Charles stand vor der Tür zum Haus seines Dads, die Hexenwaffe in einer Hand und den Fruchtkorb, der als Geschenk für Hester gedacht gewesen war, in der anderen. Er sammelte sich, bevor er Bruder Wolf versprach, dass sie sich um alles kümmern würden, um sich dann zurückzuziehen …

*Zurückziehen?* Bruder Wolf zog sich nicht zurück.

Es gab ganze Wochen, in denen Bruder Wolf nur eine schweigende Präsenz in Charles' Kopf war. Hesters Tod hatte ihn sehr dicht an die Oberfläche gebracht. Was bedeutete, dass Charles seine Gedanken zügeln und sein Temperament unter Kontrolle halten musste.

*Um dann Anna in die Ruhe der Gästesuite zu eskortieren*, berichtigte er sich.

Bruder Wolf wusste, dass Charles' erste Wortwahl mehr seiner Meinung entsprach, aber er ließ sich trotzdem beschwichtigen. Wahrscheinlich, weil Charles Anna in seine zweite Version eingeschlossen hatte.

Anna hielt nach ihm Ausschau, als er an dem größten der drei Versammlungsräume im Heim seines Dads vorbeiging, der mit rastlosen Wölfen gefüllt war. Sie duckte sich aus dem Raum und folgte ihm in die leere Küche.

Die gesamte Küche roch nach Erdnussbutter, und auf der Arbeitsfläche standen Teller voller Kekse.

»Wir ziehen morgen los, um alle Wildlinge zu warnen«, erklärte Anna ihm. Als sie den Fruchtkorb sah, zog sie eine Grimasse. Sie starrte ihn einen Moment an, sah sich um, dann nahm sie ihrem Gefährten den Korb ab und stellte ihn zur Seite.

Eine gute Idee, fand er. Wieso also benahm Anna sich, als gäbe es etwas an der Situation, das ihm sicherlich nicht gefallen würde?

Sie fuhr ohne Pause fort, erklärte die Pläne, ihre Verteidigungsmaßnahmen zu verbessern, um sicherzustellen, dass alle in der Obhut des Rudels so sicher wie möglich waren. Sie beendete ihre Ausführungen mit: »Tag sagt, er wird die Wildlinge kontaktieren, aber es wäre eher unwahrscheinlich, dass mehr als ein oder zwei von ihnen ans Telefon gehen.«

Charles nickte. Er verstand die generelle Zurückhaltung der älteren Wölfe gegenüber moderner Technik. Dad hatte darauf bestanden, dass alle für den Notfall ein Telefon bekamen. Dass sie diese aber tatsächlich verwendeten, konnte er nur sicherstellen, wenn er anwesend war.

Und nachdem es darum ging, dass Anna und er alle Wildlinge einmal trafen, war es sogar besser, wenn möglichst wenige von ihnen ans Telefon gingen.

»Eine Woche ist eine lange Zeit für höchste Alarmstufe«, sagte er.

»Wir schließen die Scheunentüren, nachdem die Kuh bereits entkommen ist«, stimmte Tag ihm zu, als er um die Ecke trat. »Aber es wäre auch dämlich, sie nicht zu schließen, wenn noch ein paar Kühe im Stall stehen.«

»Manchmal bin ich froh, dass ich nicht verstehe, wie dein Hirn funktioniert«, sagte Sage, die Tag gefolgt war.

Wäre er ihr Gegner, dachte Charles, würde er zwei Wochen warten – oder sogar zwei Monate, wenn Zeit keine Rolle spielte –, bevor er die nächste Aktion startete. Vielleicht hätte Charles Glück, oder ihr Feind war ungeduldig, oder Zeit spielte eben doch eine Rolle.

In einer Woche wäre hoffentlich Dad zurück, und all das wäre sein Problem. Der Verräter wäre ebenfalls Dads Problem. Und auch die Artefakte, die momentan auf der Ladefläche von Charles' Truck standen, wären Brans Problem.

Doch an den Leichen im Truck würde wahrscheinlich trotzdem er zu kauen haben.

Metaphorisch gesprochen, erklärte er Bruder Wolf, bevor dieser auf dumme Gedanken kommen konnte.

»Ist das diese Hexenwaffe?«, fragte Tag.

Charles hob die Waffe – und als Tag danach griff, gab er ihm die Pistole.

»Ist das klug?«, fragte Sage.

Tag zielte auf den Fruchtkorb und drückte ab.

»Wahrscheinlich nicht«, gab Charles reumütig zu. Auch wenn dem Fruchtkorb nichts passiert war.

Tag nahm die Hand vom Griff und hielt die Waffe am

Lauf, ehe er die Hand ausschüttelte, mit der er den Abzug gedrückt hatte. »Sie beißt«, meinte er. »Wird sie so angetrieben? Sie scheint nicht viel zu tun.«

»Findest du es nicht auch ein wenig dämlich, eine Waffe im Haus abzufeuern, über die du überhaupt nichts weißt?«, fragte Sage.

Bei diesen Worten folgte ein wütender Aufschrei, und Leah eilte mit einem leeren Teller in der Hand in die Küche. Eilig legte Tag die Waffe auf die Arbeitsfläche, als hätte er nichts damit zu tun.

Leah schnaubte, doch statt Tag zu beschimpfen, fragte sie Charles: »Willst du hier drinbleiben, bis das gesamte Rudel dir folgt?«

Ohne ihr zu antworten, griff Charles stirnrunzelnd wieder nach der Waffe. Er trug den Korb vor die Haustür und stellte ihn auf die Veranda, wobei er sich bewusst war, dass Tag, Sage, Leah und Anna ihm folgten. Dann zielte er mit der Hexenwaffe auf die Früchte.

Er drückte den Abzug. Übelkeit stieg in ihm auf, ein Kribbeln überlief seinen Körper, und der Fruchtkorb löste sich in eine widerliche, stinkende Masse grauen Schleims auf, ohne den Zement zu beeinflussen, auf dem der Korb gestanden hatte.

Alle starrten das Resultat einen Moment lang an. Charles rieb sich den Schussfinger, konzentrierte sich auf die langsam verblassende Taubheit.

»Anscheinend ist Hexenblut notwendig«, sagte Leah, nachdem er einen Moment gezögert hatte. »Danke, dass du mit diesem Ding in meiner Küche experimentiert hast, Tag. Oh, und ich werde das nicht wegputzen. Komm ins Wohnzimmer, wenn du fertig bist.«

Damit verschwand sie, um die letzten zwei Keksteller

zu holen. Sage und ein grinsender, keineswegs schuldbewusster Tag folgten ihr.

Anna schnappte sich eine Mülltüte, während Charles ein Kehrblech und eine Rolle Küchentücher holte.

»Wieso hat die Waffe das nicht mit dir gemacht?«, fragte Anna angespannt, als sie die Tüte ausschüttelte und öffnete.

»Weil ich zäher bin als ein Korb voller Früchte?«, bot Charles an, als sie wieder nach draußen gingen, um den Dreck wegzuputzen.

»Sehr witzig«, sagte sie mit rauer Stimme, was ihm verriet, dass diese humorvolle Antwort vielleicht nicht die beste Idee des heutigen Tages gewesen war. Anna streckte eine Hand aus und berührte den Schleim, der nach Früchten, Fäulnis und Blutmagie roch. Ihre Hand zitterte.

*Oh, meine Liebe*, dachte er. Leise sagte er: »Ich weiß es nicht, Anna.« Er riss ein Küchenpapier ab und beobachtete, wie sie damit ihre Hand säuberte. »Vielleicht verändert die Magie meiner Mutter den Effekt der Waffe. Oder durch mein Blut ist der Effekt der Waffe stärker als bei meinem Angreifer. Die Magie meiner Mutter ist der Hexenmagie ähnlich – aber mehr im Einklang mit der Welt. Vielleicht hat ihr Blut mir einen gewissen Schutz geboten. Ich weiß es nicht. Aber ich bin am Leben und unverletzt.«

Sie atmete tief ein. Nickte. Stopfte das zerknüllte Papier in die Tüte, ehe sie sich vorlehnte und den Beutel an die Ecke der Veranda hielt, damit er den ganzen Dreck in die Plastiktüte schieben konnte.

»Was hatte Boyd zu sagen?«, fragte sie.

»Wir wollen das auch hören«, erklang Leahs Stimme. »Warte mit der Antwort, bis du hier drin bist.«

»Sie wollte ›bitte‹ sagen«, verkündete Sage fröhlich, als Bruder Wolf genervt knurrte.

Anna murmelte unglücklich ein paar leise Worte. Charles verstand nicht alles, aber er wusste, dass es mit dem Mangel an Privatsphäre im Haus seines Dad zu tun hatte.

»Genau«, erklärte er ihr.

»Was hatte Boyd zu sagen?«, fragte Leah, sobald Anna und er das Wohnzimmer betraten.

Charles sah sich um und stellte fest, dass sich gut zwei Drittel des Rudels im Haus aufhielten. Ihre aufmerksamen Blicke und die Wolfsaugen, die er hier und dort erkannte, verrieten ihm, dass alle über Annas Verbindung zu dem Toten Bescheid wussten. Jemand musste sie belauscht haben, denn sie hatte bestimmt niemandem davon etwas gesagt. Es war schwer, leise genug zu reden, dass Werwölfe einen nicht belauschen konnten, wenn sie sich bemühten.

Also erzählte er ihnen, was Boyd ihm berichtet hatte. Als er fertig war, sah er sich erneut im Raum um und fragte: »Weiß einer von euch, was Dad mit den elektronischen Akten angestellt hat, die Boyd ihm gegeben hat, ob finanzbezogen oder nicht?«

»Bran hat sie noch«, sagte Leah. »Er hat sie vor ungefähr einem Monat bekommen. Seitdem hat er allein daran gearbeitet. Er hat mir erklärt, du hättest genug am Hals und dass er sie dir weiterleiten würde, wenn der richtige Zeitpunkt gekommen ist.«

»Okay«, sagte er leise.

Dad hatte die Akten behalten, um selbst daran zu arbeiten? Was bedeutete das? Wenn der richtige Zeitpunkt gekommen ist? Sein Dad konnte eine Tabelle lesen und eine Internetsuche durchführen, aber er spielte definitiv nicht in Charles' Liga. Hatte er es einfach vergessen? Das sah dem Marrok absolut nicht ähnlich.

Hatte Dad etwas in den Büchern gefunden, was Charles nicht wissen sollte? War das der Grund dafür, dass Bran sich im Moment nicht hier aufhielt?

Er war nicht in Afrika. Als Letztes, bevor er das Haus betreten hatte, hatte Charles seinen Bruder angerufen. Samuel hatte nichts mehr von Bran gehört, seitdem der ihm versichert hatte, mit Mercy wäre alles in Ordnung. Er hatte nicht gewusst, dass Dad nach Afrika unterwegs war – und hatte ihn nicht gesehen.

Folglich hatte Bran gelogen. Am Telefon, überlegte Charles, wäre das recht einfach gewesen.

Nur gut, dass Boyd die Akten jetzt auch noch einmal an Charles schickte. Er hatte die Info auf die Mailbox seines Vaters gesprochen, also wusste sein Dad, dass Charles bald die Informationen aus den Akten erhalten würde. Wenn er wirklich nicht wollte, dass Charles etwas Bestimmtes sah, konnte er nach Hause kommen und sich selbst darum kümmern.

Anna brachte ihm einen Teller mit zwei Erdnussbutterkeksen und einer Menge Krümeln. »Iss einen Erdnussbutterkeks«, sagte sie. »Sie sind lecker.«

Er starrte auf die Kekse, immer noch versunken in dem Versuch, die komplizierten Gedanken seines Dads nachzuvollziehen, ausgestattet mit zu wenigen Informationen, um eine klare Schlussfolgerung ziehen zu können.

»Ich dachte, du bäckst Brownies«, meinte er.

»Brownies?«, fragte Tag, womit er das leise Gespräch unterbrach, das er mit ein paar anderen Rudelmitgliedern geführt hatte. »Ich mag Brownies.«

»Da ist Orangenschale drin«, sagte Leah zu Tag, und Charles konnte deutlich hören, dass sie das für grauenhaft hielt.

»Mercys Rezept?«, fragte Tag glücklich. »Super. Die solltest du noch backen, bevor ihr aufbrecht, Anna. Einer von deinen Brownies und diese Einsiedler kriechen sofort für einen Nachschlag aus ihren Löchern.«

»Die Brownies können warten«, erklärte Leah mit fester Stimme. Etwas in ihrer Stimme verriet Charles, dass der Brownie-Teig im Müll landen würde, ehe er einen Ofen von innen sehen konnte.

Hätte ein Hund dasselbe Geräusch erzeugt, das Tag jetzt von sich gab, hätte Tag es Wimmern genannt. Doch Tags Blick war durchtrieben und unverwandt auf Leah gerichtet.

Es war, dachte Charles, sehr einfach, den Fehler zu begehen, Tag nach seinem Fröhlicher-Barbar-Aussehen zu beurteilen und den klugen Mann dahinter zu vergessen, der genau wusste, wessen Brownies er hier lobte – und damit über die Erdnussbutterkekse stellte, die anscheinend Leah gebacken hatte. Und sobald man den klugen Mann entdeckt hatte, wäre es einfach, den Fehler zu begehen, den barbarischen Berserker für eine Tarnung zu halten. Tag war beides – und das schon bevor man seinen Wolf mit in Betracht zog.

»Erklär mir, wie du es geschafft hast«, sagte Charles, »dich dazu einteilen zu lassen, die Wildlinge zusammen mit Asil zu warnen.«

Anna konnte sein Gesicht nicht sehen, weil er sich gerade sein dreckiges T-Shirt auszog. Und sie konnte auch seinen neutralen Tonfall nicht deuten.

»Ich war das nicht«, sagte sie. »Asil hat sich im falschen Moment zu Wort gemeldet und damit in Leah den Wunsch geweckt, Ärger zu machen. Das ist so ein Talent von ihm. Zu ihrer Verteidigung muss ich anführen, dass sie recht hat. Wir müssen alle so schnell wie möglich warnen. Drei Teams gelingt das auf jeden Fall besser als einem.«

Charles tauchte wieder auf, seine Miene genauso neutral, wie es seine Stimme gewesen war. »In Ordnung.« Anna verzog mitfühlend das Gesicht, als er so fest an dem Haarband, das seinen Zopf zusammenhielt, zerrte, dass es riss.

»Ich weiß«, sagte sie mit einer Grimasse. »Ich weiß, dass es dir lieber wäre, wenn ich mit einem anderen Wolf unterwegs wäre. Vielleicht könnte Sage mich begleiten und Asil mit dir fahren?«

Charles dachte über diesen Vorschlag des Partnertausches nach, doch schließlich schüttelte er den Kopf. »Nein. Bruder Wolf mag es nicht gefallen, aber auf diese Art ist es besser. Einige dieser Wölfe werden nicht auf einen Boten hören, den sie als ihnen unterstellt ansehen.« Er schnaubte. »Ein paar von ihnen werden auf keinen von uns hören. Wenn allerdings einer von ihnen entscheidet, wirklich Ärger zu machen … dann kann Asil dich besser schützen als Sage. Niemand bei klarem Verstand würde den Mauren angreifen.«

»Erzählen wir Leah von dem Verräter? Damit sie auch nach Besonderheiten Ausschau halten kann?«, fragte Anna. »Oder sollen wir es so einfädeln, dass Asil ihr

Partner ist und so in jeder Gruppe eine Person weiß, dass sie die Augen offen halten muss?«

Charles flocht seinen Zopf auf, was Anna jedes Mal gerne beobachtete. Das lag nicht nur daran, dass sein Haar schön war – auch wenn das stimmte. Es ging um die Intimität des Moments. Niemand sonst sah ihn jemals mit offenem Haar.

»Nein«, meinte er schließlich. »Asil und wir beide wissen es. Das reicht. Ich glaube nicht, dass einer der Wildlinge unser Verräter ist – du wirst verstehen, warum, wenn du mehr von ihnen getroffen hast. Sie hätten nicht nur Probleme, die nötigen Informationen zu sammeln – weil die meisten von ihnen dem eigentlichen Rudel nie begegnen –, sondern es sind auch bloß wenige von ihnen stabil genug, um so große Lügen zu verbergen, ohne sich sofort zu verraten.«

»Okay«, meinte Anna. »Hester hätte es geschafft. Wie viele Hesters gibt es unter den Wildlingen deines Vaters?«

Er hielt inne, zog die Augenbrauen hoch und nickte ihr zu. »Punkt für dich«, meinte er. »Wie wäre es, wenn ich Leah erzähle, dass wir Grund haben zu glauben, die Eindringlinge hätten sich nach den Wildlingen erkundigt?«

»Du willst ihr nicht sagen, dass es einen Verräter gibt?«, fragte Anna.

Er schüttelte den Kopf. »Ich kann nicht darauf vertrauen, dass sie subtil vorgeht.«

Anna hätte fast gegen ihren Willen gelacht. Nein, Subtilität gehörte wirklich nicht zu Leahs großen Stärken.

»Mit wem fährt Leah?«, fragte er.

»Juste.«

Charles stieß ein Brummen aus, das zustimmend klang.

»Sie hat dir und Sage die Wildlinge zugeteilt, mit denen der Umgang ihrer Meinung nach am schwierigsten ist«, sagte Anna. »Asil und mir hat sie die instabilsten zugeteilt. Angeblich hat sie darauf geachtet, dass unsere Wildlinge Probleme damit haben, ihre Wölfe zu kontrollieren, nicht andersherum. Auf diese Weise wird Asil hoffentlich keinen von ihnen töten müssen.«

»Sie hat sich die Leichtesten ausgesucht«, sagte Charles, als er sich die Schuhe auszog.

»So hat sie es nicht ausgedrückt – aber ich glaube, darauf läuft es hinaus«, stimmte Anna ihm zu. »Hätte ich protestieren sollen, als sie mir Asil zugeteilt hat?« Sie hatte nicht beabsichtigt, Charles das zu fragen, aber die Worte drangen dennoch über ihre Lippen. »Ich hätte wahrscheinlich mit etwas Mühe dafür sorgen können, dass sie Asil mit Sage losschickt.«

Charles' Augen wurden für einen Moment heller. Und obwohl er kein Wort sagte, hörte sie Bruder Wolfs *Ja* so deutlich, als hätte er direkt neben ihrem Ohr gesprochen.

»Nein«, erklärte Charles mit fester Stimme. »Leah mag es genießen, Unruhe zu stiften, aber sie hat die richtige Entscheidung getroffen. Du wirst bei Asil sicher sein. Sage wird bei mir sicher sein. Leah wird wegen Dad in Sicherheit sein – und falls nicht, wird Juste die anderen daran erinnern.«

Er zog saubere Kleidung aus dem Schrank. »Wenn es darum geht, dass wir alle Wildlinge anschauen, wäre es vielleicht besser gewesen, wenn Leah und du euch zusammengetan hättet. So wie die Sache jetzt steht, werden wir einen Weg finden müssen, uns trotzdem alle Wölfe anzusehen, die auf der Liste von Leah und Juste stehen. Logistisch gesehen sind die Wildlinge, die am wahrscheinlichsten das Rudel betrügen könnten, in Leahs Gruppe – weil sie die stabilsten sind.«

Anna dachte darüber nach. »Ich könnte sie wahrscheinlich dazu bringen, zumindest die Gruppen zu tauschen.«

Charles schüttelte den Kopf. »Ich glaube nicht, dass Leah dominant genug ist, um im Alleingang dafür zu sorgen, dass die Wildlinge einen Rückzieher machen. Und dein Effekt ist einfach zu unvorhersehbar.« Er warf ihr einen amüsierten Blick über die Schulter zu. »Und wenn Juste und Asil sich einen ganzen Tag lang in einem Auto aufhalten müssen, könnte es sein, dass wir am Ende Leichen bergen. Juste hat ein Problem mit Asil.«

»Warum?« Anna dachte einen Moment nach, dann sagte sie: »Du meinst, er nimmt ihm übel, dass er das Biest von Gévaudan nicht getötet hat?« Das Biest, Jean Chastel, hatte jahrhundertelang einen Großteil von Zentraleuropa beherrscht. Der Maure hatte Chastel von der Iberischen Halbinsel ferngehalten.

Charles brummte zustimmend. Offensichtlich am Ende mit der Besprechung der morgigen Aufgabe, sagte er: »Bevor ich ins Haus gekommen bin, habe ich versucht, Dad anzurufen. Er geht immer noch nicht ans Telefon. Ich habe eine Nachricht hinterlassen, in der ich ihn darüber informiere, was hier vor sich geht. Er muss Hesters Tod gespürt haben. Wenn er sich nicht bei mir meldet, dann, weil er das nicht will. Er ist nicht bei Samuel, ich habe es überprüft. Also geht hier irgendetwas anderes vor sich.«

Anna war zum selben Schluss gekommen.

»Bastard«, sagte sie inbrünstig.

Das brachte Charles zum Lachen. Er berührte ihre Wange und zeigte ihr dann den Schmutz an seinen Fingerspitzen. »Willst du mit mir duschen?«, fragte er. Das Lachen funkelte noch in seinen Augen, auch wenn seine Miene ernst war.

Dieses Haus, dachte sie, war ein Gefängnis, in dem jeder wusste, was der andere tat. Zu viele scharfe Ohren und noch schärfere Nasen, um ihr Privatleben privat zu halten. Sie verstand, dass es Charles nichts ausmachte, wenn andere es mitbekamen, dass sie Sex hatten – ganz im Gegenteil, um ehrlich zu sein.

Aber er hatte Annas Wünsche respektiert. Im Haus des Marrok schliefen sie nebeneinander im Gästezimmer … und sie schliefen wirklich nur. Hin und wieder schauten sie in ihrem eigenen Haus vorbei. Die Pferde wurden von jemand anderem gefüttert, doch sie brauchten Bewegung. Gewöhnlich stahlen sie sich dann eine Stunde für ihr Liebesspiel – und um einfach mal miteinander allein zu sein.

Der heutige Tag war nicht gewöhnlich gewesen.

Charles' Augen hinter dem Lachen wirkten müde. Und durch ihre Verbindung konnte sie seine Trauer spüren.

Sie beugte sich vor und nahm seinen schmutzigen Finger in den Mund. Sofort spürte sie, wie er vor Überraschung zusammenzuckte … und aus noch einem anderen Grund. Hitze flackerte auf, ließ seine Augen in Gold umschlagen. Sein Atem stockte, doch bis auf dieses kurze Zucken bewegte er sich überhaupt nicht – wie eine Katze, die auf Beute lauert.

Nein. Keine Beute. Spielkamerad. Geliebte. Aber niemals Beute.

Seine Unbeweglichkeit hatte nichts mit den Instinkten eines Raubtiers zu tun; er wartete auf eine deutlichere Einladung. Und genoss das Vorspiel.

Anna lehnte sich zurück, voller Zufriedenheit über seine Reaktion. Sie brauchte immer noch die Hilfe ihrer Wölfin, um zu lernen, wie man intim spielte. Aber davon ließ sie sich nicht länger stören – sie und ihre Wölfin waren in dieser Sache eine Einheit. Sie leckte ihre Lippen und sagte mit rauer Stimme, weil eine gute Verführung beide Seiten verführt: »Willst du damit vielleicht andeuten, ich könnte schmutzig sein?«

Das Lächeln, das nur ihr gehörte, glitt über sein Gesicht und stellte interessante Dinge mit ihrem Unterleib an. »Wer, ich?«, fragte er nachdenklich. »Vielleicht. Aber für den Fall, dass du das für eine Beschwerde gehalten hast ...« Er beugte sich vor und küsste sie, wobei er sie bloß mit den Lippen berührte, weil nur das nötig war.

Anders als ihre erste Aufforderung war sein Kuss so zärtlich wie ein Cello, das *pianissimo* gespielt wurde; das die Macht der Musik andeutete, aber den Unachtsamen mit seiner Süße einlullte.

Ihr Körper wurde weich, ihre Lippen fühlten sich geschwollen und überempfindlich an, als sie die Augen schloss, um sich auf ihre Sinne zu konzentrieren; auf Charles. Er roch nach Rauch, dem Moschus und der Minze des Werwolfs. Und dann war da noch der unterschwellige Duft, der bloß ihm gehörte. *Mein. Ganz mein.* Seine gesamte Schönheit in Körper und Seele gehörte ihr.

Charles war ein wenig Verlegenheit wert. *Sei mutig, Anna*, ermahnte sie sich selbst.

Ihr Gefährte zog sich zurück, seine Lippen heißer als bei der ersten Berührung. Er schenkte ihr ein weiteres Lächeln, dieses voller Liebe und Güte. Die Leute bemerkten nicht immer, wie viel Güte Charles in sich trug, weil er gleichzeitig auch hinterhältig war.

»Ich muss mich säubern«, sagte er. »Und ich muss das hier beenden, bevor wir beide mürrisch werden. Wenn wir morgen mit der ganzen Herumrennerei fertig sind, sollten wir in unserem Haus vorbeischauen.« *Wo wir Privatsphäre haben und du dich nicht unwohl fühlst*, waren die Worte, die er nicht aussprach.

»Wertschätzung« war ein Begriff, das oft in traditionellen Hochzeitszeremonien vorkam, von dem Anna aber das Gefühl hatte, dass die meisten Leute es nicht verstanden. Sie sollten ein paar Tage lang Charles beobachten; dann könnten sie einiges lernen. Charles war ein Mann, der wusste, wie er diejenigen wertschätzte, die er liebte.

Anna war immer eine gute Schülerin gewesen.

Sie sagte: »Ziehst du deine Einladung zurück?«

Er hatte sich bereits abgewandt, um ins Bad zu gehen, doch ihre Worte ließen ihn erstarren. Er sah zu ihr zurück – und sie konnte Bruder Wolf in seinen Augen lauern sehen.

»Nein?«, sagte er vorsichtig. Dann schaute er bedeutungsschwer zur Tür der Suite, durch die jeder mit dem Gehör eines Werwolfes die Gespräche der verbliebenden Rudelmitglieder hören konnte, die sich immer noch im Haus aufhielten. »Aber ich …«

Sie zog ihr Hemd aus. Bevor sie den Kopf aus dem Stoff befreit hatte, lösten warme Hände, *seine* warmen Hände, bereits den Verschluss ihres BHs.

»Mir ist«, sagte er und fing ihren Blick auf, als sie ihr Shirt zu Boden warf, »die Ritterlichkeit ausgegangen.«

Sie lächelte ihn an, als sie ihren BH auf ihr Hemd warf.

»Witzig«, sagte sie. »Genauso wie …« *Mir* hätte sie gesagt, hätte sein Mund auf ihren Brüsten sie nicht abgelenkt.

Für einen Moment ließ sie ihn die Führung übernehmen und tun, was ihm gefiel … weil sie gelernt hatte, dass ihn das glücklich machte. Sie schenkte ihm ihren stockenden Atem, ihr wohliges Brummen. Sie achtete sorgfältig darauf, nicht zu schreien, weil das die Aufmerksamkeit der Leute auf der anderen Seite der Tür erregt hätte. Oder ihre Aufmerksamkeit zumindest früher erregt hätte.

Doch sie fühlte sich einfach nicht wohl damit, nur zu nehmen und nicht zu geben. Außerdem war Charles' Körper atemberaubend, und sie genoss es genauso sehr, ihn zu berühren wie berührt zu werden. Sogar mehr. Also schob sie ihn zum Bett und kletterte auf ihn, bevor sie sich daranmachte, genauso viel zu geben, wie sie nahm. Ein kleiner Teil von ihr war sich bewusst, dass die Gespräche vor der Tür verstummten und glückliches Lachen erklang, ehe sich wieder Murmeln erhob. Dieser Teil von ihr wand sich peinlich berührt – aber es war ein sehr kleiner Teil von ihr, der mühelos durch die emotionalen und körperlichen Empfindungen verdrängt wurde, die entstanden, wenn ihr Gefährte sie liebte.

Ein ganzes Stück später sagte Anna, schlaff und atemlos: »Ich bin immer noch schmutzig. Schmutziger sogar. Wegen … dem Schweiß und Zeug.«

Er schenkte ihr ein leises Lachen, das auf ihren Körper übertragen wurde. »Gut zu wissen. Ich auch.« Es folgte ein kurzes Schweigen, dann sagte er: »Wir können später duschen. Wenn ich mich wieder bewegen kann.«

Sie ließ ihren Kopf wieder auf seine verschwitzte, erhitzte Haut sinken, atmete zufrieden seinen Duft ein und sagte: »Okay. Damit komme ich klar.«

Asil fuhr wie ein Mensch, mit humanen Reflexen. Es war nett, dachte Anna, nicht die Entscheidung treffen zu müssen, ob sie lieber selbst fahren wollte oder damit zu leben, dass Charles manchmal fuhr, als könnte ein Unfall auf keinen Fall jemanden im Wagen verletzen. Anna konnte sich entspannen, während Asil über die Fast-Straßen navigierte, die zu ihrem Ziel führten.

Nachdem sie Asils neuen Mercedes-SUV genommen hatten statt Charles' Truck, musste sie außerdem nicht um jedes Kratzen von Ästen oder Steinen an den Seiten oder dem Boden des Wagens reagieren, das Asil zum Knurren brachte. Das Knurren war einfach nur ein Geräusch, ohne jede Leidenschaft dahinter. Anders als ihr Ehemann liebte Asil seine Autos nicht. Er wusste sie zu schätzen und kümmerte sich gut um sie, doch letztendlich waren es für ihn einfach bloß Fahrzeuge, die ihn von einem Ort zum nächsten brachten. Er schätzte die Autos mehr, wenn sie diese Aufgabe mit Stil und Motorkraft bewältigten, aber trotzdem fühlte er sich ihnen nicht verbunden.

Nicht, dass sie nicht mit Charles an ihrer Seite auch direkt in die Hölle gefahren wäre, aber sie schätzte das Gute, wo auch immer sie es fand.

Als Erstes wollten sie Wellesley besuchen. Anna konnte nichts dagegen tun, dass sie ein wenig Fan-Aufregung verspürte. Wellesley war ein Künstler – *ihr* Künstler.

Seine Ölgemälde hielten Ehrenplätze in den Heimen des Rudels – und auf ihren Reisen mit Charles hatte sie entdeckt, dass auch andere Werwölfe seine Kunst schätzten. Die zwei Bilder, die in ihrem Wohnzimmer hängen, hätten eigentlich besser in die National Gallery in Washington oder vielleicht ins Metropolitan Museum in New York gepasst als an die Wände eines bescheidenen Hauses in der Wildnis von Montana.

Wellesley war ein Künstler, der eigentlich weltberühmt sein sollte statt nur Werwolf-berühmt. Sie dachte einen Moment darüber nach. Vielleicht war er sogar berühmt, aber falls dem so war, dann unter einem anderen Namen – weil sie bereits versucht hatte, seine Kunst in der realen Welt zu finden.

»Wie ist er so?«, fragte sie Asil, weil sie wusste, dass Bran meistens Asil zu Wellesley schickte. Die beiden verstanden sich gut, obwohl Anna durchaus mitbekommen hatte, dass Wellesley schwierig sein konnte.

Asil sah sie an, als wüsste er einfach nicht, wovon sie sprach.

»Wellesley«, meinte sie ungeduldig.

Seine Augenbrauen schossen nach oben. »Er ist einer von Brans Wildlingen. Das heißt, er ist innerlich zerbrochen.«

Sie knurrte ihn an, und er grinste – was dafür sorgte, dass sein sonst so strenges Gesicht plötzlich freundlich und aufgeschlossen wirkte. »Tut mir leid, *querida*, aber ich weiß nicht, wie ich deine Frage beantworten soll. Er hat Probleme, die sehr an Schizophrenie erinnern, jedoch wahrscheinlich einem gestörten Verhältnis zu seinem Wolf zuzuschreiben sind. Er ist sehr schüchtern, ich glaube allerdings, das liegt eher an seinem Zustand als an seinem Charakter.« Er hielt inne. »Ich kann dir sagen, dass du nicht sein einziger Fan bist. Leute versuchen ständig, mit ihm über Auftragsarbeiten zu reden.« Er lachte. »Erst heute Morgen hat Sage Leah gebeten, mit mir Platz zu tauschen, damit sie ihn kennenlernen kann.«

In ihrer Anfangszeit im Rudel hatte Anna gedacht, Sage und Leah könnten sich nicht ausstehen. Doch dann hatte sie verstanden, dass die beiden wahrscheinlich so eng befreundet waren, wie zwei sehr dominante Frauen (Werwölfe oder nicht) es eben sein konnten. Leah mochte Sage wirklich und benahm sich in ihrer Nähe halbwegs zivil. Sage stichelte an ihr herum und machte in ihrer Abwesenheit auch mal bissige Bemerkungen, deckte Leah aber letztendlich immer den Rücken.

»Also wieso sitzen jetzt wir beide hier statt Sage und ich?«, fragte Anna.

»Weil die realistische Möglichkeit besteht, dass Charles und ich im selben Auto das Universum implodieren lassen«, erklärte Asil. »Vielleicht habe ich etwas in der Art zu Leah gesagt, als sie aussah, als wolle sie den Tausch erlauben.« Er verstummte, dann sagte er hinterhältig: »Ich habe gewartet, bis Charles mich hören konnte, dann habe ich ihr erzählt, dass ich mich schon darauf freue, einen ganzen Tag mit dir zu verbringen.«

Annas erste Reaktion war Überraschung, dass Charles nicht sofort ein Machtwort gesprochen und stattdessen Sage und Asil zum Team erklärt hatte. Ihr zweiter Gedanke galt der Tatsache, dass Asil diesen zweideutigen Kommentar auch vor Sage gemacht hatte.

»Sage und du, geht ihr denn nicht miteinander aus?«, fragte sie.

»Manchmal«, meinte Asil. »Im Moment spielt sie die Unnahbare.«

Anna musterte sein Gesicht, um herauszufinden, ob es okay war, wenn sie nachfragte.

»Sie glaubt, ich sei arrogant und würde sie behandeln, als könne sie nicht auf sich selbst aufpassen«, präzisierte Asil.

»Damit hat sie recht«, sagte Anna.

»Ja.« Er senkte würdevoll den Kopf. »Hat sie.« Asil atmete tief durch und schenkte Anna ein humorloses Lächeln, das ihr verriet, dass er aufgebrachter war, als er sich anmerken ließ. »Ich bin zu alt, um etwas daran zu ändern, was ich bin – ein weniger arroganter Mann würde sich in dem Biest verlieren, das in mir lebt. Man kann eine Person nicht ansehen und sagen: ›Wenn ich dies oder das ändern würde, wenn ich mir aussuchen könnte, was ich will und das andere weglassen, könnte ich diese Person lieben.‹ So eine Liebe ist fahl und schwach – und von Beginn an dem Untergang geweiht.«

Anna dachte darüber nach. »Ich habe versucht, Charles zu ändern«, sagte sie schließlich mit schwacher Stimme. »Ich habe Bran gebeten, ihn nicht weiter zum Töten auszusenden.«

Asil seufzte. »Du bist meistens so vernünftig, dass ich immer wieder vergesse, wie jung du noch bist. Damit hast du nicht versucht, Charles zu ändern; du hast versucht, die Welt zu ändern, damit Charles überleben kann. Du hast deinen Gefährten vor Dingen beschützt, vor denen er sich selbst nicht schützen konnte.«

»Vielleicht versucht Sage ebenfalls, dich zu schützen«, meinte Anna nachdenklich. »Dich vor dem Tod zu bewahren, um es deutlich zu sagen. Wenn du weiterhin versuchst, sie zu beschützen, obwohl es nicht nötig ist, könnte es sein, dass sie dich erschießen muss.« Sage war eine ziemlich gute Schützin.

Asil verfiel in Schweigen; er lachte auch nicht über ihren dummen Witz. Nach einem Augenblick sagte er: »Ich werde darüber nachdenken. Es wird nichts an meiner Handlungsweise ändern, aber vielleicht ärgere ich mich dann weniger über sie.«

Anna konnte nicht erkennen, ob er scherzte. Und fürchtete fast, dass dem nicht so war.

»Ich kann dir ein paar Dinge über Wellesley erzählen«, sagte Asil, nachdem sie weit genug gefahren waren, um das Thema Sage hinter sich zu lassen, zusammen mit mehreren Kilometern gewundener Feldwege. »Er kann Magie einsetzen – tut es aber nicht immer absichtlich. Er ist keine Hexe – seine Magie ist eher wie Charles' Magie, glaube ich. Dadurch kann er allerdings besonders gut mit der Rudelmagie umgehen. Er kommt manchmal auf die Rudeljagden, doch niemand außer Bran und mir weiß das. Höchstens noch Charles. Wenn Wellesley nicht will, dass man ihn bemerkt, ist er schwer wahrzunehmen, und man hat danach Probleme, sich an Details zu erinnern ... wie zum Beispiel daran, wie er eigentlich aussieht.«

Er zögerte. »Ich bin alt und mächtig, also habe ich diese Probleme nicht. Es gibt gute Gründe, warum Bran angefangen hat, mich zu ihm zu schicken.«

»Also könnte er auf Rudeljagden kommen oder nach Aspen Creek gehen, und niemand würde etwas bemerken?«, fragte Anna. Denn genau das auszusprechen hatte Asil sorgfältig vermieden. »Er könnte Informationen sammeln, ohne dass jemand etwas davon ahnt?«

»Ja«, sagte Asil. »Ich kannte ein paar andere Wölfe, die dazu fähig waren.« Er hielt inne. »Ich bin mir ziemlich sicher, dass Bran noch mehr kann.«

Anna nickte ernst. Sie vermutete, dass es einen Grund dafür gab, warum Wölfe, die bei ihnen zu Gast waren, Bran manchmal nicht bemerkten, bis er die Aufmerksamkeit bewusst auf sich zog. Zum Teil lag das an seiner Fähigkeit, die Macht seines Charakters zu verbergen … doch es hatte mehrere Gelegenheiten gegeben, wo sie geschworen hätte, dass die Leute ihn einfach gar nicht bemerkt hatten.

»Er singt gerne«, meinte Asil.

»Wellesley?«, fragte sie. Sie hatten gerade über Bran gesprochen, aber sie war sich ziemlich sicher, dass Asil es nicht für nötig hielt, ihr etwas mitzuteilen, was sowieso jeder wusste.

Asil nickte. »Er hat eine Bassstimme, die manchmal ein wenig tonlos klingt. Wie Johnny Cash.«

»Johnny Cashs Stimme klang nicht tonlos«, wiedersprach Anna, die sich erst in letzter Zeit zum Fan gemausert hatte, sehr zur Erheiterung gewisser Rudelmitglieder. »Er hat Melodien einfach nur auf unerwartete Art gesungen – hat sich für andere Noten in den Akkorden entschieden als die, von denen unser Ohr denkt, dass sie betont werden sollten.«

»Oder als der Songwriter geplant hatte.«

»Das reduziert die Bandbreite der Lieder«, fuhr Anna stur fort. »Aber es ließ sie klingen wie Johnny-Cash-Songs.«

»Ja«, stimmte Asil ihr zu. »Aber du sagst das, als wäre es etwas Gutes.«

»Viele stimmen mir da zu«, hielt sie dagegen.

»Banausen«, verkündete Asil überzeugt.

»Charles mag Johnny Cash«, erklärte sie ihm. Charles hatte ihr Zugang zu einer Menge Musik verschafft, die sie früher als alt oder rührselig abgetan hatte. Vor Charles hatte sie am liebsten echte Klassik gehört – vorzugsweise mit vielen Cellos – oder das, was eben gerade im Radio lief. Das Leben mit Charles hatte ihre musikalische Bibliothek um einiges erweitert – dabei hatte sie sich früher einmal für umfassend gebildet gehalten.

»Barbarische Banausen«, korrigierte Asil sich selbst. »Johnny Cash war ein ungebildeter, hinterwäldlerischer Mann mit einer tiefen Stimme. Du bist an Charles verschwendet.«

»Cash war ein Nationalheiligtum«, sagte Anna. Langsam wurde sie wütend. »Er hat Folk-Musik, Kirchenmusik und Rock genommen und zu etwas verschmolzen, was eine Menge Leute angesprochen hat. Und ich kann mich so glücklich schätzen, Charles gefunden zu haben, dass ich in einem früheren Leben wohl von Leprechauns gesegnet worden sein muss.«

»Du hast noch nie einen Leprechaun getroffen, sonst würdest du das nicht sagen.« Asil schenkte ihr ein überlegenes Lächeln, als das rechte Vorderrad in weiche Erde einsank. Schnell konzentrierte er sich wieder darauf, den schweren SUV auf der Straße zu halten.

»Ich will nicht, dass Wellesley der Verräter ist«, meinte Anna.

»Genauso wenig wie ich, *chiquita.*«

Nach einer Weile, in der sie ihr Gespräch in Gedanken noch einmal durchging, fragte Anna argwöhnisch: »Hörst du gerne Johnny Cash?«

»Ich mag Dolly Parton«, sagte er. »Die hat wirklich eine einzigartige Stimme.«

»Danach habe ich nicht gefragt«, meinte Anna. »Hörst du gerne Johnny Cash?«

Asil seufzte und gab mit offensichtlicher Verlegenheit nach. Das verriet ihr, dass ihm das Thema nicht wichtig war – nicht, dass man sich schämen müsste, weil man Johnny Cash mochte. »Bloß die guten Lieder.« Er sah kurz zu ihr. »Und wenn du Charles davon erzählst, werde ich es leugnen.«

Sie zog die Augenbrauen hoch. »Nur, wenn Charles mich fragt.«

Diesmal triefte Asils Seufzen förmlich vor Theatralik. »Du wirst noch mein Tod sein, Anna. Mein endgültiger Tod.«

Und genau in diesem Moment bog er plötzlich nach rechts ab, über die Kante der Klippe. Anna packte den Türgriff und erinnerte sich daran, dass sie eine Werwölfin war und die Wahrscheinlichkeit, bei einem Autounfall zu sterben, damit eher gering – besonders, nachdem Asils Mercedes kaum ein Jahr alt war und mit jeder Menge Airbags ausgestattet.

Doch der Mercedes stürzte nicht ab, sondern fuhr nur ungefähr zwanzig Meter einen sehr steilen Abhang hinunter. Direkt dahinter bog der Pfad wieder scharf nach rechts ab.

»Sieht aus, als hätte die Erosionssperre, die Bran hat errichten lassen, ein weiteres Jahr gehalten«, sagte Asil, als hätte er Annas panische Reaktion gar nicht bemerkt. »Bis vor fünf Jahren musste Wellesley diese Straße jedes Jahr neu anlegen, weil die Kante, über die wir gerade gefahren sind, jedes Frühjahr abgebrochen ist.«

»Das hast du absichtlich gemacht«, beschuldigte Anna ihn.

Er grinste breit, sodass weiße Zähne in seinem dunklen Gesicht aufleuchteten. »Vielleicht. Hat Spaß gemacht, oder?«

Sie schnaubte bloß und weigerte sich, ihn ebenfalls anzugrinsen, auch wenn sie sich das eigentlich wünschte.

Der große SUV ruckelte langsam über die grobe Schotterstraße, die an … nein, die *durch* einen natürlichen Riss in der Bergflanke weiterführte, der gerade genug war, um den Mercedes aufzunehmen. Asil hielt an der Öffnung an und hupte zweimal. Er wartete fünf Sekunden (und zählte dabei laut), schaltete das Licht an und fuhr den Weg weiter ins Herz des Berges.

# 7

Die Dunkelheit war so allumfassend, dass die Scheinwerfer von Asils Mercedes sie kaum durchdringen konnten – oder es gab einfach nichts zu sehen. Anna bemerkte das Aufblitzen eines fluoreszierenden Bandes, und Asil hielt den Wagen an.

Als Anna die Tür öffnen wollte, schüttelte Asil den Kopf, noch ehe er den Motor ausschaltete. »Warte noch einen Moment.«

Sie saßen eine Weile schweigend da, bis die Scheinwerfer des Wagens verblassten. Anna hatte sich daran gewöhnt, im Dunkeln sehen zu können. Hier, in dieser stygischen Dunkelheit, entwickelte sie langsam Platzangst. Und noch ganz andere Ängste.

Schließlich konnte sie das Schweigen nicht mehr länger ertragen.

»Warum genau sitzen wir hier und warten?«, fragte sie.

»Weil schlimme Dinge geschehen werden, wenn wir aussteigen, bevor Wellesley unsere Anwesenheit zur Kenntnis genommen hat. Im Krieg war Wellesley Ordnance Sergeant.«

»Was?«, fragte Anna.

Er schnaubte leise. »Ich vergesse wirklich immer, wie jung du bist. ›Ordnance Sergeant‹ bedeutet, dass er eine Menge Dinge in die Luft gesprengt hat, mithilfe von Chemikalien, die er in der Nähe von Schlachtfeldern, Farmen und Fabriken des neunzehnten Jahrhunderts gefunden hat. Er hat diesen ganzen Ort – vielleicht sogar die ganze Bergflanke – so verkabelt, dass er alles sofort in die Luft sprengen kann. Zumindest hat Bran mir das einmal so erzählt.«

»Okay«, sagte Anna nachdenklich. »Bereitet es dir Sorgen, dass Leah uns beide zusammen hierhergeschickt hat? Sie würde uns nur zu gern beide tot sehen. Dich mehr als mich, allgemein betrachtet, wenn auch nicht speziell im Moment.«

»Nicht im Mindesten«, erklärte ihr Asil. »Ich bin nicht dazu bestimmt, von einem verrückten, talentierten Künstler in Stücke gesprengt zu werden. Kein Künstler würde freiwillig ein Kunstwerk wie mich zerstören.«

Ein Klicken erklang, dann wurde es um sie herum hell.

»Jetzt können wir aussteigen«, sagte Asil. Was Anna um einiges mehr beruhigt hätte, hätte er nicht leise hinterhergeschoben: »Denke ich.«

Anna zögerte, doch es erschien unwahrscheinlich, dass sie im Auto sicher wäre, falls Wellesley beschloss, den Berg in die Luft zu jagen. Also stieg sie aus. Als sie die Tür schloss, nahm sie sich die Zeit, sich umzusehen.

Der Spalt im Fels war natürlich gewesen, doch der Pfad, über den sie gefahren waren, erinnerte eher an einen Minenschacht, komplett mit von Hand angepassten Stützbalken, die die Decke hielten, und Schienen, die jemand ausgegraben und an der Wand gestapelt hatte.

Wo sie nun standen, war der Schacht erweitert worden, sodass drei Autos darin Platz fanden. Im Moment standen hier Asils Mercedes, ein alter Jeep, ein Motorrad und ein Schneemobil – die letzten zwei auf einem Parkplatz. Die Decke direkt über dem Raum war mit Glück vielleicht drei Meter hoch, und Doppel-T-Träger stützten riesige Betonklötze, die (hoffentlich) dazu dienten, den Berg über ihren Köpfen zu halten.

Eine schmale und unregelmäßige Öffnung direkt vor dem Motorrad zog die Aufmerksamkeit auf sich, weil dort helleres Licht erstrahlte als überall anders. Anna folgte Asil an dem Motorrad vorbei in die Öffnung, wobei ihr auffiel, dass Asil vollkommen entspannt wirkte. Hätte es sich um irgendwen anderen gehandelt, hätte sie das beruhigt. Aber Asil hatte über ein Jahrzehnt damit verbracht, darauf zu warten, dass Bran ihn umbrachte – ihm lag persönliche Sicherheit nicht so am Herzen wie ihr.

Jenseits der Öffnung gab es einen kleinen Absatz, gefolgt von einer Art Wendeltreppe. Doch das hier war kein handgefertigtes Kunstwerk wie in Hesters Hütte. Das hier war ein runder, quasi vertikaler, aus der Erde gegrabener Tunnel, in dessen Seiten in unregelmäßigen Intervallen dicke Kanthölzer gesteckt worden waren – eigentlich eher eine Leiter als eine Treppe.

Nach oben zu steigen entpuppte sich als interessante Herausforderung. Manchmal dienten die Hölzer als Stufen für ihre Füße – und manchmal musste sie sich ducken, um den Brettern über ihrem Kopf auszuweichen. Nach ungefähr sechs Metern gab es einen Bereich mit vielen Stufen. Sie musste springen und das Kantholz über sich einfangen, einen Klimmzug machen, sodass sie ihr Bein nach oben schwingen konnte, und dann den ganzen Vorgang wiederholen.

Die Hölzer waren mit Krallenkratzern übersät. Erst da wurde ihr klar, dass dieser Aufstieg in ihrer Wolfsform um einiges leichter gewesen wäre. Und sie bemerkte, dass es Löcher in der Wand gab, wo sich wohl früher einmal ebenfalls Stufen befunden hatten. Ein Sturz aus zehn Metern Höhe würde sie nicht umbringen – aber die ganzen Kanthölzer, auf die sie auf dem Weg nach unten fallen würde, könnten ihr durchaus den Rest geben.

Ganz oben gab es eine Lücke, wo es für ungefähr die doppelte Höhe ihrer Körpergröße keine hilfreichen Bretter gab. Asil war vorausgegangen und schaffte den Sprung mühelos. Er blieb für einen Moment oben an der Kante stehen, sodass er ihr den Weg verstellte. Danach trat er zur Seite und beugte sich vor, um ihr seinen Arm entgegenzustrecken. Anna musste kurz visualisieren, wie sie springen sollte, ohne oben Platz zu haben. Eine Kindheit voller Bugs-Bunny-Cartoons erzeugte ein klares Bild in ihrem Kopf.

Letztendlich bewältigte sie den Sprung nur halb so elegant wie Asil, obwohl er ihr Hilfestellung gab. Doch zumindest landete sie nicht wieder am Grund des Schachtes.

Das Loch, durch das sie gekommen waren, befand sich in der Mitte eines kleinen, einfachen Raums ohne Fenster, der von einer einzelnen Glühbirne erleuchtet wurde. Festgetretene Erde bildete den Boden, abgesehen von einem Metallrand um das Loch herum. Die Wände bestanden aus grobem Beton. Die einzige Tür war aus Metall – ohne irgendwelche Angeln oder eine Möglichkeit, sie von dieser Seite aus zu öffnen.

»Wenn es bei allen auf unserer Liste so mühevoll ist,

sie zu besuchen«, erklärte Anna Asil, »werden wir den ganzen Tag und länger beschäftigt sein.«

»Wellesley ist der Schwierigste«, antwortete Asil. »Seine Probleme machen ihn ein wenig paranoid. Ich dachte, wir sollten mit ihm anfangen und uns dann weiterarbeiten zu demjenigen, wo wir nur eine Nachricht in einen Briefkasten schieben können und hoffen, dass er ihn diesen Monat noch öffnet.«

»Liste?«, fragte eine raue Bass-Stimme, als die Tür sich öffnete.

Asil hatte recht. Die Stimme klang wie die von Johnny Cash … wäre Johnny in der Karibik geboren worden statt in Arkansas.

Wellesley war ein Schwarzer durchschnittlicher Größe, mit breitem Brustkorb und breiten, kurzen Fingern. Für einen Werwolf war sein Gesicht verwittert und sein Mund weich.

Er sah aus, als sollte er von Berufs wegen Bonbons oder Stofftiere anfertigen oder etwas anderes vollkommen Harmloses tun. Er sah nicht aus wie ein Künstler, ebenso wenig wie jemand, der einem Angst einflößte. Doch sosehr Anna seine Kunst auch liebte, er gehörte trotzdem zu Brans Wildlingen – und war damit ziemlich gefährlich.

Asil sagte: »Liste der Wildlinge, die wir heute besuchen.«

Wellesley sah auf Asils Knie, aber gleichzeitig schüttelte er abrupt den Kopf – eine sehr hundeartige Bewegung, die seine Schultern miteinschloss. Seine Nasenflügel blähten sich, und er atmete zweimal hörbar ein. Dann zuckte er zusammen, riss den Kopf herum und starrte aus großen Augen Anna an.

Fast sofort zog er den Kopf wieder ein, sodass sein

Blick irgendwo in der Nähe von Asils Stiefeln landete. Anna hatte den Eindruck, dass er alles ansehen wollte, nur nicht sie.

»Tut mir leid«, murmelte er. »Ich habe meine Manieren vergessen. Gewöhnlich bekomme ich keine Gäste. Möchtet ihr in mein Haus kommen und einen … oh, Tee trinken, nehme ich an? Ich habe auch ein wenig Kakao und Orangensaft.«

Er trat einen kleinen Schritt zur Seite und öffnete die Tür in seinem Rücken ein wenig weiter, selbst wenn er immer noch fast überall hinsah außer zu Anna. Es war dieses *fast*, das beunruhigend war – denn wenn er sie ansah, war sein Blick gelb und verzweifelt.

Anna konnte erkennen, dass die Wohnräume hinter der Tür ganz anders aussahen als die enge kleine Kammer, in dem sie sich befanden. Es gab jede Menge Licht, poliertes Holz und Platz. Sie konnte durch das schmale Sichtfenster, das die Tür bot, keines seiner Gemälde sehen, aber sie roch Ölfarbe und Terpentin.

»Nicht nötig«, sagte Asil höflich. Er trat nicht zwischen Anna und Wellesley, doch er kam nahe genug, um so verstehen zu geben, dass er Wellesley als Bedrohung betrachtete, vor der er Anna schützen musste. »Wellesley, wir sind hier, um dich zu warnen.« Damit erzählte er Wellesley von dem Angriff auf Hester und Jonesy.

Sobald Asil berichtet hatte, dass Hester und ihr Gefährte tot waren, zog Wellesley die Tür zu seinem Heim zu – als wollte er es vor dem Schaden schützen, den Asils Worte anrichteten. Der Künstler lehnte sich gegen die geschlossene Metalltür und hörte Asil bis zum Ende zu, eine Hand vor den Mund geschlagen, die Augen geschlossen, am ganzen Körper zitternd.

Anna konnte nur hoffen, dass die Tür sich auch von dieser Seite öffnen ließ, obwohl sie keinen Griff erkennen konnte. Vielleicht gab es noch einen anderen Eingang?

Als Asil verstummte, schwieg auch Wellesley eine Weile. Als das Zittern sich endlich beruhigte, sagte er leise: »Wir sind betrogen worden.«

»Ja«, antwortete Asil schlicht.

Anna blinzelte in seine Richtung, dann sah sie Wellesley an. Für Anna war Jonesys Nachricht nötig gewesen, um diesen Schluss zu ziehen. Vielleicht war sie dumm, und für jeden anderen wäre es auch ohne Hinweis offensichtlich gewesen.

»Ich war es nicht«, verkündete Wellesley bestimmt. Er hob den Kopf und sah Asil direkt in die Augen. »Ich habe niemandem auf irgendeine Art mitgeteilt, dass Bran weg ist. Ich habe meines Wissens nach niemals mit einer lebenden Seele außer Bran über Hester oder Jonesy gesprochen – obwohl ich die beiden einmal recht gut gekannt habe.«

Sobald er geendet hatte, gab er den Blick des dominanteren Wolfes frei und senkte die Augen wieder.

Annas Fähigkeit, Lügen zu erkennen, hatte sich seit der Zeit, als sie noch ein Mensch gewesen war, um einiges verbessert, doch sie war nicht so gut wie Charles, der Unwahrheiten quasi schon spüren konnte, bevor sie ausgesprochen waren. Hätte sie nicht gewusst, dass Charles Bran anlügen konnte … hätte sie Wellesleys Erklärung gegenüber Asil als sicheren Beweis betrachtet, dass er das Rudel nicht betrogen hatte. Wellesleys Reaktionen waren in den paar Minuten seit ihrer Ankunft sehr chaotisch gewesen, was die Sache noch verkomplizierte. Seine Worte fühlten sich an wie die Wahrheit, aber sie würde Asil die letzte Entscheidung treffen lassen.

Asil nickte dem anderen Mann zu, womit er seine Erklärung akzeptierte. Und einfach so war Wellesley freigesprochen. Anna spürte eine Welle der Erleichterung – was lächerlich war. Sie kannte diesen Mann nicht, sondern liebte lediglich seine Arbeiten.

Sie fragte sich, ob sie einfach alle Wildlinge dazu bringen konnten, ihre Schuld zu leugnen. Das hätte ihnen ihre Aufgabe um einiges erleichtert. Sie war sich ziemlich sicher, dass Bran sie dazu bringen konnte, war aber nicht so sehr davon überzeugt, dass Charles das auch gekonnt hätte. Sie umbringen, ja. Sie dazu zwingen, beleidigende Fragen zu beantworten? Vielleicht eher nicht. Wenn Charles es nicht konnte, hatten Asil und sie keine Chance.

Wellesley trommelte mit dem Fuß auf die Erde und räusperte sich. Starrte Asil so demonstrativ *nicht* an, dass er dem anderen Wolf genauso gut direkt in die Augen hätte sehen können. Asils Lippen verzogen sich zu einem Lächeln.

»Ich war es nicht«, erklärte Asil Wellesley bestimmt, fing seinen widerwilligen Blick ein und hielt ihn mit einer Willenskraft, die Anna deutlich spüren konnte, obwohl sie nicht in ihrem Fokus stand. »Ich würde niemals freiwillig das Vertrauen verraten, das mir geschenkt wird. Ich habe niemandem außerhalb des Rudels erzählt, dass Bran weg ist.« Er zögerte nachdenklich, ohne Wellesleys Blick freizugeben, brummte leise und fuhr fort: »Ich kannte Hester und Jonesy nur durch die Geschichten anderer. Ich habe keinen von ihnen je getroffen, obwohl ich wusste, dass sie hier sind und auch, wo sie ungefähr lebten. Ich kann mich nicht daran erinnern, was ich über sie gesagt habe oder zu wem … bloß dass ich weder namentlich noch ausführlich mit jemandem außerhalb des Rudels über sie gesprochen habe. Ich wäre nicht bereit, mich an einem Angriff auf Brans Leute oder dieses Rudel zu beteiligen, das ich jetzt als mein Rudel bezeichne. Dieser Angriff war hinterhältig – und unbeholfen. Wenn ich etwas Derartiges tun würde, würde ich es besser einfädeln, sodass Bran sich auch in fünf Jahren noch am Kopf kratzt und sich fragt, was mit Hester und ihrem Gefährten geschehen ist.«

Wellesley zog eine Grimasse, dann wandte er den Blick von ihm und Anna ab.

»Ernsthaft?«, meinte Anna, fast gegen ihren Willen amüsiert. »Das ist deine Verteidigungsstrategie? ›Wäre ich das gewesen, hätte ich es richtig gemacht‹?«

Asil lächelte sie an. »Und was hast du gehört, Wolfskind? Habe ich gelogen?«

Anna zögerte, dann zuckte sie mit den Achseln. »Du kannst mir wahrscheinlich erzählen, du hättest alle vier Asse in der Hand, und ich würde dir glauben, selbst wenn ich das Pik-Ass in meinem Blatt halte. Traurigerweise glaube ich, dass deine letzte Aussage überzeugender ist, als darauf zu vertrauen, ob oder ob nicht ich bei dir eine Lüge erkennen kann.«

»Dem stimme ich zu«, sagte Wellesley.

Er achtete sorgfältig darauf, Asil nicht anzusehen. Überwiegend starrte er an die Wand, doch in seiner Stimme klang eine selbstbewusste Erheiterung mit, die absolut nicht zu seiner Haltung passte. »Ich fordere dich heraus, das Bran zu sagen.«

»Bran würde *ihm* das sagen«, meinte Anna mit einem gespielten Seufzen. »Bran kennt Asil.«

Asil sah sie an. Es war ein gewichtiger Blick. Sie hatte diesen Blick schon bei Charles gesehen, aber noch nie bei Asil.

Anna zog ungläubig die Augenbrauen hoch. »Wirklich? Du glaubst, ich könnte mit Charles verheiratet sein und dieses Rudel betrügen? Und Charles?« *Außerdem bin ich kein Wildling.* Diese Worte sprach sie nicht aus, dachte sie allerdings sehr laut. Hätte sie geglaubt, das wäre nur eine Show für Wellesley, wäre sie nicht so genervt gewesen. Und verletzt.

»Ich habe eine Hexe aufgezogen, die meine Gefährtin getötet hat«, sagte Asil ernst. »Ich habe gelernt, meinen Instinkten in solchen Dingen nicht zu vertrauen.«

Damit hatte er wohl recht.

»Okay«, sagte Anna zu Asil. »Dann mal los.« Sie hielt seinen Blick – nicht, dass Blickkontakt für einen Wolf, der die Wahrheit einer Aussage einschätzen wollte, wichtig gewesen wäre. Überwiegend verließen sie sich in diesem Punkt auf Nase und Gehör. Aber es schien die Art zu sein, wie so etwas gemacht wurde, also konnte sie mitspielen.

»Ich habe dieses Rudel nicht betrogen.« Sie dachte an die Zeichen, die auf Verrat hinwiesen, und sagte: »Dieser Feind weiß wahrscheinlich, dass Bran nicht hier ist. Ich habe mit niemandem außerhalb des Rudels über Brans Abwesenheit gesprochen. Ich habe niemandem innerhalb oder außerhalb des Rudels von Hester erzählt, weil ich bis gestern keine Ahnung hatte, wer sie ist oder wo sie lebt.« Es machte sie wütend, das aussprechen zu müssen, also kehrte sie zu den einfachen Punkten zurück: »Ich habe niemals wissentlich das Rudel verraten und würde das auch niemals tun.«

»Niemand außerhalb des Rudels wusste von Hester«, sagte Asil mit neutraler Miene.

»Samuel?«, fragte Anna.

»Oh, Samuel war wahrscheinlich informiert«, meinte Asil wegwerfend. »Aber sich vorzustellen, wie Samuel seinen Vater oder dieses Rudel betrügt, dem er einst selbst angehörte? Ich kann mir nicht vorstellen, dass Samuel so etwas täte.«

Anna kannte Samuel natürlich, er hatte das Rudel allerdings verlassen, lange Zeit bevor sie sich ihm angeschlossen hatte. Sie war Charles' Bruder hin und wieder begegnet, aber sie kannte ihn nicht gut genug, um sich zu ihm zu äußern. Doch sie vertraute Asils Urteil.

»Sie könnte das nicht tun«, sagte Wellesley, wobei er mit der Hand in Annas Richtung wedelte, ohne sie anzusehen. »Sie weiß nicht genug, um das geplant zu haben. Und keine Gefährtin von Charles könnte jemals nicht vertrauenswürdig sein – Bruder Wolf sieht klarer als die meisten.«

»Da stimme ich dir zu«, sagte Asil mit einem Seufzen. »Ehrlich, es wäre zu einfach gewesen, wenn einer von uns dreien es getan hätte.«

»Wer auch immer es ist, diese Person könnte noch den Fae etwas über Hinterhältigkeit beibringen«, sagte Wellesley. »Diese Person hat mit Bran zusammengelebt – ohne sich anmerken zu lassen, dass sie ein Verräter ist. Hat nie gelogen und den Marrok trotzdem verraten.« Er drehte plötzlich den Kopf und flüsterte etwas, was Anna nicht verstand.

Anna wollte ihn bitten, seine Worte zu wiederholen, doch Asil fing ihren Blick auf und schüttelte den Kopf.

»Ich kann mir so etwas nicht vorstellen«, sagte Asil.

»Gerry Wallace«, sagte Anna trocken, »hat Bran und alle seiner Art betrogen.« Sie mochte dem Mann nie begegnet sein, aber sein Verrat hallte in den seltsamsten Momenten noch im Rudel nach. »Lasst uns unseren Feind nicht zu etwas Übermenschlichem hochstilisieren.«

Asil warf ihr einen scharfen Blick zu.

»Du weißt, was ich meine«, sagte sie genervt. »Natürlich sind wir … wir alle … übermenschlich, aber es bringt nichts, unserem Feind in unserer Vorstellung noch mehr Macht zuzuschreiben.«

»Trotzdem dürfte es schwer sein, ein solches Theater aufrechtzuerhalten«, sagte Asil. Anscheinend wollte er Wellesley, obwohl er sich entlastet hatte, nicht über die Nachricht informieren, die Jonesy hinterlassen hatte.

Es wäre viel einfacher, ein Geheimnis vor Bran zu wahren, wenn man ein Wildling war und nicht täglich unter der Fuchtel des Marrok stand.

Wie Asil bereits auf der Fahrt hierher angedeutet hatte, wäre Wellesley mit seiner Fähigkeit, unbemerkt zu bleiben, ein guter Kandidat für ihren Spion gewesen. Nur dass Anna sich jetzt, wo sie ihn kennengelernt hatte, ziemlich sicher war, dass ihm die nötige Konzentration fehlte.

»Tut mir leid«, sagte Wellesley. »Ich lebe ziemlich isoliert. Ich bin keine große Hilfe. Tut mir leid.«

»Vielleicht, Anna«, regte Asil an, den Blick unverwandt auf ihren Gastgeber gerichtet, »sollten wir beide losziehen, um die anderen Leute auf der Liste zu warnen.«

Anna, die in Gedanken versunken gewesen war, sah kurz zu Asil, dann zu Wellesley. Der Künstler zitterte leicht, und Schweiß glänzte auf seiner Stirn.

»Oh, bleibt noch«, sagte Wellesley abgehakt, in ganz anderem Tonfall als dem, mit dem er gerade noch gesprochen hatte. »Das ist interessanter als alles, was seit einer Weile geschehen ist.«

Anna sah Asil an, doch er bemerkte es nicht. Er beobachtete Wellesley, wie eine Katze eine Maus beobachtet – aber mit weniger Hunger und mehr Wachsamkeit im Blick.

»Lasst uns die neuen Mitglieder durchgehen«, sagte Wellesley, wobei er wieder mehr klang wie er selbst. Oder zumindest so, wie er zuvor geklungen hatte. Er öffnete und schloss die Hände ein paarmal, als er fortfuhr: »Sie hätten Bran die kürzeste Zeitspanne lang täuschen müssen.«

Bei einer anderen Person hätte Anna das als Drohung gedeutet. Doch das passte nicht zu dem Thema, über das sie sprachen, oder zum Rest seiner Körpersprache, die die gesamte Begegnung über unterwürfig gewesen war.

»Kara ist es nicht«, sagte Anna voller Überzeugung.

»Nein«, stimmte der Maure ihr zu. Anna bemerkte, dass auch Asil die Handbewegungen bemerkt hatte. Er tigerte ein wenig hin und her, als müsste er nachdenken, aber in dem kleinen Raum führte diese Bewegung direkt zwischen Wellesley und Anna. »Sie ist ein Baby – und wir kennen ihren Hintergrund. Sie könnte mich nicht anlügen und Bran schon gar nicht.« Er hielt inne. »Und ich bin mir ziemlich sicher, dass sie absolut nichts über Hester wusste. Es ist ja nicht so, als würde jemand groß über die Wildlinge sprechen, außer um generell zu Vorsicht zu mahnen.«

Was führte Asil im Schilde? Wollte er herausfinden,

ob Wellesley mit dem Finger auf einen anderen Wildling zeigen konnte?

»Sie hätte etwas hören können«, sagte Wellesley, doch diesmal war es nur ein leises Flüstern, vorsichtig und fast entschuldigend. »Das tun Kinder.« Er stand immer noch vornübergebeugt und starrte konzentriert in die Ecke des Raums, die am weitesten von Asil und Anna entfernt lag.

Dann schüttelte Wellesley heftig den Kopf. »Das ist dumm«, knurrte er. »Dumm. Dumm. Wir haben sie gesehen, als sie nicht wusste, dass wir sie beobachten, nicht wahr? Sie ist schwach, sie ist Beute. Wir könnten sie fressen. Sie würde schmecken wie das Mädchen in Tennessee. Vielleicht sogar auch noch besser.«

Anna sah mit weit aufgerissenen Augen erneut zu Asil. Sie rechnete damit, dieselbe Sorge oder Verwirrung zu erkennen, die sie empfand. Oder vielleicht Wut – Kara gehörte zu Asils besonderen Lieblingen. Er war durchaus wütend, aber gleichzeitig erkannte sie auch Mitgefühl in der Miene des Mauren.

»Wellesley«, sagte Asil in kühlem Befehlston, »du wirst nicht so von meiner kleinen Freundin sprechen. Das gefällt mir nicht.«

Wellesley knurrte, und Asil knurrte zurück. Der Künstler sah mit wolfsgelben Augen über die Schulter. Er war größer und muskulöser als der Maure, doch unterwarf sich, sobald ihre Blicke sich trafen. Er fiel auf ein Knie, fast wie ein Mann, der einen Heiratsantrag macht, sein Kopf erneut der Ecke des Raumes zugewandt, auch wenn sein Körper auf Asil ausgerichtet war.

Mit weicher Stimme sagte er: »Es könnte sein, dass jemand vor dem Mädchen etwas gesagt hat. Und sie es jemandem erzählt hat, mit dem sie besser nicht gesprochen hätte.«

In ihrem Kopf hörte Anna erneut die Stimme von Wellesleys Monster die Worte »Das Mädchen in Tennessee« aussprechen und fragte sich, was Wellesley getan hatte.

»Kara ist es nicht«, wiederholte Asil.

»Wäre es Kara, könntest du sie mir geben«, sagte Wellesley monoton.

»Du gehst zu weit.« Asils fletschte leicht die Zähne.

Anna entschied, dass jemand eingreifen musste, weil es sonst Ärger geben würde. Und außer ihr war niemand anwesend. Sie konnte es nicht riskieren, die beiden Wölfe mit ihren Omega-Fähigkeiten zu beruhigen – weil die Gefahr bestand, dass ihre Macht stärker auf Asil wirkte als auf Wellesley. Und dann steckte sie wirklich bis zum Hals in der Scheiße.

Also beschloss sie stattdessen, die beiden mit Worten abzulenken. Oder vielleicht auch nur Asil. Mit Wellesley stimmte etwas absolut nicht.

In ihrem Kopf tanzten Visionen von Jack Nicholson in *Shining*. Leah hatte ihnen die Instabilsten der Wildlinge zugeteilt, und Asil hatte gesagt, er hätte den Schlimmsten an den Anfang gestellt. Asil hatte ihr erklärt, dass Wellesleys Zustand an Schizophrenie erinnerte. Sie hatte im College ein Mädchen gekannt, das mit seiner Schizophrenie zurechtgekommen war, aber dieses Mädchen war nichtsdestotrotz unheimlich gewesen.

Damals war sie noch keine Werwölfin gewesen, aber trotzdem …

Sie wusste nicht, wie sie Wellesley ablenken konnte, bei Asil war das allerdings einfach.

»Kara redet mit Asil«, sagte sie mit fester Stimme, als träte sie nicht im übertragenen Sinn zwischen zwei wütende Werwölfe. »Sie redet mit Leah und ein wenig mit mir. Aber beim Rest der Werwölfe ist sie sehr vorsichtig – und ich glaube nicht, dass sie sich groß mit den anderen Kindern in der Schule unterhält. Bran bekommt ständig Briefe von ihren Lehrern: ›Kara ist fleißig und intelligent. Ich mache mir allerdings Sorgen, weil sie unter den Gleichaltrigen keine Freunde findet. Sie beteiligt sich nicht an Gruppenarbeiten oder an Sportveranstaltungen‹ – und weitere Variationen desselben Themas. Leah zwingt sie, einmal die Woche einen Brief an ihre Eltern zu schreiben. Die meisten davon beinhalten genau vier Sätze, weil Bran diese Regel aufgestellt hat, nachdem ihr erster Brief lautete: ›Lieber Dad, ich lebe noch. Kara‹.«

Irgendwann während ihres Monologs riss Asil sich zusammen. Mehr oder weniger, dachte Anna.

»Kara ist es nicht«, erklärte Asil fest – und dann legte er eine gewisse Macht in seine Stimme und sagte: »Zieh dich zurück, Wellesley. Lass Kara in Ruhe.« Er hielt inne. »Und ich sollte deine Witterung besser nicht in ihrer Nähe entdecken. Oder an Orten, wo sie gewesen ist.«

Wellesley setzte sich abrupt auf den Boden und drehte sich um, sodass er ihnen den Rücken zuwandte. Er nickte, womit er bewies, dass er die Worte gehört hatte.

»Okay«, stimmte er Asil zu, seine Stimme um einiges normaler als seine Haltung. Fast beiläufig fragte er: »Was ist mit Sherwood? Er weiß wahrscheinlich von den Wildlingen – er war eine Weile hier. Und er dürfte von Brans Abwesenheit wissen, weil er jetzt zu Adams Rudel gehört.«

»Sherwood Post?«, sagte Asil. »Nein.«

Darauf warf Wellesley Asil einen verärgerten Blick über die Schulter zu. »Nun, jemand muss es ja sein. Und Sherwood ist nach Kara und Anna der neueste im Rudel.«

Für einen Wildling schien Wellesley erstaunlich gut informiert darüber, wer im Rudel wer war. Kein Wunder, dass Asil ihn auf der Verdächtigenliste an die erste Stelle gesetzt hatte.

Der Künstler betrachtete Asil aus nachdenklich zusammengekniffenen Augen. »Du kanntest ihn, bevor die Hexen ihn erwischt haben, um ihm sein Bein und sein Gedächtnis zu rauben, oder? Wer war er?«

Asil runzelte die Stirn, dann schüttelte er den Kopf. »Das spielt jetzt keine Rolle mehr. Es ist sehr unwahrscheinlich, dass er sich noch einmal daran erinnern wird, wer er einmal war. Egal, was Bran auch denkt. Aber sein Herz ist dasselbe: Er war der Beschützer der Schwachen. Er würde niemals einen Angriff auf jemanden verüben, der verletzlich ist. Nein. Sherwood ist es nicht. Außerdem wusste er nur, dass Bran weg war, während die Rettungsaktion für Mercy lief. Soweit ich informiert bin, ahnt niemand, der nicht zum Rudel gehört, dass Bran immer noch nicht zurück ist.«

Ihr Gespräch war selbst nach Werwolf-Standards gemessen ziemlich seltsam. Anna wünschte sich, sie hätte sich Asil geschnappt und wäre gegangen, als er es vorgeschlagen hatte. Das Echo dieses »das Mädchen in Tennessee« stellte ihr die Nackenhaare auf und beunruhigte ihre Wölfin.

»Jemand muss es sein«, sagte Wellesley. Dann zögerte er. »Vielleicht aber auch nicht. Was ist mit elektronischen Wanzen? Jemand könnte etwas im Haus des Marrok versteckt haben – oder sogar an einer Person, die keine Ahnung davon hat. Ich habe von Geräten gelesen, die Leute schlucken und dann aus dem Körper heraus alles belauschen.« Der Künstler hatte sein Gesicht wieder der Ecke zugewandt, also konnte er Asils nachdenklichen Blick nicht sehen. »Vielleicht habe ich davon gelesen«, murmelte Wellesley. »Oder vielleicht hat jemand das mit mir gemacht. Ich habe es vergessen. Dumm.«

»Das ist doch nicht dumm«, widersprach Asil ihm. »Es wurde ein Gesetzentwurf in den Kongress eingebracht, laut dem allen Werwölfen ein Peilsender implantiert werden soll. Doch momentan liegt der Entwurf auf Eis, da es ihnen nicht gelingt, Geräte zu entwickeln, die eine Verwandlung überleben.«

Das Gespräch war zum Teil deswegen so seltsam, weil Asil Wellesleys komisches Verhalten fast vollständig ignorierte und ganz normal mit ihm sprach. Nun, das konnte Anna auch, wenn das half.

»Charles hat ihnen vorgeführt, wie Technik bei einer Verwandlung explodiert«, sagte sie.

Asil warf ihr einen interessierten Blick zu.

»Als wir in Boston mit Cantrip und dem FBI zusammengearbeitet haben«, stellte sie klar. »Charles hat gesagt, er glaube nicht, dass es funktionieren kann, und hat ihnen das nur zu gern demonstriert.«

»Charles ist von Hexenblut«, sagte Wellesley wegwerfend. »Er könnte jedes technische Gerät sprengen, das er sprengen will.« Dann sagte er mit diesem seltsamen Tonfall, mit dem er auch davon gesprochen hatte, junge Frauen zu töten: »Hexen sind böse.«

Anna beschloss, weiterhin Asils Beispiel zu folgen und

nur auf die normalen Dinge zu reagieren, die Wellesley sagte. »Vielleicht hilft es, die Paranoia zu beruhigen, wenn ich erzähle, dass Charles mir versichert hat, er wäre sich ziemlich sicher, dass ihr Gerät nicht funktioniert hätte, selbst wenn er nicht nachgeholfen hätte. Und was elektronische Wanzen im Haus des Marrok angeht – Charles führt mehrmals die Woche eine Suchaktion durch.«

Auf den Hexenblut-Kommentar reagierte sie nicht. Es stimmte. In dieser Umgebung ergab es allerdings keinen Sinn, näher darauf einzugehen.

»Paranoider Mistkerl«, sagte Asil, wobei in seiner Stimme seltsamerweise eine gewisse Zuneigung mitschwang.

»Hin und wieder findet er Wanzen und Kameras«, erläuterte Anna. »Gewöhnlich während des Verwandlungsmondes im Oktober, wenn uns viele Fremde besuchen.«

»Werwölfe bringen Spionagegeräte mit?«, fragte Asil interessiert.

Anna schüttelte den Kopf. »Nicht absichtlich, zumindest nehmen wir das nicht an. Bisher betraf das immer Werwölfe, die sich der Welt offenbart haben. Die Dinge, die Charles gefunden hat, waren Peilsender an Autos oder Wanzen in Kleidung oder Gepäck.«

»Wieso weiß die menschliche Welt dann nichts von Aspen Creek?«, fragte Wellesley.

»Das tut sie«, erklärte ihm Anna. »Wir glauben allerdings, dass die Menschen noch nichts vom Marrok ahnen. Aber sie wissen mindestens seit den Siebzigerjahren von Aspen Creek, wahrscheinlich sogar schon länger. Zumindest eine ausgewählte Gruppe. Das gehörte zu den Dingen, die Bran dazu gebracht haben, die Werwölfe in die Öffentlichkeit zu führen. Geheimnisse können nur dann als Druckmittel eingesetzt werden, solange sie geheim sind.« Der letzte Satz war ein direktes Zitat von Bran.

»Wieso weiß dann nicht die ganze Welt von Aspen Creek?«, fragte Wellesley wieder.

»Bran will keine Touristen«, sagte Asil. »Und er hat die Leute, die davon wissen, davon überzeugt, dass es eine schlechte Idee wäre, die Existenz dieses Ortes publik zu machen.«

»Die Monster brauchen eine Zuflucht«, sagte Anna.

Wellesley erhob sich geschmeidig. »In der Tat.«

»Das war ein gutes Argument, Asil«, sagte Anna mit fester Stimme. Sie war sich nicht sicher, ob ihr gefiel, dass Wellesley aufstand. Ihre Wölfin wurde immer unruhiger. Von welchem guten Argument sprach sie gerade? Sie wählte zufällig eines aus, wofür sie im Gespräch gute zwanzig Minuten zurücksprang. »Ich meine, als du angemerkt hast, dass du dich bei dem Chaos bei Hester intelligenter angestellt hättest. Wenn die Absicht denn war, Hester zu entführen.«

»Interessant«, meinte Asil. »Welche Absicht könnten sie sonst gehabt haben?«

»Es könnte sein, dass sie sie tot sehen wollten – und lediglich Verwirrung gestiftet haben, indem sie vorgegeben haben, es wäre eine größere Operation als eine einfache Ermordung«, bot Wellesley an. »Oder vielleicht wollten sie Jonesy tot sehen.«

»Oder sie wollten herausfinden, wo sich all unsere einsamen Wölfe – unsere mächtigen, aber verletzlichen, weil gebrochenen Wölfe – aufhielten«, sagte Anna langsam. Sie haben nach den Wildlingen gefragt, hatte Jonesy geschrieben. Charles hatte ihr erklärt, dass es dort draußen Wölfe gab, die sich im Besitz von gefährlichem Wissen befanden – im Besitz von Informationen, für die Leute getötet hätten. »Weil sie vermutet haben, dass wir dann losziehen und die Wildlinge warnen.« Das ergab nur Sinn, wenn man genug darüber wusste, wie das Rudel funktionierte, und dass bei den meisten Wildlingen ein Anruf nicht ausreichen würde.

»Niemand ist uns gefolgt«, sagte Asil.

»In *NCIS* setzen sie Satelliten ein und können damit Individuen auf der Erde aufspüren«, warf Anna ein.

»Was ist dieses NCIS?«, fragte Asil.

»Sie haben auch ein Massenspektrometer, das Abby bei jedem Stück Dreck von einem Schuh genau verrät, von welcher Kreuzung die Erde stammt. Und es dauert bloß fünf Minuten«, meinte Wellesley trocken. »So funktionieren Massenspektrometer nicht.«

Anscheinend sah Wellesley fern. Und wusste, was ein Massenspektrometer war und wie es funktionierte. Dieses Gespräch konnte nicht mehr surrealer werden.

Asil knurrte.

»Das ist eine Fernsehserie«, erklärte ihm Anna. »Über den Naval Criminal Investigative Service. Eine Mischung aus Krimi- und Militär-Thriller.«

»Eine Fernsehserie«, meinte Asil abfällig.

Wellesley grinste, zog den Kopf ein und hob eine Hand, um Anna abzuklatschen.

Es gab einen Moment, in dem ihr klar wurde, dass das keine gute Idee war. Wellesley hatte offensichtlich einige Probleme. Alle Werwölfe litten ein wenig an multipler Persönlichkeitsstörung – die menschliche Hälfte und die

Wolfshälfte existierten manchmal in einem Konfliktzustand. Charles und Bruder Wolf zeigten, wie unabhängig Wolfsgeist und der Mensch sein konnten. Doch ihr Gefährte und sein Wolf lebten in Harmonie miteinander.

Wellesley und sein Wolf waren überhaupt nicht funktionsfähig. Ihm nahe genug zu kommen, um ihn zu berühren, nachdem er die letzte halbe Stunde damit verbracht hatte, ständig zwischen normal und unheimlich zu wechseln, war dämlich.

Und trotzdem. Sie war die Gefährtin von Charles Cornick, dem Zweiten im Rudel des Marrok. Wenn sie diese freundliche Geste ignorierte, wäre das eine klare Zurückweisung – die sie so nicht wollte.

Sie trat um Asil herum und klatschte Wellesley ab.

Anna war eine Werwölfin. Sie arbeitete mit Charles quasi seit ihrem ersten Tag in Montana an ihren Fähigkeiten. Ihre Reaktionszeit war gut; sie war schneller als viele andere Wölfe.

Doch ihr blieb keine Zeit zu reagieren, als Wellesley die Hand um ihr Handgelenk schloss und sie dann rammte wie ein Grizzlybär, womit er sie beide zu Boden warf. Sie knallte unter seinem nicht geringen Gewicht auf den harten Boden. Er zitterte am ganzen Leib, als er sich förmlich um sie wickelte. Ihr Magen hob sich in Erinnerungen, von denen sie gedacht hatte, sie hätte sie lange hinter sich gelassen.

Etwas traf den Boden direkt neben ihrem Ohr und riss sie aus ihrer Panik. Sie drehte den Kopf und erkannte, dass Asil ein Messer … ein Schwert … irgendeine Waffe mit einem wunderschönen Heft in die Erde gerammt hatte. Die Klinge steckte fast bis zum Heft im Boden.

Ihr wurde klar, dass Asil Wellesley hatte töten wollen,

um sie zu verteidigen. Doch anscheinend hatte er viel schneller als sie verstanden, was genau geschehen war – und noch wichtiger: was nicht.

Wellesley hatte sie nicht angegriffen … hatte zumindest nicht vorgehabt, sie anzugreifen. Er versuchte lediglich, ihr so nahe wie möglich zu kommen, während er hemmungslos schluchzte und etwas in einer Sprache murmelte, die sie nicht verstand.

»Omega«, sagte Asil leise. Er ging neben ihr in die Hocke, sein Gesicht nur knapp einen Meter von ihr entfernt. »Ich hätte nicht zulassen dürfen, dass du ihn berührst. Meine Ehefrau besaß eine viel bessere Kontrolle über ihre Macht. Niemand hätte je gemerkt, was sie war. Und eine beiläufige Berührung von ihr hätte niemanden beeinflusst, wenn sie das nicht wollte.«

»Was soll ich tun?«, flüsterte Anna, teilweise, um Wellesley nicht zu erschrecken und damit eine gewalttätigere Reaktion zu provozieren. Aber überwiegend, weil ihre Kehle vor Angst und erinnertem Entsetzen so eng war, dass sie nicht hätte lauter sprechen können.

»Halt still«, sagte er. »Ich hoffe, dass seine Reaktion nach ein paar Minuten ein wenig nachlässt.«

Sie sah Asil an. Sie konnte hier nicht einfach mit einem Fremden auf ihrem Körper ein paar Minuten liegen.

Asil erkannte ihr Problem. »Wenn ich versuche, ihn von dir herunterzuziehen«, erklärte er, »wird das nicht helfen.«

Sie nickte. Sie verstand, dass Wellesley durch sie eine Art Erleichterung fand und übel reagieren könnte, wenn jemand versuchte, ihm dieses Gefühl zu nehmen. Asil hielt Wellesley nicht für zurechnungsfähig genug, um sie freizugeben.

»Okay«, sagte sie, wobei sie sich bemühte, nicht panisch zu klingen. Und hoffte, dass Charles nichts davon mitbekam. Wenn sie es schaffte, die blinde Panik in Schach zu halten, würde er nichts merken.

»Was kann ich tun, um dir zu helfen?«, fragte Asil.

»Rede mit mir«, sagte sie. »Lenk mich ab.«

»Wie wäre es mit einer Geschichte?« Er tätschelte Wellesley beruhigend die Schulter. »Seine Gefährtin ist gestorben, und sein Wolf wollte mit ihr sterben. Das passiert manchmal. Soweit ich weiß, kämpfen sie seitdem miteinander, er und sein Wolf. Ungefähr seit hundert Jahren, glaube ich. Wie eine multiple Persönlichkeitsstörung, nur dass deine andere Hälfte eine Killermaschine ist, der du niemals das Ruder überlassen darfst.«

»Das Mädchen in Tennessee?«, murmelte Anna, weil sie sich ziemlich sicher war, dass Wellesley dem Gespräch zwischen ihr und Asil nicht folgte. Er weinte schluchzend. Das war schrecklich, diese Geräusche bei einem erwachsenen Mann zu hören. Doch gleichzeitig beruhigte es sie, weil er nicht klang wie …

… jemand anders.

Asil nickte als Antwort auf ihre Fast-Frage. »Nach Tennessee hat Bran ihn hierhergebracht. Irgendwann in den Dreißigerjahren, glaube ich. Er war unter anderem Namen ein renommierter Maler, als seine Frau starb.« Der alte Werwolf, dessen Gefährtin ebenfalls gestorben war, während er überlebt hatte, gab ein mitfühlendes Brummen von sich. Wieder tätschelte er Wellesleys Schulter, aber diesmal ließ er seine Hand auf dem Körper des anderen Werwolfes liegen.

»Er hat versucht, sein Leben weiterzuführen, aber eines Tages ist er einfach verschwunden. Hat sein Rudel verlassen. Hat sein Haus mit allem darin verlassen. Ein Wolf, der dort war, ein Mitglied seines Rudels, hat erzählt, wie unheimlich es war. Als hätte er eines Morgens, gerade als das Frühstück fertig war, einfach beschlossen, er wäre fertig mit diesem Leben. Danach hat eine Weile niemand von ihm etwas gehört. Es herrschte Weltwirtschaftskrise, und auf Zügen zu reisen war für viele Leute ein Lebensstil. Es gab keinen einfachen Weg, ihn aufzuspüren.«

»Nicht so wie heute«, sagte Anna. Es fiel ihr schwer, die Worte über ihre Lippen zu zwingen, doch wenigstens musste sie nicht mehr flüstern.

»Nicht so wie heute«, stimmte Asil ihr zu. »Die Technik hat eine Menge Dinge einfacher gemacht – aber besonders Wellesleys Fall hat Bran davon überzeugt, dass er jeden Werwolf im Blick behalten sollte, soweit es möglich ist.«

»Du warst in den Dreißigerjahren in Spanien«, sagte Anna. Ihre Stimme zitterte. Es gefiel ihr nicht, dass sie so klang – Angst war in der Nähe von Werwölfen gefährlich. Doch obwohl sie wusste, dass Wellesleys Umklammerung nichts Sexuelles hatte, konnte sie nichts gegen den kalten Schweiß unternehmen, der ihr über den Rücken lief.

Asil gab ein zustimmendes Brummen von sich.

»Für einen Mann, der sich zu dieser Zeit auf einem anderen Kontinent aufgehalten hat, weißt du eine Menge darüber«, bemerkte sie.

Ein Lächeln blitzte auf seinem Gesicht auf. »Ich weiß alles, was es wert ist, gewusst zu werden«, erklärte er ihr. Dann wurde seine Miene nachdenklich. »Ich habe mich danach erkundigt, nachdem ich angefangen hatte, ihn zu besuchen. Ich wollte so viel wie möglich wissen, in der Hoffnung, ihm helfen zu können. Natürlich hatte ich auch vorher schon eine grobe Vorstellung davon. Seine Geschichte wurde damals weitläufig von der Presse verbreitet. Ich glaube, Bran geht unter anderem deswegen jetzt, wo die Öffentlichkeit von uns weiß, so hart gegen außer Kontrolle geratene Wölfe vor, weil er fürchtet, dass jemand sich an die alte Geschichte von Wellesley erinnert.«

»Erzählst du sie mir?«, fragte sie.

»Wie schon gesagt … in diesem Tagen war es einfacher, ziellos durchs Land zu treiben. Eine Menge Männer ohne Familien oder Vergangenheit wanderten in der Großen Depression die Schienenwege und Straßen entlang. Wellesley war nur einer von vielen, bis er schließlich in einer kleinen Stadt mit vielleicht vierhundert Menschen die Kontrolle über seinen Wolf verloren hat. Diese kleine Stadt gibt es nicht mehr, sonst würden sich vielleicht mehr Leute an die Geschichte erinnern. Wellesley ist sich manchmal sicher, dass es dort eine schwarze Hexe – oder etwas Ähnliches – gab. Aber nachdem alles vorbei war, gab es bloß Wellesley und ein paar Leichen: ein schwarzer Mann in einer überwiegend weißen Stadt.«

Wieder tätschelte Asil Wellesley, doch der andere Werwolf schien ihn nicht zu bemerken. Kurz darauf sprach Asil weiter.

»Da wurde Bran wieder auf ihn aufmerksam. Er hat Charles ausgeschickt, um Wellesley zu befreien.« Er zögerte, dann sagte Asil säuerlich, weil er Charles keinen Respekt entgegenbringen wollte: »Ich habe gehört, er ist in das Gefängnis eingebrochen, wo Wellesley schwer bewacht einsaß, und einfach mit ihm verschwunden. Aber wenn du deinen verschwiegenen Wolf dazu bringen kannst, dir zu erzählen, wie er das direkt vor den Augen zweier Wachen geschafft hat, sodass nur eine leere, verriegelte Zelle zurückblieb, gäbe es eine Menge Leute, die diese Geschichte gerne hören würden.«

»Kannst du nicht Wellesley fragen?«

Asil schüttelte den Kopf. »Er erinnert sich nur bruchstückhaft – und die verbliebenen Eindrücke stammen überwiegend von seinem Wolf. Wellesley hat nicht genug Erinnerungen an diese Zeit, um sich in Bezug auf diesen Tag zu verteidigen, falls jemand alte Zeitungsberichte oder ein Tagebuch ausgräbt.«

»Hältst du ihn für unschuldig?«

Asil seufzte. »Ich glaube, die Wahrheit ist kompliziert – und dass es nutzlos ist, Spekulationen ohne ausreichende Fakten anzustellen. Wenn du neugierig bist, kannst du deinen Gefährten fragen. Sein Befehl lautete, zu töten oder zu retten, je nachdem, was sein Urteilsvermögen ihm sagte – und hier ist unser Wellesley, nicht unbedingt gesund, aber munter.«

Wellesleys Schluchzen beruhigte sich langsam, doch Anna konzentrierte sich absichtlich auf Asil, also bemerkte sie die Veränderung nicht früh genug.

Asil dagegen hatte sich auf Wellesley gestürzt, bevor dessen scharfe Zähne mehr tun konnten, als über ihr Schlüsselbein zu kratzen. Dann taumelten die beiden Wölfe durch den Raum, während Anna sich auf die Beine kämpfte. Ehe sie sich einmischen konnte, hatte Asil Wellesley bereits mit einem komplizierten Wrestling-Move auf dem Boden festgenagelt, der es dem Werwolf nicht ermöglichte, seine Stärke einzusetzen, um sich zu befreien.

Aber Wellesley – oder der Wolfsgeist, der in Wellesley lebte – versuchte es. Seine Augen, diese leuchtend goldenen Wolfsaugen, die so hell aus seinem dunklen Gesicht leuchteten, sahen nichts als Feinde. Sein Gesicht, das langsam Wolfsform annahm, wirkte wild. Er schnappte und schnappte in die Luft, als gäbe es eine Möglichkeit, die Knochen seines Körpers hinter sich zu lassen, um Asil zu zerfleischen.

Asil redete beruhigend auf Spanisch auf ihn ein, als wäre das verrückte Monster unter ihm ein Kind. Es lag Macht in seiner Stimme – die Magie eines sehr dominanten Werwolfes, der versuchte, Wellesley zu beruhigen.

Anna konnte fühlen, dass der andere Mann versuchte, die Kontrolle zurückzugewinnen, doch der Wolfsgeist war ebenfalls dominant. Sie hatte das Gefühl, dass Asil den anderen Wolf hätte unterwerfen können, aber hoffte, Wellesley würde sich selbst zügeln. Ein so alter Wolf, der sich selbst nicht kontrollieren konnte, musste getötet werden.

Der Impuls, Wellesley zu beruhigen – ihm mit ihrer Omega-Natur Erleichterung zu verschaffen –, kam instinktiv und schien unendlich dringend. Doch sie sammelte sich und dachte nach, bevor sie dem Impuls nachgab.

Sie hatte sich voll unter Kontrolle, als sie ihre Macht aussandte, um zu tun, was eben möglich war. Sie hätte das nicht getan, wenn es Charles gewesen wäre, der Wellesley festhielt – doch es war Asil, der mit einer Omega-Wölfin verheiratet gewesen war. Er hatte gelernt, sich selbst zu schützen – wachsam zu bleiben, egal, was sein Wolf auch von ihr auffing.

Anna atmete tief durch, um sich zu sammeln, dann ging sie in die Hocke. Sie setzte sich nicht hin, für den Fall, dass sie sich schnell bewegen musste. Dann legte sie ihre Hand fest genug auf Wellesleys Wange, dass es ihm schwerfallen dürfte, den Kopf zu drehen, um sie zu beißen.

Der gefangene Wolf zitterte unter ihrer Berührung.

Asil wechselte ins Englische und sprach genauso ruhig mit ihr, wie er es gerade noch mit Wellesley getan hatte. »Sei vorsichtig mit dem, was du tust, Anna. Deine Fähigkeiten erlauben dir, einem Wolf unendliche Erleichterung zu schenken – aber das hat auch seinen Preis. Wenn du dich zurückziehst, muss er die gesamte Last der Kontrolle über das Biest wieder selbst tragen, und das erfordert dann um einiges mehr Mut und Stärke als zu Beginn.«

»Ich weiß«, sagte sie einfach. »Ich werde kaum die Katastrophe von Brans Experimenten mit mir vergessen. Aber ich vermute, dass wir keine Wahl haben.«

Asil schloss die Augen, öffnete sie wieder und nickte. »Wenn du ihm nicht helfen kannst, werde ich ihm die letzte Ruhe schenken, wo die Last ihn nicht länger quälen wird.«

»Kannst du auf dich achten, während ich ihn beruhige?«, fragte sie. Sie rechnete halb damit, dass Asil ihr das übel nehmen würde, doch sie hatte zugleich erkannt, dass er auch von sich selbst gesprochen hatte, nicht nur von Wellesley, als er sie vor den möglichen Ergebnissen ihrer Einmischung gewarnt hatte.

Asil lächelte grimmig. »Ich will diesen hier nicht töten, der so lange Zeit so hart gekämpft hat. Jemand, der solche Schönheit erschafft wie er, ist es wert, dass man alles tut, um ihn zu retten.«

Das war kein Ja. Aber sie hoffte, dass sie eine Lösung für das Problem hatte.

Sie trainierte mit ihren Fähigkeiten, seitdem sie nach Aspen Creek gekommen war. Manchmal fiel es ihr schwer, Opfer ... Testpersonen ... zu finden. Wie Asil schon angemerkt hatte, hatten die meisten Wölfe nichts gegen den ersten Effekt ihrer Gabe – doch das *Danach* machte alles schwierig. Kara war ihre häufigste Freiwillige.

Bevor sie gelernt hatte, sich besser zu kontrollieren, hatte ihre Omega-Aura einen gewissen Bereich um sie herum mit einer Welle des Friedens überschwemmt, welche die Wolfsgeister unvorbereiteter Werwölfe einschlafen ließ. Sie und der einzige andere Omega, von dessen Existenz sie wusste, hatten über das Internet kommuniziert (weil er in Italien lebte). Sie hatten Asil mit eingebunden, weil er mehr über Omegas wusste als sie beide zusammengenommen. Sie hatten versucht, Wege zu finden, ihre Fähigkeiten einzusetzen, ohne ihre Freunde hilflos zu machen. Eine der Vorgehensweisen, die sie entwickelt hatten, war eher ... Einladung als Hammerschlag.

Anna schloss die Augen und stellte sich die kleine Senke unter einem alten Baum neben dem schnellfließenden Bach vor, die einer ihrer Lieblingsplätze war. Das Plätschern des Baches, der Duft der Pflanzen, die friedvolle Aura des Ortes ergriffen Besitz von ihrer Seele.

Lange Zeit hatte diese Methode nur bei Charles funktioniert, weil sie ihre Gefährtenbindung als Kanal nutzen konnte. Inzwischen war sie versiert genug, dass sie auch durch die Rudelverbindung arbeiten konnte, und in letzter Zeit hatte sie mit reinen Berührungen experimentiert. Höchst unerwartet hatte sich dies als effektiver entpuppt – oder auf andere Weise effektiv –, als die Gefährten- oder Rudelverbindung zu nutzen.

Mit Hautkontakt gewann Anna Einsichten, die sie vorher nie gewonnen hatte: Sie konnte sich einfühlen. Oder in gewisser Weise einfühlen. Es war nicht so, als könnte sie die Gefühle des anderen Wolfes spüren; sie bekam lediglich eine Art Druckmessung. Sie konnte abschätzen, wie viele Emotionen sich in ihrem Gegenüber aufgestaut hatten. Sie hatte gelernt, damit zu arbeiten, die Kraft ihrer Gefühle zu dämpfen und sich dann zurückzuziehen.

Natürlich funktionierte das bei manchen Wölfen besser als bei anderen. Bei Bran und Asil spürte sie meistens gar nichts, und noch weniger konnte sie ihre Emotionen beeinflussen. Kara war ihre beste Testperson. Mithilfe des Mädchens hatte Anna gelernt, den Effekt so zu verfeinern, dass Anna Karas Gefühlen nur die Schärfe nehmen konnte – oder Karas innere Wölfin dazu zu überreden, freiwillig einzuschlafen, ohne dass sie damit die Wölfe in der Umgebung beeinflusste. Oder zumindest konnten die umgebenden Wölfe dem widerstehen, was sie ihnen anbot. Sie hatte vor, genau das jetzt zu versuchen, weil es so unwahrscheinlich war, dass sie Asil beeinflusste.

Sie wusste nicht, ob ihre Berührung ihr überhaupt erlauben würde, Wellesleys Wolf zu beeinflussen. Aber wenn nicht, konnte sie immer noch den Vorschlaghammer einsetzen, um ihn damit schlafen zu legen. Dieser Schlag würde allerdings auch Asil treffen.

»Ich werde ihn bitten, seinen Wolf schlafen zu lassen – wie ich es bei Kara tue. Ich weiß nicht, welche Auswirkungen das auf dich haben wird«, erklärte sie Asil. »Ich habe das noch nie versucht, wenn noch jemand meine Testperson berührt hat.«

Er lachte, bloß kurz, als ringe er nicht gerade mit einem anderen Werwolf. »Ich bin vorbereitet, *mija*. Tu, was du tun musst.«

Sie setzte ihre Berührung an Wellesleys Wange ein, um ihr Friedensangebot auszusenden. Er griff sofort danach – und auf einmal riss er sie aus ihrer Senke im Wald in die Hölle.

Es gab einen kurzen Moment, in dem sie sich hätte befreien können, dann war er vergangen und Wellesley hatte das Sagen. Irgendwie.

Schmerzen überschwemmten sie; Schmerzen und eine allumfassende Müdigkeit, die endlos schien. Ihr tat das Atmen weh. Für einen schrecklich langen Augenblick war sie in Wellesleys Gefühlen verloren.

»Anna? *Chiquita?* Rede mit mir.« Asils ruhige Stimme erdete sie, erinnerte sie daran, dass es eine Realität jenseits von Wellesleys Schmerz gab, und zog sie zurück zu dem Punkt, wo sie die Verbindung zwischen sich und dem anderen Wolf hätte lösen können.

Er hatte sie freigegeben.

Sie atmete tief durch, zog ihre Hand jedoch nicht von Wellesley zurück.

»Es geht mir gut«, versicherte sie Asil. »Aber das hier ist ein wenig seltsam. Hab Geduld mit mir – und gib ihn nicht frei.«

Sie legte auch ihre zweite Hand an Wellesleys Gesicht, dann atmete sie tief durch und ließ sich zurück in sein

Gefängnis ziehen. Sie zuckte nicht vor seinem Schmerz zurück … und als sie die Pein akzeptierte, stellte sie fest, dass sie sich ein wenig davon distanzieren konnte. Plötzlich verstand sie, was geschehen war.

Wellesley hatte sie eingeladen. Und seine Einladung enthielt Macht. Seine Macht war nicht wie die von Bran; es war auch keine Hexenmagie … nicht ganz. Aber es war auch nicht *keine* Hexenmagie. Asil hatte gesagt, dass Wellesley Magie besaß, die eher an die von Charles erinnerte – und die Magie, die Charles gewöhnlich einsetzte, stammte von seiner Mutter, einer Heilerin und Tochter eines Schamanen. Wellesleys Magie erinnerte sie eher an Charles als an Bran. Doch es war nicht dieselbe Macht wie die ihres Gefährten.

Der Ort – es war kein richtiger Raum –, in dem sie sich wiederfand, war dunkel und klang hohl, als gäbe es irgendwo Wände. Aber sie wusste nicht, wie weit sie ihrer Wahrnehmung trauen konnte.

*Wenn alles andere versagt,* erklang die Erinnerung an Charles' Stimme in ihrem Kopf, *folge deinen Instinkten. Werwölfe haben ziemlich gute Instinkte.*

Dies fühlte sich nach einem Ort an, an dem Instinkte nützlicher waren als der Intellekt.

Sie bewegte sich durch die Dunkelheit und entdeckte Wellesley. Es war nicht, als hätte sie ihn gefunden, wo er immer gewesen war. In einem Moment war er nirgendwo, und im nächsten stand er da, ganz in ihrer Nähe. Nahe genug, dass sie einen Schritt nach hinten machte. Und in diesem Augenblick fiel ihr auf, dass sie Schritte machen konnte; dass sie etwas besaß, was an einen physischen Körper erinnerte.

Sie konnte Wellesley, den Mann, sehr deutlich wahrnehmen. Doch sie spürte auch den Kampf, den er ausfocht, seine tiefe Erschöpfung und seinen Schmerz – als wäre das Teil von dem, was sie sah, so mühelos, wie sie seine Gestalt wahrnahm.

Er kämpfte so hart, und er kämpfte schon seit sehr langer Zeit. Fast ein Jahrhundert der Schlacht hatte ihn auf das Wesentliche reduziert. Sie erkannte dünn gescheuerte Stellen, wo sein Körper zu grau verblasste.

*Das ist, wo du mich sehen kannst,* flüsterte etwas in ihr Ohr. *Dort, an diesen blanken Stellen.*

Und *das* war nicht unheimlich. Absolut nicht.

Doch sie folgte ihrem Instinkt und sah nicht hinter sich, obwohl sich ihr die Haare sträubten wie das Nackenfell ihrer Wölfin. Was auch immer sich dort hinter ihr befand, es roch böse, ranzig und nach Fäulnis. An einem Ort wie diesem verlieh Beachtung gewissen Dingen mehr Gegenwart. Und das verriet ihr nicht ihr Instinkt; Charles hatte ihr das beigebracht.

Anna konzentrierte sich auf Wellesley. Wogegen kämpfte er? Denn sie konnte seinen Wolf überhaupt nicht wahrnehmen. Dieses Ding, das ihr ins Ohr geflüstert hatte, das war kein Wolf. Das wusste sie so instinktiv, wie sie Wellesleys Kampf erkennen konnte – obwohl er sich nicht bewegte.

Wenn er nicht gegen seinen Wolfsgeist kämpfte, trotz Asils Geschichte, kämpfte er vielleicht für seinen Wolf. Dieser Gedanke fühlte sich richtig an. Sobald sie die Idee akzeptiert hatte, verstärkte sich ihre Verbindung zu Wellesley, bis sie die Echos seiner Gefühle spüren konnte. Es war ein schrecklich intimer Kontakt zu jemandem, der eigentlich ein Fremder war – jemandem, der nicht ihr Gefährte war.

Sie fand nicht die Art von herzzerreißender Trauer, die sie nach Asils Geschichte erwartet hatte. Es gab eine Unmenge von Verzweiflung. Aber Verzweiflung war nicht dasselbe wie Trauer oder Bedauern. Verzweiflung bedeutete den Verlust von Hoffnung.

*Bitte*, bat er sie. Seine Stimme erklang – wie die Stimme des Bösen – direkt hinter ihrem linken Ohr. *Bitte hilf uns*, Namwign Bea. *Wir sterben, Heilerin.*

*Was kann ich tun?*, fragte sie ihn, doch er wiederholte nur seine Bitte, immer und immer wieder, als könnte er sie nicht hören.

Sie streckte die Hand aus und berührte seine Wange, wie sie es in der echten Welt getan hatte. Er reagierte nicht auf ihre Berührung … und der Kontakt veränderte auch nichts an ihrer Wahrnehmung von ihm oder diesem Ort. Sie vermutete, dass er ihr alles gesagt hatte, was er sagen konnte; es lag an ihr, mehr herauszufinden.

Sie machte sich auf, genau das zu tun; ließ die scheinbar menschliche Gestalt von Wellesley hinter sich. Sie konnte seinen Wolf weder hören noch wittern, doch der Gestank des Bösen, das hinter ihr geflüstert hatte … der brannte in ihrer Nase. Zuerst versuchte sie, ihm auszuweichen, aber als nichts sonst ihre Aufmerksamkeit erregte, folgte sie ihren Sinnen.

Irgendwann oder sofort (das war frustrierend schwer zu sagen) entdeckte sie einen Wald aus dicken grünen Ranken, die so eng verschlungen waren, dass sie keinen Weg hindurchfinden konnte. Als sie sich umdrehte, um herauszufinden, ob sie das Gestrüpp umrunden konnte, hatten die biegsamen Äste sie umzingelt.

Sie gefangen.

Sie schluckte ihre Angst hinunter. Asil passte in der

realen Welt auf sie auf. Und ihre Verbindung zu ihrem Gefährten war stark, sogar stärker als in der realen Welt, als besäße sie hier mehr Substanz. Sie war nicht allein, egal was ihre Ängste ihr einreden wollten.

Anna streckte die Hände aus und berührte die faserigen Ranken. Wie schon Wellesley fühlten auch die Pflanzen sich fest an. Sie konnte kein Gerüst sehen, das die Ranken hielt; sie schienen sich selbst zu stabilisieren. Aus den Augenwinkeln konnte sie erkennen, dass sie sich bewegten, doch die Äste direkt vor ihr lagen still.

Sie schloss ihre Finger um eine der Ranken. Sie war fast so breit wie ihr Handgelenk. Probeweise zog sie daran. Der Ast gab ein wenig nach, was eine Bewegung tiefer im Gebüsch auslöste. Ein leises Rascheln füllte die Leere.

Sie zerrte heftig daran, rief ihre Wölfin zu Hilfe und setzte ihre gesamte Kraft ein. Widerwillig verschoben sich die biegsamen Äste, bis sie einen Blick auf goldenes Fell erhaschte.

Sie versuchte, die Hand hindurch zu strecken, um das Fell zu berühren – und riss sich die Hand an einem Dorn auf, der so lang war wie ihr kleiner Finger. Erst jetzt entdeckte sie, dass die Reben mit Dornen bestückt waren, die es vor einem Augenblick noch nicht gegeben hatte.

Sie knurrte und verstärkte ihre Anstrengungen, die Ranken zur Seite zu zerren. Ihre Hände wurden glitschig vor Blut und hinterließen helle Flecken auf der Rinde. Wo immer ihr Blut die Pflanzen berührte, gaben sie nach, bis sie endlich die kranke, wutentbrannte Kreatur darin erkennen konnte.

Der Wolf, wahrscheinlich Wellesleys andere Hälfte,

wirkte wie von der Pest heimgesucht. Sein Pelz – struppig, als hätte er Räude – gab den Blick frei auf nässende Wunden, wo die Dornen sich in seinem Körper vergraben hatten. Es gab Stellen, an denen das Fleisch sich über die Ranken geschlossen hatte, die ihn fesselten, sodass er zum Teil der Hecke geworden war, die ihn gefangen hielt.

Rational war sie sich ziemlich sicher, dass sie all diese Bilder selbst schuf, um zu erklären, was sie durch die Magie empfand: durch ihre Magie und die von Wellesley. Was sie hier sah, war eher symbolisch als echt. Aber vielleicht auch nicht.

Anna war die Tochter ihres Vaters – und ihr Vater glaubte an Wissenschaft und Vernunft. Sie lebte jetzt schon seit Jahren als Werwolf und neigte trotzdem immer noch dazu, den wissenschaftlichen Standpunkt einzunehmen, als wäre Lykanthropie ein Virus.

Konfrontiert mit einer Wand aus langdornigen Ranken, die scheinbar direkt Grimms Märchen entsprungen schienen, wurde ihr klarer als je zuvor, dass das, was sie war und was sie tat, der Magie entsprang. Nicht die Magie von Arthur C. Clarke, die durch ausreichendes Verständnis zu einer neuen Wissenschaft heranwuchs, die man einordnen und erforschen konnte. Sondern Magie, die eine andere Form von Macht im Universum darstellte. Etwas Fremdes, fast Empfindungsfähiges, das nach eigenen Regeln funktionierte – oder nach keinerlei Regeln. Echte Magie, die man vielleicht studieren konnte, die sich aber sauberen Kategorien immer verschließen würde.

Mit diesem Gedanken im Kopf stellte sie sich ein Messer vor, oder etwas anderes, womit sie die Ranken durchtrennen konnte. Doch anscheinend funktionierte ihre Magie nicht auf diese Art. Frustriert rief sie ihre Wölfin … nur um herauszufinden, dass sie sich nicht in einen Wolf verwandeln konnte, hier in Wellesleys … was? Fantasie? Seele? Gefängnis.

Aber sie schaffte es, Klauen an ihrer Hand wachsen zu lassen. Sie vergrub sie in den Ranken, grub sie in die Oberfläche der Rinde.

*Bist du sicher*, sagte Asil, *dass du ihn zur Ader lassen willst, querida?*

Für einen kurzen Moment blitzte die wahre Welt vor ihren Augen auf, wo ihre echten Krallen sich in Wellesleys Haut gebohrt hatten.

Entsetzt zog sie ihre Klauen zurück. Fast unabsichtlich fing sie den Blick des gefangenen goldenen Wolfes auf. Aus den Löchern, die sie in die grüne Umhüllung der Pflanzen gegraben hatte, tropfte eine zähflüssige graue Substanz. Und sie roch Übelkeit erregend.

Etwas flüsterte ihr ins Ohr. Flüsterte schreckliche Dinge, die genauso klangen, wie diese Ranken stanken.

Diese Reben enthielten Magie … was sie schon gewusst hatte. Doch sie war sich nicht sicher gewesen, was für Magie es war. Jetzt wusste sie, dass Asil sich gründlich geirrt hatte – hier ging es absolut nicht darum, dass Wellesleys menschliche Hälfte und seine Wolfshälfte seit dem Tod seiner Gefährtin im Streit lagen.

Dies war ein Fluch; etwas, was ihm jemand anders angetan hatte. Der Ausfluss der Ranken roch entsetzlich vertraut – Anna kannte den Geruch von Blutmagie. Asils Geschichte hatte eine schwarze Hexe erwähnt. Nun konnte sie ihm mitteilen, dass dieses Gerücht stimmte. Es war definitiv eine schwarze Hexe beteiligt gewesen, mächtig genug, um einen Bindezauber auf einen Werwolf zu wirken, der anhielt … solange das hier eben schon dauerte.

Sie wusste nicht, wie sie ihm helfen sollte.

Anna konnte den Wolfsgeist jedes Werwolfes beruhigen. Sie hatte auch gelernt, sie für eine Weile schlafen zu lassen. Mit ihrer Hilfe hatten sie die Anzahl der neu verwandelten Wölfe reduziert, die starben, weil sie nicht innerhalb des ersten Jahres lernten, ihren Wolf zu kontrollieren.

Aber wenn sie diesen Wolf einschlafen ließ, egal, wie dringend er die Ruhe auch brauchte – und sie konnte spüren, dass er genauso erschöpft war wie sein menschliches Gegenstück, wenn nicht sogar erschöpfter –, würde er den Kampf gegen die Dornen verlieren.

Dies war Hexenmagie, und sie wusste nichts darüber, wie man einen Käfig brach, der aus Hexenmagie bestand. Doch sie kannte jemanden, der mehr wusste als sie – und der seine eigene Art von Magie besaß.

*Charles*, dachte sie und streckte sich nach ihm, ohne die fleischfressenden Ranken freizugeben. *Charles, ich brauche dich.*

# 8

Sie hat uns nur zusammengespannt, um uns zu ärgern«, sagte Sage zu Charles, wobei sie nicht im Mindesten verärgert klang.

Sie hatten ihren SUV genommen, weil Sage sich weigerte, seinen Truck zu fahren. Ihr SUV war ziemlich schick für die holprigen Straßen – Sage war Immobilienmaklerin, die sehr reichen Leuten, die aus der Stadt entkommen wollten, hochpreisige Montana-Traumhäuser verkaufte. Als Charles ihr mitgeteilt hatte, dass die Wege zu schlecht waren für ihren überzivilisierten SUV, hatte sie nur gelacht und ihm erklärt, dass sie lieber ihren Wagen austauschen würde, als Kratzer auf seinem geliebten Truck zu riskieren.

Er hätte seinen Truck auch lieber nicht verkratzt. Wenn sie so etwas vorhatte, ergab es Sinn, ihr Auto zu nehmen.

»Leah?«, fragte Charles, obwohl er genau wusste, auf welche »sie« Sage sich bezog.

Sie nickte, dann warf sie ihm aus den Augenwinkeln einen kurzen Blick zu. »Warum hast du es nicht verhindert? Jeder weiß, dass sie dich nicht herumkommandieren kann. Ein Machtwort hätte niemanden überrascht –

nicht einmal Leah, glaube ich. Also, wieso hast du es zugelassen?«

Charles musterte Sage und überlegte, welche Antwort er ihr geben sollte.

Wie seine Stiefmutter trug auch Sage gerne schöne Kleidung. Das lag zum Teil an ihrem Job und zum Teil daran, dass sie die Kleidung als Rüstung einsetzte. Sie trug keine Farben oder Stoffe, die sie süß wirken ließen. Die Klamotten, die sie auswählte, verliehen ihr visuelle Macht. Sie verkündeten: Hier ist eine starke Frau.

Die Botschaft, die Charles empfing, lautete etwas anders. Ihm sagte ihre Kleidung: Hier ist eine Frau, die eine Rüstung braucht; ein Schild, hinter dem sie sich verstecken kann. Hier ist eine Frau, die Angst hat, aber das Kinn vorschiebt und in der Dunkelheit pfeift.

Er erinnerte sich daran, wie Sage ausgesehen hatte, als Bran sie hierhergebracht hatte. Sie hatte denselben Ausdruck in den Augen gehabt wie Anna, als er sie zum ersten Mal getroffen hatte.

»Leah ist die Gefährtin meines Vaters«, erklärte er Sage. »Solange sie dem Rudel nicht schadet, steht es mir nicht zu, ihr zu widersprechen.«

Sage zog ungläubig die Brauen hoch, bevor sie sich wieder auf die Straße konzentrierte. Sie sah ihn nicht länger mit Furcht in den Augen an. Er mochte sie. Sie war klug, witzig und weise. Jemand, bei dem er darauf vertrauen konnte, dass sie ihm Rückendeckung gab.

Er ließ sich tiefer in den zu weichen Sitz sinken und erzählte ihr die ganze Wahrheit über sich statt nur einzelne Begebenheiten, die er anderen Rudelmitgliedern vielleicht offenbart hätte.

»Auch wenn Asil und ich keine Freunde sind, mag er Anna. Er würde sein Leben geben, um sie zu schützen. Sie mag ihn ebenfalls und fühlt sich in seiner Umgebung wohl.«

»Du hast deine Gefährtin mit Asil fahren lassen, weil sie ihn mag?«, fragte sie spitz. »Charlie, das hätte ich nie von dir gedacht.«

Sage war die Einzige, die ihn so nennen durfte. Weil sie beim ersten Mal, als sie es gesagt hatte, verletzt und verängstigt gewesen war. Als sein Vater ihn vorgestellt hatte, hatte sie den Kopf gehoben, um ihm in die Augen zu sehen, obwohl sie vor Schreck gezittert hatte. Dann hatte sie mit hoffnungslosem Trotz gesagt: »Hallo, hallo, Charlie.«

Er packte den Türgriff fester, als sie ihr zahmes Auto auf seine Anweisung hin von der Straße lenkte. Der Pfad, dem sie jetzt folgten, war mit Gras bewachsen, das über den Unterboden strich. Er rechnete halb damit, dass sie auf vier Pfoten zurückkehren würden.

»Ich habe meine Gefährtin mit Asil fahren lassen, weil keiner von beiden fähig ist, Vertrauen zu missbrauchen«, erklärte ihr Charles. »Und, sosehr sie mich auch ablehnen mag, niemand könnte je behaupten, dass Leah gegen die Interessen des Rudels handelt. Solange das wahr ist, werde ich ihr folgen, wie ich meinem Vater folge.«

Das brachte Sage zum Lachen. »Ja. Wir haben alle gehört, welches Schlachtfeld dein Gehorsam gegenüber Bran ist.« Sie lachte heftiger. »Oder Leah. Das Witzigste an dieser Aussage ist, dass du das wirklich glaubst.«

Es war die Wahrheit, dachte er ein wenig verärgert. Doch er diskutierte selten mit Leuten außer seinem Dad und Anna, daher ließ er es gut sein. Sie wurde langsamer, also gab er den Türgriff frei und verschränkte gelassen die Arme. Er stand zu seinem Wort: Er würde Leah genauso gut gehorchen wie seinem Dad.

Sage warf ihm einen Blick zu. »Okay«, sagte sie. »Dann frage ich dich was anderes. Wieso hast du dieses Ding mitgenommen?«

»Dieses Ding« war die Hexenwaffe.

»Einige der Wildlinge, die wir besuchen werden, haben interessante Vorgeschichten«, erklärte er ihr. »Alle sind alt. Ich möchte wissen, ob einer von ihnen schon einmal von so etwas gehört hat.«

Sie fuhr auf eine flache Wiese und stoppte vor einem Haus im Ranch-Stil, das eher an eine Straße in der Stadt gepasst hätte als mitten in die Wälder. Sein Haus war ebenfalls im Ranch-Stil erbaut. Doch in dieser Umgebung wirkte das kleine graue Haus vor ihnen wie eine Hauskatze in der Höhle eines Tigers.

Er kannte diese Wildlinge gut genug, um es für eher unwahrscheinlich zu halten, dass sie die Verräter waren. Sie wären wahrscheinlich durchaus zu einem langfristigen Betrug fähig, würden ihn allerdings als unter ihrer Würde betrachten. Als feige.

Er stieg aus dem Auto. Sobald er das tat, spürte er einen Blick im Nacken. Er überließ es Bruder Wolf, ihre Beobachter zu ermitteln.

Langfristiger Betrug mochte feige sein, aber die eigenen Verbündeten hinterrücks zu überfallen war anscheinend vollkommen in Ordnung.

»Hinter uns«, sagte Sage, die um die Motorhaube getreten war – und sich nun neben ihn stellte.

Sie hatte keine Angst, nicht wirklich. Sie roch nach

Stress und ein wenig Sorge. Wahrscheinlich hätte sie Angst haben sollen. Aber sie irrte sich.

Die Wildlinge hielten sich nicht hinter ihnen auf – auch wenn das ein interessanter Trick war. Er fragte sich, ob sie tatsächlich fähig waren, die Rudelmagie einzusetzen, um den Wind zu beeinflussen, wie Bran es konnte, oder ob sie einfach gelernt hatten, sich eine Eigenheit der Landschaft zunutze zu machen. Bei Wildlingen – besonders bei diesen Wildlingen – war beides möglich.

»Wir überbringen eine Nachricht und eine Warnung«, sagte Charles, ohne die Stimme zu heben. »Hester und Jonesy sind durch Feindeshand gestorben. Ein Feind, der genauso mit einem Hubschrauber ausgestattet ist wie mit Teams von Werwölfen, die bereit sind, die Wölfe des Marrok anzugreifen. Sie haben Hesters Hütte in der Absicht angegriffen, sie gefangen zu nehmen. Sie hatten sie in einen Käfig gesperrt. Nachdem wir sie befreit haben, wurde sie absichtlich umgebracht.«

Er drehte sich um, als wollte er zum SUV zurückgehen … und ein Mann fiel fünf Meter vor dem Auto aus einem Baum.

Er war, wie Bran, die Art von Person, die selbst ohne den Einsatz von Rudelmagie in einer Gruppe verschwinden konnte. Er war weder groß noch klein, weder gut aussehend noch hässlich. Nichts an seinem Gesicht war einprägsam. Bis auf die Augen. Seine Augen waren weiß – Wolfsaugen – und raubtierhaft.

»Bran ist weg«, sagte der Mann, sein Englisch sehr britisch. »Jetzt ist Hester tot, weil du, Charles Marrokson, nicht fähig bist, das Rudel zu beschützen.«

Er hatte bereits von dem Angriff auf Hester gewusst.

Das war wenig überraschend. Diese Wölfe hielten engeren Kontakt mit dem Rudel als die meisten von Dads Wildlingen, weil einer von ihnen regelmäßig an den Jagden teilnahm und auch mit ein paar Leuten aus dem regulären Rudel befreundet war. Gäbe es seine Brüder nicht, wäre er wahrscheinlich draußen in der Welt, als halbwegs sicheres, halbwegs kontrolliertes Mitglied eines normalen Rudels.

Es gab drei von ihnen, ein Paar Zwillinge und ihren jüngeren Bruder. Hätte es den geistig gesunden Zwilling nicht gegeben, vermutete Charles, hätte Bran die beiden anderen längst aus Gründen der öffentlichen Sicherheit getötet.

»Du glaubst, du könntest es besser machen?«, fragte Charles sanft. Der Wind stand nicht zu seinen Gunsten. Er konnte nicht sagen, mit welchem der Brüder er sich unterhielt – nur dass es einer der Zwillinge war.

Der andere Zwilling ließ sich von einem höheren Ast eines anderen Baumes zu Boden fallen. Seine Landung war laut – lauter als nötig, um die Annäherung des dritten, noch unsichtbaren Bruders zu decken.

»Wir könnten es kaum schlechter machen«, sagte er. Dann sah er – überzeugt, dass sein Zwilling Charles im Auge behielt – Sage an und lächelte. »Hey, hübsche Dame. Du gibst eine gute Beute ab.«

Gegen ihren Willen – trotz der Jahre, die zwischen der Sage jetzt und der verprügelten Frau lagen, die zu ihnen gekommen war – klang ihre Stimme angespannt, als sie sagte: »Stell mich auf die Probe.« Daraufhin trat sie einen Schritt näher an Charles heran.

Der zweite Zwilling lachte, ein kehliges, fröhliches Geräusch. »Das habe ich vor, ja. Nicht wahr, Geir?«

Der andere Zwilling lächelte. »Ja.«

Geir war derjenige der drei, der noch halbwegs bei Verstand war.

Charles hatte natürlich nicht die Absicht, die vorgegebenen Identitäten zu glauben; nicht, wenn sie so sorgfältig darauf achteten, sich gegen den Wind zu halten, sodass seine Nase sie nicht unterscheiden konnte. Langsam entfernte er sich einen Schritt von Sage, die nun zwischen ihm und den Zwillingen stand.

Sage versteifte sich bei dieser unerwarteten Taktik. Indem sie an ihn herangetreten war, hatte sie um seinen Schutz gebeten. Sein Positionswechsel bedeutete eine Verweigerung dieser Bitte. Doch er konnte nichts gegen Sages Wahrnehmung tun – oder sich allzu viele Sorgen darum machen.

Er war zu sehr damit beschäftigt, herumzuwirbeln und die Axt zu packen, die Ofaeti, der dritte der Wikingerbrüder, in seinem Rücken hatte vergraben wollen. Charles packte die Waffe am Stiel, eine Hand ganz oben, die anderen ganz unten, Ofaetis Hände zwischen seinen gefangen. Der Wikinger hatte nicht mit dieser Aktion gerechnet, also gelang es Charles, den großen Mann aus dem Gleichgewicht zu bringen. Er verpasste ihm einen schnellen Tritt gegen das Knie, sodass ein Knacken erklang.

Und genau da, in diesem Moment, spürte Charles, dass Anna ihn rief.

»Sage«, sagte er, »steig in den Wagen und halt dich raus.«

Streng genommen war ein Dominanzkampf ein Duell, das zwischen zwei Wölfen geführt wurde. Aus diesem Grund wollte er, dass Sage sich vollkommen heraushielt.

Und vielleicht hatte er auch an ihrer Miene erkannt, dass sie sich von ihm im Stich gelassen gefühlt hatte, und wollte ihr jeden Zweifel nehmen, dass seine Entscheidungen vor allem ihrer Sicherheit dienten.

Anders als Anna würde Sage seinem Befehl Folge leisten. Deswegen verschwendete er keinen weiteren Gedanken an sie – außer als Unbeteiligte, die er beschützen musste.

Ofaeti hatte die Axt freigegeben, als sein Knie brach. Charles warf die Waffe hoch und fing sie korrekt am Griff auf. Es war eine gute Axt, schwer und für den Kampf ausbalanciert, nicht dafür, Bäume zu fällen.

Die Zwillinge, Geir und Fenrir (Charles war sich ziemlich sicher, dass Fenrir nicht sein Geburtsname war, sondern ein Name, den er sich verdient hatte) waren losgerannt, als Ofaeti sie angegriffen hatte; doch jetzt, wo sie Charles mit der Axt in der Hand und Ofaeti (mehr oder weniger) ausgeschaltet sahen, verlangsamten sie ihre Schritte und näherten sich vorsichtiger.

*Charles? Wenn du nicht beschäftigt bist, könnte ich einen Rat brauchen.*

Charles hörte ein leises Geräusch hinter sich und schwang, ohne sich umzusehen, die flache Seite der Axt ungefähr auf Hüfthöhe nach rechts, als hole er mit einem Baseballschläger aus.

*Jetzt*, sagte Bruder Wolf befriedigt, als der Boden hinter ihnen mit einem dumpfen Schlag einen wahrscheinlich nicht toten Körper willkommen hieß, *spielt Ofaeti keine Rolle mehr*.

Charles lächelte – vor Erheiterung und aus einfacher Freude am Kampf. Die Wikingerbrüder kämpften schon länger, als Charles lebte, doch sie hatten nicht Bruder

Wolf zum Partner. Und genauso wenig waren Bran Cornick und Charles' Onkel Büffelsinger ihre Lehrer gewesen.

Die Zwillinge teilten sich auf, um ihn dazu zu zwingen, sich auf beiden Seiten gleichzeitig verteidigen zu müssen. Charles ließ es zu, weil das keinen Unterschied machen würde. Seine einzige Einschränkung lag darin, dass er lieber keinen von beiden töten wollte. Sein Dad hatte ihm die Aufgabe übertragen, sie zu schützen, und sie hatten (bisher) nichts getan, was ihn in Zugzwang brachte.

Fenrir griff als Erster an, mit einem Tritt gegen Charles' Oberschenkel. Charles machte einen Schritt nach vorne, sodass Fenrirs Fuß nach oben auf seine Hüfte abgelenkt wurde und der Angriff schadlos verpuffte. Charles packte das Bein unter dem Knie und rammte Fenrir die andere Hand in den Bauch. Die Kraft des Schlages ließ den anderen Wolf zusammenklappen. Charles nahm Fenrirs Kopf unter den Arm, dann ließ er sich in einem Suplex nach hinten fallen.

Fenrir konnte seinen Sturz nicht kontrollieren, sodass er mit der Wirbelsäule auf dem Baumstumpf landete, auf den Charles gezielt hatte. Die Wirbel brachen mit einem lauten Knacken, und Fenrir stieß ein Wimmern aus.

Charles ließ Ferir los und rollte sich auf die Beine, bevor Geirs Schwert herabsauste und ihn verfehlte. Den zweiten Schlag fing Charles mit der Axt ab.

*Charles?* Annas Stimme klang schwach. *Ich brauche deine Hilfe wirklich, weil ich mir ziemlich sicher bin, dass einige von uns das sonst nicht überstehen werden.*

*Einen Moment*, schickte er zurück. Und dann hörte er auf zu spielen, weil seine Frau ihn brauchte. Er zerstörte das Schwert mit einem Schwung seiner Axt und fing Geirs Blick ein – nur um in diesem Augenblick zu realisieren, dass das Fenrir war, nicht Geir. Ihm wäre es lieber gewesen, wenn Fenrir mit gebrochener Wirbelsäule auf dem Boden gelegen hätte.

Geir würde hoffentlich überleben.

»Es reicht«, sagte Charles. »Ich habe keine Zeit für diesen Mist. Wir sind fertig. Unterwirf dich.«

Der alte Wolf kämpfte gegen den Zwang an. Schweiß rann über sein Gesicht und befeuchtete sein Hemd. Doch dann öffneten sich seine Finger, und die Klinge fiel im selben Moment zu Boden, in dem er auf die Knie sank und Charles seine Kehle darbot.

Bruder Wolf spürte die Versuchung, ihm den Gnadenstoß zu verpassen. Dieser hier hatte ihn abgelenkt, als er sich eigentlich um seine Gefährtin hätte kümmern müssen. Charles schlug seinem Gegner stattdessen die stumpfe Seite der Axt gegen die Schläfe. Ausreichend, um ihn ein paar Minuten auszuschalten, nicht hart genug, um ihn zu töten.

Hätte er es mit Geir zu tun gehabt, hätte er sich darauf verlassen, dass er die Unterwerfung achtete. Aber Fenrir gehörte nicht zu den Wölfen, denen er so weit vertrauen konnte.

*Anna?*, schickte er durch die Verbindung zwischen ihnen. *Was kann ich …*

Plötzlich wurde er in eine Cartoon-Welt gezogen. Er erkannte die vagen Andeutungen an ein Märchen. Der Himmel war dunkel, und die Farben erinnerten an Prellungen: Purpur, dunkle Blautöne, finstere Grautöne und Schwarz. Schwammiger Boden lag unter seinen Füßen, was ihn leicht beunruhigte – aber nicht so sehr wie der

Gestank nach schwarzer Hexenmagie. Er sah sich um, konnte allerdings nichts entdecken außer einem hochaufragenden Wall aus dornengespickten Ranken.

»Anna?« Er konnte sie nicht sehen, doch er konnte fühlen, dass sie in seiner Nähe und besorgt war.

»Charles!«, rief sie. »Ich bin hier, gefangen in den dämlichen Pflanzen. Ich kann mich nicht befreien.«

Er watete durch den klebrigen, matschigen Boden. Als er den Wald aus Ranken erreichte, öffneten sich die Reben widerwillig vor ihm. Sie hätten ihn von Anna ferngehalten, wenn es ihnen möglich gewesen wäre, aber die Gefährtenbindung und seine Magie waren hier, wo solche Dinge mehr Bedeutung hatten, einfach zu stark. Doch dann schlossen sich die Pflanzen in einem Rascheln, das an bösartiges Flüstern erinnerte, hinter ihm.

Seine Gefährtin stand mit dem Rücken zu ihm auf einer sehr kleinen Lichtung und betrachtete mit verschränkten Armen die dornigen Ranken.

»Was tust du da?«, fragte er.

»Das ist Hexenmagie«, sagte sie, ohne den Blick von den biegsamen Ästen abzuwenden. »Ich weiß nicht, was ich mit Hexenmagie anfangen soll.«

Er näherte sich ihr. Erst da wurde ihm bewusst, dass ihre Kleidung zerrissen war und blutige Kratzer sich über ihre Arme und ihre Wange zogen. Er erkannte tiefe Denkfalten auf ihrer Stirn.

»Ist der Cartoon dir zu verdanken?«, fragte er.

Da sah sie zu ihm auf. »Oh, gut, du bist hier«, sagte sie, als hätte sie ihn erst jetzt entdeckt, obwohl sie seine Fragen beantwortet hatte. So war dieser Ort. »Cartoon?«

Sie drehte sich langsam im Kreis und sah sich um. Dann schüttelte sie den Kopf und lachte. »Ich glaube, ich habe diesen Ort als Metapher geschaffen. Aber ich bin mir nicht ganz sicher, wer hier wirklich das Sagen hat. Das …« – sie wedelte mit den Armen, um die gesamte Umgebung einzuschließen – »ist ein Sammelsurium aus meiner Macht, Wellesleys Magie und dem hier.« Bei den letzten Worten deutete sie auf die Dornenhecke. »Das ist schwarze Magie. Hexenmagie. Und ich weiß nicht, wie es hierhergekommen ist oder wie ich den Fluch brechen soll.«

Charles musterte die Hecke etwas genauer. Als Erstes fiel ihm auf, dass die Pflanzen kaum Ähnlichkeit mit echten Dornengebüschen aufwiesen – aber sie befanden sich auch nicht in der Realität. Er hatte ein wenig Erfahrung mit dieser Art von magischen Träumen, auch wenn sie bei seinen Abenteuern gewöhnlich mehr aussahen wie die echte Welt und weniger wie Disneyland.

»Also ist eine schlafende Prinzessin hinter den Dornen gefangen?«, fragte er.

»Nein«, antwortete Anna. »Wellesleys Wolf.«

*Interessant*, dachte Bruder Wolf. *Wir haben nie Hexenmagie an ihm gespürt. Ist sie neu?*

»Das glaube ich nicht«, meinte Anna. »Ich glaube, dieser Fluch besteht schon seit langer Zeit. Asil meinte, es könnte eine Hexe an dieser Sache in Tennessee beteiligt gewesen sein.«

»Rhea Springs?«, fragte Charles stirnrunzelnd. »Ich habe dort keine Hinweise auf Hexen entdeckt.«

Anna zog die Augenbrauen hoch, dann wies sie mit einer ausladenden Geste auf die Dornenhecke, die deutlich den Blut- und Falschheit-Gestank ausströmte, der auf Hexenmagie hindeutete.

»Gutes Argument«, sagte er.

»Also, wie vernichte ich die Hecke?«, fragte sie ihn.

*Mit Blut*, sagte Bruder Wolf.

Anna hob die Hände. »Ich habe hier geblutet und …« Sie wurde rot. »Ich habe in der echten Welt aus Versehen meine Klauen in Wellesley vergraben. In der echteren Welt, zumindest. Und er hat geblutet. Es hatte keine Auswirkung auf die Hexerei.«

»Das ist ein Märchen«, meinte Charles nachdenklich.

»Ja?«

»Wenn Blut nicht funktioniert, dann vielleicht ein Kuss.«

Vieles in der Rudelmagie funktionierte mit Blut – aber es gab ein paar ausgewählte Gaben, die durch einen Kuss symbolisiert wurden. Er hatte so eine Idee, dass das hier so eine Situation war.

Charles hob den Arm und ergriff Annas Hand – die immer noch verbunden war, also achtete er darauf, sanft zu sein. »Ich küsse dich. Du küsst Wellesley in der realen Welt.«

Sie riss in instinktiver Ablehnung den Kopf zurück, doch gleichzeitig packte sie seine Finger fester. *»Der wahren Liebe erster Kuss?«* Das klang nach einem Zitat. »Ich liebe ihn nicht.«

Er ließ sein Kinn auf ihren Scheitel sinken und zog sie an sich. Selbst in dieser Traumzeit fühlte es sich gut an. Brachte ihn zum Lächeln.

»Zwischen dir und ihm ist keine Liebe nötig«, erklärte er. »Aber Bran hält ihn als Rudelmitglied, so wie er dich und mich hält. Wenn ich dich hier küsse und du ihn in der realen Welt küsst, können wir beide vielleicht ein wenig Magie wirken.«

Dann beugte er sich vor und legte seine Lippen auf ihre.

Anna verstand nicht ganz, was Charles vorhatte, doch sie war bereit, ihm zu vertrauen.

Sie blinzelte unsicher, als sie sich bemühte, sich gleichzeitig der realen Welt und ihrer inneren Vision bewusst zu bleiben. Es war schwierig und sehr unangenehm.

Asil hielt Wellesley immer noch auf dem Boden fest, allerdings nur mit Mühe. Er bemerkte, dass Anna ihn ansah, und lächelte grimmig. »Was auch immer du gerade versuchst, es funktioniert. Das merke ich daran, dass es leichter geworden ist, ihn festzuhalten.«

Sie konnte nicht erkennen, ob er das sarkastisch meinte oder nicht. Und sie war momentan geistig nicht fähig, das herauszufinden. Der Winkel, in dem Asil Wellesley hielt, machte es unmöglich, ihn auf den Mund zu küssen. Sie konnte ihn auf die Wange küssen, dachte sie, und spürte tiefe Erleichterung.

*Auf den Mund*, sagte Bruder Wolf, denn in der nicht realen Welt küsste Charles sie und konnte daher nicht sprechen. *Es ist symbolisch. Wir geben unser Wort durch unsere Münder, wir kommunizieren damit, wir essen und nehmen Nahrung damit auf. Durch seinen Mund können wir ihm Macht schicken. Charles sagt, dass Wellesley selbst eine gewisse Macht besitzt. Wenn wir ihm genug senden, sollte er fähig sein, sich selbst zu befreien.*

»Kannst du ihn drehen?«, fragte Anna Asil. »Ich muss ihn auf den Mund küssen.« Sie hörte selbst, dass sie mürrisch klang. Sie war sich nicht sicher, ob ihm Macht durch den Mund zu schicken sich intimer anfühlte oder nicht.

Asil hielt einen Moment inne – und Wellesley kämpfte wie wild. Er schnappte nach ihren Händen – sodass es ihr nur gelang, die Finger an seinem Gesicht zu halten, indem sie sich nach vorne warf, auf Asil und Wellesley. Sie hatte das definitive Gefühl, dass es sehr schlecht wäre, wenn sie den Kontakt verlor.

Asil fluchte auf Spanisch, verlagerte seinen Griff ein wenig und machte eine schnelle Bewegung. Wellesleys Gegenwehr wurde sofort weniger effektiv, wenn auch nicht weniger leidenschaftlich.

»Er steht unter einem Zauber«, erklärte sie Asil, bevor er etwas sagen konnte. »Hexenmagie. Charles sagt, ich muss ihn auf den Mund küssen.«

Unglaublicherweise, irritierenderweise, verzog sich Asils Mund, der bisher eine grimmige Linie gebildet hatte, plötzlich zu einem breiten Grinsen. »Hat er das getan? Ich habe dir doch gesagt, dass du den hübschen Prinzen küssen musst. In Ordnung, lass mich nachdenken. Du kannst ihn nicht freigeben, habe ich recht?«

Anna nickte unsicher. »Ich habe keine Ahnung, was ich hier tue, Asil. Aber wenn es bisher wirkt, möchte ich ungern etwas ändern.«

Wellesley schnappte erneut nach ihr. Asil warf ihr einen ernsten Blick zu. »Bist du dir da sicher?«

»Bruder Wolf ist es.«

Asil verdrehte die Augen – Anna fürchtete, dass sie alle im Rudel mit ihren schlechten Gewohnheiten ansteckte. »Und Bruder Wolf hat immer recht«, murmelte er. »Schön. Dann besteht deine Aufgabe darin, den Kontakt zu ihm zu halten, während ich ihn in die richtige Position für einen Kuss bringe. So, dass du ihn küssen kannst, meine ich.« Er murmelte etwas in seinen Bart und brummte.

Sie konnte nicht genau erkennen, was er tat; bemerkte

nur, dass Wellesley sich bewegte, Asil sich bewegte – und sie sich anstrengen musste, um ihnen zu folgen. Schließlich lag Asil unter Wellesley, der mit dem Gesicht nach oben ruhte, sodass sie seinen Mund erreichen konnte.

»Mach schnell«, sagte Asil. »Dieser Halt ist nicht sicher.«

Anna beugte sich vor, wobei sie sich auf das Gefühl von Charles' Mund auf ihrem an diesem anderen Ort konzentrierte. Sie drückte ihre Lippen auf Wellesleys. Und es fühlte sich an, als küsse sie einen Elektrozaun.

Wellesleys Augen öffneten sich, leuchtendes Gold kombiniert mit Schokoladenbraun, und er saugte ihre Macht auf, bis sie leer war.

Sie schwankte in seinen Armen, und Charles knurrte. Dummer Wellesley, dachte er. Er spürte, dass Wellesley eine Macht besaß, die an die Magie erinnerte, die Charles' Mutter ihm vererbt hatte. Der andere Wolf hätte fähig sein müssen, Anna als Leitung zu der Macht zu verwenden, die Charles hielt – der Macht des Marrok-Rudels.

Charles öffnete seine Gefährtenbindung, soweit er konnte, dann öffnete er auch die Rudelverbindung und zog Kraft daraus – um all diese Kraft in seine Gefährtin und durch sie hindurch zu schicken. Er wünschte sich, er wäre körperlich bei ihr, damit er ihr alles erklären konnte – Wellesley sagen konnte, was er tun sollte –, statt nur darauf zu hoffen, dass der alte Wolf es selbst erkannte …

Annas Haut brannte plötzlich von einer Energie, die sich anfühlte wie Charles, sich anfühlte wie Rudel. Sie übertrug sie auf Wellesley, der sich in Asils Griff wand. Er biss sie in die Lippen, und sie blutete.

*Okay*, dachte sie. *Mal sehen, ob Bruder Wolf recht hat.*

An diesem anderen Ort, wo sie immer noch Charles küsste, streckte Anna die Hand aus und umklammerte mit wunden Fingern eine Ranke. Das Gewächs zuckte, kämpfte und wand sich – aber Anna war eine Werwölfin und wusste, wie man etwas festhielt. Die Rebe verbrannte ihre Hand und zerkratzte ihr mit den Dornen das Handgelenk, doch sie ließ nicht los.

Sie öffnete die Augen und sah, wie das Dornengebüsch in Blüten explodierte, die sie an die Blumen erinnerten, die nach Jonesys Tod im Tal entstanden waren. Zwei Atemzüge lang roch die Luft frisch und wunderbar; und dann wurden Charles und sie von Ranken umschlungen.

Dornen gruben sich in ihre Haut, ein scharfer Schmerz gefolgt von dumpfer Pein. Die Blumen verblassten von hellem Gelb zu Grau und starben schließlich ab. Überall um sie herum verengten sich die Ranken, bis sie kaum noch atmen konnte.

Und Charles …

Etwas beschützte sie, vielleicht Charles selbst. Doch der Körper ihres Gefährten lag steif an ihrem, als die Dornen sich in ihn gruben und ihm schreckliche Schmerzen bereiteten, die sie durch ihre Verbindung spüren konnte.

*Fühlt sich an wie Silber*, sagte Bruder Wolf.

Anna wurde klar, dass ihre Kraft nicht ausreichen würde.

Bruder Wolf heulte.

Bran tigerte in seinem Hotelzimmer auf und ab und kämpfte gegen seinen Wolf. Er hatte wirklich vorgehabt, nach Afrika zu reisen. Afrika klang, als wäre es weit genug entfernt. Doch sein Wolf hatte ihn lediglich bis Spokane kommen lassen.

Er griff nach seinem Handy und hörte – wieder einmal – Charles' trockenen Bericht über Hesters Tod ab. Über Jonesys kryptische Nachricht. Über die Verbindung zwischen ihrem Feind und demjenigen, der sie seit Jahren verfolgte.

*Mein Fehler*, dachte Bran. *Es war mein Fehler, dass sie gestorben ist. Sie hat mir vertraut – und ich habe sie im Stich gelassen.*

Vorsichtig legte er das Handy ab und nahm seine Wanderung durchs Zimmer wieder auf.

Hester war tot, und er wusste immer noch nicht genauer, wer ihr Verräter war – oder war sich zumindest nicht sicherer, wer ihr Verräter war. Er warf einen Blick zu dem Computer auf dem Kirschholz-Imitat-Schreibtisch, doch er wagte es nicht, das Gerät anzufassen, bevor er sich beruhigt hatte. Er hatte die Finanzunterlagen von Leos Rudel und die sehr viel schlichteren Finanzdaten von Gerry Wallace herausgezogen und sie ein weiteres Mal durchgearbeitet, bis sein Wolf genug hatte.

*Folge dem Geld.* Der Feind bekam von irgendwo eine Menge finanzielle Unterstützung. So viel Geld musste eine Spur hinterlassen, aber er konnte sie nicht finden. So wie es auch den fähigen Buchhaltern nicht gelungen war, denen der Alpha von Chicago die Unterlagen übergeben hatte. Er hätte die Daten stattdessen Charles geben sollen. Charles hätte es vielleicht geschafft, etwas zu finden … was genau der Grund war, warum Bran sie ihm nicht gegeben hatte. Weil er Angst vor dem hatte, was Charles finden könnte.

»Verrat ist ein dreckiges Geschäft«, erklärte er dem Biest in sich. Das war die Gabe seiner Mutter – das Monster, das in ihm lebte. Sie hatte ihn nicht infiziert, das stimmte. Aber er hatte seinen Vater schon vor langer Zeit von dieser Verantwortung freigesprochen. Nicht einmal der Lord der Fae hatte es geschafft, seine Mutter zu überwältigen. Sein Vater war ein einfacher Farmer gewesen, ohne jede Chance, sobald der Blick seiner Mutter auf ihn gefallen war.

Das Biest tobte in ihm. Wütend. Verängstigt.

Das war er auch, und zusätzlich machte er sich noch Sorgen.

Irgendetwas zerrte heftig an den Rudelverbindungen, die er nach Hesters Tod zu dünnen Fäden verengt hatte. Er gab sie frei, ein winziges bisschen, darauf vorbereitet, Wut auszusenden, weil er so grob gestört wurde – und entdeckte Bruder Wolf.

Asil hielt den verrückten Wolf so gut fest, wie es ihm eben möglich war, auch wenn er sich ziemlich sicher war, dass allen am besten geholfen wäre, wenn er Wellesley das Genick brach und damit allen weiteren Ärger ersparte. Sicher, Wellesley war ein Künstler der Art, die Asils Seele erhellte. Ja, Wellesley war einsichtig und schlagfertig – sogar, wenn er mit dem Biest in sich kämpfte.

Aber Anna war eine Omega. Ein Schatz. Asil hatte seine Gefährtin verloren, doch Allah, der die Herzen der Lebenden kannte und wusste, wie man sie heilte, hatte

Asil eine zweite Omega geschickt, um sie zu beschützen. Er liebte Anna – auch wenn er nicht in sie verliebt war. Er liebte sie, wie ein Mann die Quelle lieben muss, die den Seinen in der Wüste Wasser schenkt. Um ihretwillen würde er sein Leben hingeben. Um ihretwillen sollte er Wellesley einfach ausschalten.

Und um ihretwillen konnte er es nicht tun.

Er spürte es, als Charles die Rudelverbindungen öffnete und um Macht bat. Er gab alles, was er geben konnte, ohne seinen Griff um Wellesley zu lockern.

So auf die Verbindungen eingestellt, konnte er spüren, wie eine Welle aus nach Charles und Rudel schmeckender Magie durch Anna in Wellesley floss, und fühlte, wie der Körper des anderen Wolfes unter dem Ansturm von so viel Magie zitterte.

Der Gestank von Hexenmagie, von schwarzer Magie, drang aus Wellesleys Poren. Asil rümpfte die Nase. Es roch nach Macht, nach Alter, nach Tod.

»Ja, ja«, murmelte irritiert, »und zweifellos auch nach Schmerz, Elend und Leid.«

Er wartete darauf, dass der Geruch nachließ; dass die Macht des Rudels ihn vertrieb. Doch es war nicht der Geruch, der verebbte, sondern die Macht …

Er öffnete seine Verbindungen weit und warf seine gesamte Kraft in die Welle aus Rudelmagie, die langsam zu einem Rinnsal verkam. Die Rudelmagie begann genauso nach Hexenmagie zu stinken wie Wellesleys Haut. Er fühlte, wie Charles eine verzweifelte Bitte zum Marrok schickte, der sie im Stich gelassen hatte.

Asil wusste, dass das nicht fair war. Er verstand von allen am besten die Bürde des Alpha-Status. Er hatte diese Position aufgegeben, eben weil die Verantwortung eine solche Bürde darstellte. Aber sie brauchten Bran, und er war nicht hier.

Bis er es doch war.

Macht, roh und umfassend und mit dem Geschmack von hundert Rudeln (oder tausend, Asil war gerade nicht in der Verfassung, sie zu zählen), schoss durch die Verbindungen. Über ihm wurden Annas Augen groß, wechselten zu Eisblau, und ihr gesamter Körper glühte durch die Magie des Marrok.

Anna schrie, als Feuer ihre Adern flutete, das Geräusch gedämpft von Charles' Lippen. Das Feuer glitt durch ihre Arme und in ihre verbrannte Hand, bis ihr Fleisch nur noch aus Pein zu bestehen schien.

Doch sie hielt die Ranke fest. Sie hielt sie fest, als die gesamte Dornenhecke in Feuer aufging und mit einer Wut brannte, die von ihrer Hand ausging und auf eine andere Macht von innen stieß. Sie schloss die Augen gegen die Helligkeit, drückte ihren Körper an den ihres Gefährten und gab die Ranke nicht frei, bis sie zu grauem Staub zerfiel.

Als der letzte Staub durch Annas Finger rieselte, brach Charles den Kuss ab. Er trat einen Schritt zurück und hielt sie fest, bis sie ihr Gleichgewicht wiedergefunden hatte. Dann verschwand er in der Dunkelheit, die sich nach der Zerstörung der Dornenhecke ausbreitete. Aber sie verlor ihn nicht; sie konnte seine Erschöpfung durch das Band spüren, das sie teilten.

Die Dornröschen-Kulisse verblasste, wie Charles verblasst war, bis sie in weiter, gräulicher Leere stand. Das Einzige, was sie noch sehen konnte, war ein ausgezehrter Wolf mit goldfarbenem Fell.

Sein Pelz war verfilzt, und er hatte Wunden, aus denen Blut und gelber Schleim floss. Er hechelte mit gesenktem Kopf, noch erschöpfter, als sie sich fühlte.

*Geh nach Hause*, Namwign Bea, wies der Wolf sie mit Wellesleys Stimme an. *Geh nach Hause und ruh dich aus.*

Das schien klug, nachdem sie müde war. Sie machte einen Schritt zurück und sank in sich zusammen. Der Boden schien sie sanft aufzufangen. Sie tätschelte ihn freundlich. »Danke«, murmelte sie und schloss die Augen.

Jemand weckte sie grob.

»Trink das, *mija.* Ich verspreche, es wird helfen.«

Sie hätte wissen müssen, dass es Asil war, dachte sie mürrisch. Asil respektierte keinerlei Grenzen außer seinen eigenen.

In dem Wissen, dass es nichts helfen würde, sich gegen ihn zu wehren, trank sie den süßen Tee, den er an ihre Lippen hielt. Und sie trank auch die zweite Tasse. Bei der dritten Tasse saß sie ohne Hilfe und fühlte sich wach genug, um sich umzusehen.

Sie saß auf einem kleinen Sofa in einem lichtdurchfluteten Raum. Eine ganze Wand des Zimmers bestand aus einem großen Fenster, das über den Wald hinwegsah. Insgesamt war der Raum riesig und enthielt fast keine Möbel. In einer Ecke befand sich eine gut ausgestattete, moderne Küche. Das Sofa, auf dem sie saß, stand in ihrer Nähe. Neben dem Sofa klaffte ein riesiges Loch in der Wand.

Jenseits des Lochs lag die kleine Kammer mit dem festgestampften Erdboden, in dem sie Wellesley geholfen hatte, um seine Freiheit zu kämpfen. Wellesleys zusammengerollter Körper lag immer noch dort.

Sie blinzelte einen Moment in seine Richtung, konnte aber nicht erkennen, ob er atmete oder nicht.

»Trink das aus«, sagte Asil aus der Küche. Er hatte den Kühlschrank geöffnet und musterte den Inhalt. »Ich werde dir etwas zu essen machen.«

»Ist er tot?«, fragte sie.

Asil zog den Kopf aus dem Kühlschrank und sah durch das klaffende Loch, wo sich die Stahltür – und der Türrahmen aus Stahl – befunden hatten, zu ihrem unbeweglichen Gastgeber.

»Nein«, sagte er. »Aber ich nehme an, er wird etwas länger brauchen als du, sich zu erholen. Von einem mächtigen Fluch befreit zu werden, lässt einen gewöhnlich mit einem schrecklichen Kater zurück.« Er hielt nachdenklich inne. »Oder tot. Ich nehme an, er wird den Kater zu schätzen wissen.«

Anna war in eine Decke gewickelt worden. Jemand hatte ihr das Gesicht gewaschen (woran sie sich vage erinnerte). Asil hatte ihr drei Tassen süßen Tee eingeflößt und machte ihr jetzt etwas zu essen. Wellesley lag nach wie vor auf dem Boden, wo er hingefallen war.

»Asil«, sagte sie langsam, »ich dachte, du magst Wellesley.«

Asil zog Aufschnitt und ein Stück Käse aus dem Kühlschrank und warf ihr einen höflich überraschten Blick zu. »Natürlich. Wieso sollte ich ihn denn nicht mögen? Er hat verstanden, was du bist, und entschieden, dass ihm das vielleicht bei dem Ärger helfen könnte, den er sich eingebrockt hat. Dann hat er dich ohne Erlaubnis gepackt. Hätte der Marrok nicht die Schleusentore geöffnet, wärst du tot. Und der Rest des Rudels wahrscheinlich genauso.«

»Ich habe es nicht absichtlich getan«, sagte Wellesley, ohne sich zu bewegen. »Ich hatte nur begrenzt Kontrolle über meine Handlungen, zumindest in den letzten … Welches Jahr haben wir? Neunzig Jahren oder so.«

Asil deutete mit dem Messer auf ihn, mit dem er den Cheddar geschnitten hatte. »Schieb die Schuld nicht auf deinen Wolf. Dein Wolf hat nur verstanden, welche Möglichkeiten Anna bietet. Du warst es, der beschlossen hat, sie zu benutzen, um deinen Fluch zu brechen.«

»Das klingt fair«, sagte Wellesley. »Wahrscheinlich stimmt das.« Er hielt inne. »Es tut mir nicht leid. Hätte ich uns beide getötet … uns alle? Auf jeden Fall, wenn wir tot wären, täte es mir leid. Aber nachdem wir überlebt haben, bin ich einfach nur sehr, sehr dankbar. Wenn ich mich bewegen könnte, würde ich dir die Hand küssen, Anna.«

»Du solltest dich besser ziemlich bald in Bewegung setzen«, meinte Asil fröhlich. »Charles ist bereits unterwegs, da bin ich mir sicher. Falls du glaubst, ich wäre unzufrieden mit dir, warte einfach, bis Charles dir seine Gefühle mitteilt.« Er schnitt noch ein wenig Käse auf. »Charles ist kein Mann großer Worte. Du hast einfach bloß Glück, dass er nicht länger eine Keule mit sich herumschleppt.«

»Ich glaube, er hat eine Axt«, sagte Anna.

Asil sah sie an. »Eine Axt?«

Sie nickte. »Ich weiß nicht warum, aber ich glaube, er hielt eine große Axt in der Hand, als ich ihn zuerst kontaktiert habe, um ihn um seine Hilfe zu bitten.«

Asil lächelte. »Gut. Eine Axt ist im Moment genau das Richtige.«

»Asil?«, fragte sie. »Wo wir gerade von Äxten sprechen … wo ist die Tür? Ähm, und der Türrahmen?«

»Ich habe sie durch das Loch nach unten geworfen«, sagte er, wobei er zum ersten Mal ein wenig verlegen wirkte. »Sie war mir im Weg.«

»Sie sollte eigentlich Werwolf-sicher sein«, murmelte Wellesley.

»Ich bin nicht einfach irgendein Werwolf«, sagte Asil. »Und hätte sie eine Klinke gehabt, wie eine richtige Tür, dann wäre sie noch, wo du sie eingebaut hast.«

Dank Anna, die Asil an seine Manieren erinnerte, wurde Wellesley irgendwann auf einen Stuhl in seiner Küche gesetzt und in einer Geschwindigkeit mit Sandwiches gefüttert, die dafür sorgte, dass Asil sich über seinen neuen Job als Fastfood-Koch beschwerte. Anna sicherte sich auch zwei oder drei Sandwiches und bemerkte durchaus, dass Asil selbst gut doppelt so viel gegessen hatte.

Es gab eine Menge Dinge, die sie über das erfahren wollte, was gerade geschehen war … doch zwischen einem Bissen und dem nächsten dämmerte sie weg. Als Nächstes hörte sie die Stimme ihres Gefährten.

»Anna?«, sagte Charles.

»Tut mir leid«, murmelte sie, ohne die Augen zu öffnen. »Fresskoma. Das passiert, wenn man in Cartoons gezogen wird und mit bösen Dornenwesen kämpft.«

»Das werde ich mir merken«, meinte Charles.

*Du musst aufwachen*, sagte Bruder Wolf. *Damit niemand stirbt.*

Und das sorgte sehr effektiv für einen Adrenalinstoß. Sie setzte sich auf und rieb sich das Gesicht. Asil, Wellesley und Sage standen in der Küche – keiner von ihnen wirkte besonders glücklich.

Charles kniete neben der Couch. Eine Hand lag an ihrem Gesicht. Und in der anderen Hand …

»Das«, sagte Anna, »ist eine wirklich große Axt, die du heute Morgen, als du aufgebrochen bist, noch nicht gehabt hast.« Es klebte Blut daran. Nicht sein Blut, zumindest glaubte sie das nicht. Es roch nicht nach seinem Blut.

*Nicht unseres*, stimmte Bruder Wolf ihr fröhlich zu.

Charles brummte nur, doch als sie die Augenbrauen hochzog, beantwortete er ihre indirekte Frage.

»Als du mich das erste Mal kontaktiert hast, hatte ich diese Axt gerade dem Wikinger abgenommen, der mich angegriffen hat, und ihm damit das Bein gebrochen.«

»Ich verstehe«, sagte sie.

»Es hat mich eine Weile gekostet, seine Zwillingsbrüder auszuschalten, sonst hätte ich mich früher bei dir gemeldet.«

Sie dachte über diese Aussage nach und entschied, dass er nicht versuchte, witzig zu sein. Er wirkte eher entschuldigend.

»Mir wäre es lieber, wenn du nicht von Wikinger-Zwillingen verletzt wirst …« Sie musste es noch mal aussprechen. »Weil es hier offensichtlich Wikinger-Zwillinge gibt. Auf jeden Fall solltest du dich immer um dringende Angelegenheiten kümmern, bevor du mir antwortest. Wenn du tot bist, kannst du mir gar nicht mehr helfen.«

»Daran werde ich das nächste Mal denken«, sagte er.

Sie fand nicht, dass er allzu bedrohlich wirkte, doch dann sah sie über Charles' Schulter zu den anderen. Sage sah ein wenig bleich aus, aber ihre Miene war ruhig. Wellesley wirkte halb tot – so hatte er allerdings schon ausgesehen, als sie eingeschlafen war. Asil erweckte den Eindruck einer wütenden Katze, die von einem riesigen Hund in die Ecke getrieben worden war.

Also war das nicht beängstigende Aussehen wohl etwas relativ Neues. Interessant, dass es Bruder Wolf gewesen war, der sie aufgeweckt hatte – wahrscheinlich, damit sie Charles davon abhalten konnte, jemanden umzubringen?

»Nachdem wir jetzt alle hier sind«, sagte sie, »könnte uns Wellesley vielleicht genau erzählen, was in« – sie sah Charles an – »Rhea Spring, Tennessee, passiert ist, oder? Denn ich glaube, dort hat er sich diesen interessanten Dornröschen-Fluch eingefangen.«

»Ich weiß nicht, was das für eine Rolle spielen soll«, meinte Wellesley müde. »Die meisten beteiligten Personen sind tot, abgesehen von mir. Selbst die Stadt ist verschwunden … in den Vierzigerjahren unter dem Wasser des Stausees ertrunken.«

»Ihr wisst ja, wie neugierig ich bin«, warf Asil ein. »Ich habe schon eine Menge Hexenmagie gesehen, aber noch nie ein Hexenmagie-Gebilde, das so lange gehalten und sich dabei so gut verborgen hat. Gewöhnlich vergehen Flüche, wenn die verantwortliche Hexe stirbt.«

»Es macht mich unglücklich«, sagte Charles, »zu wissen, dass so etwas direkt unter meiner Nase existiert hat – direkt unter der Nase meines Dads –, ohne dass einer von uns auch nur die geringste Ahnung hatte.«

Wellesley rieb sich das Gesicht. »Das sehe ich. Wo soll ich anfangen?«

# 9

»Ich erinnere mich nicht an alles.« Wellesley war so müde, dass er die Augen schloss, während er sprach. »Aber ihr habt mehr als verdient zu hören, was ich euch erzählen kann. Asil, mein alter Freund, wenn du damit fertig bist, wütend auf mich zu sein, würdest du bitte den Schrank über dem Kühlschrank öffnen und die Flasche holen, die du dort findest? Und wenn du so nett wärst, allen, die etwas wollen – aber besonders mir –, etwas einzugießen? Ich wollte ihn aufheben, glaube allerdings, diese Geschichte … ich denke, ich brauche etwas Stärkung, um diese Geschichte zu erzählen. Ich würde es ja selbst tun, breche aber bestimmt zusammen, bevor ich überhaupt beim Kühlschrank bin.«

Asil verschränkte die Arme und blieb, wo er war. Doch Sage und er trugen nicht mehr die kampfbereite Haltung zur Schau, die sie eingenommen hatten, als Anna aufgewacht war.

Sage seufzte schwer, öffnete den Schrank und zog mit einem anerkennenden Brummen eine Weinflasche heraus.

»Merlot«, sagte sie. »Und zwar ein richtig guter. Lecker.« Sie öffnete einen weiteren Schrank und wollte ihn schon wieder schließen, als sie nichts außer Plastikbechern darin entdeckte.

»Nein«, sagte Wellesley. »Etwas anderes habe ich nicht.«

Sie sah ihn an. »Du willst einen guten Wein aus Plastikbechern trinken?«

Er zuckte mit den Achseln. »Ich neige dazu …« Er hielt inne, sah Anna an und schenkte ihr ein leichtes Lächeln, ehe er seine Aufmerksamkeit wieder auf Sage richtete. »Ich *neigte* dazu, Gläser zu zerbrechen. Das Plastik war leichter aufzuräumen.«

Sie schüttelte den Kopf, fand einen Korkenzieher und hob nach dem Öffnen den Korken an die Nase. Sie atmete tief ein – und ein warmer, fruchtiger Duft breitete sich im Raum aus, sogar bis zu Annas Sofa.

»Sehr lecker«, meinte Sage. »Charles?«

»Nein.«

»Anna?«

Anna zögerte, schüttelte aber dann doch den Kopf. »Nicht im Moment.« Ihr Magen rumorte. Sie nahm an, das hing damit zusammen, dass sie Kopfschmerzen hatte und ihre Augen brannten – Wellesley zu befreien hatte eine Menge Kraft gekostet.

»Asil?«

Asil schüttelte den Kopf.

»Stimmt«, sagte sie. Ihre Stimme klang ein wenig scharf. »Du hältst nichts davon, dich Lastern hinzugeben.«

Anna wusste genau, dass Asil Wein mochte. Bei diesem Wortwechsel ging es allerdings nicht um Alkohol, wie sie vermutete. Es fühlte sich an wie einer dieser Konflikte zwischen Liebhabern, die längst den Punkt überschritten hatten, an dem Liebe oder Logik noch eine Rolle spielten.

Asil legte den Kopf schräg, und als er sprach, klang seine Stimme sanft und halb entschuldigend. »Ich versichere dir, dass ich ein sehr schlechter Muslim bin. Wein ist, für einen Werwolf, nur Traubensaft …«

»Sehr teurer Traubensaft«, sagte Wellesley. »Und auch sehr guter Traubensaft.«

»Aber auch wenn es sehr teurer und guter Traubensaft sein mag, spüre ich momentan nicht den Drang, ihn zu konsumieren.«

»Okay«, sagte Sage beiläufig, als hätte sie nicht mehr Bedeutung in seine Ablehnung hineingedeutet als nötig. Sie füllte zwei rote Plastikbecher und brachte sie beide zu Wellesley. »Such dir einen aus.«

»Hast du einen vergiftet?«, fragte er interessiert.

»Du bist ein Werwolf«, antwortete sie trocken. »Wir müssen uns um Gift keine Sorgen machen.«

»Das stimmt nicht«, hielt Wellesley dagegen, als er einen der Becher ergriff und mit einem glücklichen Seufzen den ersten Schluck nahm. »Unsere Gifte sind nur anders.«

»Alkohol ist auch ein Gift«, stellte Anna klar. »Wenn ein Mensch zu viel davon trinkt, bringt es ihn um.«

Sage nippte an ihrem Becher, zog die Augenbrauen hoch und nickte Wellesley zu. »Mögen all unsere Gifte so gut schmecken.« Sie hob ihren Becher in seine Richtung, ohne ihm nah genug zu kommen, um tatsächlich mit ihm anzustoßen. »Auf tote Hirnzellen.«

Er hob ebenfalls den Becher. »Auf die Freiheit«, sagte er, und in diesem Moment leuchteten seine Augen strahlend gelb.

»Jetzt, wo wir das erledigt haben«, meinte Sage, »würde ich gerne auf den aktuellen Stand gebracht werden, bevor die Märchenstunde beginnt. Würde jemand uns erklären, was hier los ist?« Sie sah sich um und seufzte. »Mir erklären, was hier los ist? Irgendwie habe ich das Gefühl, dass ich die Einzige bin, die nicht weiß, was passiert ist.«

»Was weißt du?«, fragte Wellesley.

»Charlie hat fünf Minuten ins Leere gestarrt und es mir allein überlassen, die Sache mit den Wikinger-Zwillingen und dem dritten Bruder zu klären.« Sie lächelte kurz. »Doch ich habe heute von Charlie eine Lektion in Diplomatie bekommen. Es ist witzig, wie ein paar gebrochene Knochen selbst Wikinger zur Vernunft bringen. Das werde ich auch versuchen, wenn ich ihnen noch mal eine Nachricht überbringen muss. Vielleicht in zwanzig Jahren oder so.«

»Also weiß sie nicht viel«, sagte Asil. »Aber Sage weiß, dass du Probleme mit deinem Wolf hattest – und der Umgang mit dir deswegen gefährlich war.«

»Nicht mein Wolf war das Problem«, sagte Wellesley zu Sage. »Oder zumindest war mein Wolf nicht die Ursache des Problems. Ich befand mich in einem Kampf um meine Seele. Und der böse Geist, der versucht hat, Besitz von mir zu ergreifen, siegte langsam.« Er lächelte breit, hob sein Glas in Annas Richtung und sagte: »Bis heute.«

»Was du versucht hast, hätte Anna das Leben kosten können«, sagte Charles leise. Jeder im Raum, der nicht Anna war, erstarrte. Seltsam, dass dieser Mann so viel Angst verbreiten konnte, während er neben der Couch kniete. Ihres Wissens hatte er niemals ohne guten Grund oder den Befehl des Marrok jemanden getötet.

Sie beugte sich vor und erhaschte einen Blick auf das Gesicht ihres Gefährten.

»Ich glaube«, sagte Anna, wobei sie Charles' Haut direkt unter seinem Ohr berührte, damit er sie beachtete. »Ich glaube, eigentlich war es mehr das, was ich versucht habe. Niemand hat mich zu irgendetwas gezwungen.«

»Das stimmt nicht«, knurrte Asil schlecht gelaunt, »was auch immer du glaubst, *chiquita*. Ich war dabei. Ich habe gesehen, habe gefühlt, wie er dich in seinen Albtraum gezogen hat. Aber ich, der für deine Sicherheit hätte garantieren sollen, konnte nichts tun, weil ich damit beschäftigt war, ihn festzuhalten, damit er dich nicht mit seinem Körper umbringen konnte statt auf magische Art.«

Charles' Muskeln unter ihren Fingern spannten sich an.

Anna warf Asil einen bösen Blick zu. »Das ist wirklich nicht hilfreich«, erklärte sie ihm. »Okay, dann wurde ich in Wellesleys Albtraum gezogen …«

»Seine Seele«, warf Wellesley ein.

»Das stimmt auch nicht ganz«, meinte Anna. »Charles?«

Es folgte ein kurzes Schweigen, dann entspannte sich Charles willentlich unter ihrer Berührung, schloss eine seiner Hände um ihr Knie und drückte leicht. *Ich weiß, was du tust*, sagte diese Geste.

»Vision«, meinte Charles. »Oder vielleicht die Traumzeit.«

»Auf jeden Fall war es eine albtraumhafte Vision«, sagte Anna. »Aber sobald ich dort war, hätte ich jederzeit wieder gehen können. Wenn ich denn bereit gewesen wäre, Wellesleys Wolfsgeist gefangen in diesem Konstrukt aus Hexenmagie zurückzulassen.« Und das konnte sie sich nicht vorstellen – nicht, wenn eine Chance bestand, ihn zu befreien. »Doch ich glaube, es war Wellesleys eigene Magie, die das Blatt gewendet hat. Du hast es einen Geist genannt – war es etwas Lebendiges, was deinen Wolf gefangen hat?«

Wellesley nickte. »Magie ist lebendig.«

Charles stimmte dieser Einschätzung offensichtlich zu, weil er sagte: »Du hast es als Pflanze gesehen, und ich glaube, das war recht zutreffend. Lebendig, aber kein Denken jenseits der grundlegendsten Antriebe.«

Wellesley nahm einen Schluck von seinem Wein, dann prostete er Asil zu. »Ich glaube, der Fluch hat so lange gehalten, weil meine eigene Magie den Zauber genährt hat. Er wurde stärker, und ich wurde schwächer. Ich dachte ebenfalls, ich würde gegen meinen Wolf kämpfen, bis Anna die Wahrheit mit mir gesehen hat. *Für mich* gesehen hat.«

»Verflucht«, meinte Sage nachdenklich. »Du wurdest verflucht, und Anna und Charles haben den Fluch gebrochen? Mit ein wenig Hilfe vom Marrok, unserem Anführer, der gerade abwesend ist?«

»Kurz gesagt«, meinte Anna.

Sage stieß ein Brummen aus und klopfte gleichzeitig mit einem ihrer gepflegten Fingernägel gegen den Becher. »Es gab Gerüchte über eine Hexe in Rhea Springs.«

»Ja«, sagte Wellesley bedeutungsschwer. »Da war eine Hexe. Oder zwei.« Er stellte seinen Becher auf den Tisch und schob ihn ein wenig nach hinten. »Ich erinnere mich an viel mehr als bisher.« Er warf einen Blick zu Charles. »Willst du die Geschichte immer noch hören?« Als Charles nickte, sagte Wellesley: »Ich nehme an, es begann mit Chloe … mit dem Tod meiner Frau.«

Charles, der sich genug beruhigt hatte, um sich vor dem Sofa auf den Boden zu setzen, an Annas Beine gelehnt, hob eine Hand, um Wellesley aufzuhalten. Er schürzte die Lippen und sagte: »Du solltest diese Geschichte dort beginnen, wo dein Wolf ihren Anfang sieht.«

Wellesley hob den Arm, nahm einen tiefen Schluck Wein und stellte den Becher mit einem Knall wieder ab. »Wo mein Wolf ihren Anfang …« Er schnaubte wie ein überraschtes Pferd. »Er sagt mir, ich solle bei meiner Verwandlung beginnen. Das hat nichts mit Rhea Springs zu tun.«

Charles brummte nur, fast ein wenig amüsiert. »Vielleicht, vielleicht aber auch nicht. Diese erste Geschichte ist der Grund, warum ich dich zu meinem Dad gebracht habe, statt dich für die Morde an diesen jungen Frauen umzubringen, als ich die Wahl hatte.«

Wellesley blinzelte, offensichtlich bestürzt. »Hm. Ich dachte … Hmmm. Ich nehme an, ich habe damals nicht allzu klar gedacht. Diese Geschichte erzähle ich gewöhnlich nicht. Bloß deinem Vater habe ich sie anvertraut – der sie dir erzählt hat, nehme ich an.«

»Bevor er mich nach Rhea Springs geschickt hat«, sagte Charles. »Weil er wusste, was ich damit anfangen würde. Wenn dein Wolf dir sagt, das wäre der Beginn, dann fang dort an.«

Wellesley starrte auf seinen Becher, seine Hände, ehe er sich im Raum umsah, als suche er nach etwas anderem, worüber er sprechen konnte. Schließlich fand sein Blick Anna, und er seufzte.

»In Ordnung. Ich wurde irgendwo in Afrika geboren. Wahrscheinlich in der Nähe der Westküste, weil von dort die meisten Sklaven stammten. Ich nehme an, wenn ich noch einmal dorthin reisen würde, könnte ich den Ort wiederfinden, wenn ich ein oder zwei Jahre herumwandere. Aber mein Dorf wurde zerstört und meine Eltern von Sklavenhändlern getötet, also gab es keinen Grund für mich zurückzukehren. Ich war zu dieser Zeit ungefähr elf oder zwölf, bereitete mich auf meine Mannwerdungszeremonie vor, war aber noch ein Junge.«

Er schloss den Mund und schüttelte den Kopf, dann sagte er: »Ich wurde entführt, und nichts, was in den nächsten fünf oder sechs Jahren passiert ist, spielt für irgendjemanden außer mir eine Rolle. Ich habe mich entschieden, nicht über diese Jahre zu sprechen.«

Er ließ diese Aussage in der Luft hängen, wobei er zu Charles sah, als rechnete er mit Widerspruch.

Als niemand etwas sagte – oder tat –, nickte er. »Also, in Barbados wurde ich von einem Mann gekauft, der … wie hat er es ausgedrückt? … ein starkes Subjekt suchte. Er hat sechs oder sieben von uns gekauft, alle ungefähr im selben Alter. Er hat uns auf eine Insel in der Karibik gebracht. Es war keine große Insel, und sie gehörte ihm komplett.« Er sah Anna an. »Ich habe nie erfahren, wie seine eigenen Leute ihn genannt haben, und ich werde ihn nicht Master nennen.«

»Du könntest ihn Moreau nennen«, schlug Charles vor.

Wellesley schenkte ihm ein kurzes, angespanntes Lächeln. »Nein. Im Buch war Moreau Wissenschaftler. Ein

Arzt. Der Mann, der mich besaß, war kein verrückter Wissenschaftler. Er war einfach böse, seine Seele zerstört von seinen eigenen Handlungen.

Doch letztendlich spielt er für die Geschichte keine Rolle, dieser Mann, der nicht mein Master war«, sagte er. »Wichtig ist, dass dieser Mann von Dienerinnen und Sklavinnen großgezogen worden war, wie so viele seiner Klasse und Herkunft. Sein Kindermädchen war eine böse Frau, eine Frau mit Macht. Sie ist dem Galgen entkommen, indem sie sich als Leibeigene nach Barbados hat verschiffen lassen.« Wellesley schloss den Mund und schüttelte leicht den Kopf, als hätten schon diese wenigen Worte so viele Gefühle aufwallen lassen, dass ihm das Sprechen schwerfiel.

»Hexe«, sagte Asil finster in die Stille, als könne er nicht anders. »Sie war eine irische Hexe, und sie wurde zum Tod durch den Strang verurteilt, weil ein Kind in ihrer Obhut gestorben war. Es stimmt, dass sie entkommen ist, doch ich vermute, dass sie mehr Angst vor den anderen Hexen hatte, die sie wegen dem verfolgten, was sie ihnen gestohlen hat.«

»Wer hat dir meine Geschichte erzählt?«, fragte Wellesley misstrauisch.

»Du«, antwortete Asil. »Zumindest diesen Teil. Eines Nachts nach Vollmond, kurz nachdem ich hier angekommen war.«

Wellesley starrte ihn an, dann senkte er stirnrunzelnd den Kopf. Schließlich nickte er. »Ja. Ja. Tut mir leid. Mein Gedächtnis funktioniert nicht richtig. Ich glaube, ich erinnere mich. Du hast mir vom Tod deiner Gefährtin erzählt. Ich habe dir … Teile dieser Geschichte anvertraut.«

»Du hast von dem Kindermädchen gesprochen«, sagte Sage. Sie saß vorgebeugt in ihrem Küchenstuhl und umklammerte die Kante des Tisches so fest, dass ihre Knöchel weiß hervortraten.

Anna fragte sich, welche Teile von Wellesleys Geschichte sich mit der von Sage deckten, dass sie so sehr mitfieberte. Sage war nicht besonders alt. Älter als sie aussah, sicher, aber nicht alt genug, um organisierte Sklavenhaltung erlebt zu haben. Vielleicht hatte es etwas mit den Hexen zu tun. Bei dem Gedanken an Hexen stellten sich Anna auch die Nackenhaare auf.

»Ja«, stimmte Wellesley ihr zu. »Das Kindermädchen war eine Hexe. Niemand achtete auf solche Frauen. Sie sollten den Mund halten und die Kinder aufziehen. Die Kinder, die die Zukunft der Familie darstellten. Man sollte meinen, jemand hätte verstanden, wie viel Macht man ihnen damit gab.« Er schüttelte in trauriger Ungläubigkeit den Kopf. »Das Kindermädchen dieses Mannes war eine Hexe und ja, eine Irin, weil sie immer noch mit Akzent sprach. Doch wie sie in die Karibik gekommen ist und warum – alles, was ich weiß, stammt aus Gerüchten in den Sklavenhütten. Wer weiß schon, wie viel davon der Wahrheit entsprach?« Stirnrunzelnd warf er einen Blick zu Asil.

»Der Teil mit der Irin schon«, sagte Asil, als klar wurde, dass Wellesley nicht weitersprechen wollte. »Seit ich deine Geschichte zum ersten Mal gehört habe, ist mir klar geworden, dass ich noch einen anderen Teil davon kenne. Ich kannte die Hexen, die diese bestimmte Hexe gejagt haben. Sie hatte ein kleines Buch voller Familienzauber von einem der fieseren Hexenclans in Nordeuropa gestohlen – die Art von Zauberbuch, für die Hexen töten. Nachdem ich weiß, was diese Hexe getan hat – und die Gerüchte über die Mächte dieser Familie kannte –, fiel es nicht schwer, die beiden Geschichten in Verbindung zu bringen.«

»Du kanntest die Hexen, deren Zauber sie verwendet hat?«, fragte Wellesley mit gefährlich tiefer Stimme.

Asil lächelte, sodass seine weißen Zähne aufblitzten. »Wir waren nicht befreundet, Wellesley.«

»Asil mag keine Hexen«, sagte Anna mit fester Stimme, was dafür sorgte, dass die Spannung im Raum ein wenig nachließ.

»Diese Blutlinie ist ausgestorben«, sagte Asil. »Allerdings nicht bloß aufgrund meiner Bemühungen.«

»Nun gut«, sagte Wellesley. »Nun gut. Es scheint, als würde der heutige Tag für uns alle informativ. Diese irische Hexe wurde als Leibeigene an meine … an die Eltern des Mannes verkauft, als er acht oder neun war. Ihr wurde seine Erziehung übertragen. Den Gerüchten zufolge waren seine Eltern die ersten Leute, die er und seine Mentorin gefoltert und getötet haben – aber ich bezweifle das. Die Sklaven waren einfachere Beute, und Raubtiere beginnen gewöhnlich mit einfacher Beute.«

»Nicht immer«, sagte Sage in die folgende Stille. »Aber gewöhnlich.«

»Niemand interessierte sich für die Sklaven, nicht einmal die anderen Sklaven«, warf Wellesley abrupt ein. Dann hielt er inne und trank mit tiefen Schlucken seinen Wein aus, bevor er den Kopf schüttelte. »Aber das gehört auch nicht zu dieser Geschichte. Diese Hexe konnte Halsbänder anfertigen, die ihre Träger zu absolutem Gehorsam zwangen. Sie musste eine Menge Leute zu

Tode foltern, um jedes einzelne mit Macht aufzuladen.« Entsetzen brannte in seinen Augen, doch seine Stimme klang ruhig.

Wellesley, dachte Anna, hatte die Anfertigung dieser Halsbänder bezeugt. Sie selbst hatte immer noch Albträume wegen ihrer Begegnungen mit Hexen. Genauso wie Charles.

Wellesley sprach leise weiter. »Meines Wissens hat sie zuerst versucht, allen Sklaven ein solches Halsband anzulegen, ehe sie herausgefunden hat, dass es auch Macht erforderte, diese Krägen zu kontrollieren. Sie konnte nicht mehr als sechs gleichzeitig einsetzen, weil sie sonst an Effektivität verloren.« Er verzog das Gesicht zu einer Grimasse. »Die Macht darin musste zweimal jährlich erneuert werden. Es stellte eine große Enttäuschung für sie dar, dass sie keine ganze Insel voller williger Marionetten bekam, die sich gegenseitig zu ihrem Vergnügen folterten, sondern sich stattdessen mit sechs ›besonderen‹ Sklaven zufriedengeben musste, die dem Rest der Leute auf den Inseln ihren Willen aufzwangen. Wenn einer der halsbandtragenden Sklaven starb oder getötet wurde, ersetzte sie ihn durch den nächsten. Und solange ich sie kannte, suchte sie nach einem Weg, die Wirkung der Halsbänder dauerhafter zu machen; sie dazu zu bringen, sich selbst zu nähren.«

Wieder musste er innehalten. Sage streckte eine Hand nach ihm aus – Wölfe neigten dazu, sich zu berühren, wenn sie unter Stress standen. Doch Wellesley schlang die Arme um sich selbst und schüttelte den Kopf. Er wiegte sich leicht in seinem Stuhl, und Gold glitzerte in seinen Augen.

»Und dann haben sie es geschafft, einen Werwolf zu

finden«, sagte Charles, als das Schweigen zu lange andauerte.

Wellesley nickte, sprach aber immer noch nicht. Vielleicht konnte er nicht.

Nach einem Augenblick sprach Charles weiter: »Wahrscheinlich war er selbst ein Opfer. Er kam auf die Insel, weil Geschichten über eine Frau kursierten, die Magie wirken konnte; die wusste, wie man Flüche aufhob.«

»Bei solchen Leuten sollte man immer Vorsicht walten lassen«, sagte Asil leise. »Die Einzigen, die Flüche aufheben können, können sie auch wirken.«

Wellesley sah Anna an. »Nicht immer«, presste er hervor. »Es gibt nicht nur Killer auf der Welt, sondern auch Heiler.«

»Das waren überwiegend Charles und Bran«, sagte Anna, weil es ihr peinlich war, so angesehen zu werden. »Sie hatten die Macht. Ich war bloß das Ventil, glaube ich.«

»Wie ich sagte«, stimmte Asil ihr zu. »Es braucht jemanden, der einen Fluch aussprechen kann, um einen Fluch zu brechen.« Charles und er wechselten einen wissenden Blick.

Wellesley brummte, dann erzählte er weiter, wenn auch gehetzt und mit zitternder Stimme. Seine Geschichte hielt sich nicht mehr ganz an den Zeitrahmen.

»Das alles geschah, bevor ich auf die Insel kam. Sie sind regelmäßig nach Barbados gesegelt und haben dort auf dem Markt Sklaven gekauft – unter anderem mich. Sie haben uns alle in eine Hütte getrieben und den Werwolf auf uns gehetzt. Überwiegend tötete der Wolf die Leute, die man ihm vorwarf. Aus meiner Gruppe war ich der einzige Überlebende. Nach meiner Verwandlung dauerte es noch vier oder fünf Jahre, bis sie sechs Werwölfe hatten, die ihnen untertan waren, den ursprünglichen Werwolf eingeschlossen.

Wir waren – wie alle – gebunden durch den üblen Zauber, den die Hexe auf unsere Halsbänder gelegt hatte. Wir besaßen keinen freien Willen, keine Gedanken, die nicht von der Hexe und ihrem Buhlen in unseren Kopf gesetzt wurden.«

Anna suchte Charles' Blick, weil sie einen anderen Wolf kannte, der dazu gezwungen worden war, nach der Pfeife einer Hexe zu tanzen.

*Ja*, sagte Bruder Wolf. *Die Geschichte des Marrok unterscheidet sich in vielerlei Hinsicht, aber Wellesleys Ursprung spiegelt die Erschaffung unseres Vaters am Anbeginn der Zeit wider. Das ist einer der Gründe, warum unser Vater Wellesley gebeten hat, nicht über seinen Ursprung zu reden. Die Hexen sollen nicht erfahren, dass es möglich ist. Das wollen wir nicht.*

Zur selben Zeit, als Bruder Wolf mit ihr sprach, sagte Charles: »Vor Kurzem habe ich erfahren, dass Bonarata, der Vampir, der Europa regiert, ein Halsband besaß, mit dem er einen Werwolf kontrollieren konnte – auch wenn dieses Halsband, soweit ich es verstanden habe, speziell für Werwölfe angefertigt worden war. Außerdem war es alt. Es hat seine Macht verloren – und er hat keine Hexe mehr, die es ersetzen könnte.«

Wellesley versteifte sich auf seinem Stuhl und knurrte.

»Solche Dinge werden nie ganz vergessen«, sagte Asil. »So ist der Lauf der Welt.«

»Wenn Bonarata keine Hexe findet, die ihm ein neues Halsband anfertigt, dann gibt es zumindest in Europa keine Hexen mehr mit dieser Fähigkeit«, beobachtete Charles.

»Oder vielleicht sind diese Hexen nicht bereit, für den Vampirkönig zu arbeiten«, vermutete Sage.

Aber Asil schüttelte den Kopf. »Keine Hexe in Europa würde sich Bonarata verweigern. Er ist extrem überzeugend. Und es ist lange her, dass die Hexen mächtig genug waren, um sich auf einen Kampf gegen jemandem wie ihm einlassen zu können.«

»Was ist passiert, Wellesley?«, fragte Anna. »Wie hast du deine Freiheit erlangt?« Denn offensichtlich hatte er das – und sie wollte, dass er seine Geschichte zu Ende erzählte, weil die Erinnerungen ihn verletzten.

»Sie hat ihre Magie nur auf diejenigen von uns mit reinem afrikanischem Blut gewirkt«, sagte Wellesley. »Es ist schwerer, jemanden mit Hexenblut zu halten, als eine normale Person – so wie es schwerer ist, einen Werwolf zu halten. Sie wusste, dass die Eingeborenen der Karibik ihre eigene Form von Magie besaßen, wenn auch nicht ansatzweise so mächtig wie die europäischen Hexen – oder zumindest glaubte sie das. Ich persönlich bin nicht überzeugt. Die meisten der Sklaven auf der Insel stammten von dort, also haben sie ›rein afrikanische‹ Sklaven gekauft, um uns in halsbandtragende Wölfe zu verwandeln. Sie glaubte, unter Afrikanern gäbe es keine Magiebegabten.«

Charles schnaubte.

Wellesley kommentierte das mit einem Nicken. »Lächerlich. In allen Menschengruppen existieren diejenigen, die den Puls der Welt fühlen können. Mein Vater stammte aus einer Familie, die dafür bekannt war, mächtige Heiler hervorzubringen. Es ist eine Magie, die sich von Hexerei unterscheidet wie Holz von Stahl. Subtil und mächtig, vielleicht, aber auch langsam. Die

Magie meiner Familie brachte gute Ernten, Regen zur richtigen Zeit und hielt die Raubtiere vom Dorf fern. Beeinflusste natürliche Vorgänge in eine vorteilhafte Richtung. Die Sklavenjäger hat sie allerdings nicht ferngehalten.«

Er hielt inne, als wartete er auf Fragen, doch als niemand etwas sagte, sprach er weiter. »Ich werde den nächsten Teil berichten, wie ein Geschichtenerzähler es tun würde, weil ich auf diese Art daran denke. Weil es so am meisten Sinn ergibt.«

Er holte tief Luft, und als er wieder ansetzte, klang seine Stimme voll und theatralisch statt dünn und zitternd.

»Eines Tages, im späten Herbst, ohne Vorwarnung, brach ein Sturm herein, wie ich ihn noch nie gesehen habe«, sagte er. »Die Winde kamen, mächtige Luftgeister. Sie beutelten die Insel Stunde um Stunde, bis die Gebäude nicht mehr waren als Zahnstocher, hochgewirbelt und durchmischt zu einem Puzzle, das nicht einmal die Götter hätten lösen können. Auch die Regen kamen – so viel Regen, dass Flüsse über die Ufer traten und Berge ins Rutschen gerieten. In mir stieg die heimliche Hoffnung auf, dass die Insel für immer im Meer versinken würde; dass der große Ozean das Böse ertränken würde.«

Er machte eine dramatische Pause.

»Doch es war nur Wunschdenken, tief in mir vergraben, wo die wenigen eigenen Gedanken lebten, die mir geblieben waren – denn damals war ich die Kreatur der Hexe. Und es schien, als wäre meine Hoffnung vergeblich, denn die Hexe vertrieb die Geister des Windes und die Geister des Regens, sodass das große Haus mit seinen Anlagen vor ihnen sicher war.«

Wellesley hob seinen Becher zum Mund, stellte fest,

dass er leer war, und stellte ihn wieder ab. Wortlos schenkte Asil ihm den restlichen Weins aus der Flasche ein.

Wellesley nahm einen Schluck und fuhr fort: »Das Auge des Sturms erreichte die Insel mitten in der Nacht. Die Winde beruhigten sich, und der Regen verklang zu einem Nieseln. Und zu dieser Zeit kam der große Geist des Hurrikans zu mir. Größer und mächtiger als die anderen Wind- oder Regengeister, war er der Welt nahe genug, um mit mir zu sprechen.

›Bruder‹, sagte er, ›wieso dienst du einer solch Niederträchtigen, wenn du Erdmagie in dir trägst? Aus einer tausendjährigen Linie von Priesterinnen stammst?‹«

Wellesley schüttelte den Kopf, hob seine Hände mit den Handflächen nach oben und ließ sie langsam wieder sinken. »Und in diesem Moment wusch der Regen Wolken weg, und der Wind vertrieb den Nebel. Meine Gedanken gehörten zum ersten Mal, seit die Hexe das Halsband um meinen Hals gelegt hatte, wieder mir.«

»›Geist‹, sagte ich, ›das tue ich nicht aus freiem Willen, sondern wegen dieses bösartigen Gegenstands, den ich trage … geboren aus scheußlichem Tod und Hässlichkeit. Das ist seltsame Magie, gegen die ich nicht ankämpfen kann.‹

›Wieso also nimmst du das Ding nicht ab?‹, fragte er.

Da versuchte ich, genau das zu tun. Bisher hatte ich mir so eine Handlung nicht einmal vorstellen können. Doch meine Hände konnten das Halsband nicht zerstören, obwohl ich es mit aller Kraft versuchte.

Ich rief voller Verzweiflung: ›Es ist mir unmöglich. Ich stamme aus einer erhabenen Familie, das ist wahr. Ein Teil dieser Macht und Grazie lebt innerhalb dieses Körpers, aber die Verderbtheit, die mich bindet, ist groß.

Zu groß, als dass ein Mann wie ich sie brechen oder entfernen könnte.‹

Der Geist des Hurrikans sah sich an, was ich um meinen Hals trug, und sagte: ›Bruder, das ist wahrhaft böse. Ich kann die Schreie der gefolterten Seelen hören, deren Essenz hierin verwendet wurde. Es ist zu groß, als dass ich es zerstören könnte.‹

Und in diesem Moment erfuhr mein Herz die wahre Bedeutung von Verzweiflung. Wenn der Geist des größten Sturms, den ich je gesehen hatte, die Macht der Hexe nicht brechen konnte, dann würde ich ihr bis zum Ende meiner Tage – oder ihrer – dienen müssen.

Der Geist des Hurrikans erkannte meine Trauer und erbarmte sich meiner. Er sagte: ›Komm hinaus zu meiner Mutter, die viel mächtiger ist als ich. Sicher kann sie die dunkle Magie in diesem Band brechen. Ich werde sie darum bitten. Aber du solltest wissen, dass sie nicht immer tut, worum ich sie bitte. Sie könnte beschließen, dass um die Welt von solchem Übel zu befreien, auch dein Leben verwirkt ist.‹

Welche Wahl hatte ich? Ich wäre lieber tot gewesen, als bis zum Ende meines Lebens das Halsband der Hexe zu tragen. Also folgte ich ihm, und er führte mich an verschlossenen Türen und meinen schlafenden Kameraden vorbei. Niemand hörte uns, und keine Pforte hielt uns auf. Er führte mich an den Rand der Insel. Die Strände waren verschwunden, genauso wie jede sanfte Anhöhe; begraben unter der Raserei des Sturms. Falls es einen einfachen Weg an den Ozean gab, wählte der Geist ihn nicht. Schließlich standen wir an der Spitze einer Klippe.

›Mein Bruder‹, sagte der Geist, ›wenn du von diesem Bösen frei sein willst, so musst du springen‹.«

Wellesley trank wieder einen Schluck Wein. Auf seinem Gesicht glänzte Schweiß. Diese Geschichte klang wie ein Märchen. Doch Anna, die bereits gesehen hatte, wie Charles mit den Geistern des Waldes interagierte, glaubte ihm. Hätte sie irgendwelche Zweifel gehegt, wären sie von dem Klang der Wahrheit in Wellesleys Stimme vertrieben worden.

»Ich wusste«, sagte Wellesley bedeutungsschwer, »dass ich nicht länger schwimmen konnte, wie es mir als Kind möglich gewesen war; dass die Magie des Wolfes uns nicht vor dem Wasser beschützt. Und selbst wenn ich ein so guter Schwimmer gewesen wäre wie das Kind einer Meerjungfrau, so hätte auch das mir beim Sprung von einer so hohen Klippe nicht geholfen. Aber zum ersten Mal seit sehr langer Zeit war ich der Herr meiner eigenen Gedanken und Handlungen, also sprang ich … und der Geist sprang mit mir. Ich höre sein Lachen immer noch, wenn ein Sturm sich hier in den Bergen erhebt.

›Mutter‹, rief er, als wir fielen. ›Ich habe einen Gefangenen der Bosheit gefunden. Ein Kind der Natur, das entfesselt werden sollte. Wirst du ihn befreien?‹

Und als Antwort erhoben sich die salzigen Fluten und umschlossen mich.«

Erneut hielt Wellesley inne.

»Ich dachte, ich würde sterben«, sagte er schließlich. »Ich dachte, ich würde sterben, und ich hieß die Dunkelheit willkommen. Doch ich erwachte an einem Strand, der mit den Trümmern des Sturms gefüllt war. Die Sonne stand hoch an einem klaren Himmel, und meine Haut war mit Salz überzogen.«

Er lächelte, ein wölfisches Lächeln. Seine Stimme wurde rau, und seine Augen erhellten sich.

»Bald darauf kam die Hexe an den Strand. ›Endlich habe ich dich gefunden‹, sagte sie triumphierend. ›Alle anderen Wölfe sind tot. Ich habe mir schon Sorgen gemacht, dass ich nicht mehr von euch schaffen kann. Komm, lass uns meiner Liebe zeigen, dass die Parzen sich nicht gegen uns gewandt haben.‹ Und damit drehte sie sich um und wollte zum großen Haus zurückgehen.

Ich hatte mich noch nie jenseits des Vollmondes verwandelt. Aber die See und der Mond sprechen miteinander wie Geliebte, und ich zweifle keinen Moment daran, dass es die See war, die mir Macht und Stärke verlieh. Niemals vorher oder nachher habe ich so schnell meine Wolfsform angenommen. In einem Moment war ich ein Mensch, im nächsten ein Wolf. Ich tötete die Hexe, während sie noch plante, mehr Sklaven zu verwandeln und zu kontrollieren. Ich bedauere nur, dass ihr Tod schnell und schmerzlos war – weil ich zu viele Sorgen wegen ihrer Macht hatte, um ihr den Tod zukommen zu lassen, den sie verdiente.

Dann ging ich zum großen Haus und tötete den Mann, der ihr freie Hand gelassen hatte. Ich fand jedes einzelne der Halsbänder und warf alle in die See, wo Sie mit ihnen tun konnte, was Ihr gefiel. Ich hoffe, dass Sie die gefolterten Seelen befreit hat, die ihren Schmerz und ihr Leben für den Zauber der Hexe geben mussten.«

Wellesley atmete zitternd durch. Dann sagte er mit vollkommen normaler Stimme: »Auf der Insel hatten nur ein paar Leute den Sturm überlebt – und alle hatten Angst vor mir, was ich ihnen nie übel genommen habe. Irgendwann kam ein Schiff, um zu sehen, wie wir das Unglück überstanden hatten. Als sie feststellten, dass wir allein waren, nahmen sie uns in Besitz. Doch ohne eine Hexe, um mich zu halten, ließ ich diese Männer – und die Sklaverei – bald hinter mir.

Bran hat mich gebeten, diese Geschichte nicht leichtfertig zu erzählen, was ich nie getan habe …« Wellesley hielt inne und sah zu Asil. »Bis auf dieses eine Mal. Dies sind Brans Gründe, und sie sind gut: Zum Ersten muss die Art und Weise, wie die Halsbänder angefertigt wurden, mit den Toten ruhen, wenn es möglich ist. Zum Zweiten, und das steht mit dem ersten Grund in Verbindung, sollte nicht bekannt werden, dass eine Hexe den Geist und den Körper einer Person kontrollieren kann, wenn diejenigen von uns, die nicht ganz menschlich sind, friedlich Seite an Seite mit den Menschen leben wollen. Und schließlich gibt es noch meine ganz persönlichen Gründe. Dies ist die Geschichte meiner Erschaffung, etwas sehr Privates. Ich möchte nicht, dass sie allgemein bekannt wird.«

Anna dachte daran, wie die Wölfe sie gestern alle beobachtet hatten, als sie vom Truck gekommen war, auf dem die Leiche von einem der Männer ruhte, die sie misshandelt hatten. Sie verstand genau, warum er nicht wollte, dass die Leute darüber sprachen.

»Du hast ›Art und Weise‹ gesagt«, meinte Sage nachdenklich. Falls sie immer noch so sehr von seiner Geschichte gefangen war wie zu Beginn, verbarg sie es jetzt besser. »Soll das heißen, dass du weißt, wie man diese Halsbänder anfertigt?«

Wellesleys Blick wurde kalt, dann erhellten sich seine Augen zu funkelndem Gold. »Das geht dich nichts an.«

Sie hob eine Hand. »Ich frage nur, weil du eine Zielscheibe von der Größe von Texas auf dem Rücken trägst, falls jemand denken sollte, dass du dieses Wissen bewahrst.«

Anna erinnerte sich daran, dass Charles gesagt hatte, einige der Wildlinge kannten Geheimnisse, für die manch einer töten würden. Wenn Wellesley der Einzige war, der wusste, wie man diese Halsbänder anfertigte … würde ihn jede schwarze Hexe auf der Welt jagen.

Wellesley schien sich deswegen keine Sorgen zu machen. Er entspannte sich und sagte dann zu Sage: »Alle Werwölfe tragen eine Zielscheibe auf dem Rücken. Es geht nicht darum, ob, sondern wann jemand den Abzug drückt.«

»Schöner Gedanke«, meinte Asil gedehnt. »Aber lasst uns den mal zur Seite schieben – nachdem wir in dieser Hinsicht nichts tun können außer dem, was wir bereits tun. Was hat das alles mit Rhea Springs zu tun?«

Wellesley zuckte mit den Achseln. »Ich weiß es nicht. Charles hat gesagt, ich solle dort anfangen, wo mein Wolf es für richtig hält – und das hat mein Wolf mir gesagt.«

Charles beobachtete Wellesley mit nachdenklicher Miene.

Wellesley zuckte wieder mit den Achseln. »Wie ich schon gesagt habe, ich weiß nicht mehr viel von Rhea Springs als zu dem Zeitpunkt, bevor Anna den Fluch gebrochen hat. Eigentlich fast gar nichts. Ich erinnere mich daran, dass ich dort angekommen bin – und ich erinnere mich daran, wie du mich aus diesem Gefängnis entführt hast. Aber dazwischen weiß ich nach wie vor fast gar nichts, nur ein paar Fetzen.« Er senkte den Kopf. »Ich erinnere mich an das Gesicht der Hexe, aber an sonst fast nichts.«

Charles sagte: »Vielleicht solltest du …«

Das Telefon klingelte.

Wellesley stand auf und sah zu Charles – der bloß mit den Achseln zuckte. Er steckte sich einen Stöpsel ins Ohr und drückte einen Knopf am Hörer.

»Hallo?«, sagte Wellesley, dann lauschte er einen Moment.

Er hatte einen Weg gefunden, ein Privatgespräch in einem Raum voller Werwölfe zu führen, dachte Anna begeistert. Sie würde herausfinden müssen, wie er das anstellte.

Er drückte einen anderen Knopf und fragte, als er den Hörer hob: »Könntest du das bitte wiederholen?«

Leahs Stimme, atemlos und heiser, antwortete: »Ich habe gefragt, sind Asil und Anna bei dir?«

Asil nahm Wellesley das Telefon ab. »Wir sind da.«

»Ich rufe von Jerichos Telefon an«, sagte sie. »Wir haben hier Leichen, aber keinen Jericho. Ihr solltet kommen.«

»Charles und Sage sind ebenfalls hier. Brauchst du uns alle?«

Sie stieß ein genervtes Brummen aus. »Was habt ihr getan? Beschlossen, euch zu einer Party zusammenzufinden? Ist egal. Ja. Alle sollten kommen und bei meiner Suche nach Jericho helfen. Wir wollen nicht, dass er frei herumläuft – oder jemand anderem in die Hände fällt, wenn wir schon dabei sind.«

Und danach hörte man nur noch das Freizeichen.

»Fühlst du dich fit genug?«, fragte Charles.

Anna brauchte eine Minute, bevor sie verstand, dass er mit ihr sprach.

Sie stellte die Füße auf den Boden und erhob sich.

»Ich bin okay«, sagte sie. »Ich bin nicht bereit für eine wilde Jagd, aber ich komme schon klar.«

Wellesley sagte: »Ich muss etwas essen und mich ausruhen.«

Asil sah ihn stirnrunzelnd an. »Du wurdest auch nicht eingeladen, mein Freund. Ich bin sehr froh, dass dein Wolf von einem Hexenfluch befreit wurde – aber das heißt noch lange nicht, dass er sicher und zuverlässig ist.«

Wellesley lachte, doch sein Blick blieb wachsam. »Ich nehme an, das stimmt.«

»Ich könnte bei ihm bleiben, um sicherzustellen, dass es ihm gut geht«, bot Sage an. Sie schenkte dem Künstler ein strahlendes Lächeln. »Ich bin schon seit langer Zeit ein Fan. Wenn du bereit bist, würde ich gerne ein Bild in Auftrag geben.«

Wellesley schüttelte den Kopf. »Wenn es dir nichts ausmacht, wäre ich lieber allein. Ich muss eine Menge verarbeiten. Ein wenig Ruhe und viel Essen werden dafür sorgen, dass ich wieder zu mir finde. Und was das Bild angeht – deswegen melde ich mich bei dir. Die meisten meiner Bilder habe ich gemalt, um den Wahnsinn abzuwehren. Ich weiß nicht, was ich nun malen will.«

»Lass ihn«, sagte Charles.

»Kommt jetzt, Kinderchen«, sagte Asil. »Ihr trödelt.«

Ohne Diskussion stieg Charles auf der Fahrerseite von Sages SUV ein und legte die Wikingeraxt auf den Rücksitz. Mit einem Nicken bat er Anna, sich auf den Beifahrersitz zu setzen. Anscheinend steckten die Schlüssel noch, weil der SUV sofort ansprang. Sage wirkte nicht glücklich darüber, dass ihr Auto beschlagnahmt worden war – oder vielleicht auch darüber, dass sie nun mit Asil fahren musste. Doch als Anna Anstalten machte, wieder auszusteigen, wedelte Sage abwehrend mit der Hand und schenkte ihr ein kurzes Grinsen.

Es war zu eng, um den Wagen zu wenden, was Charles anscheinend nicht im Geringsten störte. Er trat aufs Gas und navigierte rückwärts und mit ungefähr vierzig Stundenkilometern den beängstigend schmalen, gewundenen Pfad durch die Klippe.

Anna unterdrückte ein Lachen, stellte sicher, dass ihr Gurt fest saß, und schloss die Augen. »Ich hoffe, Sage ist gut versichert.«

»Mir gefällt diese Situation überhaupt nicht«, sagte Charles, statt auf ihr Geplänkel zu reagieren – außer, er hätte ihr dieses kurze Lächeln geschenkt, das so typisch für ihn war. Hatte sie das verpasst, weil sie ein Feigling war?

Der SUV bog scharf ab und wechselte die Fahrtrichtung. Sie öffnete die Augen und stellte fest, dass sie sich wieder auf einem sicheren Weg befanden. Allerdings waren sie immer noch mit einer Geschwindigkeit unterwegs, die bei jedem anderen Fahrer Wahnsinn gewesen wäre.

»Welche Situation?«, fragte sie. »Wellesleys unerwarteter Fluch? Der verschwundene Werwolf? Oder Leichen im Haus des vermissten Werwolfs?«

Sie schaffte es einfach nicht, sich dieselben Sorgen um die Leichen zu machen, wie es der Fall gewesen wäre, bevor Hester gestorben war. Natürlich konnten die Toten Wanderer sein, die zufällig weit, weit vom Weg abgekommen und einem verrückten Werwolf begegnet waren. Doch sie ging davon aus, dass es sich um den Feind handelte, weil kühlere Köpfe als ihre sich mit anderen Möglichkeiten beschäftigen konnten.

»Was versuchen sie zu erreichen?«, meinte Charles. »Es ist schlimm, einen Feind zu haben, dem solche Ressourcen zur Verfügung stehen, wie es hier offensichtlich der Fall ist – aber es ist noch viel schlimmer, Verrückte zu Feinden zu haben.«

»Anscheinend«, sagte Anna, »siehst du es auch als sicher an, dass die Leichen, die Leah gefunden hat, zu unseren Feinden gehören und nicht kanadischen Wanderern, die seit ein paar Monaten verloren durch die Berge geirrt sind.«

Er setzte an, etwas zu sagen, dann schloss er den Mund wieder und warf ihr einen neugierigen Blick zu. »Wieso Kanadier?«

Sie hob einen Finger. »Wanderer aus der Gegend wäre bewusst, dass nach unten und Süden Sicherheit bedeutet, während aufwärts und nach Norden alles nur noch schlimmer wird. Nach unten und Süden würde sie von unserem Revier wegführen.« Sie hob einen zweiten Finger. »Gelegenheitswanderer wären umgekippt und gestorben, bevor sie auch bloß in die Nähe dieser Gegend gekommen wären – ich weiß nicht genau, wo Jericho lebt, weil ich seinen Namen noch nie gehört habe, aber ich gehe davon aus, dass es ungefähr in dieser Richtung liegt …«

»… und verirrte Kanadier wären die Einzigen, die hierhergelangen könnten, indem sie nach unten und Süden gehen«, sagte er und grinste sie an. »Das stimmt nicht ganz, wir vertreiben ständig Wanderer aus unserem Revier, und es gibt noch eine Menge staatliches Land zwischen uns und Kanada.«

»Und«, sagte Anna und hob den dritten Finger, »kanadische Wanderer wären zu höflich, um als Leichen zu enden. Daher können die Leichen keinen zufälligen Wanderern gehören.«

Charles belohnte sie mit einem kurzen Auflachen. »Ich liebe dich. Ich bin über einen anderen Weg zur selben Schlussfolgerung gelangt. Ich bin mir ziemlich sicher, dass die Leichen bei Jericho zur selben Gruppe gehören, die auch Hester und Jonesy ins Visier genommen hat.«

Sie sah ihn an. »Wie bist du zu diesem Schluss gekommen?«

»Solche Zufälle gibt es nicht. Das letzte Mal, dass einer unserer Wildlinge mit einem normalen Menschen interagiert hat, ist sechs Monate her. Jetzt hatten wir zwei Begegnungen in zwei Tagen.«

»Leah hat nicht gesagt, wie alt die Leichen sind«, merkte Anna an. »Wann hat das letzte Mal jemand von Jericho gehört?«

Er zuckte mit den Achseln. »Dad hat mich mit anderen Dingen beschäftigt gehalten. Ich habe seit letztem Winter mit keinem der Wildlinge geredet.«

Der Marrok setzte Charles, Asil und noch ein paar andere der älteren Wölfe ein, um ungefähr einmal im Monat nach den Wildlingen zu sehen, sobald der Schnee geschmolzen war. Ein paar von ihnen besuchte er auch selbst. Nicht, dass die Wildlinge nicht auf sich selbst achten konnten, zumindest die meisten von ihnen – Bran machte sich eher Sorgen, *was* genau sie taten, um für sich selbst zu sorgen.

»Wieso glaubst du, dass es keinen Sinn ergibt, Jericho

ins Visier zu nehmen?«, fragte Anna. »Sie haben Hester verfolgt. Wieso ist es bei ihm anders?«

»Sie haben Werwölfe, also brauchen sie nicht einfach nur Genproben.« Eine Hirschkuh trat auf die Straße, und Charles bremste heftig, um sie nicht zu überfahren. Das Auto stellte sich quer. Der Wagen blieb ungefähr einen Meter vor dem Tier stehen, das wie erstarrt vor ihnen inne gehalten hatte.

»Lauf weiter, kleine Schwester«, sagte Charles. »Heute ist niemand hungrig.«

Die Hirschkuh riss sich aus ihrer instinktiven Erstarrung und sprang den Hügel hinauf zwischen die Bäume davon.

Anna sah hinter sich, konnte aber keinerlei Anzeichen von Asil und Sage entdecken.

»Es gibt mehrere Wege, die von Wellesley zu Jerichos Hütte führen«, sagte Charles, als er erneut aufs Gaspedal trat. »Ich nehme an, Asil hofft, uns zuvorzukommen.«

*Das Rennen ist gestartet,* dachte Anna, sprach die Worte aber nicht aus. Das war entweder eine Männersache oder eine Dominante-Werwolf-Sache. Auf jeden Fall würden Charles und Asil die Herausforderung genießen.

»Wieso also ergibt ein Angriff auf Hester mehr Sinn als ein Angriff auf Jericho?«, fragte sie.

»Jericho ist eine Atombombe, die jederzeit explodieren kann. Jericho zu befragen ergibt absolut keinen Sinn.«

»Ich kenne ihn nicht«, meinte Anna. »Aber wenn er auf Leahs Liste stand … hat sie sich nicht die sichereren Werwölfe ausgesucht?«

»Jericho stand auf Sages und meiner Liste«, sagte

Charles. »Er gehört zu den Gefährlichen. Ich weiß nicht, was Leah dort treibt.«

»Wenn sie versuchen, Wölfe zu rekrutieren«, meinte Anna nachdenklich, »dann stellen sie sich dabei ziemlich dämlich an.«

»Tödlich dämlich«, stimmte Charles an.

»Das Einzige, was aus unserer Sicht Sinn ergibt, ist, dass sie Chaos verursachen wollen, solange Bran weg ist. Aber selbst das wirkt irgendwie sinnlos«, sagte sie. »Denn dann hätten sie mit der ganzen Überwachungselektronik um Hesters Hütte eine Menge riskiert, auch an Geld, obwohl sie dasselbe auch einfacher hätten haben können. Und wenn sie einen Hubschrauber besitzen, hätten sie auch einfach aus der Luft etwas Scheußliches auf das Haus deines Vaters abwerfen können. Das hätte einen größeren Effekt gehabt und weniger Risiko bedeutet.«

»Sie wollen etwas«, stimmte Charles ihr zu.

»Vielleicht weiß Jericho, was sie wollten«, entgegnete sie.

Charles brummte nur.

»Das war aber kein hoffnungsfrohes Brummen«, meinte sie.

»Jericho kann selbst an guten Tagen kaum sprechen«, erklärte Charles ihr. »Wenn Leichen herumliegen, ist es kein guter Tag.«

»Wir haben nicht genügend Informationen, um zu verstehen, was unsere Feinde wollen.«

Charles nickte. »Ich hasse es, in dieser Position zu sein. Wo wir nur reagieren statt agieren können. Wir können nicht in die Offensive gehen, bevor wir nicht mehr wissen.«

»Wo wir gerade von ›mehr wissen‹ sprechen«, sagte Anna. »Was genau ist in Rhea Springs passiert? Asil hat mir erzählt, was er wusste – aber das war nicht besonders viel.« Sie tippte auf die Hexenwaffe, die zwischen ihnen lag. »Momentan scheinen überall Hexen aufzutauchen.«

Charles schürzte die Lippen. »Das tun sie, nicht wahr? Aber es gibt keinen Grund, wieso Rhea Springs etwas mit unserer aktuellen Situation zu tun haben sollte.«

»Vielleicht nicht«, meinte Anna. »Aber Wellesley ist im Besitz von Wissen, nach dem jemand suchen könnte. Wenn Wellesley der Wildling ist, nach dem Hester befragt wurde, dann hat Rhea Springs vielleicht mehr mit unserer Situation zu tun, als wir denken.«

Charles nickte. »Wellesley konnte sich an nichts erinnern, als ich dort angekommen bin«, erklärte er ihr. »Der Großteil meines Wissens stammt aus Zeitungen. Rhea Springs war 1930 eine Kleinstadt mit vielleicht hundert Einwohnern – dreihundert, wenn du alle mitzählst, die in der Umgebung gewohnt haben. Ein Hotel und eine Quelle mit angeblicher Heilwirkung waren die Haupteinnahmequelle der Stadt. Ich erinnere mich nicht genau, in welchem Jahr es war, aber der Alpha des Tennessee-Rudels schickte uns einige Zeitungsartikel über einen nackten schwarzen Mann, der über den Leichen von mehreren Weißen entdeckt wurde. Die Details variierten von Artikel zu Artikel – in einem stand, es wären vier junge Frauen, in einem anderen wurde behauptet, es wären fünfzehn Kinder gewesen. Der nackte schwarze Mann, das erklärte uns unser Informant, war ein Werwolf und hatte einen Namen genannt, der nicht Wellesley lautete. Dad kannte den betreffenden

Werwolf, erzählte mir dessen Geschichte und schickte mich mit dem nächsten Zug los.«

Charles schwieg eine Weile. Anna wartete, zufrieden damit zu beobachten, wie er mit seinen riesigen Händen den schlingernden SUV sicher auf der holprigen Straße hielt. Sie liebte Charles' Hände, mit den großen Handflächen und den langen Fingern. Sie waren geschickt, egal ob am Lenkrad, den Saiten seiner Gitarre oder auf ihrem Körper.

»Nachrichten drangen ziemlich langsam in diesen Teil von Montana vor. Als ich die Stadt erreichte, wo er festgehalten wurde – eine etwas größere Stadt ein paar Kilometer von Rhea Springs entfernt –, war sein Prozess bereits vorbei. Angesichts der Zeit, des Ortes und seiner Hautfarbe war Wellesleys Schicksal besiegelt, egal wie seine Verteidigung auch ausgesehen haben mochte. Ich hatte schon vor meiner Zugfahrt gewusst, wie es ausgehen würde. Die Todesstrafe wurde damals mit dem elektrischen Stuhl vollstreckt. Ich weiß nicht, ob Strom jemals einen von uns getötet hat – aber ich bezweifle, dass ihn die Prozedur besonders glücklich gemacht hätte. Es war einfach nicht möglich, ihn der Obrigkeit zu überlassen. Meine Befehle lauteten, ihn zu töten oder zu retten … je nachdem, was er mir erzählte.«

Wieder verfiel Charles in Schweigen.

»Was hat er dir erzählt?«

»Dass er sich an nichts erinnern konnte. Er war in schlechter Verfassung – sein Wolf …« Er hielt inne. »Zumindest das, was ich für seinen Wolf hielt, brach immer wieder an die Oberfläche und redete wirres Zeug. Eine Hexe. Hexerei. Ich konnte keine Hexenmagie an ihm wittern – und ich wüsste gerne, wie sie das geschafft haben. Um ihn so lange zu halten, muss das ein komplizierter Zauber gewesen sein, aber ich konnte keinen Hinweis auf Blutmagie an ihm wahrnehmen.«

»Hast du dir den Tatort angesehen?«, fragte Anna.

Charles schüttelte den Kopf. »Ich kannte seine Geschichte. Ich dachte, er spräche von früher. Ein einsamer Indianer war zu dieser Zeit und an diesem Ort nicht viel besser dran als ein schwarzer Mann, also bin ich nicht groß herumgewandert. Letztendlich …« Seine Stimme verklang, und er schüttelte den Kopf, bevor er fortfuhr: »Letztendlich habe ich beschlossen, dass Dad ihm bei den anderen Wildlingen Sicherheit bieten konnte, selbst wenn er sich nie erholen sollte.«

»Seine Geschichte ähnelte der deines Dads«, meinte Anna leise. »Du konntest den Gedanken nicht ertragen, Wellesley zu töten – ob er nun unschuldig war oder nicht.«

»Und sobald ich das verstanden hatte«, antwortete Charles, »habe ich mir die Mühe gespart, Nachforschungen anzustellen. Ich habe ihn dort rausgeholt, und wir sind in den nächsten Zug nach Montana gestiegen.« Er warf Anna einen Blick zu und lächelte. »Nein, ich habe keine Tickets gekauft. Wir sind mit einem Güterzug nach Billings gefahren und den Rest der Strecke geritten.«

»Ich glaube«, sagte Anna langsam, als sie im Kopf noch einmal durchging, was Wellesley gesagt hatte – und was nicht –, »dass er dachte, du hättest ihn aus dem Gefängnis befreit, weil er unschuldig war.«

»Ich weiß«, entgegnete Charles. »Ich wünschte, ich könnte heute noch Nachforschungen anstellen. Ich weiß nicht einmal, wer die Opfer eigentlich waren. Damals war es mir egal. Vielleicht kehren Wellesleys Erinnerungen zurück, sobald er sich ausgeruht hat.«

»Du wolltest nicht herausfinden müssen, dass er fünfzehn Kinder getötet hat«, meinte Anna. »Weil das bedeutet hätte, dass du ihn hättest umbringen müssen.«

»Ja«, stimmte Charles ihr ernst zu.

»Der Dornenhecken-Fluch ist interessant«, sagte sie. »Und je länger man darüber nachdenkt, desto interessanter wird er. Asil hat gesagt, Gerüchten zufolge hielt sich eine Hexe in der Nähe von Rhea Springs auf. Ich frage mich, ob die Toten alle Hexen waren.«

»Ich frage mich, ob sie alle die Opfer einer Hexe waren«, sagte Charles, »inklusive Wellesley. Ich frage mich, ob ich eine Hexe habe laufen lassen, indem ich nicht weiter nachgehakt habe – und wie viele Leute sie wohl getötet hat, bevor sie gestorben ist.«

»Oh«, sagte Anna, weil sie verstand, wie Charles tickte. Ihr Ehemann fühlte sich verantwortlich für die gesamte Welt. Daran konnte sie nichts ändern, also legte sie eine Hand auf seinen Schenkel. »So hatte ich das noch gar nicht gesehen. Ich verstehe. Vielleicht solltest du ein wenig über Rhea Springs recherchieren? Ein Ort mit einer heißen Quelle, die angeblich heilende Wirkung besitzt, klingt doch nach einer Gegend, in der sich eine Hexe niederlassen würde, oder?«

»Schwarze Hexen beschäftigen sich nur selten mit Heilung«, meinte er trocken.

»Schwarze Hexen müssen auch irgendwo anfangen, oder nicht?«, fragte sie.

Die nächsten paar Kilometer fuhren sie in nachdenklichem Schweigen.

»Ich denke mal, über Rhea Springs gibt es nicht mehr

viele Informationen«, sagte Charles schließlich. »Jeder Mensch, der 1930 dort gelebt hat und heute noch unter uns weilt, wäre damals ein kleines Kind gewesen.«

»Trotzdem«, entgegnete Anna. »Vielleicht erinnert sich einer der Wölfe aus diesem Teil des Landes an etwas.«

»Vielleicht«, sagte er. Und aus Charles' Mund war das quasi die Erklärung, dass er die Sache weiter verfolgen würde. Er klang, als würde er sich bei diesem Gedanken besser fühlen.

Anna konnte nur hoffen, dass er nicht herausfinden würde, dass es eine Hexe gewesen war und sie wirklich fünfzehn Kinder getötet hatte. Allerdings hatten Hexen dieselbe Lebensspanne wie jeder andere Mensch auch – mit sehr wenigen Ausnahmen. Die Hexe, die Wellesley verflucht hatte – egal, was sie auch getan haben mochte –, befand sich bereits jenseits jeder irdischen Gerechtigkeit.

# 10

Leahs Truck parkte am Ende des Weges, der zu Jerichos Hütte führte. Asils Mercedes stand daneben.

»Ha«, sagte Charles, als sie aus dem Wagen stiegen, »ich habe zu viel geredet. Das hat mich aufgehalten.«

Anna lachte, wie er es beabsichtigt hatte. Eigentlich war es Charles egal, wer zuerst ankam, und Anna wusste das. Bruder Wolf allerdings grummelte, weil sie verloren hatten. Er war der Meinung, es wäre besser gewesen, als Erster anzukommen.

Anna sprang aus dem Wagen und wartete, während Charles sich im Inneren von Sages Auto umsah, bis er den Schlüsselanhänger gefunden hatte, mit dem er abschließen konnte. Vielleicht war das eine unnötige Vorsichtsmaßnahme, aber er wollte Jericho keinen einfachen Fluchtweg bieten. Außerdem nahm er die Axt mit. Die Hexenwaffe ließ er hingegen zurück. Jericho war verrückt – doch er würde eher auf eine Axt reagieren als auf eine Pistole.

Charles kontrollierte die beiden anderen Wagen; auch sie waren abgeschlossen. Anna drehte sich, um den Weg entlangzugehen.

»Warte«, sagte er. »Ein Werwolf wird vermisst. Er könnte genauso gut hier entlanggekommen sein.«

Sie blieb schweigend stehen und wartete, während er die Umgebung musterte. Auch sie atmete tief durch, gab aber keinen Kommentar dazu ab, also konnte er davon ausgehen, dass sie ebenfalls niemanden wahrnahm. Falls Jericho sich hier in der Gegend versteckte, dann machte er das wirklich gut.

Besser, als Charles es eigentlich für möglich hielt.

»Okay«, sagte er. »Lass uns gehen – aber halt die Augen offen.«

Anna nickte. Sie war auf dem letzten Stück der Fahrt ruhig gewesen – versunken in dieses bedächtige Schweigen, das ihm verriet, dass sie nachdachte. Als sie den Weg entlanggingen, umfasste sie mit einer Hand seinen Ellbogen – und das war okay; er wusste, dass sie ihn freigeben würde, wenn sie in Gefahr gerieten. Und er mochte ihre Berührung.

»Charles«, sagte sie, »wenn unser Verräter keiner der Wildlinge ist, wen verdächtigst du dann?«

»Was macht dich so sicher, dass es keiner der Wildlinge ist?«, fragte er.

Sie brummte nachdenklich und packte seinen Arm fester. »Ich weiß nicht. Wellesley, vielleicht. Außer, dir fallen noch mehr Wildlinge ein, die dazu fähig sind – wie Hester.«

Charles schüttelte den Kopf. »Nein. Hester … es gab gute Gründe für Hester.«

»Jonesy«, meinte Anna.

»Jonesy«, stimmte Charles ihr zu. »Und Dad wusste sicherlich über sie Bescheid – so ist er einfach. Er wusste wahrscheinlich auch von den Überflügen. Ich frage mich nur …« Seine Stimme brach ab, als ein paar Gedanken sich zu einem Ganzen verbanden.

Anna wollte etwas sagen, doch Charles hob eine Hand, weil … weil er nicht recht haben wollte.

»Keiner ist blinder …«, murmelte er, als die Seltsamkeiten der letzten Tage ein Gesamtbild ergaben. Die Ungeheuerlichkeit der ganzen Sache sorgte dafür, dass er abrupt anhielt, weil ihm der kalte Schweiß ausbrach.

»Charles?«, fragte Anna.

Bruder Wolf erkannte die Zusammenhänge, wie es auch Charles getan hatte, und verstand, was das bedeutete. Seine Ablehnung ließ ihn wild werden – und für einen Moment konnte Charles sich nur darauf konzentrieren, den Wolf zurückzuhalten.

*Nicht jetzt. Jetzt ist nicht die Zeit,* erklärte er seinem Bruder. *Wir werden tun, was wir tun müssen, aber jetzt noch nicht.*

»Charles, was stimmt nicht?«, fragte Anna, die langsam besorgt klang.

»Ich weiß, wieso Dad nicht hier ist«, erklärte er ihr. Tiefes Entsetzen verkrampfte seine Eingeweide.

»Charles?«, fragte Anna wieder. Sie lehnte sich an ihn. Bruder Wolf hörte auf zu kämpfen und wappnete sich stattdessen.

Charles sog Annas Duft in seine Lunge und erklärte ihr einfach: »Er glaubt, Leah wäre unsere Verräterin.«

Sie erstarrte neben ihm. »Wieso denkst du das?«

Er legte es ihr dar, wie er es sah. »Wenn Hester so normal war, wie wir alle glauben, hätte sie Dad angerufen, sobald die Überflüge begannen. Das hätte ihn vorgewarnt, dass Ärger droht. Vor einem Monat hat Dad Boyd um die Unterlagen gebeten, die das Chicago-Rudel über Leos Aktivitäten zusammengestellt hat.«

»Okay«, sagte Anna. »Das wussten wir bereits.«

»Ich bin mir nicht sicher, ob er zu diesem Zeitpunkt schon ahnte, dass es einen Verräter gab. Vielleicht dachte er nur, unser Feind würde wieder aktiv«, sprach er weiter. »Ich glaube, dass Dad versucht hat, anhand der Hinweise, die wir bis jetzt gesammelt haben, den Feind aufzuspüren.«

»Daher die Akten von Boyd.«

Charles nickte. »Dann geriet Mercy in Schwierigkeiten – und er hat die Akten mitgenommen. Er mag noch andere Informationsquellen haben, aber die Unterlagen erschienen mir am wahrscheinlichsten.«

»Okay«, sagte Anna. »Aber warum Leah?«

»Weil er bereits auf dem Weg nach Hause war – um aus dem Nichts heraus anzurufen und zu verkünden, dass er in Afrika bei Samuel Urlaub machen will«, meinte Charles.

Anna atmete tief durch und erkannte, was auch Charles gesehen hatte. »Er hat Angst davor, nach Hause zu kommen, weil er glaubt, der Verräter wäre seine Gefährtin.«

»Und Afrika, weil er sich so weit wie möglich von hier fernhalten muss«, erklärte Charles.

Annas Körper wurde steif wie ein Brett, als sie begriff, was es bedeutete, wenn Leah die Verräterin war.

Charles sprach es trotzdem aus. Nur um auf Nummer sicher zu gehen. »Wenn er recht hat, muss ich Leah hinrichten.« Er atmete tief ein, kämpfte gegen den Druck in seiner Brust. »Und vielleicht auch meinen Dad. Weil er sich auf mich stürzen wird, wenn ich Leah töte, selbst wenn sie uns betrogen hat. Sein Wolfsgeist wird nichts anderes zulassen.«

*Und er ist nicht in Afrika*, meinte Bruder Wolf ernst. *Er ist um einiges näher.*

Anna nickte abgehackt. Sie hatte den Wolf seines Dads getroffen – das Monster, das der Marrok mit seiner Gefährtenbindung zu Leah an die Leine gelegt hatte. Sie wusste genau, was sie alle erwartete, wenn Charles Leah töten musste.

»Leah ist so ziemlich die direkteste, ehrlichste Person, die ich kenne«, sagte Anna. »Jeder Gedanke, der ihr durch den Kopf schießt, wird ausgesprochen. Wie sollte sie so ein Geheimnis vor Bran wahren? Vor ihrem Gefährten? Ich kann nicht mal eine Überraschungsparty zum Geburtstag vor dir verbergen. Auf keinen Fall könnte ich ein größeres Geheimnis wahren.«

Bruder Wolf schickte durch die Verbindung seine Entschuldigung zu Anna. Er hatte nicht gewusst, dass die Party ein Geheimnis sein sollte.

»Die Verbindung meines Dads mit Leah ist nicht wie unser Band«, sagte Charles voller Überzeugung. Sein Dad sprach nicht über seine Gefährtenbindung, aber Charles kannte Bran gut genug, um zu wissen, dass er nicht wollte, dass jemand in seinen Gedanken herumgrub – und auf keinen Fall würde er das Leah erlauben. Und sein Dad besaß die Fähigkeiten, die nötig waren, um sicherzustellen, dass seine Gefährtenbindung so funktionierte, wie er das wollte. »Und der Verdacht, dass sie eine Verräterin ist, würde nicht dafür sorgen, dass er dieses Band weiter öffnen wird als unbedingt nötig.«

»Deswegen hat er die Verbindungen zum Rudel so verengt«, meinte Anna.

Charles nickte.

»Könnte er sich irren?«

»Ich hoffe es.«

»Was sollen wir tun?«, fragte Anna. Charles ging nicht davon aus, dass die Frage an ihn gerichtet war.

Er versuchte, Ruhe aus dem Wald um sich herum zu ziehen. Es klappte nicht ganz, aber es half.

»Wir finden Jericho und kümmern uns erst einmal um das anstehende Problem«, erklärte er. »Dann besuchen wir den Rest der Wildlinge. Ich glaube nicht, dass wir sie noch als Verdächtige betrachten müssen, aber trotzdem sollten sie gewarnt werden. Danach werde ich mich mit den Unterlagen hinsetzen, die Boyd mir letzte Nacht geschickt hat, und versuchen herauszufinden, was meinen Dad auf diese Spur geführt hat.«

Anna nickte. »Okay. Das klingt nach einem Angriffsplan.«

Sie schwieg den ganzen Weg zu der kleinen Hütte, in der Jericho lebte – und dachte alles durch.

Charles hoffte, dass ihr etwas anderes einfiel als das Szenario, das ihm so deutlich vor Augen stand. Er wollte sich seinem Dad nicht stellen müssen. Auch wenn er seit dem Zeitpunkt, wo er verstanden hatte, was mit alten Wölfen geschah, genau wusste, dass ihm wahrscheinlich eines Tages die Pflicht zufallen würde, seinen Dad zu töten – war das doch noch nichts, womit er sich abgefunden hatte.

Sie witterten die Leichen, lange bevor sie Jerichos Hütte erreichten.

»Diese Leute sind vor dem Angriff auf Hester gestorben«, meinte Anna.

Charles nickte. »Mehrere Tage vorher, würde ich sagen.«

Sie ergriff seine Hand und hielt sie fest umklammert. Er war gesegnet mit seiner Gefährtin, die wusste, wann man sprechen und wann man besser schweigen musste.

Asil, Sage, Juste ... Leah warteten neben einer ordentlichen Reihe von Leichen – offensichtlich Werwolf-Opfern – auf sie. Auf der Fahrt hierher mussten Asil und Sage zu einer Art Übereinkunft gekommen sein, weil Sage nah genug neben Asil stand, dass sich ihre Schultern berührten.

Anna gab Charles' Hand frei und sah sich die Gesichter der Toten an, um zu schauen, ob sie jemanden davon kannte, ohne dass jemand etwas sagen musste. Sie war sehr jung für ein solches Verständnis von Notwendigkeit.

Die Leichen waren nicht schön anzusehen – und so übel verwest, dass er nicht davon ausging, dass Anna die nötige Erfahrung besaß, um ableiten zu können, wie sie als Lebende gerochen hatten.

»Dieser hier gehörte zu ... den Männern, die ich in Chicago kannte«, sagte sie schließlich und deutete auf einen der toten Werwölfe. »Und vielleicht der hier auch.« Sie zeigte auf einen anderen – dessen Gesicht ziemlich übel zugerichtet war.

»Der Letzte ist ein Mensch«, sagte Juste. Er zweifelte nicht an ihr –, sondern lieferte nur eine Information.

Sie seufzte. »Er war auch damals ein Mensch.« Mit einem unglücklichen Stirnrunzeln sah sie den betreffenden Toten an, dann beugte sie sich vor und riss ihm Jacke und Hemd auf, sodass seine Brust sichtbar wurde.

Die Tätowierung musste einmal einen wunderschön ausgeführten Drachen gezeigt haben. Charles konnte es an der Kunstfertigkeit der verbliebenen Reste erkennen. Jetzt sah das Tattoo nicht mehr so gut aus, verzerrt vom Tod und der gezackten Wunde, die sich darüberzog.

Anna keuchte, als eine Welle von Gestank aufstieg, und schlug eine Hand über die Nase. »Ja. Dieser hier.«

Als das Husten verklang, sagte sie: »Er hat …« Sie brach ab, warf einen Blick zu Charles und schloss den Mund wieder.

Er hatte eine starke Vermutung, was sie gesagt hätte, wenn sie sich keine Sorgen darum gemacht hätte, ihn aufzubringen. Dies war ein weiterer der Männer, denen Leo erlaubt hatte, sie zu misshandeln. Charles besaß die Höflichkeit, seine Wut so gut wie möglich zu zügeln.

»Zu dumm, dass sie tot sind«, sagte Asil mit einem Knurren. Also war Charles nicht der Einzige, der gehört hatte, was Anna nicht ausgesprochen hatte.

Anna sah Asil an und erklärte mit fester Stimme: »Nein. Es ist gut. Ich brauche keinen weiteren Rächer, Asil. Charles hat mich bereits gerächt. Mir geht es wunderbar. Aber diese Männer sind böse, und ich bin froh, dass sie tot sind.«

»Wo ist Jericho?«, fragte Charles. Sie hatten alle um die Leichen herumgestanden, statt nach Jericho zu suchen. Das konnte nur bedeuten, dass sie ihn bereits gefunden hatten.

Er ging davon aus, dass Jericho tot war – nachdem alle bei den Leichen gewartet hatten –, aber Juste sagte: »Devon hat ihn in einer Höhle vielleicht einen Kilometer von hier aufgespürt. Asil hat uns angewiesen, Devon die Stellung halten zu lassen, bis ihr beide hier ankommt.«

»Devon hat euch erzählt, dass Jericho Probleme hat?«, fragte Charles. Devon war ebenfalls ein Wildling – und er hatte auf Leahs Liste gestanden, der mit den ungefährlichsten Wölfen.

»Nicht genau«, sagte Juste. »Devon hat sich für uns nicht in einen Menschen verwandelt. Aber er hat Jerichos Namen in die Erde gekratzt. Leah und ich haben beschlossen, einmal nachzusehen, nachdem Devon nicht weit von hier entfernt lebt. Wir haben keinen Jericho gefunden, aber dafür diese Toten hier.«

Leah, die müde wirkte und nach verwesenden Leichen roch, sagte: »Ein paar Minuten, nachdem wir angekommen waren, ist Devon ebenfalls aufgetaucht. Er ist derjenige, der Jericho aufgespürt hat – wahrscheinlich, weil er sich hier in der Gegend auskennt. Wir haben ihn dort gelassen, um sicherzustellen, dass Jericho nicht wieder flieht, aber wir haben uns ihm nicht genähert.«

Sie sagte nicht, dass sie auf Charles gewartet hatten, damit er seine Aufgabe erledigen konnte: Jericho töten.

Asil sah Anna an, dann fing er Charles' Blick auf. »Wir beide sollten nach dort oben gehen.«

*Ja.*

»Nein«, sagte Leah leise. Dann sagte sie lauter: »Nein. Wir haben bereits Hester verloren. Wir sollten versuchen, Jericho zu retten.«

Nachdenklich sah Anna Leah an. Charles musste ein Knurren unterdrücken, als ihm klar wurde, dass sie nicht auf ihn gewartet hatte. Sondern auf Anna.

»Sie ist müde«, sagte Sage, bevor Leah weitersprechen konnte.

Leah schloss den Mund, doch ihre gesamte Körperhaltung sprach von tief empfundenen Gefühlen, die er allerdings nicht deuten konnte.

*Trauer*, erklang Annas Stimme durch ihre Verbindung.

*Sie will keinen weiteren Wildling verlieren.* Mit ihrer Stimme empfing er ein Aufwallen von Hoffnung.

*Das bedeutet nicht, dass sie unschuldig ist,* sagte Bruder Wolf. *Charles trauert auch um diejenigen, die er auf den Weg schickt.*

»Zweifellos«, sagte Anna laut, womit sie Bruder Wolf antwortete, auch wenn es wie eine Erwiderung auf Sages Kommentar klang. Vielleicht war es ja beides. »Aber es gab schon zu viel Tragödien in den letzten Tagen. Wenn wir es nicht versuchen, werde ich mich immer fragen, ob ich etwas hätte ausrichten können.«

»Selbst wenn du es versuchst«, sagte Asil, »und es dir gelingt, ihm ein wenig Kontrolle über seinen Wolf zurückzugeben, wird Jericho keine weiteren fünf Jahre mehr leben.«

»Kennst du ihn?«, fragte Anna.

Asil schüttelte den Kopf. »Nein. Aber ich habe in besseren Zeiten mit Devon über ihn gesprochen. Devon und er waren befreundet, früher einmal. Standen sich näher als Brüder. Jetzt ist Devon … Devon.« In Asils Stimme schwang unendliche Trauer mit, weil auch Asil und Devon sich einmal sehr nahegestanden hatten. »Und Jericho ist dem Wahnsinn so nahe, dass er meistens nicht einmal fähig ist, sich mit Worten auszudrücken. Der Mann, der er einst war, wird dir nicht für deine Hilfe danken, Anna.«

Sage sagte leise: »Ich kenne ihn. Im ersten Jahr, in dem ich hier war, habe ich mich verlaufen und war drei Tage in einem Eissturm gefangen. Ich wusste nicht, dass es möglich ist, solche Kälte zu empfinden und trotzdem noch zu leben.« Sie wandte den Blick ab. »Später habe ich herausgefunden, dass Bran alle Wildlinge angerufen und sie ausgeschickt hatte, nach mir zu suchen. Jericho hat mich gefunden und in seine Hütte gebracht.« Sie rieb sich die Augen. »Tut mir leid. Er war … freundlich und scheu. Hat mich hierhergebracht, mich abgetrocknet und Bran angerufen. Ich kenne seinen Ruf – selbst damals ging es ihm sehr schlecht. Aber er hat ein Feuer in einem kleinen Ofen angezündet – bevor er nach draußen gegangen ist, um darauf zu warten, dass Bran mich abholt.«

Sage suchte Annas Blick. »Ich erzähle dir das, damit du weißt, dass ich nicht unvoreingenommen bin. Jericho hat mich gut behandelt – und es hat Bran überrascht, dass Jericho dazu fähig war. Das war vor zwanzig Jahren. Jeden Tag in diesen zwanzig Jahren hat Jericho damit verbracht, gegen seinen Wolf zu kämpfen.« Sie wedelte mit den Händen, um auf die Toten hinzuweisen. »Dieses Mal war es der Feind. Aber das nächste Mal könnte es jemand anders sein. Jericho muss sterben.« Wahrheit erfüllte diesen letzten Satz – oder zumindest die Wahrheit, wie sie sie sah.

»›Kämpfen‹ ist das richtige Wort«, meinte Leah mürrisch. »Seit wann ist es schlecht zu kämpfen? Wir sind Werwölfe – kämpfen ist das, was wir tun.«

Sage schenkte Leah ein trauriges Lächeln. »Manchmal, Leah, ist es das Freundlichste, sie gehen zu lassen.«

Ein langes klagendes Heulen hallte durch den Wald.

Charles hob sein Gesicht zum Himmel und antwortete, damit ihr einsamer Soldat verstand, dass Hilfe unterwegs war. Auf die eine oder andere Art.

»Wenn ich mich um Jericho kümmere«, sagte Charles zu Asil, »ist es sehr wahrscheinlich, dass ich dasselbe mit Devon machen muss.«

Die Worte waren ein Schlag – obwohl Charles vermutete, dass Asil sich dieses Umstandes absolut bewusst war. Charles kannte nur den zerbrochenen Wolf, den sein Dad vor sechzig Jahren hierhergebracht hatte. Aber er wusste, dass Devon, in seiner Blütezeit, ein Talent dafür besessen hatte, sich Freunde zu machen und sie auch zu halten. Jericho, Asil und selbst Bran waren seine Freunde gewesen.

»Devon wird ihn verteidigen«, sagte Asil mit einem schiefen Lächeln. »Devon verteidigt diejenigen, die er liebt. Das definierte den Mann, der er einst war.«

Leah trat näher an Anna heran. »Wir beide sehen die Dinge nicht immer auf die gleiche Weise«, sagte sie.

»Das stimmt«, antwortete Anna, wobei sie Leah in die Augen sah.

»Ich weiß, dass du müde bist«, fuhr Leah fort. »Ich weiß, dass es nur eine Notlösung sein kann. Aber mein Gefährte trauert so sehr, wenn die Wildlinge sterben. Es bricht ihm das Herz.«

»Es wäre mehr nötig als diese beiden«, sagte Anna, wobei sie auf Asil und Charles zeigte, »um mich vom Helfen abzuhalten. Bran ist nicht der Einzige, der trauert, wenn die Alten sterben.«

Leah mochte denken, dass Anna nur von sich selbst sprach, doch Charles wusste, dass sie auch von Leah redete.

*Und wir*, sagte Bruder Wolf. *Wir bedauern das alles ebenfalls.*

Sage hatte sich von den Toten entfernt, nachdem sie ihre Meinung gesagt hatte. Sie schlang die Arme um ihre Mitte und sah stirnrunzelnd in die Ferne. Tote störten sie gewöhnlich nicht sehr – Charles hatte immer angenommen, dass dies an ihren frühen Tagen als Werwölfin lag … ihn jedenfalls hatte es nicht im Geringsten gestört, sich um den Großteil dieses abtrünnigen Rudels zu kümmern. Vielleicht war Sage einfach wegen Jericho aufgewühlt, weil der ihr einmal das Leben gerettet hatte.

Asil wandte sich wieder an Charles. »Ich habe heute bereits einmal gesehen, wie deine Gefährtin fast gestorben wäre. Das reicht meiner Meinung nach.«

Charles stimmte ihm aus vollem Herzen zu … doch er wusste, was Anna tun würde. Er wusste, dass es nicht seine Aufgabe war, sie kleiner zu machen, sicherer. Es war seine Aufgabe, sie so hoch zu heben, damit sie fliegen konnte – und alles umzubringen, was drohte, sich einzumischen.

»Wenn wir alle anwesend sind, dürfte sie sicher genug sein«, meinte Charles. »Und …«

Man hörte ein schmerzerfülltes Jaulen. Sofort rannten alle los. Bruder Wolf entschied sich für die Verwandlung, bevor Charles abwägen konnte, ob das klug war.

*Zwei Werwölfe nähern sich dem Ende ihrer Tage*, erklärte ihm Bruder Wolf. *Wir alle sind Wölfe, doch manchmal besteht die einzige Antwort aus Fängen und Krallen. Und wir können das schneller als die anderen.*

Immer häufiger sprach Bruder Wolf in ganzen Sätzen mit Charles, wo er früher eher mit Gefühlen oder wortlosen Bildern kommuniziert hatte, die ein ganzes Gespräch gleichzeitig zusammenfassten. Charles vermutete, dass sein Bruder sich weiterentwickelte, weil er das dringende Bedürfnis verspürte, durch die Verbindung mit ihrer Gefährtin zu reden.

Leah hatte sich an die Spitze gesetzt. Bruder Wolf gab

sich damit zufrieden, neben Anna zu laufen und denen zu folgen, die wussten, wo es hinging.

Die Höhle, in die Jericho sich zurückgezogen hatte, war keine richtige Höhle, sondern eher ein geschützter Platz zwischen zwei aneinanderlehnenden Felsen. Es roch ein wenig nach Devon und intensiv nach Jericho. Die Schichten der Witterung verrieten, dass Jericho öfter hier schlief als in der kleinen Hütte, die sie gerade hinter sich gelassen hatten.

»Jericho«, rief Leah.

»Ich komme«, antwortete eine Männerstimme. Jerichos.

*So habe ich Jericho noch nie klingen gehört,* sagte Bruder Wolf überrascht.

Nervosität machte sich in der gesamten Gruppe breit. In Bruder Wolfs Form war Charles' Geruchssinn schärfer. Was war mit Devon geschehen? Jerichos Stimme hatte fast locker geklungen, aber dieser Gemütszustand war diesem schon lange nicht mehr gegeben.

Niemandem gefiel, wo das hinführen musste.

Man hörte ein Schlurfen, dann tauchte ein muskulöser Mann auf. Er musste auf Händen und Knien kriechen, um den Schutz der Felsen zu verlassen, doch sobald der Platz ausreichte, stand er auf. Er trug ein Tuch um die Hüften geschlungen, in einer Art, die Charles seit langer Zeit nicht mehr gesehen hatte. Damit sah Jericho aus, als träge er eine weite Hose statt ein altes Betttuch.

Jericho sah eigentlich genauso aus wie beim letzten Mal, als Charles ihn gesehen hatte. Bart und Kopfhaar waren lang und zottelig, mit kleinen Blättern und anderem Material aus dem Wald darin. Sein Haar war verknotet und an manchen Stellen einfach abgehackt worden. Seine Augen waren eisblau – weil der Wolf an der Oberfläche war, zumindest im Moment. Irgendetwas stimmte nicht mit diesem kühlen Blick, doch Jericho wandte den Blick ab, bevor Charles benennen konnte, was ihn störte.

Jerichos Körper war fit und stark. Was gut war – Hunger neigte dazu, selbst den kontrolliertesten Werwolf aus dem Gleichgewicht zu bringen ... und die Wildlinge waren alles andere als stabil. Er hatte, dachte Charles, keine der Leichen angefressen – obwohl das für einen außer Kontrolle geratenen Werwolf nichts Ungewöhnliches gewesen wäre.

Die meisten Wildlinge waren in menschlicher Form sehr unruhig, als stände der Wolf immer kurz davor auszubrechen. Jericho hielt seinen Körper absolut ruhig und im Gleichgewicht. Er ließ seine wolfsblauen Augen über ihre Gruppe gleiten, dann wandte er erneut den Blick ab. Ein Zittern überlief seinen Körper.

»Wo ist Devon?«, fragte Leah.

»Ich ...« Er brach ab, schluckte und setzte noch einmal an. »Er wollte, dass ich fliehe. Er möchte nicht, dass ich sterbe. Aber ich habe diese Männer getötet. Die einzige Regel lautet: nicht töten. Ich musste ihn in der Höhle anbinden.«

Und das waren mehr kohärente Sätze hintereinander, als Charles in den letzten zehn Jahren aus ihm herausbekommen hatte. Dann trat Jericho vor Charles, ließ sich auf die Knie sinken und präsentierte ihm seine Kehle.

»Nun«, sagte Anna nach einem Moment des Schweigens, »das ist alles sehr dramatisch. Und es kommt von Herzen, davon bin ich überzeugt. Aber wir sind uns ziemlich sicher, dass diese Männer dich angegriffen haben. Selbstverteidigung ist immer erlaubt.«

Jericho beäugte Anna. »Nicht töten. Der Marrok hat sich sehr klar ausgedrückt.«

Hinter Jericho ging Asil zur Höhle und tauchte hinein.

»Diese Männer gehörten zu unserem Feind«, sagte Leah. »Eine ähnliche Gruppe hat gestern Hester umgebracht. Ihr Gefährte ist ihr durch eigene Hand in den Tod gefolgt.«

Da schwankte Jericho leicht, und seine Augen verdunkelten sich zu einem menschlichen Blau. »Das habe ich gespürt«, sagte er. »Hester … mochte mich absolut nicht.« Für eine Sekunde grinste er breit. »Hat mich bei unserer ersten Begegnung fast umgebracht.« Dann blinzelte er, und das Menschliche verschwand wieder aus seinem Blick. »Tut mir nicht leid, dass ich die Männer getötet habe. Aber die Regel lautet: nicht töten.«

»Wie haben sie dich aufgespürt?«, fragte Anna. »Weißt du das? Hast du irgendetwas gehört, was uns dabei helfen kann, die Drahtzieher zu finden?«

Jericho knurrte sie an.

Bruder Wolf knurrte wilder, und Jericho verstummte.

»Tu das nicht«, sagte Sage, anscheinend zu sich selbst, weil sie sehr leise sprach. »Du musst das nicht tun.«

Charles warf Sage einen scharfen Blick zu – doch ihre Aufmerksamkeit war auf Jericho gerichtet.

Jerichos Aufmerksamkeit dagegen lag auf Charles.

Asil verließ die Höhle, gefolgt von einem sehr dünnen Wolf mit zerrupftem Fell, gesenktem Kopf und zwischen die Beine geklemmtem Schwanz. Asil nickte Charles zu – er hatte Devon so vorgefunden, wie Jericho es beschrieben hatte. Charles musterte Devon genau, doch der Wildling schien unversehrt – wenn auch nicht besonders glücklich.

»Ich nehme an, um die Hinrichtung kümmern wir uns, wenn sie nötig wird«, erklärte Anna Jericho trocken. »Jetzt zu einem anderen Thema. Hast du vielleicht etwas gehört, was die Männer gesagt haben? Irgendwelche Hinweise darauf, wer oder was sie waren?«

Jericho richtete seinen eisblauen Blick auf Charles' Gefährtin. Charles wäre glücklicher gewesen, wenn er das nicht getan hätte.

»Sie hat gesagt, wir sollten nicht hierherkommen. Wir sollten abwarten. Dass dieser Angriff sie mit zu großer Wahrscheinlichkeit verraten wird«, sagte Jericho, mit seltsam harter, tiefer Stimme. Dann wechselte seine Sprechweise erneut, wurde sowohl höher als auch schneller. »Sie hat nicht das Sagen; sie ist nicht der Boss. Und ich weiß ja nicht, wie es dir geht, aber ich habe mehr Angst vor unserem Boss als vor ihr.«

Und da wurde Charles klar, dass Jericho Annas Frage wörtlich gedeutet hatte. Er wiederholte Wort für Wort alles, was in seiner Gegenwart gesprochen worden war.

Und sie hatten über eine »sie« geredet.

Charles sah zu Leah – er konnte einfach nicht anders. Aber sie beobachtete Jericho mit gerunzelter Stirn – Charles hatte das Gefühl, dass sie noch nicht verstanden hatte, was Jericho gerade tat.

»Unsere Aufgabe«, fuhr der Wildling kühl fort, »ist, Informationen von diesem hier einzuholen, wenn er denn etwas weiß. Ihn wird lange Zeit niemand vermissen. Wenn wir aus ihm nichts herauskriegen, dann nehmen wir die andere ins Visier.« Jericho seufzte laut und wechselte wieder zu der ersten Stimme. »Und das wird schwierig, weil jemand ständig unsere Überwachungselektronik ausschaltet. Ich weiß. Mir gefällt es auch nicht, blind reinzu ...« Jericho brach ab.

»Anna kann dir helfen«, sagte Sage drängend. »Sie hat gerade den hundert Jahre alten Fluch, der auf einem anderen Wildling lastete, gebrochen. Ich war dort.«

Die erste Aussage war eine Lüge. Charles konzentrierte seine Aufmerksamkeit auf Sage – weil er noch nie zuvor gehört hatte, dass sie log. Noch interessanter war die Tatsache, dass sie offensichtlich nicht davon ausging, Anna könnte Jericho helfen.

Obwohl er sie einst gerettet hatte – und Charles erinnerte sich an den Vorfall ziemlich genau so, wie Sage berichtet hatte –, hatte sie Angst vor Jericho. So viel konnte Charles erkennen, auch wenn sie sich herausragend unter Kontrolle hatte. Wahrscheinlich waren Jericho und er die Einzigen, die ihre Furcht riechen konnten. Charles, weil er Bruder Wolf hatte, und Jericho, weil er überwiegend Wolf war, selbst wenn er in menschlicher Gestalt auftrat.

»Reinzu ...«, fragte Anna.

»Ich habe ihn umgebracht, bevor er den Satz zu Ende sprechen konnte«, erklärte Jericho selbstgefällig. »Er meinte wahrscheinlich ›reingehen‹, aber du hast mich gefragt, was sie gesagt haben. Nicht, was ich glaube, was sie sagen wollten.«

Asil meinte: »Du bist heute sehr gesprächig, mein Freund.« Er klang ein wenig misstrauisch.

*Etwas geht hier vor*, sagte Bruder Wolf. *Etwas stimmt nicht mit Jericho.*

Na ja, ja.

*Stimmt so gar nicht*, betonte Bruder Wolf. *Stimmt auf andere Weise nicht.*

*Er hat sieben Leute getötet und wartet seit zwei Tagen auf sein Todesurteil*, erinnerte ihn Charles. *Aber ich stimme dir zu.*

Zufrieden verstummte Bruder Wolf.

»Hast du sie getötet, bevor sie dich angegriffen haben?«, fragte Leah.

»Tu es nicht«, flüsterte Sage.

Jericho bedachte Sage mit seinem eisblauen Starren. »Sie sind in mein Revier eingedrungen. Bewaffnet mit Pistolen und scharfen Dingen. Mit Kabeln, Schaltern und Knöpfen, um mich dazu zu bringen, ihnen Dinge zu verraten. Sie wollten Bright. Das konnte ich nicht zulassen. Sie haben gesagt: ›Sage kann nicht herausfinden, wo Frank Bright ist, und sie hatte Jahre Zeit. Wie schwer kann es schon sein, den einzigen Schwarzen in Bran Cornicks Haufen von Sonderlingen zu finden?‹«

Charles stürmte los. Doch es hatte ihn einen kurzen Moment gekostet zu verarbeiten, was Jericho gesagt hatte, und dieser Augenblick hatte Sage einen Vorsprung verschafft.

Noch im Rennen griff sie an ihre Halskette. Er sah noch, wie sie sich so schnell in ihre Wölfin verwandelte, wie sonst nur er es konnte; fühlte die Welle von Hexenmagie, die ihr das ermöglichte.

Dann wallte direkt vor ihm eine Rauchwolke auf. Der scharfe, klebrige Geruch füllte seine Nase und sein Maul, sodass er keuchend, würgend und nach Luft ringend zurückfiel. Er stoppte abrupt und versuchte, seine Nase mit den Pfoten zu säubern. Als das nicht funktionierte, rieb er sein Gesicht am Boden.

Asil rannte ohne Zögern an ihm vorbei, Leah und Juste waren ihm auf den Fersen. Anna hielt an und zog ihr Shirt aus. Sie wischte Charles Gesicht und Pfoten damit ab. Das half, sodass er wieder atmen konnte.

»Hexerei«, sagte sie. »Ich habe gesehen, wie etwas direkt vor dir geplatzt ist.«

*Es roch abgestanden*, sagte Bruder Wolf. *Die Magie war in einem Gegenstand gefangen. Wir hätten gemerkt, wenn sie von Hexenblut wäre.*

»Wenn sie das mit sich herumgetragen hat«, sagte Anna, »dann war sie darauf vorbereitet, dass wir ihr auf die Schliche kommen.«

*Ja.*

Sage war ihre Verräterin. Charles würde später darüber nachdenken und trauern. Er stand auf und schüttelte sich, während er überlegte, wie es weitergehen sollte.

»Heyya«, rief Jericho.

Der Wildling wurde von Devon begleitet. Beide wanderten gute sechs Meter über Charles und Anna an der Bergflanke entlang. Devon trug den Schwanz immer noch eingezogen und beobachtete Jericho mit unsicherem Blick. Wahrscheinlich fragte er sich, warum Jericho ihn gefesselt hatte, doch bei Devon konnte man sich nie sicher sein.

»Sie folgt einem Wildwechsel«, sagte Jericho. »Ich weiß, wo er endet – es gibt eine Abkürzung. Wenn sie sie nicht aufhalten, bevor sie so weit gekommen ist, können wir sie am anderen Ende abfangen.«

Charles und Anna kletterten mühelos den Abhang nach oben, bis sie den Pfad erreicht hatten, auf dem die Wildlinge standen. Es dauerte nicht lange, die beiden einzuholen. Jericho hatte es anscheinend nicht eilig, weil er auf sie wartete.

Als sie näher kamen, legte Jericho den Kopf schräg und musterte Anna stirnrunzelnd. »Ich kenne dich nicht«, sagte er. »Sollte ich dich kennen?«

»Hallo«, sagte Anna, als sie näher trat. »Wir haben uns noch nicht getroffen. Ich bin Anna. Charles' Frau.«

Jericho sah sie aus blauen Augen an, die mit ungesunder Geschwindigkeit zwischen Mensch und Wolf changierten. »Die Omega?«

Sie nickte.

Ohne eine Vorwarnung, ohne ein Wort oder ein warnendes Muskelzucken, sprang er sie an.

Sie rollten den steilen Berghang so schnell herunter, dass Devon und Charles sie erst einholten, als sie den Grund schon fast erreicht hatten. Sie rutschten unsanft gegen einen Baum, wobei Anna ein Stöhnen ausstieß, das mehr mit Überraschung als mit Schmerz zu tun hatte.

Charles hätte Jericho das Genick gebrochen, hätte Devon ihn nicht zur Seite gestoßen und sich dann vor dem Haufen aus verschlungenen Gliedern aufgebaut. Er hielt den Kopf gesenkt und unterwürfig schräg, den Schwanz zwischen den Beinen, wobei er zitterte wie ein nasses Pferd in einem Schneesturm, aber er stand zwischen Charles und seiner Gefährtin.

»Das ist schon das zweite Mal an einem Tag«, beschwerte sich Anna mit vor Schock zitternder Stimme. »Was ist nur mit euch los? Habt ihr alle eure Manieren vergessen? Wie wäre es mit: ›Hallo, wie geht es dir?‹ Nein, ich werde gerammt, als wäre ich ein Quarterback.«

Wenn sie sich noch beschwerte, war sie nicht schlimm verletzt – auch wenn es ihr sicher nicht gutgetan hatte, diesen steinigen Hang herunterzurollen.

»Absolut keine Manieren«, erklang Jerichos gedämpfte Stimme. »O Gott. O Gott. Du kannst solche Erleichterung nicht vor Wildlingen herumparadieren lassen, du junger Idiot. Was hast du dir dabei bloß gedacht?«

Charles verstand erst nach einem Moment, dass er der junge Idiot war, mit dem Jericho sprach.

Und reagierte mit einem Knurren.

Jericho stieß ein halb zitterndes, halb schluchzendes Lachen aus. »Es tut mir leid. So leid. Gott. Ich kann denken. Ich kann atmen.« Es folgte ein Moment der Stille, dann sagte er mit leichter Panik in der Stimme: »Was ich nicht kann, ist loslassen. Ich habe keine Schmerzen. Ich habe keine Schmerzen.«

»Nun, ich habe Schmerzen«, sagte Anna mürrisch. »Wir sind gerade einen Berghang heruntergerollt.« Diesmal hörte Charles leise Panik in ihrer Stimme. »Versteh mich nicht falsch, aber ich wäre dir wirklich sehr dankbar, wenn du mich aufstehen lassen würdest.«

»Ich kann nicht«, sagte Jericho.

Sie waren so zerbrechlich, die Wildlinge seines Dads. Unendlich gefährlich, aber auch zerbrechlich.

*Er macht unserer Gefährtin Angst*, knurrte Bruder Wolf. *Wenn er nicht damit aufhört, spielt es keine Rolle, wie gefährlich oder zerbrechlich er ist – weil er tot sein wird.*

Devon jaulte nervös – und Bruder Wolf stieß ihn mit der Schnauze an, um ihm zu versichern, dass sie Jericho nur umbringen würden, wenn es sein musste.

Wenn niemand sterben sollte, schien Reden eine

gute Idee, also verwandelte sich Charles. Er ließ seine Menschengestalt langsamer als gewöhnlich über sich kommen. Auf diese Weise war noch ein schneller Gestaltwechsel möglich, ohne die Macht des Rudels anzuzapfen, falls er sich noch einmal schnell verwandeln musste.

Dann war er endlich wieder ein Mensch. Die Anstrengung der letzten Minute oder so zeigte sich darin, dass er Hirschlederhosen und Mokassins trug statt Jeans und Stiefel, als er aufstand und Devon zur Seite schob.

»Es ist okay«, erklärte er Devon. »Aber ich muss das hier klären.«

Annas Blick wirkte panisch, und Charles konnte erkennen, dass sie die Grenzen ihrer Belastbarkeit erreicht hatte. Verständlicherweise mochte sie es selbst in besten Zeiten nicht, wenn jemand über ihr lag. Bruder Wolf hätte Jericho einfach getötet und es hinter sich gebracht. Der Tod würde diesen hier sowieso eher früher als später ereilen.

Doch aufgrund der korrekten Einschätzung seiner Stiefmutter in Bezug auf Brans Trauer sollte er einen weiteren Wildling verlieren – und in dem Wissen, dass er wahrscheinlich bald Sage töten musste, wenn Leah ihm nicht zuvorkam, war ein weiterer Tod nicht nach Charles' Geschmack. Aber gleichzeitig schoss ihm der Gedanke durch den Kopf, dass er zumindest nicht Leah töten und sich auch nicht seinem Vater in einem Kampf auf Leben und Tod stellen müsste.

Noch nicht. Was ihn erleichterte.

Statt Jericho zu töten, zerrte Charles den Werwolf von seiner Gefährtin herunter, während Anna ihm half, indem sie jedes befreite Körperteil schnell außer Reichweite brachte. Als Jerichos Haut den Kontakt zu Annas verlor, schrie er auf und sein gesamter Körper zitterte vor Schmerz. Irgendwann drückte Charles ihn einfach mit dem Gesicht auf den Boden und nagelte ihn dort fest.

Ringen mit Werwölfen wurde von der Tatsache verkompliziert, dass das reine Gewicht des Gegners keinen Werwolf behinderte, außer vielleicht, sein Gegner war ein Elefant. Arme und Beine fixieren funktionierte allerdings.

»Beweg dich noch einmal«, knurrte Charles, wobei er Bruder Wolfs Dominanz in seiner Stimme mitklingen ließ, »und ich breche dir das Genick, sodass du dir niemals wieder Sorgen um meine Gefährtin machen musst.«

Devon stieß ein leises, verängstigtes Wimmern aus.

Anna, die atemlos wieder auf den Beinen stand, sagte: »Keine Sorge, Devon. Er meint das nicht ernst.«

Aber das tat er. Glücklicherweise glaubte ihm die richtige Person. Jericho beruhigte sich, keuchend und schwitzend. Und schluchzend.

Anna ging in die Hocke und berührte seinen Arm mit einem Finger. Sie runzelte leicht die Stirn, dann streckte sie die andere Hand nach Charles aus. Ihr Puls ging immer noch schnell, und sie hielt ihren Gefährten ein wenig zu fest – sie benutzte Charles, um sich selbst zu beruhigen.

Jericho hatte Glück, dass Charles ihm nicht trotzdem das Genick brach – schließlich hatte der Wildling in Anna Erinnerungen wachgerufen, die ihr Herz vor lauter Panik zum Rasen brachten.

Sobald Anna ihn berührte, entspannte sich Jerichos

gesamter Körper, auch wenn er immer noch vor Aufregung keuchte.

»Götter«, sagte er.

Vorsichtig ließ Charles ihn los, wobei er darauf achtete, seinen Körper zwischen Anna und Jericho zu halten, ohne Annas Berührung an Jerichos Arm zu behindern. Womit er dem anderen Wolf zu nahe war. Er hielt sich gerne in einer gewissen Entfernung auf, wenn er jemanden vielleicht umbringen musste. Mit Abstand taten sich mehr Kampfmöglichkeiten auf.

Er sah, wie Jerichos Augen wieder in diesem seltsamen Wirbeln von Blau zu Eis wechselten. Und aus irgendeinem Grund erklang in diesem Moment die Stimme seines toten Großvaters in seinem Kopf.

*An ihren Augen kannst du sie immer erkennen.* Die gedämpfte Stimme des alten Medizinmannes hallte in seinen Ohren wider, als stände der Vater seiner Mutter direkt hinter Charles. Er erinnerte sich genau, wo er gewesen war, als er diese Worte zum ersten Mal gehört hatte … er hatte mit zehn oder elf Jahren mit einigen Jungs in seinem Alter neben dem Feuer gekauert, während sein Großvater ihnen die Dinge beibrachte, die sie wissen mussten, wenn sie einmal Männer waren.

Er hatte keine Ahnung, wieso ihm diese Geschichte ausgerechnet in diesem Moment einfiel.

Hatte Sage nicht gesagt, Werwölfe wären in Bezug auf die Monsterwelt nur die Spitze des Eisberges? Und sie hatte recht gehabt.

Anna sagte: »An manchen Tagen stinkt diese Omega-Sache mehr als an anderen. Wieso stürzen sich heute alle auf mich?«

»Das ist der Wolf«, sagte Charles geistesabwesend.

»Die Wildlinge – zumindest die meisten von ihnen – haben ihre Fähigkeit verloren, ihren Wolf zu kontrollieren. Der Wolfsgeist will dir näher sein – und ihre menschliche Hälfte kann ihn nicht zurückhalten.«

»Tut mir leid«, sagte Jericho und schloss die Augen. »Es tut mir leid.«

Charles konnte es in seiner Stimme hören, es in seiner Witterung riechen. Es tat Jericho wirklich leid.

Wieso also fühlte sich Charles, als habe er etwas Wichtiges übersehen? Er fragte Bruder Wolf, der verstand, was er empfand, aber das Problem ebenfalls nicht genau benennen konnte. Er war überhaupt keine Hilfe.

»Sage wird lange verschwunden sein«, sagte Anna. Und sie klang deswegen nicht allzu unglücklich.

Er konnte nachvollziehen, wie sie sich fühlte – er würde nie wieder »Hallo, hallo, Charlie« hören müssen. Aber sie durften der Verräterin nicht erlauben weiterzuleben.

Devon stieß ein Geräusch aus – und dann sagte Jericho: »Nein. Nein. Wir können sie immer noch erreichen.« Er machte Anstalten aufzustehen und entfernte sich dafür von Charles. Und von Anna.

Und dann musste Charles den Wildling wieder zu Boden werfen, um ihn davon abzuhalten, Anna ein weiteres Mal anzugreifen.

»Nein«, knurrte Charles bestimmt.

»Du und Devon, ihr beide solltet gehen«, sagte Anna. »Kennt Devon denn die Abkürzung?«

Sie legte ihre Hand auf die von Jericho. Er packte sie – und entspannte sich sofort.

Devon kläffte.

Anna sah Charles an. »Du und Devon könnt gehen

und den anderen bei Sage helfen.« Tränen wallten auf. Ungeduldig wischte sie sich über die Augen, als sie drängend weitersprach: »Sage. Ausgerechnet sie. Verdammt. Ich weiß, dass ihr Leben verwirkt ist. Ich weiß es. Aber du kannst dafür sorgen, dass es schnell geht. Leah wird das nicht tun. Du kennst Leah – sie spielt mit ihrer Beute, als wäre sie eine Katze und kein Werwolf.«

Jericho, wieder frei von Charles' Halt, setzte sich auf. Doch weiter bewegte er sich nicht.

»Jericho und ich bleiben hier«, fuhr Anna fort. »Wir warten darauf, dass jemand zurückkommt und uns sagt, was passiert ist. Dann können wir herausfinden, wie wir weiter mit dieser Sache umgehen.« Sie machte eine Geste in Richtung ihrer verbundenen Hände.

*Selten* – die Stimme seines Großvaters –, *aber tödlich.*

Und Charles, der Jerichos eisige Wolfsaugen beobachtet hatte, erinnerte sich plötzlich daran, welche Geschichte sein Großvater an diesem Tag in seiner Kindheit erzählt hatte.

»Sie trug die Häute ihrer Opfer«, hatte sein Großvater erzählt, seine Stimme zittrig vom Alter. »Sie trug auch ihren Geist und ihre Erinnerungen, als wären sie Kleidung. Sie weinte, wenn meine Tante geweint hätte, lachte, wenn sie gelacht hätte. Ihr eigener Ehemann und ihre gemeinsamen Kinder konnten nicht erkennen, dass das Monster in ihrem Heim nicht die von ihnen geliebte Person war. Nur ich erkannte das Monster, das die Haut meiner Tante trug – und ich war bloß ein kleiner Junge, jünger als jeder von euch jetzt. Ich konnte niemandem zeigen, was ich gesehen hatte, weil es niemand sonst im Dorf gab, der sie als das sehen konnte, was sie war. Der Onkel meiner Mutter, der unser Medizinmann und mein erster Lehrer gewesen war, war im letzten Jahr gestorben.

In diesem Herbst allerdings erreichte uns eine Reisegruppe, die mit uns handeln wollte, und ihr Schamane begleitete sie. Ich erzählte ihm von meiner Tante und bat um seine Hilfe. Er kam mit mir zu dem Feuer, wo meine Tante und mein Onkel saßen – und erklärte meinem Onkel, dass seine Ehefrau vom Bösen übernommen worden war. Mein Onkel glaubte dem fremden Medizinmann nicht, und auch nicht den Beteuerungen seiner Begleiter in Bezug auf dessen Macht. Das Ding, das das Gesicht meiner Tante trug, weinte und bettelte meinen Onkel an, nicht auf die Fremden zu hören.

Während sie noch flehte, trat der Medizinmann heran und legte eine Hand auf den Kopf meiner Tante. Sie verstummte, eingefroren durch die große Macht, die er hielt.«

Charles' Großvater hatte ein tiefes Seufzen ausgestoßen. »Ich war dort, und trotzdem ist das, was geschehen ist, so seltsam, dass ich nicht weiß, wie ich euch ein Bild zeichnen soll.« Er war in Schweigen verfallen und hatte ins Feuer gestarrt, als hätte er nicht gemerkt, welches Entsetzen er bei seinem Publikum ausgelöst hatte. Noch Wochen später bat man ihn regelmäßig, eine Mutter oder Tante oder einen Onkel anzusehen, um sicherzustellen, dass sie nicht das Böse in sich trugen.

»Dieser alte Mann«, sprach Charles' Großvater schließlich weiter, »er sang ihr ein Lied vor, in einer Sprache, die ich noch nie gehört hatte – und seitdem auch nie wieder gehört habe. Einen Moment später hob er die andere Hand und hielt sie so.« Er streckte eine

Hand aus, als ruhe sie auf dem Kopf einer Frau. Die andere hielt er ausgestreckt, mit der Handfläche nach oben. »Dann hat er die Hand langsam gedreht, bis auch diese Handfläche nach unten zeigte. Und unter seiner Hand formte sich eine andere Person, so real wie ihr oder ich – eine alte Frau, nackt, die genauso saß wie meine Tante. Dann fiel meine Tante zur Seite um. Für einen Moment dachte ich, er hätte sie gerettet, doch sie war wahrhaft tot. Ihre Leiche verrottete, bis sie aussah wie eine Leiche nach einem Jahr. Der Medizinmann veränderte sein Lied und sang sehr lange Zeit. Irgendwann verschwand die nackte Frau, und der Medizinmann blieb mit der Feder eines Vogels in der Hand zurück.«

Charles' Großvater hatte den Jungen einem nach dem anderen in die Augen gesehen. »Danach setzte sich der alte Mann sich hin und erklärte mir, was das für ein Monster war, das meine Tante übernommen hatte. Er sagte: ›Ein Medizinmann, Heiler oder Schamane, der seine Verbindung zu Mutter Erde aufgegeben hat, ist böser als alles, was mir je begegnet ist – und in meiner Jugend habe ich die Stockmenschen gejagt und zu drei verschiedenen Gelegenheiten *den Hunger, der verschlingt* besiegt. Wenn diejenigen, die ausgesandt wurden, um Gutes zu tun, diesen Pfad verlassen – wenn sie Macht und langes Leben gewinnen, indem sie anderen das Leben stehlen –, gibt es kein größeres Übel.‹ Er hatte, wie er mir erklärte, erst einmal ein solches Wesen gesehen. Die Kreatur, die meine Tante übernommen hat, ist die einzige ihrer Art, die mir je begegnet ist. Sie sind selten und gefährlich. Es ist schwer, sie zu erkennen – aber wenn du ihnen in die Augen blickst … wenn du aufpasst … sind es ihre Augen, die sie verraten. Es gibt nur einen Weg, sie zu töten, wenn du kein Medizinmann bist wie er oder ich. Und das ist Feuer.«

»Jericho«, sagte Charles sanft.

*Eine schnelle Verwandlung, mein Bruder,* bat er den Wolf in sich. *Schneller als je zuvor. Um Annas willen.*

Dann öffnete er seine Gefährtenbindung so weit er konnte und sagte: *Anna, du musst etwas für mich tun.*

Der Wildling sah ihn an, genau wie Anna.

»Jericho«, sagte Charles wieder, bedeutungsschwer. Diesmal bat er nicht um die Aufmerksamkeit des anderen. »Die Augen von Jerichos Wolf sind gelb.«

*Lauf,* wies er Anna an. *Lauf und halte nicht an.*

# 11

Anna rannte los, bevor ihr Verstand sich wirklich einschalten konnte.

*Skinwalker*, hauchte Bruder Wolf durch ihre Verbindung. *Die Diné hätten ihn Skinwalker genannt. Etwas wie er kann nur durch Feuer oder die Magie eines Medizinmannes getötet werden.*

Dann warf Bruder Wolf sie auf die Knie, mit der plötzlichen vollständigen Erinnerung an einen verrauchten, schwach beleuchteten Ort, an dem acht Jungs voller Entsetzen einem alten Mann zuhörten, während dieser eine warnende Geschichte von einem Monster erzählte. Die Informationen, die der alte Mann diesen Jungen geliefert hatte, entsetzte auch sie.

Devon jaulte. Anna drehte den Kopf und stellte fest, dass er hin und her trottete und die kämpfenden Wölfe beobachtete – denn offensichtlich konnte das, was in Jerichos Körper steckte, sich schnell und problemlos in einen Wolf verwandeln.

Bei allem, was sie jetzt über Jericho wusste, sollte sie fliehen. »Devon«, sagte sie. »Devon, das ist nicht Jericho.« Sie erinnerte sich daran, was Charles vor seinem Angriff gesagt hatte. »Die Augen von Jerichos Wolf sind gelb.«

Devon erstarrte und sah sie an.

»Skinwalker«, erklärte sie ihm. »Sie töten die Leute, deren Gestalt sie wollen, dann stehlen sie ihren Körper. Sie tragen ihre gesamte Persönlichkeit wie einen Mantel. Das ist nicht Jericho, Devon. Jericho ist tot. Der Skinwalker hat seinen Körper und seine Erinnerungen gestohlen, um sie zu tragen.«

Körper und Geist, hatte Charles' Großvater gesagt. Das musste der Grund sein, warum die Blutsverbindung zwischen dem Marrok und den Wildlingen ihn nicht gewarnt hatte – und durch den Marrok den Rest des Rudels. Doch der Gedanke sorgte dafür, dass sie sich übergeben wollte. Wie viel von Jericho war noch übrig? Verstand er, was der Skinwalker tat? Oder war er wahrhaft tot und »Geist« bedeutete etwas anderes?

*Anna*, sagte Charles, *ich kann ihn nicht besiegen. Ich besitze Magie, aber nicht die Art, die mein Großvater meinte. Er meinte die Magie eines heiligen Mannes. Verschwinde von hier, meine Liebe. Verschwinde von hier und warne die anderen. Ruf meinen Dad an und sag ihm, er …*

Die Stimme in ihrem Kopf brach ab, als die Luft um das Ding, das einst Jericho gewesen war, waberte. Und plötzlich war da kein Werwolf mehr. An seiner Stelle stand ein Bär, der um einiges größer war als die Grizzlys, die durch das Revier des Rudels streiften.

*Anna, bitte*, bat Charles.

*Du musst überleben, um unseren Dad zu informieren – für den Fall, dass er uns übernimmt*, sagte Bruder Wolf. *Er wird es erst merken, wenn es zu spät ist.*

Charles rechnete mit dem Tod. Er ging davon aus, dass er sterben und der Skinwalker dann seine Gestalt annehmen würde. So wie der Skinwalker es wahrscheinlich mit Anna geplant hatte, sobald er sie von den anderen getrennt hatte, indem er sie auf die Jagd nach Sage schickte.

Sage hatte gewusst, was der Skinwalker war – hatte gewusst, wer es war. Deswegen hatte sie diese seltsame Bitte ausgesprochen, als Jericho geredet hatte. Sage und der Skinwalker kannten sich – und Sage hatte Jericho-der-nicht-Jericho-war gebeten, sie nicht zu verraten.

Sie hatten nach Wellesley gesucht. Jericho-der-nicht-Jericho-war hatte ihn Frank Bright genannt – der Name, den Wellesley verwendet hatte, bevor er ins Rudel des Marrok gekommen war. Sie hatten Hester und Jericho ausgewählt, weil – darauf hätte Anna ihr Geld verwettet – das die einzigen beiden Wildlinge waren, die Sage schon besucht hatte. Doch irgendwann während des Angriffs auf Jericho hatte der Skinwalker die Chance gesehen, mehr zu tun als das – zu einem Mitglied im Rudel des Marrok zu werden.

Anna versuchte sich zu erinnern, was sie gesehen hatte, als die Stinkbombe explodiert war und Charles von der Spur vertrieben hatte. War die Magie von Jericho gekommen – der sich auf dem Pfad über Charles aufgehalten hatte? Charles, bereits in Wolfsgestalt, hatte die besten Chancen, Sage zu erwischen. Doch die Ablenkung hatte es dem Skinwalker erlaubt, Charles und Anna vom Rest zu trennen – und letztendlich hatte Jericho versucht, auch Anna von Charles zu trennen.

Und dann war da noch Sage. Hatte sie seit über zwanzig Jahren nach Wellesley gesucht? Oder hatte ihre Hauptaufgabe darin bestanden zu spionieren?

Später, ermahnte Anna sich selbst. Das alles würde sie später herausfinden. Sie würde dem Skinwalker nicht erlauben, ihren Gefährten zu übernehmen. Charles musste weiterkämpfen, während sie nach einem Weg suchte, das Monster zu töten.

Anna wusste nicht, wo sie einen heiligen Mann finden sollte, aber sie wusste, dass sie gerade erst eine Hütte niedergebrannt hatten. Alle drei Autos, die momentan ein paar Kilometer den Weg entlangstanden, waren gestern bei Hesters Hütte gewesen – und Asil hatte die Oberaufsicht über das Feuer gehabt.

Während sie nachgedacht hatte – nur eine Sekunde oder zwei, da war sie sich sicher –, war Devon verschwunden. Anscheinend hatte der Kodiak, der statt Jericho-dem-Wolf erschienen war, ihn überzeugt, wo es ihr nicht gelungen war.

Anna rollte sich auf die Beine und rannte zu der Stelle, wo sie die Autos geparkt hatten. Dort würde kein heiliger Mann auf sie warten, aber vielleicht befanden sich in einem der Wagen noch Hilfsmittel, mit denen sie einen Skinwalker in Flammen setzen konnte. Sie versuchte, nicht daran zu denken, dass sie in zweien dieser Fahrzeuge gesessen hatte, ohne irgendetwas Brennbares zu wittern.

Die Autos waren alle abgeschlossen. Nachdem Asil die Oberhoheit über Hesters Scheiterhaufen gehabt hatte, stürzte sie sich zuerst auf sein Auto. Sie hätte wahrscheinlich den Öffner an der hinteren Klappe abreißen können, war sich aber nicht sicher, ob sie das versuchen sollte. Wenn es schiefging, blockierte das Schloss nur – und das hätte sie noch mehr aufgehalten.

Also zerbrach sie das Fahrerfenster mit dem Ellbogen. Ein Stein hätte ihr Schmerzen erspart, aber sie machte sich zu viele Sorgen, um erst nach einem Stein zu suchen.

»Halte ihn beschäftigt«, murmelte sie ihrem Gefährten zu, ohne die Worte durch ihre Verbindung zu senden. Sie wollte ihn nicht ablenken. Dieser Kodiakbär war groß gewesen wie ein Truck und unnatürlich schnell.

Charles war der schwarze Mann der Werwölfe. Er konnte einen Bären erledigen, egal, wie groß er auch sein mochte. Und er musste einfach bloß durchhalten, bis sie zurückkam.

Sie öffnete die Ladeklappe von Asils Mercedes mit einem Knopf und fand dort ein Grillfeuerzeug … und sonst nichts. Und es gab auch keine Anzeichen, dass es je etwas anderes gegeben hatte. So wie sie Asil kannte, hatte er wahrscheinlich irgendwo im Auto C4 in versiegelten Containern versteckt, zusammen mit Zündmitteln. Nur dass niemand außer Asil das Zeug je finden würde.

Sie fragte sich, ob C4 einen Skinwalker wohl genauso töten konnte wie Feuer.

»Komm schon, komm schon«, sagte sie, frustriert, weil das Auto leer war. »Das ist ein Anfang, aber ich brauche mehr.«

Nicht allzu weit entfernt hörte sie ein Motorrad und fragte sich, ob Sage vorausgeplant hatte, indem sie ein Fahrzeug für sich versteckt hatte – oder ob sie das Vehikel einfach irgendwo gefunden hatte. Anna vermutete, dass es auch jemand anders sein konnte … aber die Wildlinge lebten in der abgeschiedensten Ecke des Rudelterritoriums, also war das eher unwahrscheinlich.

Sie zerbrach das Fenster an Sages SUV mit dem linken Ellbogen, nachdem der rechte immer noch von Asils Auto schmerzte. Eine schnelle Suche, während der das

Motorrad sich zu nähern schien, zeigte ihr, dass sich auch in Sages Wagen nichts Nützliches befand. Doch sie schnappte sich die Hexenwaffe und schob sie sich in den hinteren Hosenbund. Sie war sich ziemlich sicher, dass der alte Schamane, der mit Charles' Großvater geredet hatte, den Skinwalker mit einer Hexenpistole angegriffen hätte, hätte er denn eine gehabt.

Das Motorrad musste auf dem Weg hierher sein, weil es hier in der Abgeschiedenheit eigentlich kein anderes Ziel gab. Das ließ vermuten, dass es sich nicht um Sage handelte. Hätte sie ein Motorrad gehabt, auf dem sie entkommen konnte, wäre Sage davongefahren, so schnell sie nur konnte.

Die Abdeckung auf Leahs Truck war nicht abgeschlossen. Auf der Ladefläche, mit elastischem Band an den Seiten befestigt, stand ein verbeulter 20-Liter-Kanister mit Benzin.

»Halleluja«, sagte sie. »Halte ihn einfach beschäftigt, Charles. Ich komme.«

Sie sprang genau in dem Moment von der Ladefläche, den Kanister in der einen und das Feuerzeug in der anderen Hand, als das Motorrad – mit Wellesley ohne Helm darauf – den Pfad entlangröhrte. Er stoppte die Geländemaschine mit der Eleganz eines Motocross-Profis.

»Was ist los?«, fragte Wellesley im selben Moment, in dem sie fragte: »Was tust du denn hier?«

Er forderte sie mit einer Geste auf, zuerst seine Frage zu beantworten.

»Charles ...«, setzte sie an, aber dann wurde ihr klar, wie lange das dauern würde.

»Ich habe keine Zeit für das hier«, sagte sie ungeduldig und rannte den Pfad entlang, mit einem fast vollen 20-Liter-Kanister und dem Feuerzeug in den Händen.

Ihr war egal, ob sie den gesamten Wald abfackelte, solange sie damit Charles retten konnte. Wellesley lief neben ihr. Er machte keine Anstalten, ihr den Kanister abzunehmen.

»Rede, während du läufst«, forderte er sie auf.

»Wenn ich noch reden kann«, gab sie zurück und beschleunigte ihre Schritte, »dann laufe ich nicht schnell genug.«

Anscheinend konnte er bei ihrer Höchstgeschwindigkeit noch laufen und reden, weil er sagte: »Ich bin hier, weil mein Wolfsgeist mich aus tiefem Schlaf geweckt und mir mitgeteilt hat, dass unser Feind auf dem Weg ist. Also, was versuchst du zu verbrennen, Anna Cornick? Und wieso hast du es so eilig damit?«

»Skinwalker«, keuchte Anna. Sie entschied, dass Reden vielleicht doch Vorteile hatte, also verlangsamte sie gerade genug, um kurze Sätze hervorzustoßen. »Ich glaube, das ist quasi die schwarze Hexe der amerikanischen Ureinwohner.«

Wellesley lächelte, seine Augen leuchtend golden, und als er sprach, hörte sie den Wolf auch in seiner Stimme. »Ich weiß, was ein Skinwalker ist. Es gab einen Skinwalker in Rhea Springs. Sie ist hier.«

»Es ist ein Er«, keuchte Anna.

»Spielt keine Rolle, welche Gestalt sie annimmt«, sagte Wellesley. »Männlich oder weiblich.«

Er klang sehr überzeugt. »Du kannst dich wieder daran erinnern, was in Rhea Springs geschehen ist.«

»So ist es«, sagte er. »Ich habe mich erinnert …«

Schmerzen trafen sie durch ihre Gefährtenverbindung, plötzlich und überwältigend. Sie stolperte und fiel gegen einen Baum, unfähig, ihr Gleichgewicht zu halten, weil ihr Geist von Schmerzen überschwemmt wurde, die nichts mit ihrem Sturz zu tun hatten.

Das Ding, das Jerichos Körper trug, war noch nicht lange genug Werwolf gewesen, um zu verstehen, wie man in diesem Körper kämpfte. Es kostete den Skinwalker nicht lange, das zu verstehen und eine andere Gestalt anzunehmen.

Der Kodiakbär, der größere, stärkere Bruder des Grizzlys, war fünfmal schwerer als Charles und fast genauso schnell wie er. Doch das war nicht der erste Bär, gegen den Charles kämpfte – nicht einmal der erste Kodiak. Er ließ die Tiere gerne in Ruhe, wenn es möglich war – selbst ein Werwolf hatte seine Grenze, und ein Kodiakbär kam dieser Grenze ziemlich nahe. Aber es gab Zeiten, wie jetzt, wo ein Kampf nicht vermieden werden konnte.

Charles war wendiger und – da war sich Bruder Wolf nach den ersten Minuten des Kampfes sicher – erfahrener darin, die Vorteile von Bruder Wolfs Form zu nutzen, als es beim Skinwalker mit der Form des Bären der Fall war.

Trotzdem war der Skinwalker als Bär um einiges Respekt einflößender und geschickter als in Wolfsform. In der Bärengestalt hatte er schon öfter gekämpft.

Wenn Charles es mit einem Raubtier zu tun bekam, was größer war als er, setzte er gerne eine überfallartige Kampftechnik ein. Das war gegen einen Bären nicht so effektiv, wie er sich gewünscht hätte – der Bär hatte eine dicke Haut, bedeckt von dickem, widerstandsfähigem Fell und noch einer Fettschicht unter allem. Auch wenn Charles es schaffte, ihm eine Menge oberflächlicher Wunden zuzufügen, waren diese doch gerade tief genug, um zu stören. Aber sich auf einen Nahkampf mit dem Bären einzulassen hätte wahrscheinlich dazu geführt, dass Charles der größeren Stärke unterlag. Der Trick im Kampf mit Bären lag darin, sie zu ermüden.

Der einzelne Treffer, den der Bär gelandet hatte, hatte ihm drei Rippen gebrochen. Charles, dem gerade rechtzeitig eingefallen war, dass er sich diesmal der Kraft des Rudels bedienen konnte, schaffte es, beweglich zu bleiben, auch wenn er die Verletzung nicht vollkommen heilen konnte.

Selbst mit der Rudelmagie würden die Knochen wahrscheinlich ein oder zwei Tage lang zerbrechlicher bleiben, komplett mit ein wenig Schmerz, um ihn daran zu erinnern. Außerdem wollte er nicht alle Energie aus dem Rudel ziehen, die möglich gewesen wäre. Es hatte eine Menge Kraft gekostet, Wellesley zu befreien. Und auch wenn es im Rudel einige sehr starke Wölfe gab, fehlte Charles doch die Erfahrung, um einzuschätzen, wo die Grenzen lagen.

Bei seinen kurzen Angriffen am Anfang des Kampfes lernte Charles einiges über den Skinwalker. Überwiegend kämpfte Charles gegen die Intelligenz des Bären, nicht die des Skinwalkers. Überwiegend kämpfte der Bär wie ein Bär. Was ziemlich clever vom Skinwalker war, weil der Bär wusste, wie man kämpfte.

Doch wenn man sich mit einem Bären messen musste, gab es einige Dinge, die Charles tun konnte.

Er setzte einen weiteren Biss in die Flanke des Bären, direkt über eine vorherige Wunde – und diesmal fanden seine Reißzähne Fleisch. Außerdem war das eine Stelle, an der der Bär ihn nicht erreichen konnte, also biss er sich fest, bis er Muskeln reißen fühlte.

Er wartete, bis der Bär sich bewegte; bis das Fleisch kurz davorstand, nachzugeben und Charles auf den Boden zu schleudern. Dann vergrub Charles seine vier klauenbewehrten Pfoten im Fell und kletterte an dem Biest nach oben.

Er versuchte, die Wirbelsäule des Bären zu erwischen, direkt hinter den Rippen, wo die Knochen nah unter der Haut lagen. Seine Zähne fanden Halswirbel, doch als der Bär sich herumrollte, ließ er los.

Charles rannte davon und wendete erst, als er vielleicht fünf Meter entfernt war. Das war kein sicherer Abstand – was von ihm auch so beabsichtigt war. Er plante lediglich, so lange wie möglich zu kämpfen, damit Anna alle warnen konnte.

Er hatte mehr Schaden angerichtet, als er vermutet hatte. Ein Stück Muskel von der Größe eines kleinen Handtuchs war zur Seite gezogen worden und schlenkerte herum wie eine Decke im Wind. Blut tropfte zu Boden und erfüllte die Luft mit seinem Geruch. Doch als der Bär sich bewegte, wurde schnell klar, dass es – so scheußlich sie auch aussehen mochte – nur eine Fleischwunde war. Eindrucksvoll, aber vernachlässigbar. Der Blutverlust reichte nicht aus, um den Bären zu schwächen.

Allerdings tat es weh.

Der große Bär erhob sich auf die Hinterbeine und brüllte. Aufgerichtet war er fast drei Meter groß. Jede Kreatur, die intelligenter war als ein Bär, hätte das nicht getan, während sie mit dem Rücken zu einem steilen

Berghang stand. Charles machte einen großen Sprung und rammte den Bären auf Kopfhöhe, sodass er den Abhang hinunterfiel. Die Zähne des Raubtiers rissen eine Wunde an Charles' Schulter, doch es hatte nicht mit diesem Angriff gerechnet, also war es zu langsam und schaffte es nicht, Charles festzuhalten.

Charles rollte ein paar Meter den Hang hinunter, doch er kam schnell wieder auf die Beine und stürzte sich immer wieder auf den Bären, als er gute fünfzig Meter über den sehr steilen felsigen Abhang bis ins Tal rutschte. Als der Bär stoppte, bevor er wieder aufstehen konnte, landete Charles auf seinem Rücken und stürzte sich erneut auf die Wirbelsäule, die bereits weiß aus der Haut hervorblitzte.

Er packte den Knochen mit den Zähnen und schüttelte, so fest er konnte. Unter ihm versuchte der Bär, auf die Pfoten zu kommen – und dann, sich einfach herumzurollen. Aber er war ungeschickt gefallen, und Charles schaffte es, genug Druck aufzubauen, um alles außer einem schwachen Winden zu verhindern. Das Monster zuckte einmal heftig … und die Wirbelsäule brach, begleitet von einem lauten Knacken und einem scheußlichen Knirschen.

Die Hinterbeine des Bären erschlafften. Charles sprang von dem immer noch gefährlichen Vorderende weg. Die menschlich blauen Augen des Bären starrten ihn böse an, als er brüllte und in die Luft schnappte.

Charles knurrte, um dem Skinwalker seine eigenen Zähne zu zeigen. Er hielt sich entfernt, als sein Feind um sich schlug und die Erde aufkratzte – offenbar nur von dem Gedanken getrieben, Charles zu erreichen. Charles wurde sich langsam seiner schmerzenden Muskeln bewusst, einem Brennen in seiner linken Schulter und dem dauerhaften Pochen seiner Rippen.

Irgendwann wirkte der Blutverlust, der noch davon verstärkt wurde, dass das Biest nicht stillhielt. Der riesige Bär zuckte ein letztes Mal, dann brach er auf der aufgewühlten Erde zusammen. Es atmete weitere viermal ein und aus, ehe ein letztes Seufzen erklang und die blauen Augen brachen.

Charles wartete. Er konnte sich nicht erinnern, dass sein Großvater sich je bei etwas geirrt hatte. Charles war kein heiliger Mann, also konnte er den Skinwalker nicht getötet haben. Doch der Skinwalker in der Form des Bären war zweifellos tot. Charles' Ohren hörten keinen Herzschlag. Er wartete, bis seine Nase ihm verriet, dass der Tod seine Arbeit begonnen und der Zerfallsprozess eingesetzt hatte, bevor er entschied, dass sein Großvater sich geirrt hatte. Werwölfe waren auf diesem Kontinent nicht heimisch; vielleicht hatte sein Großvater deswegen nicht erwähnt, dass Werwölfe einen Skinwalker ebenfalls töten konnten.

Charles sah sich nach Devon um. Er hatte damit gerechnet, der Wildling würde sich ebenfalls in den Kampf stürzen – auf Jerichos Seite. Jericho war Devons Freund, während Charles und Devon sich nur entfernt kannten. Aber er konnte Devon nirgendwo entdecken und auch im Wind bloß vage wittern.

Was auch immer Anna Devon erzählt hatte, als sie Zeit verschwendet hatte, die sie auf ihre Flucht hätte verwenden wollen, es hatte gewirkt.

Jetzt, wo er sie zu Tode erschreckt hatte, sollte er sie wahrscheinlich besser wissen lassen, dass …

Siebenhundertfünfzig Kilo Kodiakbär trafen ihn wie

ein Bulldozer. Seine Schulter zerbrach knirschend an einem Baum, und brennende Schmerzen schossen durch seinen Körper. Irgendwie hatte die Magie des Skinwalkers jedes Geräusch – die Wiedergeburt des Bären und das Gefühl von Blutmagie – verborgen, sodass der Bär Charles vollkommen überrascht hatte.

In seinem Kopf sagte die zitternde Stimme eines alten Mannes: *Mein Enkel, warum musst du immer den schwierigen Weg wählen?*

Leah rannte, vollkommen konzentriert auf ihr Ziel. Sie war größer als Asil und Juste und hängte die beiden ab.

Leah war eine erfahrene Jägerin und hatte aus den Fehlern anderer gelernt. Sie erlaubte sich nicht, Sage so nahe zu kommen, dass sie einen ihrer Hexentricks anwenden konnte, wie Charles es getan hatte. Aber sie ließ sie auch nicht aus den Augen.

Auf diesem Untergrund war Leah im Vorteil. Mit ihrem Gefährten hatte sie jeden Winkel des Reviers erkundet, hatte in langen Nächten die Topografie diskutiert, ihre Stärken und Schwächen. Sie wusste zum Beispiel, dass Sage versuchte, in einer weitläufigen Kurve die Autos zu erreichen. Sage hoffte darauf, genug Vorsprung zu gewinnen, um eines der Fahrzeuge für ihre Flucht verwenden zu können.

Niemals zuvor hatte Leah das Handyverbot so gehasst. Es wäre nett gewesen, das Rudel alarmieren zu können, um Straßensperren auf allen Wegen zu errichten, mit denen Sage in ihrem SUV diese Berge verlassen konnte. Vielleicht hätte sogar jemand rechtzeitig hier hochkommen können, um Sages SUV fahruntüchtig zu machen. Aber das nächste Telefon befand sich in Jerichos Hütte, und die lag zu weit entfernt, um hilfreich zu sein.

Leah war sich ziemlich sicher, dass Sage nicht wusste, wie man ein Auto ohne Schlüssel startete – Gott sei Dank hatte Charles seinen alten Truck zu Hause gelassen. Selbst Leah könnte einen Truck aus dieser Ära in ungefähr zehn Sekunden kurzschließen.

Leah trug eine Pistole, versteckt in einem Schulterholster, sparte sich aber die Mühe, die Waffe zu ziehen. Sie war keine schlechte Schützin, doch bei diesem Tempo würde sie Sage kaum treffen. Außerdem wäre Sage zu erschießen so viel weniger befriedigend, als sie mit dem Messer zu töten.

Leah sprang über einen umgestürzten Baumstamm, wobei sie die Beine anzog, um nicht mit den Zehen hängen zu bleiben. Sage rannte so oft sie konnte durch unwegsames Gelände, weil Leah – sogar auf zwei Beinen – schneller war als Sage auf vier Pfoten.

Zum Teil lag das daran, dass Leah in menschlicher Form jeden Tag laufen ging. Zum Teil daran, dass Leah den Körperbau einer Sprinterin hatte. Doch überwiegend hing es damit zusammen, dass sie als die Gefährtin des Marrok die Stärke des Rudels anzapfen konnte.

Sie behielt Sages Wölfin im Blick, obwohl die Mischung aus hellem Gold und dunklem Goldbraun sich sogar noch besser in die Schatten des Waldes einfügte als Leahs eigenes gelbbraunes Fell. Nach ein paar Kilometern waren Juste und Asil ein gutes Stück zurückgeblieben, dabei kam sie gerade erst in Schwung. Aber das war okay.

Sie konnte es mit Sage aufnehmen.

Ihr Gefährte hatte ihr einmal mitgeteilt, dass sie von

der inneren Einstellung her im neunzehnten Jahrhundert festhing. Sie wusste, Bran machte sich Sorgen, dass ihr mangelndes Selbstbewusstsein, wenn sie sich einem männlichen Gegner stellte, eines Tages dafür sorgen würde, dass sie verletzt wurde. Doch dafür hatte sie ja ihn – und es gab keinen weiblichen Werwolf auf dem Planeten, den sie fürchtete.

Sie waren fast wieder an der Stelle angekommen, wo sie gestartet waren – ein Trick von Sage. Das bedeutete, dass sie vielleicht drei Kilometer von den Autos entfernt waren.

Sage warf einen Blick über die Schulter zurück. Leah konnte die Bestürzung auf ihrer Miene erkennen, als sie Leah entdeckte. Sie hatte wirklich gedacht, sie könnte Leah abhängen. Sage war nicht die erste Person, die Leah unterschätzte. Die meisten dieser Leute waren tot.

Ihr Gefährte war die einzige Person, die sie wirklich sah. Er mochte sie nicht mögen – Leah wusste das, und es störte sie nicht. Zumindest nicht sehr. Aber Bran Cornick wusste ihre Fähigkeiten und Stärken zu schätzen, und er respektierte sie. Er respektierte wenige Leute wirklich. Damit musste sie sich bescheiden.

Sie beschleunigte noch einmal und verkürzte den Abstand zu Sage. Selbst Bran würde überrascht sein, dass sie und nicht sein Sohn die Verräterin umgebracht hatte.

Sie befand sich keine dreißig Meter hinter Sage, als sie das leichte Zittern in der Rudelverbindung spürte, das ihr verriet, dass jemand aus dem Rudel eine schwere Verletzung davongetragen hatte. Wer? Sie verlangsamte ihre Schritte, gewährte Sage wieder einen gewissen

Vorsprung, als sie die Bänder sortierte, die sie mit dem Rudel verbanden.

Charles.

*Wie ist es dazu gekommen, dass Charles verletzt war? Es fühlt sich nicht an wie Magie, also ist es keine Nachwirkung dessen, was Sage ihm ins Gesicht geworfen hat.* Leah war schon lange ein Werwolf, und sie wusste, wie man die Rudelverbindungen deutete. Dies war ein körperlicher Schmerz, heftig genug, um den Tod nach sich zu ziehen.

Ein Bär brüllte triumphierend – aus der Richtung von Jerichos Höhle. *Was in aller Welt hat Charles dazu gebracht, sich mit einem Bären anzulegen, wenn es doch eine Verräterin zu fangen gibt?*

Sie machte einen letzten Schritt nach vorne, dann wirbelte sie auf der Ferse herum. Sage würde warten müssen.

Nein, es würde sie nicht treffen, wenn Charles starb. Sie mochte ihn nicht und hatte daraus auch nie einen Hehl gemacht. Er war schweigsam und mürrisch, und sie hatte mehr Angst vor ihm als vor jedem anderen Wolf, Asil eingeschlossen.

Aber wenn schon der Tod eines weiteren Wildlings ihren Gefährten verletzen würde, würde der Tod seines Sohnes viel Schlimmeres auslösen. Obwohl sie wusste, dass Bran sie nicht liebte – wusste, dass Liebe in der Abmachung, die sie vor langer Zeit geschlossen hatten, keine Rolle spielte –, interessierte sie das nicht. Sie liebte ihren kaltherzigen, makelbehafteten Mistkerl von einem Ehemann und Gefährten mit ihrem gesamten, selbstsüchtigen Herzen. Wenn sie Charles retten konnte, würde sie das tun.

Und würde Charles das nicht hassen? Breit lächelnd

rannte Leah weiter und beorderte Asil und Juste mit einer Bewegung zu sich.

Zusammengesackt an einem Baum sah Anna Wellesley an. Sie hatte Tränen in den Augen. »Er ist verletzt«, sagte sie, zu sehr von Panik erfüllt, um sich zu fragen, ob Wellesley überhaupt verstehen würde, von wem sie sprach. »Er ist verletzt. Nichts kann es umbringen. Nur ein heiliger Mann oder Feuer – und Charles hat nichts davon.«

Statt ihr zu antworten, griff Wellesley nach dem Benzinkanister und sammelte das Feuerzeug vom Boden auf. Anna kämpfte sich auf die Beine. Sie fühlte sich schwindelig und benommen, obwohl der Schmerz ein wenig nachgelassen hatte. Sie konnte allerdings nicht sagen, ob das daran lag, dass Charles das Band der Gefährtenbindung verengt hatte oder weil er das Bewusstsein verlor.

Doch Schmerz bedeutete, dass er noch am Leben war. Und wenn er noch lebte, sollte sie nicht einfach hier herumstehen. Trauern konnte sie, wenn es zu spät war, etwas zu unternehmen.

»Bring mich hin«, sagte Wellesley. »Ich kann helfen.«

In diesem Moment schaute sie ihn zum ersten Mal richtig an und achtete auf das, was sie sah.

Irgendwann zwischen dem Zeitpunkt, wo sie ihn in seinem Heim zurückgelassen hatte – müde, aber gesund –, und diesem Augenblick hatte er seine Ausstrahlung zurückgewonnen. Dieser Mann war kein harmloser Künstler. Dies war ein Mann, der die Sklaverei überlebt hatte; der fast ein gesamtes Jahrhundert gegen einen Fluch gekämpft hatte und geistig gesund aus der Sache hervorgegangen war. So ein Mann konnte Armeen befehligen – oder eine leicht angeschlagene Anna, die einen Skinwalker töten musste.

Trotz der Schmerzen, die sie immer noch durch ihre Gefährtenbindung erreichten, gestattete Anna sich ein wenig Hoffnung. Sie rannte erneut los, versuchte, wieder ihre vorherige Geschwindigkeit zu erreichen. Sie schaffte es nicht ganz – sie hatte sich den Knöchel verdreht, und selbst mit der beschleunigten Heilung des Werwolfs tat es weh. Wellesley stützte sie zweimal am Ellbogen, weil sie sonst gestolpert wäre.

Letztendlich – auch wenn es wahrscheinlich nur ein paar Minuten waren – ließ der Schmerz nach, und sie konnte wieder ihr halsbrecherisches Tempo aufnehmen. Sie passierten Jerichos Hütte. Charles lebte noch – selbst wenn das Band zwischen ihnen so still war, dass es ihr Angst machte.

Schüsse hallten durch den Wald. Anna zögerte – wer schoss? Charles hatte keine Pistole dabei. Anna schüttelte ihre Überraschung ab und lief zu dem Pfad, auf dem sie ihn zum letzten Mal gesehen hatte. Doch der Kampf hatte sich über den Hang nach unten zwischen die Bäume verlagert.

Wellesley und sie schlitterten abwärts, bis sie über einen zweiten, noch steileren Hang den epischen Kampf unter ihnen beobachten konnten.

Charles lag zusammengesackt am Boden. Leah, Asil und Juste hatten sich zwischen ihm und dem Bären aufgestellt. Leah hielt eine Pistole in einer Hand und ein gefährlich wirkendes Messer in der anderen. Asil trug eine Klinge, die von der Länge irgendwo zwischen einem Messer und einem Kurzschwert lag – und Blut tropfte davon herab.

Juste schleuderte einen faustgroßen Stein gegen den Kopf des Bären. Selbst ein Pitcher der Major League konnte bei Geschwindigkeit und Wurfkraft nicht mit einem Werwolf konkurrieren. Der Bär versuchte auszuweichen, doch der Stein traf ihn mit solcher Kraft am Kopf, dass er umfiel.

Anna wollte über den Hang nach unten stürzen, aber Wellesley fing sie am Arm ein.

»Warte«, sagte er, den Blick auf den Bären gerichtet. »Du musst Wache stehen. Sie wird versuchen, mich aufzuhalten, wenn sie bemerkt, was ich tue.«

Anna riss ihren Blick von Charles los, wandte sich Wellesley zu und forderte mit einer Stimme, die sie kaum als die eigene erkannte: »Bist du ein heiliger Mann?«

»Fragst du mich, ob ich dieser Kreatur ein Ende bereiten kann? Ich bin der letzte Nachkomme der heiligsten Familie in meinem Clan. Die Erde spricht mit mir. Kann ich dieser Kreatur ein Ende bereiten?« Sein Lächeln war wild. »Ich weiß es nicht. Aber ich träume schon sehr lange Zeit davon, es zu versuchen.«

Wellesley zog ein zu einem Beutel gefaltetes Tuch heraus, das nach Knoblauch, Chili, Zitrone und ein paar unbekannten Dingen roch. Er ging in die Hocke und sammelte alte Blätter, trockenes Gras und ein paar Zweige ein. Eilig säuberte er eine Fläche von allem Brennbaren und nutzte den Brennstoff, den er gesammelt hatte, um eine winzige Feuerstelle anzulegen, auf die er seine Gewürzmischung kippte.

Unter ihnen schoss Leah drei weitere Kugeln in den Bären ab – und Juste traf ihn mit einem weiteren Stein.

Von den zwei Angriffen – Kugel und Stein – schien der Stein mehr Schaden anzurichten. Doch es war der leichtfüßige Asil, der den tödlichen Schlag ausführte – indem er auf den verwundeten Bären sprang, seine Klinge zwischen den Schulterblättern vergrub und die Wirbelsäule durchtrennte.

Wellesley kniete auf dem Boden und entzündete das Feuer – obwohl Anna ihm zwanzig Liter Benzin und ein Feuerzeug gebracht hatte –, indem er seine Hand darüber hielt und ein Wort murmelte, das dafür sorgte, dass sich ihr die Nackenhaare aufstellten. Er schloss die Augen und fing in einer melodiösen Sprache, die sie noch nie zuvor gehört hatte, an zu singen – eigentlich war es mehr ein Sprechgesang.

Sie sah sich nach etwas um, was sie zu Wellesleys Verteidigung einsetzen konnte – und sammelte schließlich Steine der richtigen Größe ein. Justes Steine hatten ihre Effektivität bewiesen – und sie wusste, wie man einen Baseball warf.

Zu dumm, dachte sie betrübt, dass kein Hexenblut in ihren Adern floss. Die Hexenwaffe wäre wahrscheinlich eine viel bessere Abwehr gewesen als …

»Du besitzt etwas, was dem Skinwalker gehört«, sagte Wellesley. Er sang die Worte im selben Rhythmus wie alles andere, und so hätte sie fast überhört, dass er mit ihr sprach.

»Ich habe das hier«, erklärte sie ihm und zog die Waffe aus ihrem hinteren Hosenbund.

Er öffnete die Augen nicht, sondern nickte nur leicht. »Bitte leg es ins Feuer«, bat er.

Anna beäugte das Feuer. Die Waffe bestand überwiegend aus Metall – und Wellesleys Feuer war nicht allzu heiß. Doch sie diskutierte nicht mit ihm, sondern senkte die Waffe nur vorsichtig in die Flammen.

Und behielt dabei den Kampf im Auge.

Der Bär war nach Asils Angriff zusammengebrochen. Asils eigener Schwung hatte ihn noch fünf oder sechs Schritte weitergetrieben, weg von dem Bären. Jetzt drehte er sich um, um das gefallene Biest zu betrachten. Leah und Juste näherten sich wachsam.

Charles rührte sich, dann kämpfte er sich unsicher auf die Beine. Das Gefühl seines Schmerzes entriss Anna ein Keuchen. Er sah nach oben zu Anna und Wellesley, und sie konnte seine Betroffenheit spüren.

*Anna*, sagte er zu ihr, und sie fühlte seine Verzweiflung. *Flieh, meine Liebe. Dieses Ding kann nicht getötet werden.*

*Ich habe einen heiligen Mann gefunden*, erklärte sie ihm, trotz ihrer Sorge ein wenig selbstgefällig. *Er ist ein wenig beschädigt, glaube ich. Aber er denkt, dass er es schaffen kann. Und falls nicht, habe ich Benzin und ein Feuerzeug.*

Hinter ihm verschwamm die Gestalt des Bären, schrumpfte und plötzlich war da ein kleines Mädchen, nicht älter als sechs oder sieben Jahre, das sich auf Hände und Knie stemmte, wo gerade noch der Bär gelegen hatte. Sie trug ein fadenscheiniges Kleid aus grober Baumwolle, und ihr dunkles Haar war verfilzt. Ihr Mund zitterte, als sie sich mit großen Augen umsah.

»Tut mir nicht weh«, sagte sie, als sie zurückwich, den Blick auf Asil gerichtet. »Ich habe euch nichts getan. Tut mir nicht weh.«

Irgendwann, irgendwo, hatte der Skinwalker ein Kind getötet und seine Gestalt angenommen. Für einen Moment konnte Anna kaum atmen.

Charles hatte sich bei den ersten Worten des Kindes umgedreht. Wie Anna erstarrte er einen Augenblick lang.

*Warn sie*, sagte Bruder Wolf, weil ihre Rudelgefährten den Kampfmodus hinter sich ließen. *Das ist kein Kind. Anna, warne sie.*

»Es ist ein Skinwalker«, rief sie. »Ein Gestaltwandler, eine Hexe. Es ist kein … *Asil, pass auf!*«

Aus der Gestalt des Kindes bildete sich erneut der Bär, unverletzt. Das Sonnenlicht ließ den Wahnsinn in seinen Augen leuchten. Er schlug nach Asil, der sich – gewarnt von Anna – unter dem Schlag hindurch duckte und sofort einen Angriff auf den Bauch des Bären ausführte. Doch der Bär hatte Wellesley gesehen. Er ignorierte die große Wunde, die Asil ihm geschlagen hatte und aus der Eingeweide hervordrangen; ignorierte die Werwölfe, die ihn angriffen. Stattdessen stürmte der Bär den Hang hinauf, auf Wellesley und Anna zu.

Sage wusste nicht, was Leah abgelenkt hatte. Sie hatte zwei Jahrzehnte oder mehr mit der Gefährtin des Marrok gejagt und hätte geschworen, dass nichts sie von einem Pfad abbringen konnte, sobald sie sich einmal dafür entschieden hatte – doch Sage würde einem geschenkten Gaul nicht ins Maul schauen.

Ihr Auto stand neben Asils Mercedes, auch wenn jemand – Anna, nach der Witterung des Blutes nach – das Fenster eingeschlagen hatte. Auch gut, weil Sage sonst dasselbe hätte tun müssen. Sie löste den Anhänger, der an einer Kordel um ihren Hals hing, und biss erneut hinein.

Die Geschwindigkeit ihrer Verwandlung sorgte dafür,

dass ihre Zähne knirschten. Aber sie gab kein Geräusch von sich. Sie wusste nicht, wo die Werwölfe sich aufhielten, und hatte nicht die Absicht, unnötig Aufmerksamkeit auf sich zu ziehen.

Hoffentlich wären sie vollkommen mit Grandma Daisy beschäftigt. Zitternd und nackt öffnete Sage die Tür ihres SUV und schnappte sich den Rucksack von der Bank, um die Wechselkleidung anzuziehen, die sie dort immer aufbewahrte.

Bekleidet, mit dem Ersatzschlüssel für ihren SUV in der Hand, atmete sie zum ersten Mal tief durch, seitdem sie in Jerichos Augen gesehen und erkannt hatte, was Grandma Daisy getan hatte. Sie war eine alte Kreatur – Sage wusste nicht, wie alt, weil selbst ihre eigene Großmutter sie schon Grandma Daisy genannt hatte. Alte Raubtiere waren sehr geduldig. Aber anscheinend war Grandma Daisy die Geduld irgendwann doch ausgegangen.

Es war eine Ironie des Schicksals, dass das ausgerechnet an dem Tag passiert war, als Sage ihre Beute endlich aufgespürt hatte. Jahrzehnte der Suche, weil der Marrok seine Wildlinge vor allen versteckt hielt außer vor seiner Gefährtin und seinen zwei Söhnen. Dann war Asil zum Rudel gestoßen – und auch er war ausgeschickt worden, um sich um die Wildlinge zu kümmern. Sie hatte Interesse an ihm bekundet, weil sie sehen wollte, ob er ihr vielleicht ein paar Geschichten erzählen würde – und weil er schön war.

Das war er wirklich.

Asil würde sie bedauern, dachte sie. Vielleicht würde sie, sobald ihre Großmutter das Rudel unter ihre Kontrolle gebracht hatte – vorausgesetzt, sie schaffte es, das

Geheimnis der Halsbänder aus Wellesley herauszufoltern – und Sage unterschätzte ihre Grandma Daisy nie –, vielleicht würde Sage Asil dann für sich beanspruchen und eine Weile benutzen.

Der Gedanke zauberte ein Lächeln auf ihr Gesicht.

Sie hatte sich Sorgen gemacht, als Grandma sie verraten hatte; hatte befürchtet, dass sie den Skinwalker irgendwie verärgert hatte. Aber als Grandma die Stinkbombe vor Charles' Gesicht hatte explodieren lassen, hatte Sage verstanden. Wenn Grandma Daisy Charles alleine erwischen konnte – wenn sie Charles übernahm –, dann konnte sie das gesamte Rudel kontrollieren, komplett mit Wellesley.

Grandma Daisy würde es nichts ausmachen, Sage den Wölfen vorzuwerfen, wenn die Chance bestand, das Rudel zu beherrschen – und damit den Marrok selbst. Sage konnte ihr das eigentlich nicht übel nehmen. Aber nachdem sich die Chance ergeben hatte, nicht als Märtyrerin zu sterben, hatte Sage vor, diese Chance auch zu ergreifen.

Sie warf den Rucksack wieder auf die Rückbank und machte Anstalten, in ihren SUV zu steigen.

Ein tiefes Knurren stoppte sie.

Sie packte das Messer, das sie in einer Scheide neben dem Sitz aufbewahrte, und drehte sich …

Sie hatte sich Sorgen gemacht, dass es Asil oder Charles sein könnten. Doch der Wolf, der durch das Unterholz neben dem Auto gebrochen war, war dünn und verfilzt. Seine Rippen hoben und senkten sich heftig von der Anstrengung, sie abzufangen.

Devon. Und er war allein.

Schüsse erklangen, ein Brüllen erschütterte den

Wald – Grandma Daisys Bär. Und das lieferte Sage auch die Erklärung, wieso man ihre Verfolgung abgebrochen hatte. Anscheinend hatten sich alle außer Devon in den Kampf gegen den Bären gestürzt.

Sage war selbstkritisch genug, um zu wissen, dass sie Bran oder Charles in einem Kampf nicht gewachsen war. Doch in ihren Träumen hatte sie manchmal genau dieses Messer in ihre Körper gegraben und sie vor Schmerzen schreien hören, als Bezahlung für die Schmerzen, die sie ihretwegen hatte ertragen müssen. Hätten sie sich nicht in Grandma Daisys Pläne eingemischt, wäre Sage einfach eines der vielen Kinder gewesen, die keine Magie besaßen und daher als Gehilfen dienten. Grandma hätte Sage nicht ausgewählt, um ihre Werwolf-Spionin zu spielen. Sie hätte ein normales Leben geführt.

Der Schmerz der Verwandlung, die Folter, die es bedeutet hatte, das Spielzeug von Grandmas handverlesener Gruppe abtrünniger Werwölfe zu sein – für all das waren Charles und Bran Cornick verantwortlich, die Grandma Daisy ihre Beute gestohlen und vor ihr versteckt hatten. Selbst mit seinem Haar und seinem Blut hatten sie ihn nicht finden können.

Sage wusste inzwischen, es hatte daran gelegen, dass Grandma Daisys halb missglückter Bindezauber, der jetzt gebrochen war, den Künstler bis zur Unkenntlichkeit verändert hatte. Hätte Bran Frank Brights Namen nicht geändert, hätten sie ihn allerdings anhand seines wahren Namens finden können. Und somit war der Marrok für Sages gesamtes Leiden verantwortlich.

Sie konnte Bran nicht töten und auch nicht Charles. Aber Devon, Asils Freund und Brans besonderer Liebling, dessen Unfähigkeit, genug zu fressen, um gesund zu bleiben, ihn schwächte? Sie wusste, dass er früher einmal ein Respekt einflößender Krieger gewesen war … aber jetzt?

Sie lächelte den schwächsten und meistgeliebten von Brans Wildlingen an. Sie würde ihre Rache suchen, wo sie konnte.

»Hallo, hallo, Devon«, sagte sie.

Charles eilte hinter seinen Rudelgefährten her, die den Bären verfolgten, der den Berghang hinaufstürmte. Allerdings wusste er nicht, was er unternehmen sollte, wenn das Monster sich nicht einmal davon aufhalten ließ, dass seine Eingeweide über den Boden schleiften.

Er war zu langsam. Selbst mit der Kraft des Rudels konnte er nicht dreimal hintereinander gebrochene Knochen heilen und trotzdem wunderbare Ergebnisse erwarten. Seine rechte Vorderpfote schmerzte bei jedem Schritt so heftig, dass er sie einfach anzog und auf drei Beinen lief.

Er sprang auf den kleinen Vorsprung, auf dem Wellesley sein Feuer errichtet hatte, und nahm mit einem Blick die Szene in sich auf.

Wellesley sang mit geschlossenen Augen über einem Feuer – wo er scheinbar ineffektiv versuchte, die Hexenwaffe zu verbrennen. Was auch immer er tat, der Skinwalker hielt es offensichtlich für gefährlich genug, um an Leah, Asil, Juste … und Anna … vorbei an Wellesley gelangen zu wollen.

Leah, Asil und Juste wirkten, als hätten sie sich für die überfallartige Kampftechnik entschieden, mit der auch Charles begonnen hatte. Sie belästigten den Bären ständig und versuchten so, ihn von seinem Ziel abzulenken.

Anna warf einen Stein nach dem anderen auf ihn – und machte sich dabei sehr gut. Weißer Knochen glänzte auf dem Kopf des Bären, als er sie anbrüllte.

*Hier ist nicht genug Platz*, sagte Bruder Wolf – obwohl er wusste, dass Charles das bereits verstanden hatte. Die Steine waren eine Fernkampfwaffe, aber der Bär kam Anna immer näher.

Ihm fehlte die Zeit für eine einfache Verwandlung und die Kraft für einen seiner schnellen Gestaltwechsel. Doch sein Dad hatte ihm die Führung des Rudels übertragen. Diesmal verschwendete er keinen Gedanken an die Grenzen dieser Macht, sondern rief die Kraft des Rudels und wechselte zwischen einem Schritt und dem nächsten in seine menschliche Gestalt.

Er fühlte die Anstrengung in der Trägheit seiner Muskeln und dem brennenden Schmerz in seinen Gelenken. Um sich von alledem zu erholen, würde er ein ganzes Festmahl alleine aufessen müssen, um danach eine Woche zu schlafen. Wenn er überhaupt noch weitere fünf Sekunden überlebte.

Immer noch laufend setzte er seinen gesamten Schwung ein, um Ofaetis verdammt große Axt zwischen die Ohren des Bären zu schmettern und die Klinge bis zum Anschlag in dessen Schädel zu vergraben. Manchmal, wenn es wirklich nötig war, erschienen Objekte, die er in der Hand gehalten hatte, als er sich von Mensch zu Wolf verwandelte, auch nach der Rückverwandlung wieder in seiner Hand.

»Heil *das*«, knurrte er.

»Zieh dich zurück«, rief Wellesley und stand unsicher auf. »Zieh dich von dem Bären zurück.«

Charles wollte einen Schritt nach hinten machen,

doch plötzlich ergriff eine unerwartete Schwäche Besitz von seinem Körper. Er stolperte. Seine Gefährtin stützte ihn und schob ihn gleichzeitig nach hinten. Dreißig oder vierzig Sekunden lang geschah gar nichts.

Und dann ging die Hexenwaffe in weiße Flammen auf – genau wie der Körper des Bären.

Wellesley hob beide Arme zum Himmel und sang ein Lied in einer seltsamen wogenden Sprache. Aber es spielte keine Rolle, dass Charles nicht verstand, was er sang. Er erkannte ein Gebet, wenn er es hörte.

# 12

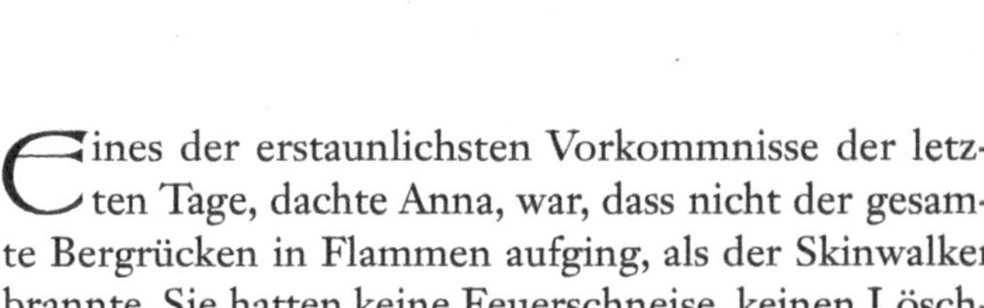

Eines der erstaunlichsten Vorkommnisse der letzten Tage, dachte Anna, war, dass nicht der gesamte Bergrücken in Flammen aufging, als der Skinwalker brannte. Sie hatten keine Feuerschneise, keinen Löschschlauch, und der Bär brannte viel heißer, als es bei Hesters Hütte der Fall gewesen war.

Er verbrannte in ungefähr fünf Minuten zu Asche, wobei es – angesichts dieses Monsters verstörend – nach Speck roch. Als das Feuer verlosch, blieb nur ein Knochenhaufen zurück … auf Erde, die aussah, als wäre glühende Lava darüber geflossen – geschwärzt und glänzend. Die Gebeine selbst allerdings waren nicht schwarz – sondern weiß und sauber. Und sie gehörten zu einem Menschen.

Wellesley kniete sich hin und drückte eine Hand auf den Schädel. Und da zerschmolzen die Knochen zu … Na ja, nichts.

Anna dachte an seine Geschichte; an den Geist des Hurrikans, der diesen Mann seinen Bruder genannt hatte. Sie dachte daran, was das über Wellesley aussagte. Wellesley trug Erdmagie in sich und stammte von einer tausendjährigen Blutlinie von Priestern und Priesterinnen ab, was auch immer das bedeutete – abgesehen davon, dass er so einem Blutmagie-Fluch so lange widerstehen konnte, wie er es getan hatte.

Niemand sagte etwas darüber, Sage zu suchen. Sie waren nicht in der Verfassung für eine Verfolgungsjagd – und außerdem hatten sie alle gehört, wie Sages SUV davongefahren war.

Müde wanderten sie zurück zu den Autos, wobei alle schwiegen und ihren eigenen Gedanken nachhingen.

Anna und Charles zogen sich für diese Nacht in ihr eigenes Haus zurück – egal, was Bran auch gesagt haben mochte. Charles sah aus, als hätte er vierzig Runden mit einem Fleischwolf durchgestanden. Sie würde ihn in diesem Zustand nicht ins Hauptquartier des Rudels bringen. Vor allem, weil er dort nicht schlafen würde, solange er noch verletzt war.

Und sie musste mit ihm allein sein.

Anna fütterte ihn mit Tiefkühlpizza, während sie gleichzeitig etwas mit mehr Protein vorbereitete, das länger dauerte. Danach schloss sie sich ihm beim Essen der Pizza und der Steaks an.

Anna hatte nicht vor, etwas zu sagen, doch die Worte kamen ihr einfach so über die Lippen: »Sie hat dich Charlie genannt.« Das hatte sie immer genervt – dass eine andere Frau einen Kosenamen für ihren Gefährten hatte. Ihr war gar nicht bewusst gewesen, wie sehr es sie gestört hatte, bis sie es laut ausgesprochen hatte.

Charles legte seine Gabel beiseite und nickte. »Als Dad sie mir vorgestellt hatte, war ihr gesamtes Gesicht grün und blau. Sie war vollkommen verängstigt und halb verhungert – was der Grund ist, wieso ihre Prellungen noch nicht verheilt waren. Ich habe es ihr durchgehen lassen – und sie hat den Namen weiterverwendet. Ich dachte immer, es wäre ein Test – um zu sehen, ob wir so schlimm sind wie ihr erstes Rudel. Ob wir sie schlagen würden, wenn sie sich nicht an die Regeln hielt.«

»Und jetzt?«, fragte Anna.

Er schüttelte den Kopf und widmete sich wieder seinem Steak. »Könnte immer noch der Grund sein. Sie wurde misshandelt – daran besteht kein Zweifel. Selbst wenn sie sich freiwillig gemeldet haben sollte … und ich glaube nicht, dass ein Skinwalker eher dazu neigt, auf Freiwillige zu warten wie jede andere Hexe, die schwarze Magie einsetzt.«

Anna dachte eine Weile darüber nach. »Also wollte sie es uns vielleicht gar nicht verraten.«

»Anna«, sagte Charles sanft, »sie war zwanzig Jahre lang hier. Sie hätte sich jederzeit an meinen Vater wenden und um Hilfe bitten können. Sie hat Hester, Jonesy und Jericho an den Skinwalker ausgeliefert.«

»Und dann war da noch Devon«, sagte Anna.

Sie hatten Devons Leiche gefunden, als sie zu den Autos zurückgekehrt waren. Anscheinend hatte er beschlossen, Sage aufzuhalten. Sage hatte ihm einen so schmerzhaften Tod bereitet, wie es nur möglich war, ohne sich allzu lange damit aufzuhalten. Die Sage, die sie gekannt hatte, hätte das nie getan.

»Die Sage, die wir zu kennen glaubten, hat es nie gegeben«, sagte Anna.

Charles legte eine Hand auf ihr Knie und aß weiter.

Er heilte, während sie ihn ansah. Prellungen verklangen, offene Wunden schlossen sich.

»Es hätte dich fast umgebracht«, sagte sie. Und auch

diese Worte hatte sie eigentlich nicht aussprechen wollen. Sie versuchte, das tiefe Entsetzen, das sie in ihrer Stimme gehört hatte, durch ein wenig Humor aufzulockern. »Keine weiteren Kämpfe gegen Bären für dich.«

Er legte erneut seine Gabel zur Seite und drückte ihr Knie. »Ich hatte das Monster getötet«, erklärte er ihr. »Es war tot und verweste bereits, als ich ihm den Rücken zugewandt habe. Es hat Magie eingesetzt, um sich zu verstecken, sonst wäre es ihm nie gelungen, mich zu überraschen.«

»Keine weiteren Kämpfe gegen tote Dinge«, sagte sie, aber ihre Stimme zitterte beim letzten Wort.

Charles griff nach ihr – und sie kletterte auf seinen Schoß, kuschelte sich in seine Umarmung. Er ließ den Kopf auf ihren Scheitel sinken.

»Wahrscheinlich finde ich morgen graue Haare, von dem Moment, als ich dich dabei entdeckt habe, wie du Steine auf den Bären geworfen hast«, erklärte er ihr. »Kein Steineschmeißen auf Bären mehr für dich.«

Irgendwann setzte sie sich wieder auf ihren Stuhl, und sie beendeten ihre Mahlzeit. Als keiner von ihnen noch einen Bissen essen konnte, ließen sie das Chaos in der Küche stehen und stützten sich gegenseitig auf dem Weg zum Schlafzimmer.

In der Dunkelheit, während ihr Gefährte schlief, weinte Anna lautlos an seiner Schulter – Tränen, die sie sich nie gestattet hätte, wäre Charles wach gewesen. Er machte sich immer viel zu viele Sorgen wegen ihrer Tränen. Doch in ihrem Schlafzimmer, umgeben von seiner Wärme und seinem Duft, schien der richtige Zeitpunkt zum Weinen gekommen zu sein.

Sie hätte ihn heute verlieren können. Und sie fragte

sich, ob sie es wohl bemerkt hätte, wenn der Skinwalker ihn übernommen hätte. Hätte sie, wie der Onkel seines Großvaters, monatelang mit ihm gelebt, ohne zu wissen, dass Charles tot war?

*Skinwalker*, erklang die Stimme des alten Medizinmannes in ihrem Kopf. Obwohl sie nicht glaubte, dass er das Wort jemals verwendet hatte … in der Vision, die Bruder Wolf ihr geschickt hatte.

Anna weinte, weil sie nicht wusste, was sie sonst mit der aufgestauten Angst und der knapp vermiedenen Trauer anfangen sollte, die mit dem zusammenhing, was der Skinwalker hätte tun können.

Und als sie damit fertig war, weinte sie um die Frau, die sie für eine Freundin gehalten hatte. Als sie an all die Zeiten mit Sage zurückdachte, konnte Anna nicht entscheiden, ob Sage sehr gut darin gewesen war, Leute zu täuschen, oder einfach nur sehr gut darin, Lügen aus dem Weg zu gehen. Vielleicht würde Charles das wissen. Vielleicht spielte das überhaupt keine Rolle.

Sie weinte um Asil. Um die Liebesaffäre mit Sage, die etwas ganz anderes gewesen war. Und um den Freund, den er verloren hatte.

Als sie Devon gefunden hatten, war Asil für einen Moment erstarrt. Dann hatte er ohne ein Wort zu sagen Devons Leiche hochgehoben. Er hatte den blutigen, zerstörten Körper ohne jedes Zögern auf den Rücksitz seines Mercedes gelegt und sich daneben gesetzt, Devons Kopf auf seinem Schoß. Er hatte nicht protestiert, als Anna sich hinter das Steuer gesetzt hatte, mit Charles als Beifahrer.

Sie hatten beide, Asil und Devons Leiche, zu Brans Haus gefahren, wo sich der Rest des Rudels um sie kümmern würde. Dann waren Charles und sie in den alten Truck gestiegen und nach Hause gefahren.

Anna weinte auch um Devon, obwohl sie ihn nicht gut gekannt hatte. Sie hatte ihn nie in seiner menschlichen Gestalt gesehen – kannte ihn nur durch die Geschichten anderer. Asil hatte ihn gemocht und respektiert – und Gott wusste, dass Asil nicht viele Leute auf diesem Planeten respektierte. Bran. Den mysteriösen Sherwood Post mit seiner Amnesie. Aus dem Stegreif fiel ihr sonst niemand ein.

Jericho, den echten Jericho, hatte sie nie getroffen. Charles war sich ziemlich sicher, dass er zur selben Zeit übernommen worden war, als auch die feindlichen Kämpfer gestorben waren. Schwer zu sagen, ob die Männer von Jericho getötet worden waren oder von dem Skinwalker, um Charles zu Jerichos Hütte zu locken. Sie vermutete, dass sie das auch nie erfahren würden.

Hester, Jonesy, Jericho und Devon – sie hatten so viele in so kurzer Zeit verloren. Anna drückte ihr Ohr auf Charles' Brust und lauschte dem gleichmäßigen Klopfen seines Herzens.

Plötzlich spannte sich jeder Muskel in Charles' Körper an, er setzte sich auf und starrte sie aus großen Augen an. Es wirkte wie eine Überreaktion auf ihre Tränen.

»Leah hat mich gerettet«, sagte er verdrossen.

Sie konnte nicht anders – sie lachte. Und dann weinte sie noch ein bisschen.

Er liebte sie – was sowohl gegen ihre Tränen als auch gegen seine Empörung half.

Doch bevor er wieder einschlief, murmelte er: »Das wird Leah mich nie vergessen lassen.«

»Das ist okay«, erklärte ihm Anna. »Wärst du tot, würde dich nicht stören, was Leah zu sagen hat. Ich hoffe, sie foltert dich anständig damit.«

Da lachte er, ein warmes, verschlafenes Geräusch, das ihr in ihre Träume folgte.

Bran parkte den gemieteten silbernen Toyota Camry auf der Straße – einen näheren Parkplatz gab es nicht. Er ließ seinen Koffer, wo er war, und ging nach Hause.

Die Lichter verrieten ihm, dass alle wach waren. Er spürte die unterschwellige Erwartung, die ihm verriet, dass die Rudelmitglieder sein Näherkommen fühlen konnten, selbst wenn sie nicht genau wussten, was ihre Ruhelosigkeit auslöste. Auf der Veranda nahm er die Schultern zurück und öffnete die Verbindungen zu seinen Wölfen, übernahm erneut die Verantwortung, die er an seinen Sohn übergeben hatte.

Für einen Moment war das Gefühl fast überwältigend. Er machte einen Schritt zur Seite, um sein Gleichgewicht wiederzufinden. Dann fand alles wieder seinen Platz, und es war, als wäre er nie weg gewesen – abgesehen von den fehlenden Teilen: keine Hester mit ihrer Verbindung zu Jonesy, die Brans Empfindung dieser Verbindung erhellt hatte wie eine Atomexplosion; kein Jericho, der Tag ein oder zwei Dinge über Berserker-Kämpfe hätte beibringen können; kein Devon, dessen Freundlichkeit die Jahre überlebt hatte, die ihm alles andere gestohlen hatten.

Als Bran den Raum betrat, breitete sich erwartungsvolle Stille aus.

Juste, der vollkommen erschöpft wirkte, erhob sich von seinem Platz und sank vor Bran auf ein Knie. »Wir haben Euch enttäuscht, Sire.«

Ja. In Europa wurden Rudel anders geführt.

»Steh auf«, sagte Bran, wobei er sich bemühte, nicht irritiert zu klingen. Schließlich war er es gewesen, der seine Wölfe enttäuscht hatte. Doch dieses Rudel konnte nicht mit Zweifeln in Bezug auf ihren Anführer umgehen, also durfte er sich nicht entschuldigen – sosehr das seine Schuldgefühle auch beruhigt hätte.

»Steh auf, Mann«, sagte Tag. »Wir fallen hier vor niemandem auf die Knie. Wenn er deine Kehle will, wirst du es merken. Ansonsten können wir uns auch entschuldigen, während wir auf zwei Beinen stehen.«

Bran sah sich im Raum um – und Asil erwiderte seinen Blick mit trockenem Mitgefühl. Laut des prägnanten Berichts, den Charles auf Brans Mailbox hinterlassen hatte, wusste Asil nicht, dass Brans Abwesenheit darauf zurückzuführen war, dass er Leah für die Verräterin gehalten hatte. Aber Asil war ein weiser alter Wolf. Anscheinend war er selbst darauf gekommen.

»Ich glaube«, sagte Bran, »unter den gegebenen Umständen können wir uns glücklich schätzen, dass wir nicht mehr Rudelmitglieder verloren haben. Danke.«

Sie hatten Devons Körper auf dem Tresen aufgebahrt – der tote Wolf zusammengerollt, als schliefe er nur. Bran beugte sich vor und drückte ihm einen Kuss auf die Stirn.

Für einen Moment sah er einen wilden lachenden jungen Mann, voller Freude und Abenteuerlust. »Komm schon, Bran«, hatte er gesagt. »Das wird Spaß machen. Wir sind alle Werwölfe – wir sollten uns der Wilden Jagd anschließen!«

Tag, der neben Bran stand, sagte: »Erinnerst du dich an den Tag, als er uns dazu überredet hat, die Wilde Jagd zu suchen?«

Brans Erinnerungen übertrugen sich manchmal durch die Rudelverbindungen, wenn er nicht vorsichtig war.

Bran schüttelte den Kopf. »Leichtsinniger Idiot.«

»Und das hast du ihm auch mitgeteilt«, sagte Tag. »Aber du hast uns trotzdem begleitet.«

Das war vor … tausendsechshundert Jahren gewesen, fünfzig Jahre hin oder her. Und jetzt waren von denen, die in dieser Nacht gelaufen waren, nur noch Bran und Tag übrig.

»Das habe ich«, stimmte Bran ihm zu.

Er verweilte eine Weile im Raum; fühlte, wie seine Gegenwart das Rudel beruhigte, bis sie in Zweier- und Dreiergruppen aufbrachen, um sich zu Hause auszuruhen. Bis nur noch eine übrig war.

Er fand Leah in ihrem Schlafzimmer. Sie hatte sich in einem Sessel zusammengerollt und las eine Zeitschrift, die sie zur Seite legte, als er den Raum betrat.

»Bei dir«, sagte Bran, »kann ich mich entschuldigen. Ich dachte, du wärst unsere Verräterin.«

»Ich?«, fragte sie. Doch die Überraschung in ihrer Miene wurde schnell von Verständnis verdrängt. »Deswegen bist du verschwunden. Wenn ich dich verraten hätte … das Rudel verraten hätte … hättest du mich töten müssen.«

Er nickte. »Und das kann ich nicht. Du weißt, warum. Also habe ich das Charles überlassen.« Wieder entschuldigte er sich. »Es tut mir leid.«

Sie zog die Augenbrauen hoch. »Wofür? Ich fühle mich geschmeichelt, dass du dachtest, ich wäre die Verräterin. Es würde eine Menge Raffinesse und Geschick erfordern, dir so nahe zu sein und dich trotzdem zu betrügen.«

Sie log nicht. Doch er kannte sie gut genug, um an der Position ihres Mundes zu erkennen, dass sie verletzt war.

»Ich hätte es besser wissen müssen«, sagte er. »Du wurdest immer vom Gedanken an das Wohl des Rudels getrieben.«

Sie zuckte mit den Achseln. »Ich habe auch Sage nie verdächtigt. So ist es nun einmal mit Verrätern, nicht wahr?«

Sie stand auf und schlenderte auf ihn zu, beugte sich vor und küsste ihn sanft auf den Mund. »Ich akzeptiere deine Entschuldigung – auch wenn sie nicht nötig ist. Du wirkst müde. Komm ins Bett.«

Er öffnete sein Hemd, und Leah nahm es ihm ab, um es in den Wäschekorb zu werfen. Dann trat sie hinter ihn, legte ihre warmen geschickten Hände auf seine Schultern und massierte ihn, während sie seine Wirbelsäule küsste.

»Komm ins Bett«, sagte sie wieder.

Das tat er.

Als Charles aufstand, sah er auf sein Handy und stellte fest, dass er dreißig Stunden geschlafen hatte.

Er duschte, putzte sich die Zähne und flocht sein Haar, während er auf seinen Dad, Anna und Wellesley in der Küche lauschte – die Frühstück machten, wenn seine Nase ihn nicht täuschte. Charles verließ das Schlafzimmer, schlenderte in die Küche und schlang von hinten die Arme um seine Gefährtin, während sie gerade Eier rührte. Er küsste sie aufs Ohr.

Charles sah seinen Dad an, der mit verschränkten Armen an der Wand neben der Hintertür lehnte. Bran

Cornick, der Marrok, Anführer der meisten Werwölfe von Nordamerika, wirkte müde.

»Guten Morgen, Dad«, sagte er. »Wellesley.«

Der Künstler lächelte ihm vom anderen Ende der Küche zu, wo er gerade Toast mit Butter beschmierte. »Guten Morgen, Charles. Dein Timing ist herausragend. Dein Vater wollte uns gerade erzählen, wieso er sich so sicher war, dass Leah die Verräterin ist.«

»Du hattest recht«, sagte Anna. »Es war in den Unterlagen, die Boyd geschickt hat.«

Charles warf einen Blick zu seinem Dad – der ihm ein reumütiges Lächeln schenkte.

»Es gab Protokolle von den Interviews, die Boyd mit jedem Rudelmitglied über Leos Geschäfte mit unseren Feinden geführt hat. Einer von Boyds Leuten hat vor zehn Jahren ein Gespräch belauscht. Einer der Männer des Feindes hat etwas über einen weiblichen Werwolf gesagt, von dem sie Informationen bezogen«, sagte Dad.

»Also war es nicht in den Finanzunterlagen?« Charles war sich sicher gewesen, dass sich dort etwas finden lassen musste. Belastbarere Informationen als ein belauschtes Gespräch, das vielleicht oder vielleicht auch nicht wichtig war.

Sein Dad zog eine Grimasse. »Es war belastender, als es jetzt klingt. Die Information bezog sich auf etwas, was nur Leah und ich wussten.«

»Und vielleicht Leahs beste … nicht beste Freundin. Ich bin mir nicht sicher, ob Leah eine beste Freundin hat. Aber eine Vertraute, auf jeden Fall«, sagte Anna.

Bran nickte.

»Du hast es nicht nach Afrika geschafft, obwohl du

mich dazu bestimmt hast, Leah zu töten … und« – Charles zögerte, dann zuckte er mit den Achseln – »alles, was danach kam?«

»Ich hatte Flugtickets«, entgegnete Bran. »Aber das Monster« – er tippte sich auf die Brust – »hat mir nicht erlaubt, in den Flieger zu steigen. Mein Wolf hat entschieden, dass wir Leah beschützen müssen. Ich hatte alle Hände damit zu tun, ihn in einem Hotel in Spokane unter Kontrolle zu halten. Weiter bin ich nicht gekommen.«

Die Überzeugung seines Dads, dass Leah schuldig war, hatte ihn aus der Bahn geworfen.

»Weißt du, wo Sage ist?«

»Nicht im Moment«, sagte Wellesley geruhsam. »Aber ich bin mir sicher, sie wird wiederauftauchen.«

»Als wir diesen Pfad entlanggelaufen sind, hast du mir gesagt«, meinte Anna, »dass du dich erinnerst, was in Rhea Spring geschehen ist.«

Er nickte. »Ja.«

Anna stieß ein ungeduldiges Brummen aus, und Wellesley grinste sie an.

»Also, was ist geschehen?«

»Nachdem meine Frau gestorben ist, bin ich ein wenig gereist«, sagte er, »wie Männer es damals taten. Ich habe Erleichterung darin gefunden, anderen Leuten zu helfen. Habe mir einen Ruf unter den Machtlosen und den Armen aufgebaut.«

»Er war ein Held«, sagte Bran. »Er hat Leute geheilt. Er hat Leute getötet, die den Tod verdient hatten. Er hat Leute gerettet, die Rettung brauchten.«

»Du wusstest das, als du mich zu ihm geschickt hast?«, fragte Charles.

Bran nickte.

»Und ich habe die Aufmerksamkeit einer Frau erregt, die sich Daisy Hardesty nannte«, sagte Wellesley.

»Hardesty war Sages Nachname, als sie zu uns kam«, meinte Charles leise. »Bevor sie ihn zu Carhardt geh-ändert hat.«

Wellesley nickte. »Daisy beherrschte Rhea Springs. Jeder, der dort lebte, war ein Mitglied ihrer Familie. Die Leute kamen aus dem ganzen Land, um sich dort von ihren Krankheiten heilen zu lassen. Manche von ihnen verschwanden – unter anderem der Bruder einer Frau, der ich geholfen hatte. Sie hat mir eine Nachricht zukommen lassen, und ich bin losgezogen, um Nachforschungen anzustellen.« Wellesley zog eine Grimasse. »Ich dachte, ich würde die Höhle einer meuchelnden Diebesbande betreten. Stattdessen fand ich eine Stadt, in der Blutmagie praktiziert wurde. Es gab einen Kampf. Leute sind gestorben – ein paar davon durch meine Hand. Ich habe Daisy verletzt, und sie hat mich verflucht. Ich glaube, sie dachte, die Obrigkeit würde ihr die Sorge um meine weitere Existenz abnehmen. Dass sie mich nicht selbst töten musste, um Nutzen aus meinem Tod zu ziehen, sobald ihr Zauber seinen Platz gefunden hatte.«

»Stattdessen«, sagte Anna, »ist Charles aufgetaucht und hat dich weggezaubert.«

»In der Tat«, bestätigte Wellesley.

Sage fuhr nach Missoula. Sie hatte ihren zweiten Satz Wechselkleidung angezogen – Devons Blut hatte dafür gesorgt, dass sie aussah wie das Opfer eines Serienkillers. Also hatte sie bei einem Einkaufszentrum angehalten und zwei oder drei Garnituren Kleidung bar bezahlt. Sie besaß mehrere Kreditkarten und ein ordentlich gefülltes Konto auf den Namen Samantha Harding. Doch sie wollte kein Risiko eingehen.

Sie war sich sicher, dass niemand von diesen Konten wusste. Sehr sicher. Trotzdem ... Charles Cornick war ein digitales Finanzgenie. Es war besser zu warten, bis Grandma Daisy sie kontaktierte, bevor sie Kreditkarten einsetzte – unter welchem Namen auch immer.

Sie stahl ein Auto vom Langzeitparkplatz des Flughafens und tauschte die Nummernschilder gegen die eines Wagens desselben Herstellers in derselben Farbe. Unauffälliger als ein silberner Toyota Camry war quasi nicht möglich.

Sie beschloss, dass es sicherer war, die größeren Städte für ein oder zwei Tage zu meiden, daher steuerte sie ein Hotel in Deer Lodge an. Nicht, dass es in Montana viele »größere« Städte gab. Sie würde sich eine Wohnung in Billings besorgen, beschloss sie, als sie aus »ihrem« Auto stieg.

Das Hotel war nicht gerade erfreut über das Bargeld, doch ihr gefälschter Ausweis sowie die Tatsache, dass keine Verbrecherbeschreibung auf sie passte, half ihr weiter – genauso wie die Geschichte, dass sie versuchte, vor ihrem gewalttätigen Ehemann zu ihrer Schwester nach Kanada zu fliehen.

Die Leute mochten das Gefühl, jemandem dabei zu helfen, vor etwas Schlimmem zu entkommen – besonders wenn sie dafür nichts riskieren und sich nicht anstrengen mussten.

Das Wasser in der Dusche war heiß und die Laken sauber. Sie schlief tief und fest.

Und als sie aufwachte, war sie nicht allein.

»Hallo, hallo«, sagte Asil.

*Zwei Wochen später*

Charles wollte seiner Gefährtin gerade in die Küche seines Dads folgen, als dieser ihn packte und ins Büro zog. Und so nahmen weder er noch der Marrok an der ersten und letzten Rudel-Grillfeier mit Musik teil.

Als Charles aus dem Büro trat, wischte Leah gerade die Arbeitsfläche ab. Sonst war niemand zu sehen.

»Ich weiß, dass wir ein paar Stunden da drin waren«, sagte Charles zu Leah, »aber sollten die Aktivitäten nicht bis zum Einbruch der Dunkelheit gehen?«

Sie sah ihn an. »Tag hat seinen Dudelsack herausgeholt und ›The Wild Hunt‹ gespielt. Die neue Version, von *The Tallest Man on Earth.*«

Tag hatte eine New-Folk-Phase durchgemacht, und *The Tallest Man on Earth* hatte zu seinen Lieblingen gehört.

»Auf dem Dudelsack?« Charles versuchte, es sich vorzustellen. Es hätte sich sehr vom Original unterschieden. Besonders wenn Tag spielte. Tag konnte spielen – aber er mochte auch unnötige Improvisationen.

»So schlimm war es nicht«, sagte sie. »Allerdings auch nicht gut … nur, damit du mich nicht falsch verstehst. Aber so schlimm war es auch wieder nicht.«

»Es hat nicht alle vertrieben?« Der Dudelsack gefiel nicht jedem. Besonders, nachdem die meisten Leute hier Werwölfe waren – der Dudelsack war ein lautes Instrument. Das Büro seines Dads war sehr gut schallisoliert, wenn sie den Dudelsack nicht gehört hatten.

»Nein«, sagte sie. »Es hat dafür gesorgt, dass alle zu einer Jagd aufgebrochen sind. Mein Garten ist übersät mit Kleiderhaufen. Anna und ich haben die Instrumente reingeholt – und dann haben wir den Rasensprenger angeschaltet.«

Sie lächelte befriedigt – und Charles grinste bei dem Gedanken, wie die zwei wütenden Frauen ihre Rache an den Leuten planten, die den musikalischen Teil des Abends zerstört hatten.

Leah und er sahen sich zufällig an, als sie lächelten. Leah wirkte überrascht, und er nahm an, dass für ihn dasselbe galt. Wahrscheinlich war so etwas schon einmal passiert, doch Charles konnte sich nicht erinnern, dass sie sich je angelächelt hätten.

Und es würde wahrscheinlich viel Zeit vergehen, bevor es wieder geschah.

»Ich vermute, dass das ein einmaliges Event bleiben wird?«, meinte er vorsichtig.

Sie zuckte mit den Achseln. »Vielleicht. Anna hat gesagt, dass Tag nächstes Mal die Planung übernehmen muss.«

Er wollte sich schon abwenden, doch Bruder Wolf stupste ihn an.

»Ich habe mich noch nicht bei dir bedankt«, sagte Charles.

Leahs Augenbrauen wanderten fragend nach oben – obwohl er genau wusste, dass sie verstand, wovon er sprach.

»Wenn du nicht zurückgekommen wärst«, erklärte er, »hätte der Skinwalker mich getötet.«

Sie faltete den feuchten Lappen in ihrer Hand und hängte ihn zum Trocknen über einen Wasserhahn. »Da bin ich mir nicht so sicher«, sagte sie. »Du warst nicht tot, als wir angekommen sind. Eines habe ich gelernt in all der Zeit, die ich hier mit deinem Vater verbracht habe: dass man dich nie unterschätzen sollte.«

Er verschränkte die Arme und sah die Gefährtin seines Vaters an. Zum ersten Mal hatten die Gründe, aus denen er froh war, dass er sie nicht als Verräterin hatte hinrichten müssen, mehr mit Leah zu tun als mit seinem Dad.

»Danke«, sagte er, »dass du zurückgekommen bist, um mir zu helfen, als ich Hilfe brauchte.«

Sie dachte einen Moment nach, dann sagte sie: »Ich mag dich nicht. Ich habe dich nie gemocht – und du kannst nichts dafür. Er liebt dich. Und mich liebt er nicht.«

Sie drehte sich um und sah ihn aus klaren blauen Augen an.

Charles dachte daran, wie der Wolf seines Dads Bran in Spokane zum Stillstand gezwungen hatte, unwillig, Leah ihrem Schicksal zu überlassen. Obwohl Bran gewusst hatte, dass es für alle am sichersten gewesen wäre – falls Leah ihre Verräterin war –, sich in Afrika zu verstecken. Sein Wolf hatte Bran aufgehalten, obwohl er diesen Wolf schon seit sehr langer Zeit kontrollierte.

Vielleicht war es nicht nur der Wolf gewesen, der nicht hatte gehen können.

»Was«, sagte Charles vorsichtig, nachdem er sich immer bemühte, sich nicht in die Ehe seines Dads einzumischen, »wäre anders, wenn er dich lieben würde?«

Sie starrte ihn an. »Du bist wirklich ein Hurensohn«, sagte sie.

Genau deswegen mischte er sich nicht in die Ehe seines Dads ein.

»Weißt du, wo Anna ist?«

»Sie ist gegangen«, sagte Leah kühl, als hätte es diesen kurzen Moment des Einverständnisses über einem nassen Spüllappen nicht gegeben. »Ich nehme an, sie ist zu Hause.«

Er fand Anna auf ihrem kleinen Wallach auf dem Reitplatz – und sie ignorierte ihn demonstrativ. Doch sie versteifte sich ein wenig. Als sie den Wallach bat, vom Schritt in den Trab zu wechseln, knallte sie unsanft auf seinen Rücken.

Der fröhliche kleine Graue machte noch ein paar Schritte – und hielt an, als klar wurde, dass sie die Sache nicht in Ordnung bringen würde.

»Du hast vergessen, ein paar Schritte auszusitzen«, sagte Charles vorsichtig, als er auf den Zaun um den Sandplatz kletterte. Wenn sie wütend auf ihn war, war es wahrscheinlich eine schlechte Idee, sie mit einem Verbesserungsvorschlag zu begrüßen – aber er konnte einfach nicht anders.

Statt zu antworten – oder es noch mal zu versuchen –, lenkte sie Heylight zu Charles und sagte: »Denk genau darüber nach, was du auf meine Frage antworten willst. Das Leben deines Vaters könnte davon abhängen.«

Er sah ihr in die Augen, konnte jedoch nicht erkennen, wie ernst sie es meinte. »In Ordnung«, sagte er.

»Hat er dich in sein Büro gezogen, damit keiner von euch beiden heute an der Feier teilnehmen muss?«

»Darauf werde ich antworten«, sagte Charles. »Aber erst möchte ich sagen, dass das Rudel durch Sage und den Tod der Wildlinge verletzt wurde. In manchen Fällen tief verletzt wurde.«

Asil war für ein paar Tage verschwunden. Als er zurückgekehrt war, hatte er sich zu seinen Rosen zurückgezogen und war erst wiederaufgetaucht, als Kara ihn geholt hatte.

Bran war tief erschüttert – erst hatte er herausgefunden, dass es einen Verräter gab, dann war da die Geschichte mit Mercys Entführung gewesen, woraufhin er geglaubt hatte, Leah wäre die Verräterin. Doch das Schlimmste, soweit es das Selbstbewusstsein seines Dads anging, war die Tatsache, dass Sages Verrat ihn vollkommen unerwartet getroffen hatte.

»Diese Party war genau das, was das Rudel gebraucht hat – Wilde Jagd und alles«, erklärte ihr Charles. »Hat Asil die anderen begleitet?«

Anna nickte. »Er meinte, jemand müsste auf die Kinder aufpassen.«

»Dad ist noch nicht wieder an einem Punkt, wo eine ordentliche Jagd ihm helfen würde. Hätte er teilgenommen, hätte niemand gespielt. Und sie brauchten das Spiel.«

Anna schürzte die Lippen. Ihr Körper schwankte ein wenig, als der Wallach sein Gewicht verlagerte. »Okay«, sagte sie. »Das verstehe ich. Was ist mit dir?«

»Ich hätte unglaublich gerne die Wilde Jagd gesucht«, sagte Charles ehrlich. »Aber Wellesley hat meinem Vater eine Liste mit Namen und Sozialversicherungsnummern geschickt. Also habe ich den Nachmittag mit Arbeit verbracht.«

Wellesley behielt seinen Platz im Rudel des Marrok. Doch er hatte um die Erlaubnis gebeten – und sie erhalten –, Hexen jagen zu gehen. Er war vor ein paar Tagen aufgebrochen, mit einem frisch gedruckten Ausweis, Kreditkarten (die er jetzt auch benutzen konnte) und einer Mission.

»Was hast du herausgefunden?«, fragte sie.

»Das hier ist gewaltiger als der Skinwalker – oder zumindest gewaltiger als nur ein Skinwalker. Es sieht aus, als hätte die Hardesty-Familie es geschafft, von allen unbemerkt zu Größe heranzuwachsen. Sie besitzen eine Fast-Food-Kette, eine Menge Land und ein paar Gebäude in New York City. Und sie sind Hexen. Die erste mächtige Hexenfamilie in dreihundert Jahren – von der wir wissen, zumindest.«

Heylight riss den Kopf hoch und schnaubte, als fordere er ein fremdes Pferd heraus. Anna tätschelte ihm den Hals.

»Und sie haben es auf uns abgesehen?«, fragte sie schwach.

Charles nickte. »Sieht so aus. Aber vielleicht auch nicht. Asil …« Er seufzte. »Asil hat Sage gefunden.«

»Kein Wunder, dass er so aufgewühlt war«, meinte Anna traurig. Charles wusste, er musste ihr nicht sagen, dass Sage tot war.

Er nickte. »Asil hat Dad erzählt, der Skinwalker hätte Gerüchte gehört, dass Wellesley, der einst Frank Bright hieß, sich hier aufhielt. Sie hatte ihn ursprünglich – damals in den Dreißigerjahren – ins Visier genommen, weil sie von dem Halsband-Zauber wusste. Darauf hatte sie es abgesehen. Aber sobald sie hier war und Jericho übernommen hatte, dachte der Skinwalker, er könnte dieses Rudel übernehmen – und es als Waffe gegen einen anderen Zweig der Familie einsetzen.«

»Sage hat Asil das alles erzählt?«, fragte Anna.

Charles zuckte mit den Achseln.

Anna mochte Asil. Und selbst, wenn es Bruder Wolf wahnsinnig machte, würde sich Charles da nicht einmischen, wenn es nicht unbedingt nötig war. Wenn Anna hören wollte, was für ein Monster Asil sein konnte, konnte sie ihn jederzeit fragen. Oder seinen Dad. Aber Charles rechnete nicht damit.

Anna sah zu den baumbewachsenen Bergen, die es wert waren, betrachtet zu werden. »Weißt du was?«, sagte sie. »Ich habe mich gefragt, was ich mit meinem Leben anfangen soll. Aber die Begegnung mit den Wildlingen hat mich etwas gelehrt.«

»Und zwar?« Als er seine Gefährtin mit der Gabe seines Großvaters ansah, konnte er die Verbindungen sehen, die sich in ihr trafen: Verbindungen mit dem Pferd, den Bäumen, den Bergen – und von ihm. Sie war so wunderschön.

»Ich mag im Moment nicht wissen, was ich mit meinem Leben anfangen will. Aber ich habe viel Zeit, um es herauszufinden. Ich habe entschieden – auf der Party, um genau zu sein –, dass neue Dinge lernen ein guter Anfang wäre. Bevor ich hierhergekommen bin, habe ich mich bei einigen Onlinekursen angemeldet.« Sie sah ihn stirnrunzelnd an. »Sprichst du japanisch?«

Bruder Wolf sagte: *Nein.* Charles lachte über seinen Tonfall. Bruder Wolf wollte Anna nicht enttäuschen.

Das Heulen eines Wolfes echote durch die Berge hinter ihrem Haus – und ehe der Ruf verklang, wurde er aus vielen Kehlen beantwortet. Sie hatten keine Beute gefunden, das konnte Charles hören, sondern genossen einfach die Bewegung.

»Hey, hübsche Dame«, sagte er und beugte sich vor. »Kann dein Pferd den Side Pass?«

Sie schenkte ihm ein gesittetes Lächeln. »Vielleicht.«

»Wieso versuchst du es nicht?«, fragte er.

Sie ließ den Wallach seitlich gehen, bis er direkt neben dem Zaun stand, dann hob sie sich in den Steigbügeln. Charles musste sich ein wenig vorbeugen, weil der Wallach wirklich klein war, doch das war es wert.

Anna zu küssen war jede Anstrengung wert.

*Wir werden Japanisch lernen*, sagte Bruder Wolf.

## Danksagung

Ich danke allen, die geholfen haben, dieser Geschichte Form zu verleihen: Collin Briggs, Linda Campbell, Dave und Katharine Carson, Michelle Kasper, Ann Peters, Kaye Roberson, Bob und Sara Schwager sowie Anna Sowards. Wie immer bin ich für alle Fehler allein verantwortlich.